범우비평판세계문학선 10-③

인생의 의미(외)

생 텍쥐페리 지음
조규철 옮김

범우사

차 례

인생의 의미

이 글을 읽는 분에게 · 7
서 문 · 9
소설 비행사 · 13
탐방기사 · 27
평화냐 아니면 전쟁이냐 · 109
행동인의 서신과 언행 · 139

어머니께 드리는 글

이 글을 읽는 분에게 · 187
서두에 붙이는 말 · 191
어머니께 드리는 글 · 215

어느 인질에게 보내는 글 · 337

인생의 의미
Un Sens a la Vie

이 글을 읽는 분에게

우리는 지금까지 읽은 생 텍쥐페리의 작품을 통하여 그가 20세기의 가장 유명한 행동주의 작가라는 점을 알았을 것이다. 그는 자기 행동의 결과를 기록에 남기는 수단으로써 글을 썼다. 그의 글은 자기 행동에 대한 일종의 보고서인 동시에 체험기다. 그는 허위에 찬 공상적인 작품 세계를 부정하고 인간의 본질을 강조하면서 사실 그대로를 진지하게 다루었다. 실로 우리의 상상력은 사건을 가미하고 내용을 각색할 수는 있지만 사실을 대신할 수는 없는 것이다.

그는 자기 작품 속에서 용감하고 진지한 인간의 책임과 성실을 강조하고 있다. 그는 파일럿으로서 약간의 부주의로도 자기의 생명과 비행기를 희생시킬 수 있는 사고를 여러 번 체험했다. 마찬가지로 안이하고 무책임한 작품이 독자들에게 해독을 끼칠 수 있다는 점을 잘 알고 있는 작가이다. 그러므로 그의 모든 작품은 체험에서 우러나온 증언인 것이다.

이 책은 지금까지 발표되지 않은 글을 모아 1967년에 〈갈리마르〉 출판사에서 처음으로 발표하였다. 어떤 글은 이미 신문이나 잡지 등에 발표된 것을 전재한 것이다. 우리는 생 텍쥐페리의 새로운 모습을 발견하게 된다. 그는 소설가, 탐방기자, 논설위원 및 서문 집필자로서의 모습을 갖는다. 그는 누구나 체험할 수 없는 파일럿으로서 우리 범인과 다른 각도로 인간의 모든 문제를 예리하게 관찰했다. 그의 사색적인 태도와 심오한 사상 앞에 누구나 감탄을 아끼지 않을 것이다.

이 책은 《사색 노트》와 같은 계열에 속한 작품이다. 그는 즉흥적인 문체로써 심오한 자기 사상과 명상 내용을 우리에게 실감나게 호소하고 있다. 인간을 어떤 테두리 안에 속박시키고 로봇으로 만들며 우리에게 사고할 시간적 여유도 주지 않는 현대에 살면서 우리에게 여러 가지 문제점을 제시하고 있다. 또한 그는 남미에서 항공노선 구간을 개척할 때 태풍을 만나 죽음과 맞서 장시간 투쟁하면서 얻은 체험으로써 인생의 본질적인 문제가 무엇인지를 제시하고 있다. 또한 독일군에 점령을 당했을 때 프랑스 국민에게 일치단결을 호소하고 미국 국민에게 원조를 호소하는 그의 애국은 높이 평가될 것이다. 우리는 이 책을 통하여 인생의 의미를 어떻게 부여할 것인지 현명한 독자 여러분은 쉽게 파악할 수 있을 것으로 판단된다. 이 책은 《인간의 대지》와 《성채》에 많은 영향을 끼쳤으며 서로 밀접한 관계를 가지고 있다. 그외 다른 작품을 이해하는 데도 큰 도움이 될 것이다.

모쪼록 졸역이나마 이 역서로 저자의 심오한 사상과 고상한 정신을 이해하고 우리의 정신을 살찌우기 바라는 마음 간절하다. 원서는 1967년 〈갈리마르〉판 〈Un Sens a la vie〉를 사용했다. 어려운 출판계 사정에도 불구하고 〈생 텍쥐페리 전집〉의 일환으로서 이 작품을 우리 나라에서는 처음으로 번역토록 주선해 주신 범우사 윤형두 사장의 배려에 감사드린다.

                                      1976년 3월 옮긴이

서 문

이 책을 구성하고 있는 미발표 본문들은 연대순으로 분류되어 있고 그 전부를 전재하였다. 이 본문들은 일종의 새로운 사실이 될 것이다. 왜냐하면 이 본문들은 우리들에게 생 텍쥐페리의 알려지지 않은 모습들을 보여 주고 있기 때문이다. 소설가, 탐방기자, 논설위원 그리고 서문 집필자로서의 모습들을 말이다.

이 작품은 우선 생 텍쥐페리에 의해서 쓰여진 초고들임을 알려 주고 있다. 그 초고들은 〈쟈크 베르니의 도피〉라는 소설에서 발췌한 것이다. 그런데 그 원문은 분실되었다. 아드리엔느 모니에에 의해 편집된 잡지 《은배[銀船]》의 편집 비서인 장 프레보스트(고등사범학교 출신의 프랑스 작가. 그는 무척 젊어서부터 언론계와 문단에서 활약함.)가 〈비행사〉라는 표제로 1926년 4월호에 중요한 미완성 원고를 게재했다. 그것은 솔직한 기교와 신출내기의 참다운 재능에 의해 감명을 주었다. 어떤 구절들은 걸작에 속한다. 생 텍쥐페리는 이미 자기 문체를 충분히 지니고 있었다.

생 텍쥐페리가 1925년 12월에 장 프레보스트를 알게 된 것은 바로 이본느 드 레스트랑쥬 여사 집에서였다. 이 두 젊은이는 나이가 동갑이었다. 장 프레보스트는 베르코르 밀림에서 생 텍쥐페리가 실종된 바로 이튿날 사망했다.

앞으로 계속될 중편 소설의 본문은 러시아와 에스파냐 여행의 견문담을 주로 채택했다.

그것은 《파리 스와르》(1923년에 창간하여 1943년 독일군 점령하에서 비시 정부에 의해 폐간된 중요한 일간지이며 발행 부수는 2백만부를 돌파)와 《렝트랑시지앙》(1880년에 발간하여 1940년까지 계속된 파리 스와르와 맞먹는 중요한 석간지)에 게재되었다.

생 텍쥐페리는 1935년 4월 말에 장 마리 콩티와 앙드레 프레보라는 비행사들과 함께 지중해 근처에서 그가 가진 일련의 강연이 끝난 후에 모스크바를 향해 출발했다.

파리에서 사이공까지 그가 타고 간 비행기에 장거리 지속력 시험 도중 갑자기 생긴 사고(이 사고의 이야기는 〈인간의 대지〉의 한 장(章)의 대상이 됨)의 결과로 과중한 결손이 생기자, 생 텍쥐페리는 이집트에서 돌아오면서 시민 전쟁이 막 발발했던 스페인으로 돌아가라는 《렝트랑시지앙》의 제안을 재빨리 받아들였다. 1936년 8월에 그는 바르셀로나와 레리다(에스파냐의 동북부 카탈루냐 지방의 소도시) 전선에 관한 글을 보냈다.

약 1년 후에 그는 에스파냐로 다시 돌아왔다. 이번엔 마드리드에서 그리고 '카라방셀' 전선에 관해서 《파리 스와르》 신문에 게재하기 위해 글을 썼다.

이 탐방기사들은 보기 드문 흥미를 자아내고 있다. 왜냐하면 이 기사들은 가장 즉흥적인 문체로써 우리들로 하여금 가장 심오한 자기 사상에 금방 젖어들게 하면서 생 텍쥐페리의 소감들을 털어놓고 있기 때문이다. 이 기사들은 〈인간의 대지〉의 전체의 구절에 영향을 미쳤다. 예를 들어 '모자르의 암살' '스페인 하사의 깨어남' 등이다. 인간, 죽음, 정열, 정의, 질서 그리고 자선을 존중하는 테마들은 〈성채〉에서 전개될 것인데 이미 이 기사에서 윤곽을 드러내고 있다.

〈평화 혹은 전쟁〉이라는 표제가 붙은 페이지들은 1938년 10월에 《파리 스와르》의 청탁을 받고 뮌헨에서 그 이튿날 쓴 것이다. 우리는 거기서 일종의 일반 군중 봉기의 서곡이 될지도 모르는 그런 싸움을 통해서 동포애의 표시를 어이없을 정도로 찾으면서 미래에 대해 불안해하는 생 텍쥐페리를 발견한다. 이 참호에서 저 참호로 서로 부르며 밤중에 서로 대답하는 적의 목소리에 대한 에스파냐의 추억이 영감을 준 에피소드가 삽입된 곳이 바로 여기다. 그와 똑같은 고뇌에 사로잡힌 앙드레 말로는 그 고뇌를 자기 소설 〈희망〉에 표현했다.

〈평화 혹은 전쟁〉을 구성하고 있는 마지막 3장은 즉 '인생에 어떤 의미를 부여해야만 한다'는 것으로서 가장 감동적이다. 인간을 로봇으로 변모시키며 사고할 시간까지도 인간에게서 빼앗아 가는 시대에 살고 있다는 생 텍쥐페리의 슬픔과 전쟁에 대한 그의 공포를, 〈X장군에게 보내는 편지〉의 내용을 우리는 거기서 찾게 된다. 그의 사고 중 어떤 것들은, 마치 모순된 사고들처럼 목동에 대한 것이라든지 보초에 대한 것이라든지 그리고 농부들에 관한 사고들은 〈성채〉 속에 재현될 것이다.

1929년 10월에 일반 항공우편회사 지점인 아르헨티나 항공우편의 책임자로 임명된 생 텍쥐페리는 몇몇 항공노선 구간을 개척해야만 했었다. 기요메(생 텍쥐페리와 같이 라테코에르 항공회사에서 근무한 친한 친구임. 그는 리오데자네이로-산티아고 노선을 개척 운영함. 1940년 지중해에서 비행기와 함께 행방 불명이 됨) 나 메르모즈(생 텍쥐페리와 같이 라테코에르 항공회사에서 근무한 친한 친구. 그도 역시 1936년 남태평양상에서 정기 여객기와 함께 실종됨.) 처럼 그는 자기 스스로 정찰 비행을 했다. 그가 구풍(특히 서인도지방에서 발생하는 태풍의 일종)을 만난 것은 파타고니아(아르헨티나 남부에 있는 수목이 없이 건조한 지방. 남부에는 협만이 발달되고 한랭건조한 지방) 상공을 비행하면서였는데 바로 장거리 지속력 시험 비행을 하는 도중이었다. 1939년 8월에 주간지 《마리안느》지는 〈비행사와 타고난 능력〉이라는 표제로 한 페이지 전체에 이 투쟁 이야기를 실었다. 우리는 생 텍쥐페리가 다른 곳에서 암시한 이 이야기를 로라드(폴란드 출신의 영국 소설가)의 〈태풍〉에 흔히 비교한다. 그것은 그가 행동에 의하여 그 당시에는 정확한 가치를 파악할 수 없었지만 그 추억들이 아주 정확하게 다시 되살아나게 하는 일종의 극적인 사건을 전달하는 인간의 무능력을 설명하기 위해서였다. 〈프랑스인들에게 보내는 편지〉와 〈X장군에게 보내는 편지〉가 이 책 속에 역시 실려 있다.

전자는 독일인들이 남부 지역을 침략하여 왔을 때 북부 아프리카에서 영·미 연합군이 상륙하던 그 이튿날에 급히 쓴 것이다. 그것은 모든 프랑스인들에게 필요한 총단결을 호소하는 내용이었다. 《캐나다 드 몽레알》지에 실린 이 호소문은 《뉴욕타임즈》지에 영어로 번역되었고 북부 아프리카의 신문들이 다시 전재하였는데 미국의 각 방송국에서 불어로 방송되었다. 그는 〈어떤 인질에게 보내는 글〉의 마지막 장을 구상했고 〈전시조종사〉의 결론을 생각했다. "패배자는 씨앗처럼 침묵을 지켜야만 한다"

〈X장군에게 보내는 편지〉는 보다 잘 알려져 있다. 그 편지는 1943년 7월에 튀니스에서 가까운 라 마르사에서 쓰여졌다. 생 텍쥐페리는 〈평화냐 혹은 전쟁〉에서처럼 거기서 인생의 뜻에 대해 우려를 표명하고 있다.

이 책의 마지막에 두 책에 있는 서문과 시험 조종사들에게 바치는 《참고자료》 제1호의 서문을 모았다. 서문 집필자인 생 텍쥐페리는 우리를 여느 때처럼 본질적인 것으로 인도한다.

"본질이란? 그것은 직업에 대한 기쁨도 근심도 위험도 아닐지 모른다. 그러나 이런 관점에서 이런 것들은 한층 더 고상하게 된다."

생 텍쥐페리가 때때로 접근하지만 그가 익숙하지 못한 문학 장르를 능숙하게 다루어 내용을 보강한 이 책에서, 우리는 인생의 삶에 의의를 주려고 하는 능동적이고 사색하는 사람의 관점을 단숨에 파악할 수 있을 것이다.

클로드 레날

소설 비행사

1

이 부분은 〈쟈크 베르니의 도피〉라는 생 텍쥐페리의 소설에서 따온 것인데 지면의 부족으로 장 프레보스트는 부득이 요약하지 않을 수 없었다. 원문은 전부 분실되었다.

　생 텍쥐페리가 죽었던 그 이튿날 베르코르에서 저격당했던 장 프레보스트는 〈비행사〉 뒤에 다음과 같은 주(註)를 달았다. "생 텍쥐페리는 비행의 전문가이며 정비의 전문가이기도 하다. 나는 그를 친구들 집에서 만났다. 그리고 나는 그가 자기의 인상들을 묘사할 때 무척 박력 있고 섬세하게 쓴다는 사실을 알고 감탄했다. 나는 그의 감상문을 몹시 읽고 싶어했다. 내 생각에 그는 자기 소설을 잃어버렸으며 그래서 그 소설을 기억을 더듬어서 다시 썼다(그는 아무것이나 쓰기 전에는 머리 속에서 완전히 구상한다). 그래서 우리가 여기서 읽게 될 중편 소설 속에 그 이야기를 삽입했다고 생각한다. 꾸밈 없는 기교와 진실을 추구하는 그의 천성은 내가 보기에 어느 초심자에게는 놀랄 만하다고 생각된다. 나는 생 텍쥐페리가 다른 소설 몇 편을 준비하고 있다고 생각한다."

1926년 4월호 《은배[銀船]》를 참조.

무거운 바퀴가 버팀목을 으스러뜨린다.

프로펠러 바람에 휩쓸려 풀이 뒤로 20미터까지 날아가는 것 같다. 비행사는 자기 손잡이를 움직여서 폭풍우를 휘몰아치기도 하고 잠잠하게 하기도 한다.

그 소음이 이제는 여러 번 되풀이하여 높아진다. 기체가 둘러싸여 있음을 알 수 있고 중앙의 공기가 거의 고체가 되고 빽빽하게 될 때까지 소음이 높아진다. 비행사가 충족되지 않은 모든 것이 마음속으로 충족되었음을 느낄 때 그는 '좋아' 하고 생각한다. 그리고 손가락 등으로 기체를 문지른다. 아무것도 진동하지 않는다. 그는 이토록 축적된 에너지를 만끽한다.

"애들아, 안녕……" 하고 그는 몸을 기울인다. 새벽에 이 인사를 하기 위해 그들은 아주 캄캄한 어둠 속에서 잠시 발걸음을 멈춘다. 그러나 3천 킬로미터 이상 상공에 오르면 비행사는 벌써 그들과는 멀어진다. 그는 하늘 위에 걸려 있고 역광선을 받으며 무사포형으로 된 검은 비행기 엔진 덮개를 바라본다. 프로펠러 뒤로 얇은 베일로 덮인 풍경이 흔들리고 있다.

엔진은 이제 서서히 돌고 있다. 손잡이를 닻줄처럼 마지막까지 푼다. 낙하산의 두 개의 벨트와 자신의 혁대를 죄며 끼울 때 이상한 정적이 흘렀다. 또한 어깨와 가슴을 움직여 자기 몸에 비행기 동체를 맞출 때도 이상한 정적이 흐른다. 이것이 바로 출발이다. 그때부터 그는 다른 세계의 사람이다.

좁지만 의미심장한 시계(視界), 지침반, 계기반에 마지막 눈길을 돌리고—그는 조심스레 고도계를 제로로 놓는다—두텁고 짧은 날개에 마지막 눈길을 돌리고서 고개를 끄덕거리며 "좋아……" 하고 말한다. 드디어 그는 자유다.

서서히 바람을 일으키며 회전하면서 그는 자기 앞으로 가스 손잡이를 잡아당긴다. 엔진은 먼지를 내뿜으면서 더워지기 시작한다. 프로펠러에 붙어 있는 비행기는 재빨리 나아간다. 탄력성 있는 공중으로의 첫번째 도약으로 속력이 감퇴되어 비행사는 조종 장치의 반동력으로 속력을 조종하면서 그 반동력이 더 커짐을 느낀다.

이젠 대지는 가죽끈처럼 바퀴 안에서 팽팽해지고 줄줄이 흐르는 것처럼 보인다. 마침내 비행사는 처음엔 느끼지 못하다가 곧 이어 유동적이었고 이젠 딱딱해진 공기를 식별하며 거기에 의지하여 공중으로 올라간다.

활주로 양쪽에 있는 창고들, 나무들 그리고 언덕들이 지평선을 넘어서 사라진다. 2백 미터 상공에서 똑바로 서 있는 나무들 밑의 새끼 양 우리와 페인트 칠한 집들을 보려고 몸을 구부린다. 숲들이 아직도 모피처럼 빽빽이 우거졌다. 곧 이어 벌거숭이의 땅이 전개된다.

대기에는 잔잔하고 무딘 파도가 일고 있다. 그 위로 비행기는 공기에 마찰하며 급상승한다. 공기의 역류가 비행기의 날개를 세차게 때린다. 그리고 기체 전체가 울린다. 그러나 비행사는 중심부를 잡듯이 속도 조종기를 손안에 쥐고 있다.

3천 미터 상공에 이르자 그는 평온을 회복한다. 태양은 돛단배에 걸려 있다. 어떤 역류도 그 배를 거기서 심하게 동요시키지 못한다. 너무 멀리 떨어져 있는 대지는 고정되어 꼼짝하지 않는다. 비행사는 아래 날개를 조종하고 공기 보급기를 조정한다. 파리 상공을 향해 기수를 돌리기 위해 그의 방향타를 계산한다. 그리고 나서 10시간 동안 그는 감각이 둔해져서 이미 시간 속에서밖에 움직이지 못한다.

파도가 바다 위로 움직이지 않은 채 하나의 커다란 부채를 펼친다.

태양이 마침내 돛대 꼭대기를 비추었다.

몸이 거북하여 비행사는 소스라쳐 놀랐다. 그가 회전계의 바늘을 보니 흔들린다. 그는 바다를 바라본다. 이어서 엔진의 목쉰 딸꾹질

소리가 마치 졸도할 때처럼 그의 의식 속에 구멍을 뚫어 놓는다. 그는 본능적으로 가스 손잡이를 회전시킨다. 그것은 아무것도 아니었다…… 물방울이었다. 그는 엔진을 천천히 최고의 속도로 돌아가게 한다. 식은 땀에 불과한 걸 가지고 괜히 그랬군. 그는 이젠 두려울 게 없다고 생각한다.

그는 점점 등이 편안하게 되도록 팔꿈치를 기댈 만한 정확한 지점을 다시 찾는다.

이젠 태양이 그 위로 불쑥 솟아 있다. 만일 움직이지 않고, 그를 보호하고 있는 마비가 사지에 일어나지 않고, 조정 장치 위에서 매우 가벼운 중량으로 충분하다면, 피곤함도 좋은 것이다.

기름 압력계가 내려갔다 다시 올라간다. 그 안에서 어떤 고장이 생겼는가?

엔진이 진동한다. 빌어먹을 태양은 왼쪽으로 기울어졌다. 벌써 빨갛게 노을져 있었다.

엔진 소리가 금속성이다. 아니다…… 그것은 회전축의 소리는 아니다. 조정기의 소리인가?

가스 손잡이의 암나사가 풀어졌다. 손으로 그것을 죄야만 했다. 얼마나 거북한 일인가! 어쩜 회전축의 소리일지도 모른다.

이렇게 숨가빠지고 이빨이 흔들리며 머리칼이 희끗희끗하게 되어 온몸이 동시에 늙는다는 생각이 들었다.

땅에 착륙할 때 그대로 지탱하기만 한다면…….

대지는 매우 보기 좋은 들판과 질서정연한 숲과 마을들로 안정감을 준다. 비행사는 대지를 잘 감상하기 위해 굽어본다. 하늘에서 본 대지는 벌거숭이고, 죽은 것처럼 보인다. 비행기가 내려온다. 대지는 옷을 입게 된다. 숲들이 다시 대지에 뿌리를 박고 서 있다. 계곡들과 언덕들이 대지에 일종의 파도를 이루고 있다. 대지는 호흡한다. 그가 비행하고 있는 어떤 산은 잠자는 거인의 가슴처럼 비행사에게 거의

와 닿을 정도로 부풀어 있다. 그가 바로 위에서 비행기를 조종하는 어느 정원에는 관목들이 넓게 깔려 있고 각 계층의 사람이 눈앞에 전개된다.

'엔진이 전속력을 내 우뢰 소리를 내는군!' 그 소리를 그는 듣고 있는 것일까? 그는 더 이상 그 소리를 생각하지 않고 있다. 지상에 가까이 가기만 하면 바로 그러한 생활이 전개된다.

그는 평야의 커브를 따라간다. 마치 압연기처럼 그 평야에 접근해 가자 더 예민해진다. 시트처럼 들판을 자기에게로 끌어당겨 자기 뒤로 다시 집어 던진다. 포플러 나무에 접근해 보고 라켓에 맞는 것처럼 꽃에서 빠져 나온다. 때로는 마치 레슬러가 숨을 돌리는 것처럼 땅에서 멀리 떨어지기도 한다.

그는 지금 항구를 향해 달리고 있다. 벌써 광선의 높이로, 공원의 높이로, 그리고 어둠의 높이로 달리고 있다. 급류 같은 대지가 자기 발 밑에서 지붕을, 담을, 가도가도 끝없는 지평선에 서 있는 나무들을 휩쓸어 간다.

착륙을 기대할 수 없다. 강풍, 엔진 소리 그리고 숨막힐 듯 조용한 어느 지방을 도는 마지막 커브의 중단, 새하얀 곳간과 초록 들판이 있는 풍경, 영국 아가씨들이 팔 밑에 라켓을 들고 파리―런던행 파란색 비행기에서 내려올 때 펼쳐지는, 무척 보기 좋은 포플러 나무가 있는 어느 포스터와 같은 풍경이 차례차례 지나간다.

그는 끈적거리는 비행기 동체를 따라서 쓰러지듯 주저앉는다. 그를 향해 누군가가 달려와서 "멋있는데! 굉장하군……!" 하고 말한다. 장교들과 친구들과 구경꾼들이다. 피로가 갑자기 그의 어깨를 짓누른다. "누군가가 당신을 납치할 뻔했소……!" 그는 이마를 숙이고 기름으로 번들거리는 자기 손을 바라본다. 정신이 번쩍 들고 죽고 싶도록 슬픔을 느낀다.

그는 이젠 나프탈렌 냄새가 나는 양복을 입은 자크 베르니스가 아니다. 그는 감각이 없고 우둔한 육체 속에서 죽어 가고 있다. 그는 방 한구석에 너무 잘 정리된 자기 야전용 취사 도구 상자에서 수시로 필요한 모든 것을 구한다. 이 방은 하얀 내의나 책들만 어지러뜨린 곳은 아니다.

"여보게…… 자넨가?" 그는 우정을 확인한다. 누군가가 외친다. 누군가가 그를 축하한다. "오랜만에 다시 나타났군! 부라보! 그래…… 언제 자넬 보러 갈까?" 오늘은 마침 한가하지 않아. 내일은? 내일은 골프를 칠까 해. 그러나 역시 왔음 좋겠어. 그럴 수 없다구? 그럼 모레―저녁이나 하지―정각 8시야.

베르니스는 가로수 길을 거슬러 올라간다. 그에게는 흐르는 물처럼 모든 군중들을 거슬러 올라가는 듯이 여겨진다. 모든 사람의 얼굴과 마주치는 것처럼 보인다. 어떤 사람들은 마치 마음의 평화에 대한 이미지처럼 그에게 해를 입힌다. 저 여인은 사람의 마음을 끈다. 그리고 인생은 평온할 것이다…… 평온할 것이다……. 어떤 남자들의 얼굴은 기운이 없어 보이지만 그는 자신이 힘이 세다고 느낀다.

그는 어느 무도장 안으로 느릿느릿 들어선다. 탐험가의 옷처럼 두터운 망토를 놈팡이들 사이에 둔다. 그들은 어항 속의 물고기처럼 이 무도장 안에서 밤을 지샌다. 그들은 연가를 번갈아 부르면서 춤을 추다가 술을 마시러 되돌아온다. 베르니스만이 자기의 이성을 잃지 않고, 희미한 이곳에서 짐꾼처럼 자기 몸이 무겁고 양다리가 뻣뻣해짐을 느낀다. 그의 사고는 전혀 윤곽이 파악되지 않았다. 그는 빈자리를 향해 테이블 사이를 비집고 앞으로 나간다. 자기 시선과 마주친 여인들의 시선이 다른 곳으로 향하여 마치 꺼져가는 것처럼 생각되었다. 젊은 청년들이 그가 지나가게 순순히 옆으로 비켜 서준다. 이리하여 야경 순찰대 속에서 보초병들의 담배가 그가 앞으로 나감에 따라 손가락 사이에서 떨어진다.

조종사 후보생 훈련에 배속된 그는 오늘 연병장 근처에 있는 유일한 여인숙에서 점심을 먹는다. 하사관들이 커피를 마시면서 잡담을 하고 있다. 베르니스는 그들의 이야기에 귀기울인다.
"그들은 한 가지 직업에 충실하고 있어. 나는 이런 사람들을 좋아한단 말씀이야."
그들은 너무 진흙투성이인 활주로에 대해서, 호송 수당에 대해서, 그리고 오늘 사건에 대해서 이야기하고 있다. "백 미터 지점의 크랭크 축 덮개 속에 크랭크아암 하나가 빠졌지 뭐야. 원 참. 착륙할 곳도 없어……. 뒤에는 농가 뜰이 있었지만, 나는 미끄러지며 쓰러져 다시 바로 세워 퇴비장을 들이받고 돌아왔어." 모두들 웃는다. "그건 말야. 건초 더미를 들이받았던 것은 분명했어. 나는 내 승객을 찾았지. 중위를 말이야. 자네 생각한 대로…… 없더란 말이야. 결국 건초 더미 뒤에 그가 앉아 있는 것을 발견했지." 하고 특무상사가 말했다.
베르니스는 다음과 같이 생각한다.
'다른 사람들은 그곳에 그들의 가족을 남겨 놓았지만 그들에게는 훈련의 돌발적인 사건만 있을 뿐이다. 나는 그들의 이런 생각들을 꽤 좋아한다. 갓 따온 나뭇잎처럼 허식이 없어 좋다. 이런 사람들은 내 맘에 든다. 가족의 일원이라는 생각에서가 아니라 각자 서로가 순박해질 수 있다는 생각에서다.'
"당신의 인상을 우리에게 이야기해 줘요." 여인들이 말을 건넨다.

"후보생 피시옹이 당신이요?" "그렇습니다." "당신은 아직 한 번도 비행기를 타지 않았소?" "네, 전혀."
그렇다. 그는 편견은 가지고 있지 않을 것이다. 고참 정찰자들은 모든 것을 알고 있다고 생각했다. 그들은 형식에 신경을 쓰고 있다. "왼쪽 손잡이…… 발은 반대로……." 그들은 민첩한 후보생들이 아니다.
"내가 당신을 데리고 가겠소. 첫 비행에서는 당신은 그저 바라보기만 해요." 그들은 각자 자릴 잡는다.
연습기과(練習機課)에서 보잘것없는 기관사는 아주 느리게 프로펠러를 회전시킨다. 그는 기관사를 면할 날이 6개월 하고도 8일이 남아 있다. 그는 오늘 아침 변소 벽 위에다 그 말을 낙서하기까지 했다. 그의 계산으로 그것은 프로펠러를 약 만 번 회전시키는 셈이 된다. 아무것도 이 사실을 변경시키지 못할 것이다. 그런데…….

후보생은 파란 하늘을, 우뚝 서 있는 나무들을, 활주로에서 풀을 뜯어 먹고 있는 암소떼들을 바라본다. 그의 교관이 가스 손잡이를 소매로 닦는다. 손잡이가 윤나는 것을 보는 것은 즐겁다. 기관사는 회전수를 센다. 얼마나 힘이 빠지는지. 그는 벌써 스물두 번을 돌렸나? "만약 자네가 이 촛대를 소제한다면?" 그것은 기관사에게는 생각해 봄직한 일이었다.

엔진은 원한다면 출발이다. 그것을 자유롭게 내버려두는 게 더 낫다. 30, 31…… 엔진에 발동이 걸렸다.

후보생은 위험, 영웅주의, 대기의 도취 등의 단어 외에는 아무것도 더 이상 내지 않는다.

비행기는 날고 후보생은 자기 밑에서 곳간들을 발견했을 때도 비행기가 여전히 땅 위에 있다고 믿는다. 세찬 바람이 그의 뺨을 스친다. 그는 교관의 등을 꽉 잡는다.

빌어먹을! 뭐라구? 비행기 내려간다. 땅이 좌우로 전복된다. 그는 꽉 붙잡는다. 어디에 연병장이 있단 말인가? 그에게는 빙글빙글 돌며 가까이 다가오는 숲과 공중에 우뚝 솟은 철로 이외에는 아무것도 보이지 않는다. 그러더니 갑자기 벌판이 그들 앞의 바퀴에 닿을락 말락 지평선을 이루며 평화롭게 전개된다. 후보생은 풀을 만나는 것 같이 생각된다. 바람은 자고 이젠 됐다……. 교관은 뒤로 돌아보며 웃는다. 후보생은 이해하려고 애쓴다. "기본 법칙이란 설혹 고장이 났다 할지라도 첫째로 차단하고, 둘째로 당신의 안경을 벗고, 셋째로 자신을 꽉 붙들라는 말이요. 불이 났을 경우에만 빠져나가시오. 알았소?……" 하고 베르니스가 그에게 가르친다.

이런 말들은 결국 후보생이 기다렸던 말들이다. 위험을 구체적으로 표시한 말들이며, 그렇게 하는 것이 당연하다고 생각되었다. 민간인들에게는 "염려할 게 없다"라고 말할 것이다. 이러한 비결을 알고 있는 피시옹은 자랑으로 여긴다……. "그뿐만 아니라 비행기는 위험한 게 아니오." 하고 교관은 말을 끝마쳤다.

사람들은 모르티에를 기다린다. 베르니스는 자기 파이프에 담배를 다져 넣는다. 어떤 기관사가 수통 위에 앉아 있다. 두 손으로 머리를 감싸고 박자를 맞추고 있는 자기 왼발을 놀란 듯 바라보고 있다.
"그러니까 말하시오. 베르니스, 날씨가 흐리군요!" 기관사는 눈을 들어 벌써 흐릿한 지평선을 본다. 두서너 그루의 나무가 지평선상에 그 옆모습을 보인다. 그러나 벌써 안개가 끼어 그 나무들이 거무칙칙하게 보인다. 베르니스는 눈을 내리깐 채 자기 파이프에 연신 담배를 다져 넣는다. "난 알고 있어. 그건 날 귀찮게 한단 말이야." 하고 말한다. 모르티에는 자기 면허증을 받았으므로 착륙해야만 했다.
"베르니스, 당신은 저기 가서 전화를 걸어야 하오……" "다 됐소. 그는 4시 20분에 이륙했소." "그 후 무슨 소식 없소?" "소식 없군요."
연대장은 물러갔다.
베르니스는 그때 허리에 두 주먹을 얹고 그물처럼 가만히 깔리는 안개를 경멸하는 눈초리로 바라본다. 후보생은 대지에 떨어질까봐 겁내고 있다. 신만이 어디서 떨어질지 알고 있다. "그런데 침착성을 잃은 모르티에는 마치 돼지처럼 비행기를 조롱할 텐데…… 그건 불행한 일이야!"
"들어봐……." 아니다. 아무것도 아니다. 일종의 자동차다.
"모르티에, 만약 네가 난관을 벗어난다면, 나는 약속하지. 나는 너를 포옹할 거야."
"베르니스! 전화 왔어."
"여보세요…… 도나젤르의 지붕들을 스칠락말락 지나간 그 바보는 누구지요?……그는 자살하려 하고 있는 바보예요. 시끄러워요. 안개나 원망하시오! 그러나……말 좀 해 보세요. 그런데—사다리를 가지고 그를 찾으러 가 보시오!" 베르니스는 수화기를 놓고 전화를 끊는땅 위의 표적을 찾으려고 애썼다.

안개는 마치 물렁물렁한 둥근 천정처럼 내려앉는다. 지척 10미터 지점을 구별할 수가 없다.

"간호원에게 소형 트럭을 준비하라고 가서 말해. 5분 이내에 그들이 여기에 오지 않는다면 나는 그들을 2주간 영창에 처넣겠다."

"저기 온다." 모두 일어섰다. 그는 눈에 띄지 않게 그들을 향해 빨리 간다. 연대장은 그들을 다시 집합시켰다. "빌어먹을, 제기랄!……." 베르니스는 계속 입 안에서 이렇게 중얼거린다. "차단을 시켜야지. 그러니까 접촉을 차단시켜야지. 차단해. 그러니까 차단시켜……. 너는 충돌은 피할 수가 없지!"

그는 자기 앞 10미터 지점에서야 장애물을 보았다. 그러나 아무도 결코 그것을 알지 못했다.

사람들은 부서진 비행기를 향해 달려간다. 거기에는 이미 기대하지 못한 사건으로 모여든 병사들, 지나치게 열성적인 하사관들, 그들의 권위가 갑자기 떨어진 장교들이 있었다. 아무것도 보지 못했지만 모든 것을 설명해야 하는 일직 장교도 거기에 있었다. 그리고 너무 굽실거리는 연대장도 있었다. 왜냐하면 그는 아버지와 같은 보람 없는 역할을 수행하고 있기 때문이다.

비행사는 마침내 구출되었다. 얼굴은 파랗게 질리고 왼쪽 눈은 몹시 찢어지고 이빨들은 부서졌다. 그를 풀 위에 눕힌다. 사람들은 그를 빙 둘러선다. "어쩌면 살릴 수도 있을 텐데……" 하고 연대장이 말한다. "아마 살릴 수도 있을 겁니다." 하고 중위가 말한다. 그리고 어떤 하사관이 그 부상자의 목 칼라를 뗀다. 그것은 그에게 아무런 고통도 주지 않고 의식을 진정시킨다. "앰블런스는? 앰블런스는……?" 직업상 취해야 할 결정을 생각하는 연대장이 역시 묻는다.

그에게 누군가가 "앰블런스가 도착했습니다." 하고 대답한다. 그에 대해 아무것도 알려고 하지도 않고 앰블런스가 온 것이 그를 안심시켰다. 그리고 나서 그는 "마침내 때맞춰……" 하고 외쳤다. 그리고 빠른 걸음으로 정처 없이 사라진다.

그렇지만 이 사건은 베르니스를 몹시 괴롭힌다. 이 죽어 가는 사람을 빙 둘러싼 원이 그에게는 부당하게까지 보인다. "자, 여러분! 다들 가요. 가란 말이오." 그래서 사람들은 떼를 지어 멀쩡한 비행기가 추락했던 과수원과 채소밭을 통해 안개 속으로 사라진다.

후보생 조종사는 무엇인가 알아챘다. 사람은 죽는 것이며 그것은 별로 법석을 떨 필요가 없다는 것을 알아챘다. 그는 죽음과 밀접한 관계를 가지고 있다는 데 대해 거의 자랑스럽게 생각하고 있다. 그는 베르니스와 함께 한 자기의 첫 비행을, 너무 평범한 경치와 그때의 적막함에 대한 실망을 다시 그려 본다. 그는 거기서 이러한 사고 현장을 상상하지 못했다. 이러한 사고는 거기에 있었다. 그러나 그 사고는 아주 단순하고 전혀 과장되지 않고, 베르니스의 미소 뒤에, 그리고 기관사의 무기력함 뒤에, 저 태양과 저 푸른 하늘의 전경 뒤에 있었던 것이다.

그는 베르니스의 팔을 잡고 "당신은 알 거요……. 나는 내일 비행할 겁니다. 두렵지 않아요." 하고 말했다. 그러나 베르니스는 칭찬하지 않고 "물론, 당신은 내일 소용돌이를 칠 겁니다." 피시옹은 또한 어떤 냄새를 느낀다. "그들은 너무 감동한 체하지 않았어요. 하지만 말을 하지 않기 위해서예요……" "그건 단지 훈련이 일으킨 사고일 뿐이오." 하고 베르니스가 대답한다.

베르니스는 도취했다. 1인석 전투기는 천둥 소리를 내며 전속력을 낸다. 자기 밑에 보이는 대지는 보기 흉하다. 너무 잘 뵈고 너무 오래됐고 한없이 기워진 대지였다. 일종의 구획이라고 할 수 있다.

4천 3백 미터 지점에 베르니스는 혼자 있다. 그는 지도책의 유럽과 같은 울퉁불퉁한 이 세계를 바라보고 있다. 밀밭의 노란 땅과 클로버가 깔린 붉은 땅은 인간들과 인간의 걱정거리에 대해 우쭐대고 있으나 그와 동시에 적의도 품고 있다. 갈등과 질투와 소송으로 얼룩진 10세기 동안 각자 주위 환경을 안정시켜 왔다. 인간의 행복은 얼마나 국한되었는가!

베르니스는 자기 몸에 배어 있고 몸을 고무시키는 꿈에 더 이상 도취할 필요는 없다고 생각한다. 그러나 자기 힘으로 꿈에 도취되는 현상을 제거해야 한다고 생각한다. 그는 그것을 조절하고 있다.

그는 속력을 낸다. 에너지 탱크에 가스를 가득 채우고 천천히 손잡이를 자기에게로 잡아당긴다. 지평선이 흔들린다. 땅은 마치 물결처럼 밀려간다. 비행기는 하늘을 향해 똑바로 솟아오른다. 그러고 나서 포물선 정점에서 비행기는 동체를 뒤집고 죽은 물고기처럼 배를 공중에 드러내고 동요한다.

하늘 속에 잠긴 조종사는 마치 해변에서처럼 자기 위에 대지가 길게 뻗혀 있다가 자기 앞에 육중하게 무너지는 것을 본다. 현기증이 난다. 그는 속력을 멈춘다. 땅이 벽처럼 수직으로 꼼작하지 않고 있다. 비행기도 수직으로 떨어지고 있다. 베르니스는 자기 앞 지평선에 잔잔한 호수를 발견할 때까지 비행기를 조용히 조종한다.

선회를 할 적마다 좌석이 그를 짓누른다. 수식 상승이 그를 가볍게 한다. 마치 꺼져 가는 수포처럼 가볍게 한다. 밀물이 수평선을 흐트렸다가는 다시 정상으로 되돌아오게 한다. 유연한 엔진은 으르렁거리다가 조용해지고 다시 처음 소리를 낸다…….

날카로운 금속성 소리가 난다. 왼쪽 날개다! 조종사는 마음 놓고 있는 판에 추락하는 것으로 짐작했다. 공기가 비행기 날개 밑에서 빠져 나갔다. 비행기는 충격을 받고 선회 하강한다.

수평선은 단번에 시트처럼 그의 머리 위에 있다. 대지는 그를 에워싸고 빙글빙글 돌더니 숲과 종각과 평야를 끌어당긴다……. 조종사는 아직도 나뭇잎이 떨어진 것같이 하얀 별장이 지나가는 것을 본다……. 무참하게 죽게 된 조종사를 향해, 바다에서처럼 잠수부를 향해 대지는 용솟음치고 있다.

2
탐방기사

모스크바

생 텍쥐페리의 러시아 여행은 1935년 4월과 5월에 이루어졌다. 이 시기는 콩티와 프레보와 함께 지중해를 한바퀴 돌면서 그곳에서 일련의 강연회를 가진 후였다. 「그리고 시문기(機)를 타고 파리—사이공 간의 비극적인 장거리 지속력 시험을 하기 위해 출발하기 전에 행해졌다.」
생 텍쥐페리는 4월 29일에 모스크바에 도착했다.
〈인간의 대지〉의 마지막 페이지 '암살당한 모자르'에서 이 여행의 추억을 그리고 있다.
참고 : 파리 스와르 지 1935년 5월 3, 14, 16, 19, 20일자 신문.

수천 대 비행기의 폭음 아래에서 온 모스크바는
혁명 기념일을 경축하고 있었다

그제 저녁, 5월 1일 전날 나는 거리에서 밤에 굉장한 축제를 준비하고 있는 데 참가했었다.
그 도시는 온통 작업장으로 변했다. 작업대들이 건물에다 네온사인을 장식하고 작은 기와 붉은 휘장을 달고 있었다. 다른 작업대들은 탐조등을 돌리고, 또 다른 작업대들은 여전히 붉은 광장 위에서 아스팔트를 실은 덤프차 주위에서 차도의 전체 구획을 밤에 준비하고 있었다. 모든 거리는 모닥불 둘레에 앉아 조용하고 은근하게 추는 일종의 춤과 놀이처럼 야간 작업의 특별한 이 열성으로 활기를 띠고 있었다. 그리고 붉은 휘장들이 집집마다 걸려 있고, 집 꼭대기에서부터 밑에까지 걸쳐 있는 붉은 휘장들은 너무나 넓게 펼쳐져 있어 바람이 마치 돛에서처럼 일고 있었고, 그 휘장들을 부풀게 했다. 이 축제 준비에 섞여 나는 소금맛이 어떤 것인지 모르고, 이 도시에 와서 출발과 여행과 한가로운 지평선의 설레임이 어떤 것인지 모른다.

여자들과 남자들은 일을 앞에 놓고 늦장을 부리고 있었다. 남자들과 여자들은 그 다음날 4백만 명이 스탈린 앞에 와서 열을 지었다. 그리고 도시 전체가 그에게 경의를 표했다.

그리고, 공장 내부에 아무렇게나 그려진 근엄한 공장장의 얼굴이 두드러지게 드러나는 건물들처럼 높은 게시판을 벽에 게양하였으므로, 나는 아마도 잠들었거나 어쩌면 다른 준비를 하고 있을 크렘린을 한바퀴 돌기 위해 느린 발걸음으로 그곳을 빠져 나왔다.

"멈추지 마시오……!"

어떤 보안관이 밤낮으로 '우두머리'가 살고 있는 출입 금지된 지역을 감시하고 있다. 이 성벽을 따라서 산보하는 것은 금지되어 있다. 이 사람 주위를 철통같이 경비하고 있군!

이 성벽과 이 초소들이 다른 도시들처럼 도시 안을 빙 둘러싸 이 구역을 보호하고 있을 뿐만 아니라, 역시 크렘린 중심부의 까맣고 황금색인 건물과 그 건물을 둘러싸고 있는 성벽 사이에는 마치 함정처럼 기울어진 잔디들이 죽 깔려 있었다. 출입할 용무가 아주 명백하지 않는 한 아무도 들어가지 못하는 사막과 침묵의 지대가 스탈린 주위에 있다.

사람은 그의 존재가 보이지 않기 때문에 그가 존재하지 않다고 생각할 수도 있는 것이다.

그러나 이곳에서 이 경비대와 잔디와 성벽의 보호를 받으면서 영원히 잠들어 있는 이 사람은, 보이지 않고 현존하는 활기를 러시아에 띠게 하고, 마치 효소처럼, 효모처럼 러시아에 영향을 미친다.

만약 이 사람이 전혀 보이지 않는다면 그것은 밖에서의 그의 이미지가 모스크바의 거리에서 그 표본이 수천 가지 이상으로 증가하기 때문이다. 그것은 유리창도, 식당도, 그것을 전시하는 극장도, 그것이 지배하는 벽도 아니다. 그래서 나는 이 굉장한 인기에 대한 이야기를 약간 짐작할 수 있을 것 같다.

　그는 우선 러시아 국민에게 마치 무자비한 방법으로 압박하는 압제자처럼 보이는 것 같았다. 스탈린은 그 당시 러시아를 지배했고 국민들은 외국으로 도피함으로써, 약탈함으로써, 불법적인 상행위로써 그를 피하려고 애썼다. 그러나 스탈린은 다음과 같이 명령을 하면서 인민들을 기아 현상으로 몰고 갔다. "그 자리에서 움직이지 말고 건설하라⋯⋯. 기아와 빈곤은 우리가 돌을 운반하고 땅을 파면서 당장 극복해야 할 장애물이 될 뿐이다⋯⋯." 이리하여 그는 이 나라 국민을 언약의 땅을 향해 인도한다. 그리고 그는 비옥한 땅을 향해 혹은 모험이 가득한 신기루를 향해 집단 이주를 시키는 대신에, 황폐한 옛 토지 위에 언약의 땅을 만들고 있었다.

　신기하기 짝없는 권력이다. 스탈린은 자기 이름에 어울리는 사람은 자기 몸을 아끼지 말아야 한다는 것과 면도하지 않은 얼굴은 태만의 표시임을 언젠가 선언했다. 그 다음날 법령으로까지 공표하여 공장에서는 감독들이, 백화점에서는 판매 지배인들이, 대학에서는 교수들이 수염을 깎지 않은 검은 턱으로 출근하는 사람들에게는 일을 시키지 않았다.

　"저는 시간이 없어서요"라고 학생은 말했다.

　"훌륭한 학생이란 항상 자기 선생에게 영광을 돌릴 시간을 찾는 법이오." 하고 교수가 대답했다.

　이처럼 스탈린은 순식간에 러시아에게 산뜻하고 젊어 보이는 얼굴을 선물했으며 단번에 이 나라에서 때를 싹 벗겨 버렸다.

　그것은 명령이었다. 하지만 얼마나 암시적인가. 나는 모스크바 거리에서 산뜻하게 수염을 깎지 않은 단 한 명의 순경도, 단 한 명의 군인도, 단 한 명의 카페 보이도, 한 명의 행인도 보지 못했다.

　그리고 계획의 마술 막대기가 도시의 의복에 닿는다면, 작업 모자와 작업복이 항상 우중충하고 슬픈 느낌을 주는 모스크바의 거리를 단번에 환히 밝게 해 줄 것 같은 인상을 갖게 된다. 조금 전까지만 해도 스탈린이 그의 크레믈린 궁전 안에서 어느 착한 무산자는 자기 체면을 지키려면 저녁에도 옷을 입어야 한다고 선언할 날이 올 것이라고 상상하는 것은 역설적인 것처럼 여겨졌다. 러시아는 그날 담배를 피우면서 저녁 식사를 하게 될 것이다.

저기 크레믈린 궁전에서 잠자고 그 이튿날이면 세상에 오르내리는, 눈에 뛰지 않는 사람이 그런 사람이다.

나는 사람들이 그의 감실에서 신을 저주하지 않고는 나오지 못한다는 사실을 이미 깨달았다. 왜냐하면 나는 붉은 광장에 관중석을 마련하지 않은 것을 알았기 때문이다. 나는 보다 더 빨리 모스크바에 도착했어야 했었다. 왜냐하면 요구할 때마다 특별히 긴 조사를 받고 엄격한 심사를 받느라 시간이 걸렸기 때문이다. 나는 어떤 행정 기관도, 대사도, 나의 친구도 움직일 수 없다. 그리고 나의 노력으로도 거기에서는 아무것도 할 수 없었다. 스탈린 주위에서 반경 1킬로미터 내에서는 아무도 교묘하게 들어갈 수 없다.

그의 호적 초본과 신분증으로 통제를 벗어났지만, 보다 안전을 기하기 위해 세번째로 다시 통제를 받았다.

5월 1일 새벽녘, 내가 거리를 산책하려 했을 때 호텔 문이 잠겨 있음을 발견했다. 누군가가 그 문은 저녁 5시에야 열린다고 간단하게 알려 주었다. 신분증을 소지하지 않는 자들은 죄수들뿐이었다.

그래서 나는 우울하게 호텔 안을 여기저기 거닐었다. 그때 소나기 소리가 들려 왔다. 그러나 그것은 비행기 소리였다. 천 대의 비행기가 모스크바 상공을 날고 있었다. 그 소리는 땅을 뒤흔들었다. 나는 그것을 보지 않고도 이 도시 위를 짓누르는 비행기의 무게를 느꼈다. 나는 다시 한 번 나가려고 했었다. 그래서 슬쩍 남을 속이는 방법을 생각해 내게 되었다.

우선 나는 인적이 드문 거리로 빠져 나갔다. 왜냐하면 모스크바의 거리들은 별 내용이 없이 텅비어 있었기 때문이다. 단지 아이들만이 차도에서 놀고 있을 뿐이다. 눈을 들어 나는 나의 좁은 시야에 들어

왔다가 다른 곳을 향해 하나의 점을 이루며 움푹 들어간 비행 중대의 강철로 된 삼각 신호기를 보았다. 항공 부대의 엄격한 명령이 각 편대에 일종의 도구로써 통일성을 이루게 한다. 이 검은 비행기떼들의 느린 전진, 수천 대의 비행기에서 나는 계속적이고 장엄한 이 우렁찬 굉음, 이 모든 것이 너무나 견딜 수 없는 광경을 형성하였기 때문에 아무도 지배를 받고 있다는 인상을 씻어 버릴 수는 없었을 것이다. 그래서 늘 그런 일이 일어나듯 나는 담에 등을 기대고 눈을 들어 몇 분 동안 바라보았다. 만약 한 비행 중대가 이렇게 비행한다면 수많은 비행기와는 반대로 그것은 마치 압연기처럼 지나가게 될 것이라고 생각했다.

인적이 뜸한 몇 군데 거리를 돌아다니고 몇 경찰관의 경비선에 저지를 받은 후 나는 마침내 활기 넘치는 어느 거리로 들어섰다. 그 거리에는 붉은 광장을 향해서 시위 운동자들이 몰려가고 있었다. 거리에는 수 킬로미터 지점까지 사람으로 가득 찼었다. 군중은 조금씩 조금씩 막무가내로 마치 검은 용암처럼 전진하고 있었다. 마치 수천 대의 비행기가 지나가는 것처럼 이루어지는 전 국민의 통행은 배심석에서의 만장일치가 그런 것처럼 무엇인가 준엄한 점이 있었다. 그리고 붉은 깃발의 반사에도 불구하고 거무칙칙하고 흐릿한 옷을 입은 군중의 행진, 거의 폭력은 행사하지 않고 느릿느릿한 이 행진은 아마도 군인들의 행진의 그것보다 더 장엄했다. 왜냐하면 군인들은 상습적으로 행진을 하고 있으나 복무가 끝나면 다른 사람들로 되돌아가기 때문이다. 그들은 바로 그들의 작업복 속에, 그들의 육체 속에, 그들의 사고 속에 깊이 뿌리박고 있는 것이다. 그런데 나는 그 인파가 움직이지 않고 있을 때 그들이 앞장서는 것을 바라보았다.

오랫동안 멈추고 있었다. 어떤 다른 거리들은 수문처럼 붉은 광장으로 뚫려 있었다. 이리하여 이곳에서 사람들은 극심한 추위 속에서 기다리고 또 기다렸다. 왜냐하면 바로 전날 눈까지 내렸었기 때문이다. 그러자 갑자기 일종의 기적이 일어났다. 그 기적이란 바로 인간으로의 환원이었다. 그것은 바로 이 통합체를 살아 있는 개체로 세분하는 것이었다.

아코디언 선율이 들려 왔다. 브라스 밴드(금속제의 관악기를 주 체로 하여 편성된 악대)는 모든 금관악기를 동반하여 열을 지어 행진하기 위해 군중들 틈에 섞여 둥글게 모여 연주하고 있었다. 그리하여 이 군중들은 절반은 자기 몸을 덥게 하기 위해서, 절반은 기분 전환을 하기 위해서 아니면 축제를 축하하기 위해서 조금씩 조금씩 춤에 끼여들었다. 그리고 만여 명의 남녀들은 붉은 광장 입구에서 갑자기 명랑한 표정으로 입가에 미소를 담뿍 띠운 채 둥글게 원을 그리며 춤을 추었다. 그래서 길게 뻗어 있는 거리는 파리 어느 변두리의 7월 14일 국경일 밤처럼 단번에 부드럽고 친근한 분위기를 자아냈다.

어떤 사람이 나에게 당돌하게 말을 걸었다. 그러고는 담배 한 대를 내민다. 옆에 있던 사람이 나에게 담배불을 붙여 준다. 군중들은 모두 기뻐하였다…….

그 후 소란하게 되었다. 브라스 밴드는 악기들을 정리하고 사람들은 장식용 깃발을 다시 세웠다. 그리고 다시 정렬했다. 부대장 하나가 지휘봉으로 자기 줄까지 군주들을 밀어내기 위해 시위 대장을 두들겼다. 그것은 개인적인 마지막 제스처였으며 정다운 마지막 제스처였다. 사람들은 용감해져서 붉은 광장을 향해 다시 행진하기 시작했다. 군중들은 이미 제정신을 차렸다. 군중들은 스탈린 앞에 모습을 나타내러 갔다.

소련을 향해서.
밤에, 어떤 기차 안에서, 본국으로 소환되는 폴란드 광부 틈에서 어린 모차르트는 잠을 자고 있다.
동화 속에 나오는 어린 왕자들도 그와 다를 바가 전혀 없다.

나는 전에 내가 그전날 갑자기 도착했던 모스크바의 거리에서의 5

월 1일을 이야기한 바 있다. 나는 이처럼 현실에 얽매어 있었다. 그러나 우선 나의 여행에 대해 이야기하지 않을 수 없었다. 그 여행이란 어떤 나라를 이해하려고 준비하는 일종의 서론에 불과하다. 국제적인 특급 열차의 분위기까지도 틀림없이 무엇인가 시사해 주고 있다. 그것은 단순히 밤에 시골을 달리는 열차가 아니라 그 지방에 파고들어 가는 일종의 도구다. 그것은 불안과 분노로 고민하는 유럽으로 통하는 똑바른 길을 가고 있다. 이리하여 이 침입이 보기에는 자연스러워 보이지만 어쩌면 은밀한 기미가 찢겨진 상처를 암시해 줄지도 모른다.

 자정이다. 나는 나의 객실에서 희미한 야등 불빛 아래 길게 누워 우선 나를 싣고 가도록 몸을 맡겼다. 차축들이 덜컹거린다. 나는 구리와 판자를 통하여 동맥의 이 고동 소리를 전달받는다. 무슨 일이 밖에서 일어났다. 특기할 만한 사실이다. 어떤 다리 아니면 어떤 담이 울려서 우리에게 불쾌한 소리를 낸다. 그러나 역과 넓은 차도는 마치 사막의 밑바닥처럼 침묵을 지키고 있다. 그리고 나는 다른 것에 대해서는 전혀 모르고 있다.

 백여 명의 여행자들은 객차에서 잠을 자고 있다. 나처럼 편안하게 자세를 취하고 말이다. 그들은 내가 느끼고 있는 이 불안감을 느낄까? 내가 찾고자 하는 것은 어쩌면 이루지 못할지도 모른다. 나는 그림같이 아름다운 것은 믿지 않는다. 확실히 나는 여행을 너무 많이 해서 얼마나 여행이 기대에 어긋나는지 알고 있다. 어떤 광경이 우리를 즐겁게 해 주고 우리의 호기심을 끄는 것은 바로 우리가 그것을 이방인의 관점으로 판단하기 때문이다. 그것은 우리가 본질을 파악하지 못했기 때문이다. 왜냐하면 습관, 종교 의식, 놀이 규칙의 본질이란 바로 그것들이 인생에 주는 멋이며 그것들이 창조하는 인생의 의미이기 때문이다. 그러나 그것들이 이미 그 권리를 소유하고 있다 하더라도 그것들은 더 이상 그림처럼 아름답게 보이지 않고 자연스럽고 단순하게 보일 뿐이다. 그렇지만 심오한 자연을 여행으로 막연하게 파악하게 된다. 여행은 우리 모두에게 마치 우리를 향해 오고 있는 어느 여인으로 생각된다. 군중 틈에 사라진 여인이며, 발견할 필요가 있는 여인이다. 그 여인은 무엇보다도 다른 사람들과 구별되지 않는 여인이다. 그러나 우리는 수천 명의 여인들을 접근하게 될 것이다. 우리가 만약 우리에게 상처 주기 십상인 그녀를 알아볼 수 없었다면 그 여자를 발견하여 사귀는 데 우리의 시간을 허비하게 될 것이다. 여행이란 그런 것이다.

 나는 3일 동안 죽치고 있었던 이 나라를 방문하고 싶었다. 3일 동안 칩거하면서 바다의 파도에 밀려온 조약돌 소리에 나는 일어났다.

 나는 새벽 1시경 기차 속을 죽 걸어 지나갔다. 침대차는 텅비어 있었다. 1등칸도 텅비었다. 이것을 보니 겨우내 오직 어떤 손님 하나만을 위해 열려 있는 리비에라(이탈리아 제노아 만 연안의 지명)의 고급 호텔이 생각났다. 녹초가 된 어느 목신의 마지막 대표자인 고객을 위해서 말이다.

 그러나 3등칸의 열차에는 해고된 폴란드 노동자 백여 명이 타고 있었다. 그들은 자기 나라인 폴란드로 돌아가고 있는 중이었다. 나는 그들을 건너뛰며 복도로 걸어 나갔다. 살펴보기 위해 나는 발걸음을 멈추었다. 나는 야등 아래 구분 없는 객실 안에 서서 바라보았다. 급행 열차의 진동 때문에 모든 여행자들은 이리저리 흔들리고 혼잡스러워서 마치 막사나 경찰서의 내무반원과 흡사했다. 모두가 악몽에 잠겨 자기의 비참함을 만회하는 사람들이다. 빡빡 깎은 커다란 머리들이 좌석의 나무 위에서 이리저리 채였다. 남자, 여자, 어린이 모두 할 것 없이 그들은 망각 속으로 끌고 가는 기차 소음과 진동으로 인해 녹초가 된 것처럼 좌우로 뒤척이고 있었다. 그들은 충분히 수면을 취하기 위한 환대를 받지 못했다. 그리하여 그들은 인간적인 특성의 절반을 잃어버리고 경제 추세에 의해 유럽의 한끝에서 다른 끝으로 전전긍긍하는 것 같기도 하고, 북쪽의 작은 집에서, 손바닥만한 정원에서, 내가 폴란드 광부의 집 창가에서 옛날에 보았던 세 개의 제라늄 화분에서 추방당한 것 같기도 했다. 그들은 취사 도구, 침구 그리고 커튼만을 부풀어 터진 봇짐 속에 꾸려 넣은 것 같았다. 그러나 그들이 애무하고 혹은 매력을 느꼈던 모든 것은, 그들이 프랑스에서 4, 5년 체류하는 동안 익숙해졌던 모든 것은 바로 고양이와 개와 제라늄이었다. 그들은 그것들과 결별해야만 했다. 그리하여 그들은 수중에 부엌 도구만을 가져오는 것이었다.

 한 아이가 너무 피곤해 잠든 것같이 보이는 엄마의 젖을 빨고 있었다. 인생은 이 여행의 부조리와 혼돈 속에 연속되는 것이다. 나는 그 애 아버지를 바라보았다. 머리는 마치 돌처럼 무겁고 모자를 쓰지 않았다. 불편한 수면을 취하면서 구부러진 그의 육체, 울퉁불퉁하게 구겨지고 구멍 뚫린 작업복에 꽉 끼인 육체다. 그 사람들은 진흙뭉치와 흡사했다. 그렇게 밤에 볼품없는 인생 패잔병들은 객실 벤치위를 짓누르고 있었다. 그리고 나는 다음과 같이 생각했었다.

 '문제는 이 비참함과 추잡함과 추함 속에 있는 것이 아니다. 그러나 이 남녀들은 어느 날 우연히 알게 되었을 게다. 그리고 그 남자는 틀림없이 그 여자에게 추파를 보냈을 것이다. 그리고 그는 방과 후에 필경 그녀에게 꽃을 갖다 주었을 것이다. 수줍고 서툰 그는 아마 그녀가 거절할까봐 내심으로 떨었을 것이다. 그러나 그 여자는 아주 자연스러운 교태로 자기의 우아함에 자신을 느끼고서 그가 불안해하는 것을 보고 흡족했을 것이다. 그리고 오늘날에는 곡괭이질을 하거나 땅을 파는 존재 이외에 아무것도 아닌 그 남자는 그의 가슴속에 미묘한 고통을 느꼈을 것이다. 신비란 바로 흙 봇짐 신세가 된 데 있다. 금속판을 주조하는 기계처럼 그가 어떤 형태의 공포를 체험했으며 표시했을까? 한 마리의 사슴, 한 마리의 영양, 노쇠한 한 마리의 동물도 그들의 우아함을 간직한다. 그런데 왜 이 아름다운 인간의 육체는 망가져 버리는 것일까?'

 그리고 나는 이 사람들 틈바구니 속에서 나의 여행을 계속했다. 그들의 수면은 나쁜 장소에서처럼 선잠이었다. 어디선가 어렴풋한 음향이 들려 왔다. 목쉰 잡음, 나직하게 뱉는 불평, 한쪽 신이 찢어져서 다른 쪽에 힘을 주며 걸어가는 사람의 군화 끄는 소리가 함께 뒤섞여서 들려 왔다…….

또한 파도에 밀려온 조약돌의 그칠 줄 모르는 소리가 항상 은은히 들려 왔다.

나는 어느 부부 맞은편에 앉았다. 두 부부 사이에는 어린애가 간신히 자리를 만들어 잠자고 있었다. 그 애는 자면서 몸을 뒤척인다. 그래서 그 애의 얼굴이 야등 아래에서 보인다. 아! 얼마나 사랑스러운 얼굴인가! 그 애는 이 부부 사이에서 일종의 황금 열매로 태어났다. 그 애는 이 둔중한 한 쌍에게서 매력적이고 우아한 성공적인 결실로 태어난 것이다! 나는 윤기 있는 이마와 귀엽게 내민 입술을 몸을 굽혀 들여다보며 생각했다. '이것은 바로 음악가의 얼굴이다. 어린 모차르트다. 이것은 인생의 아름다운 약속이다!' 동화 속에 나오는 어린 왕자들도 그와 다를 바 전혀 없다. 보호해 주고 보살펴 주고 양육시키면 그 애도 앞으로 무엇인들 되지 못할까? 정원에서 돌연변이의 새로운 장미로 태어난다면 모든 정원사들은 감격할 것이다. 사람들은 그 장미를 따로 옮겨 심고 가꾸고 잘 보호해 준다……. 그러나 사람들에게는 정원사가 없다. 어린 모차르트는 다른 어린애들처럼 주조기로 표시가 될 것이다. 모차르트는 통속 음악을 들려주는 카페의 악취 속에서 퇴폐 음악으로써 자기의 최고의 기쁨을 삼을 것이다. 모차르트는 비난을 받는다…….'

나는 내 차량으로 돌아왔다. 나는 다음과 같이 생각했다.

'이 사람들은 자기들의 운명에 대해 좀처럼 괴로워하지 않는다. 그러니까 여기서 나를 괴롭히고 있는 것은 자비심이 아니다. 영원히 아물지 않게 될 상처를 측은하게 여기는 것은 필요치가 않다. 그 상처를 지니고 있는 사람들은 상처의 아픔조차 느끼지 못한다.

여기서 상처 입고 피해당한 것은 개인이 아니라 인류와 같은 그 어떤 존재다. 나는 동정을 믿지 않는다. 이 밤 나를 괴롭히는 것은 바로 정원사의 관점이다. 나를 괴롭히는 것은 무엇보다도 게으름과 마찬가지로 자리잡게 된 그러한 비참함도 아닌 것이다. 근동 제국의 몇 세대에서는 비천하게 살고 있으면서도 그것을 낙으로 삼는다. 나를 괴롭히는 것은 극빈자를 위한 무료 급식소가 그들을 고쳐 주지 못한다는 것이다. 나를 괴롭히는 것은 이 움푹한 것도 불쑥 내민 것도 추함도 아니다. 다만 사람들 각자의 마음속에서 모차르트가 살해 당했다는 사실이 나를 약간 괴롭히는 것이다.'

나는 나의 객차로 다시 돌아왔다. 객실의 소년이 내게 다가왔다. 그 애는 야등 아래에서 기차가 갑자기 흔들릴 때마다 뒤뚱거린다. 그 애는 내게 말을 건다. 밤에 기차 안에서는 모든 목소리들이 비밀을 털어놓는 것처럼 보인다. 그 애는 내게 몇 시에 깨고 싶은지를 물어 온다. 여기서는 눈에 띄는 신비함 같은 것은 없다. 그렇지만 이 무표정한 사람과 나 사이에서 나는 사람들을 갈라 놓는 텅빈 공간을 느낀다. 사람들은 도시에서는 사람이 무엇인지를 잊는다. 우체부, 점원, 당신을 방해하는 이웃 사람 등이 자기 직업에 얽매인다. 사람들이 인간이 무엇인지를 잘 알아내는 곳은 바로 사막 한가운데서이다. 나는 비행기 고장이 나고 나서 노아코트(사하라 서부에 위치한 모리타니아의 수도)의 작은 보루를 향해 오랫동안 걸었다. 나는 갈증의 신기루가 전개될 때까지 기다렸다. 몇 달 전부터 사막에서 실종된 늙은 중사를 거기서 만났다. 그 중사는 너무 감격해 눈물을 흘렸다. 나도 역시 울었다. 그리하여 둘이 각자 자기의 인생을 이야기하는 굉장한 밤이 시작되었다. 인간적인 친밀감을 발견하고 추억의 전부를 다른 사람에게 주는 굉장한 밤이 말이다. 두 사람은 서로 만났고 서로 대사(大使)의 위엄을 갖추고 선물들을 교환했다.

식당차였다. 나는 그곳에 가기 위해 폴란드인들이 탄 모든 객차를 다시 건너갔다. 그들은 열차 식당에 낮에만 머물렀다. 그리고 그곳은 이미 밤의 참된 모습이 사라지고 있었다. 그들은 손발을 모으고 아이들의 코를 풀어 주고 있었다. 아이들의 자리를 잡아 주기도 했다. 그들은 풍경을 바라보고 즐거워했다. 어떤 사람은 노래를 부르고 있다. 비극은 사라졌다. 나는 그들을 있는 그대로 바라보면서 사람은 평화롭게 살아갈 수 있다는 것을 이해할 수 있었다. 그들은 곡괭이 질을 하지 않고는 그들의 육중한 손으로 무엇을 해야 할지 모른다. 그들은 전혀 문제를 제기하지 않는다. 왜냐하면 운명대로 성장한 그들은 마치 자기들이 운명을 위해 존재하는 것처럼 생각하기 때문이다.

그들이 조용하게 기름 종이에서 먹을 것을 끄집어내고 시골 풍경이 전개될 때 소박하게 즐거워하는 것을 보고 나는 기뻐할 수 있었다. 나는 그곳에는 사회 문제가 별로 없다고 생각하고 나의 마음을 달랠 수 있었다. 이 얼굴들은 돌담처럼 굳게 닫혀서 마음속을 짐작할 수 없었다. 그러나 밤의 마술이 나에게 잠든 어린 모차르트를 보여 주었던 것이다······

식당차는 평야와 숲을 가로질러 간다. 벌써 다 낡아빠진 모피처럼 앙상한 숲에 가까운 메마른 땅이 나타난다. 식당차는 독일 중심부를 뚫고 지나가고 있다. 이것이 오늘날의 독일이다. 소년들이 귀족같이 침착하고 기품 있게 돌아다니고 있다. 그들은 독일인, 폴란드 인 혹은 러시아 인이지만 그들이 왜 끝까지 귀족인 체해야만 하는 걸까? 왜 사람들은 프랑스에서 떠나오자마자 프랑스에는 무언가 해이한 점이 있다고 생각하는 걸까? 왜 프랑스에는 선거에서 약간 비굴하게 영합하려는 기미가 있는 걸까? 왜 사람들은 그들의 직업에 흥미를 느끼지 않는 걸까? 왜 그들은 사회에 대해서 무관심한 걸까? 왜 잠 자고 있을까?

어떤 장관이 그가 알지 못하고 세상에 알려지지 않은 어떤 사람의 동상 앞에서 자기가 쓰지 않은 원고를 보고 연설을 하는 어떤 지방의 개회식들은 상징적이다. 이 개회식에서는 군중도 자기 자신도 말한마디 생각하지 않은 수많은 찬사를 그 앞에서 늘어놓는다. 그는 아무 역할도 하지 않는 놀이를, 일종의 환대받는 놀이를 하게 된다. 그리하여 사람은 연회를 생각하게 된다! 갑자기 국경을 넘어서자 사람들이 자기 직장에서 퇴근했다고 생각된다. 식당차의 보이는 완전 무결하게 능숙한 솜씨로 손님을 대접하고 있었다. 장관은 그가 개회사를 할 때에는 사람들을 사로잡는 요점들을 생각해 둔다. 그의 말은 사람의 마음을 감동시킨다. 그리고 무거운 경찰 갑옷은 은은한 광채 때문에 가장 작은 동상 건립도 돋보이게 하고 있다. 연기는 그 무엇을 약속하고 있다.

그렇다. 하지만 프랑스에서는 생활의 즐거움이, 보편적인 연대 의식이 있다…….

택시 운전사는 친밀한 태도로서 당신을 영접한다. 로얄 가 카페의 보이들은 친절한 태도를 통하여 파리의 모든 비밀과 파리의 전모를 반쯤 알게 해 준다. 그리고 그들은 당신을 위해 가장 친절하게 전화를 해 주고, 필요하다면 100프랑을 빌려 주며, 새싹이 날 때면 늙은 고객들을 향해 돌아서서 그들이 가장 기쁜 소식을 즐길 수 있도록 그들에게 "이제 봄이군요……!"라고 알려 주기도 한다.

모든 것이 모순이다. 비극은 선택하는 것이거나 아니면 인생의 가는 방향을 발견케 하는 것이다. 나는 맞은편 독일 사람의 말을 들으면서 생각에 잠기고 있다. "통합된 프랑스와 독일은 세계의 주인이 될 게요. 왜 프랑스 사람들은 러시아와 맞서고 있는 히틀러를 두려워하는 거요? 그는 이곳의 인민들에게 자유 국민의 성격을 부여하고 있을 뿐이오. 그는 도시에 그들의 이름을 딴 직선 도로를 닦아 놓는 사람들이오. 그는 질서를 확립하고 있소" 하고 그는 말했다.

그러나 옆 테이블에는 스페인 사람들이 벌써 흥분하고 있었다. 나는 그들이 스탈린에 대해 이야기하는 것을 듣고 있다. 그리고 5개년 계획에 대해서 말하는 것도 듣고 있다. 그리고 저기에서 밝아지게 하는 모든 것에 대해서도……. 경치가 얼마나 변했는지 모른다! 프랑스의 국경을 일단 건너자마자 사람들은 봄에 대해선 아랑곳하지 않는다. 아마도 인간의 운명에 대해서 보다 더 관심을 기울이고 있나 보다.

모스크바!
그러나 혁명은 어디에 있나?

 급행 열차는 러시아 국경에서 30분간 지연됐다. 달리던 차량은 스스로 멈추었다. 나는 차를 바꾸어 타야 했기 때문에 나의 가방을 잠갔다. 그리고 복도 창가에 이마를 기대고 생각에 잠겼다. 나는 모래 섞인 대기와 검은 전나무 이외에 폴란드에 대해서는 아는 게 없다. 나는 약간 쓸쓸한 연안의 추억을 가지고 갈 것이다.
 북쪽으로 올라가면 갈수록 불빛이 찬란하다. 트로피크 꽃 밑에서 불빛이 밝으나 물들지 않는다. 불빛이 있었으나 그 불빛 아래 사물들이 검었다. 하늘도 온통 까맣다. 여기서 이미 사람들은 활기를 띠고 빛나고 있었다. 오늘 밤 전나무 숲에서 조용하고 싸늘한 축제가 열린다. 왜냐하면 이 구슬픈 나무는 빛을 가장 잘 받는 나무이기 때문이다. 불이 난 곳에 부는 바람처럼, 잘 뻗어 나가는 나무와 마찬가지로 말이다. 나는 타오르지는 않지만 잘 번지는 랑드(프랑스의 대서양에 면한. 숲이 많은 지방) 지방의 숲을 생각한다.
 그때 기차는 플랫폼에 천천히 다가선다…….
 지금 러시아에 도착한다.
 그러면 어떤 선입감이 나로 하여금 파괴의 징조를 찾게 했을까? 이 세관 사무소의 홀은 축제의 홀로 사용할 수 있었다. 넓고 통풍이 잘 되고 반짝반짝 빛나고 있었다. 역 구내 식당은 더 더욱 충격적이다. 집시풍의 오케스트라가 화분들 사이에서, 조그만 식탁에서 저녁을 들고 있는 고객들을 위해서 조용히 연주하고 있었다. 나는 내가 기대하던 현실을 잘못 파악해서 의심을 받게 되었다. 그곳은 외국인들을 위해 지은 집이었다. 틀림없이 그렇다. 그러나 벨르가르드의 세관은 역시 휴대품 보관소 안뜰과 흡사했다.

그렇다. 나는 사람들이 기만한다고 생각하고 싶어했다. 그러나 지금 당장으로서는 심판관이 아니라 세관원이 짐을 검사해야 하는 단순한 외국인에 불과하기 때문에 나는 그들이 적절하게 검사해 주기만을 기다릴 수밖에 없었다. 그렇지만 내 옆사람은 약간 역정을 냈다.

"당신 나라는 바로 이렇소. 나는 당신이 내 속옷을 더럽히도록 내 버려둘 수 없단 말이오······."

세관원이 그를 바라본다. 그러고는 무표정하게 다시 검사를 계속한다. 그에게는 이 검사가 조금도 대수롭지 않다는 그런 무관심으로 검사를 한다. 그는 자기 권력을 행사하는 데 소홀히 하고 있다. 그 때문에 나는 그가 1억 6천만 명의 사람들에 의해 지탄을 받을 것이라는 생각이 갑자기 들었다. 러시아의 크기로 보아 나는 그것을 매우 짙게 느낀다. 그리하여 나의 옆사람은 무관심 속으로 빠지고 말았다. 그의 분노는 침묵과 눈[雪]으로 갇힌 군대의 분노처럼 쉬 사그러진다. 그리하여 그는 입을 다물고 만다.

이제 모스크바 기차에 자리잡은 나는 이 안의 풍경을 살펴보려고 했다. 바로 이곳은 사람들이 흥분하지 않고는 말할 수 없는 그런 나라다. 이리하여 이 흥분 때문에 그리고 소련이 너무 가까이 있기 때문에 사람들은 오히려 아무것도 알지 못한다. 오히려 사람들은 중국을 잘 알고, 어떤 관점으로 중국을 판단할지 알고 있다. 사람들은 중국에 대해서는 서로 모순된 말을 하지는 않는다. 하지만 소련을 비판하고 싶을 때는 보는 견지에 따라 감탄에서 적의까지 나타낸다. 경우에 따라 사람들은 인간의 별명이나 개인의 존엄성을 우선 제일로 생각한다.

그렇지만 어떤 문제도 내겐 아직 일어나지 않았다. 이 나라가 바로 나에게 관문을 열어 준 친절한 세관원이다. 그리고 집시풍의 오케스트라다. 또한 열차 식당에 있던 호텔 지배인 중에서도 아주 세련되고 아주 정직한 지배인이다.

아침이다. 도착한다는 가벼운 설레임이 벌써부터 객차 속에 일고 있다. 스쳐 지나가는 대지는 벌써 집들로 가득 찼다. 그리고 집들이 점점 많아지고 밀집해 간다. 도로망이 구성되고 집중되어 있다. 어떤 것은 풍경에 둘러싸여 있다. 이것이 나라 중심에 자리잡고 있는 모스크바다.

기차는 선회한다. 그리하여 도시 전체가 우리 앞에 단번에 마치 어떤 덩어리처럼 드러났다. 그리고 나는 모스크바 상공을 날고 있는 70대의 비행기가 훈련하고 있는 것을 보았다.

그리고 내가 받은 첫인상은 꿀벌떼 아래 생명력으로 가득 찬 굉장히 큰 벌통 같다는 것이다.

조르주 케셀은 역시 나와 있었다. 그는 짐꾼을 부른다. 그리고 그 세계는 그의 환상에서 계속 벗어나고 있었다. 이 짐꾼도 모든 짐꾼들과 다를 바 없었다. 그는 내 가방을 택시 안에다 싣는다. 그리고 나는 차에 오르기 전에 내 주위를 살펴봤다. 나는 굉장한 소리를 내는 트럭들이 아름다운 미카담식 포장 도로 위를 굴러가고 있는 커다란 광장 이외에 아무것도 보지 못했다. 그리고 마르세이유에서처럼 묵주알처럼 길게 여러 대가 달린 전차를 보았다. 그리고 어린애들과 군인들이 둘러싸고 있는 의외로 시골뜨기 같은 여자 행상 아이스크림 장수를 보았다.

이리하여 나는 차츰 내가 동화를 믿던 것이 얼마나 순진했는지를 깨닫게 되었다. 나는 날림 공사로 만든 임시 도로를 따라갔다. 나는 알 수 없는 신비한 표적들을 기대했다. 그래서 나는 어린아이처럼 문지기의 태도에서 그리고 진열장의 질서 속에서 혁명의 흔적을 찾았다. 두 시간 동안 산책한 후에 이런 환상들은 사라졌다. 여기서 찾아서는 안 되는 것이다. 일상 생활의 범위 내에서는 나는 전혀 놀라지 않았다. 우리에게 다음과 같이 대답하는 젊은 여성에 대해서도 놀라지 않았다. "모스크바의 어떤 소녀가 혼자서 바에 들어가는 것은 어울리지 않아요." 혹은 "모스크바에서는 손에 키스할 수 있답니다. 하지만 사람이 많은 군중 앞에서는 할 수가 없어요." 나는 러시아 친구들이, 그들의 요리사가 병이 난 어머니를 방문하도록 허가를 요청했기 때문에, 점심을 취소하게 될 것에 대해서도 더 이상 놀라지 않을 것이다. 나는 사람들이 얼마나 러시아에 방문한 경험을 짐짓 왜곡하려 했는지를 알고 내 자신의 잘못에 대하여 깨달았다. 소련을 찾아야만 할 곳은 다른 곳이다. 이 땅이 얼마나 깊게 경작되었고 혁명에 의해 뒤바뀌었는지를 발견할 곳은 다른 곳에서다. 그럴지라도 항상 거리를 포장하는 사람은 포장 공사 인부이며 공장을 지휘하는 자는 화물 창고 책임자가 아닌 공장장이다.

이리하여 내가 모스크바를 살펴보기 위해 하루나 이틀쯤 기다려야 한다면 나는 그에 대해 놀랄 수 없었을 것이다. 모스크바는 역의 플랫폼 위에서 그 참모습이 드러날 수 없었다. 어떤 도시나 여행자들에게 대사(大使)를 파견하지 않는다. 단지 이곳을 방문하는 공화국 대통령들이 만반의 준비를 하고 완전히 변장을 한 조그만 알자스 여인을 플랫폼 위에서 발견할 뿐이다. 그래서 공화국 대통령들이 조그만 알자스 여인을 포옹하고 이 도시의 영혼을 발견한다. 그들은 이 조그마한 소녀를 그들의 가슴에 포옹하면서 뜻하지 않은 대화를 나누며 즐기게 된다.

죄와 벌
소비에트 재판소 앞에서

이 판사실에서 판사는 요점을 파악하고 있는 것처럼 보였다. 그는 내가 방금 했던 말을 하나하나 되풀이하면서 그것을 분명히 밝혔다. "처벌하는 게 문제가 아니라 교도하는 게 문제입니다"라고 그는 말한다.

그는 너무 나직한 목소리로 말을 해서 나는 그의 말을 듣기 위해 몸을 기울여야 했다. 그리고 그는 손으로 조심스럽게 눈에 보이지 않는 흙을 반죽하고 있는 듯했다. 나를 멀리 바라보면서 그는 내게 다시 반복해 말했다.

"교도해야만 합니다."

바로 내가 생각했던 대로 분노를 모르는 사람이었다. 그는 자기 동포들에게 그들이 존재하고 있음을 인정해 주는 그런 경의를 표시하지 않는다. 그들은 그를 위해 주조할 아름다운 반죽을 만들어 준다. 그리고 이 판사는 분노보다도 애정에 더 민감하지 않다. 사람들은 진흙을 통하여 작품을 미리 예측할 수 있다. 그리고 작품에 대해 일종의 무한한 애착심을 느낄 수 있다. 하지만 애정은 개인의 존중에 의해서만 생기는 법이다. 애정은 하찮은 것 속에서도 보금자리를 만든다. 또한 얼굴이 우스꽝스럽고 특별한 괴벽을 가진 자들 속에도 보금자리를 만든다. 만약 한 친구를 잃어버렸다면 그것은 어쩌면 울어도 시원찮을 그의 잘못인 것이다.

이 판사는 감히 판단하려고 들지 않는다. 그는 아무런 빈축을 사지 않으려는 의사와 흡사하다. 그는 그가 할 수 있을지를 생각해 본다. 하지만 무엇보다도 사회 문제를 검토할 때, 그가 고칠 수 없다면 그는 총살할 것이다. 그래서 불치병 환자의 말더듬이라든지, 언청이 입술의 뾰로통함이라든지, 그로 하여금 무척 겸손하게 우리와 가까이 있도록 하는 류마티즘은 절대로 그의 호의를 얻지 못한다.

그리하여 나는 이미 거기엔 개인에 대한 굉장한 오만불손한 태도가 있다는 것을 짐작하고 있었다. 하지만 개인을 통해 무엇을 영존시키고 위대한 것을 건설할 필요가 있는 사람들에 대해서는 인간에 대한 굉장한 존경심이 있음도 짐작하고 있었다.

내가 생각한 대로 죄가 있다는 것이 여기서는 아무런 뜻도 없다.

나는, 지금은 러시아 법규에 사형이 큰 몫을 차지한다 해도 그 형기가 십년을 초과하고 이 형기를 되도록 경감시키는 처벌은 전혀 포함하고 있지 않다는 것을 이해한다. 그 반대 이론이 만약 무시당해야만 했다면 10년 전에 무시당하였을 것임에 틀림없다. 따라서 목적이 없는 벌을 연장시킨다는 것이 무슨 소용이 있는가? 아랍인 대표는 그가 법을 바꾸어도 '똑같이' 취급받는다. 그것은 바로 소련에서는 아무런 의미가 없는 형벌 그 자체 개념이다.

우리 나라에서 사람들은 진 빚을 갚도록 어떤 유죄 선고를 받은 사람에 대해 말을 한다. 그리고 속죄로써 해마다 눈에 보이지 않는 셈을 청산한다. 이 셈은 지불 능력이 없는 것일 수도 있다. 사람들은 이 유죄 선고를 받은 자에게서 새 사람이 되는 권리를 박탈한다. 그리하여 50년 징역을 받은 이 사형수는 어느 날 분노로 죽인 20살의 청년 그대로 여전히 대가를 치룬다.

나의 판사는 일종의 꿈을 꾸듯이 말을 계속하고 있다.

"놀라게 해 주는 것이 필요하다면, 대중의 권리에 대한 범죄가 증가한다면, 전염병을 막는 것이 필요하다면 그때에는 우리는 아주 엄하게 처벌할 것이다. 군대가 해체되면 본보기삼아 총살한다. 2주일 먼저 강제 노동 3년 징역을 선고 받은 자는 자기의 일생을 불법 침입하여 훔친 보잘것없는 물건과 바꾼다. 그러나 우리는 전염병을 막았다. 그리고 우리는 사람들을 구출했다. 우리에게 부도덕하게 보이는 자는 사회적인 위험이 있는 경우 가혹하게 엄벌해서는 안 된다. 하지만 우리가 포로를 잡는다면 그것은 한마디로 그를 투옥해야 한다. 흑인이 흑인인 것처럼 마치 암살자가 본질적으로 암살자이고 생활을 위한 암살자인 것처럼 행동해야 한다. 암살자는 암살당한 사람에 불과하다. 판사의 손은 늘 눈에 보이지 않는 반죽을 빚어 형상을 만들고 있다."

"교화시키는데 우리는 굉장한 성공을 거두었소"라고 그는 말한다.

그리하여 나는 그의 관점을, 입장을 바꾸어 생각해 보려고 노력한다. 나는 한 강도를 아니면 한 포주를 상상해 본다. 그리고 그들의 법률, 도덕, 헌신, 잔인성과 더불어 그들의 뒷골목 환경을 상상해 본다. 나는 결코 목자가 될 수 없는 이와 같은 사회에서 형성된 사람을 가정해 본다. 그에게는 모험이, 책략이, 무지가 부족할 것이다. 또한 그의 경험이, 그를 성장시킬 수 있었던 재능의 훈련이 부족할 것이다. 어쩌면 결단력, 용기, 자제력이 모자랄지도 모를 일이다.

그는 미덕의 장점에 관한 모든 칭찬의 말에도 불구하고 자신이 왜소해짐을 느낄 것이다. 인생은 흔적을 남긴다. 소녀들도 스스로 그들의 직업에 의해 흔적을 남기게 되며 결코 변화시킬 수는 없다. 왜냐하면 그녀들은 신경질나고 견딜 수 없는 기다림, 새벽의 쓸쓸하고 싸늘한 느낌, 두려움, 그리고 순경들과 화해를 하는 시각과 밤의 모든 협박망들이 풀어지는 반역의 도시와 화해를 하는 시각인 새벽 5시의 너무나 정다운 조각달을 참을 수 없기 때문이다. 누가 비참한 느낌에 대해서 말할 것인가? 이 사람도 저 사람도 평화를 시험해 볼 수 없을 것이다. 왜냐하면 그것은 전쟁에 의해 형성되기 때문이다. 양심의 평화도 역시 마찬가지다. 하지만 여기에는 기적이 있다. 이 도둑놈, 포주, 암살자들을 사람들은 마치 저수지에서처럼 도형장에서 끌어내어 무장한 감시원들을 따라붙여 북극해와 발틱해를 연결하는 운하를 파도록 추방한다. 그곳에서 그들은 모험을 다시 하게 된다. 얼마나 멋진 모험인가! 설계를 맡은 사람들이 벌써 왔다. 몸집이 큰 농부들이 와서 이 바다에서 저 바다에 이르기까지 협곡처럼 깊은 고랑을, 배가 드나들 수 있는 깊이의 고랑을 판다. 성당 건물을 무너뜨린 지형과는 반대로, 지하 팽창으로 짚처럼 부서지는 두꺼운 널판용이 될 숲을 베인 자리의 측면을 융기시키면서 말이다. 밤이 되면 그들은 공기총 조준선 아래로 야영 텐트를 모은다. 그리고 피곤함이 죽음의 침묵을 이 사람들 위로 퍼뜨린다. 그들은 아직도 손대지 않은 땅 맞은편 사업장 머리에 야영을 하고 있다. 그리하여 차츰차츰 그들은 게임에 사로잡히게 된다. 그들은 단체로 모여 살고 있으며 그들의 기사들 그리고 그들의 감독들에 의해 지시를 받고 있다. 왜냐하면 도형장 안에서는 쉽게 무엇이든 발견하기 때문이다. 또한 자연적으로 지배력을 잘 행사할 줄 아는 그들 사이에서도 그들에 의해 지배받으며 살고 있다.

"판사님, 재판소 설립을 동의합니다. 하지만 영원한 정복, 감독, 국내 여권, 집단적인 노예화, 이런 것들은 참을 수 없습니다. 판사님."

그렇지만 나는 역시 이해할 만했다. 그들은 이곳에 일종의 사회를 세웠다. 그리고 지금 그들은 사람들이 그들의 법률을 존중하도록 요구하고 있을 뿐만 아니라 법률에 익숙하여 살아가기를 요구하고 있다. 그들은 외관상으로 뿐만 아니라 그들의 마음속으로 사회적인 유기체로서 사람들이 조직되기를 요구하고 있다. 그런데 단지 그 규칙들이 문란해질 뿐이다. 다음은 어느 친구가 내게 해 준 아름다운 이야기다. 이 이야기는 그 문제점을 약간 밝혀 줄 것이다.

기차를 놓쳐 버린 그는 작은 도시에서 약간 떨어져 있는 대합실에서 오후 내내 앉아 있었다. 그는 거기서 옷 보따리와 사모바르(러시아의 주전자)처럼 보이는 뜻하지 않은 물건 백 개를 발견했다. 이 물건들이 여행자들의 소유임에 틀림없다고 생각했다. 하지만 밤이 되자 그는 이 옷 보따리의 소유자들이 하나씩 하나씩 대합실에서 돌아가는 것을 보았다. 그들은 익숙해진 직장에서 총총 걸음으로 조용히 돌아가고 있었다. 그들은 지나가는 길에 가게 앞에서 물건을 사고 벌써 채소를 삶을 준비를 하고 있었다. 그 분위기는 오래된 가정 하숙집의 믿음직한 분위기였다. 누가 노래를 부르고 아이들의 코를 풀어 주고 있었다. 나의 친구는 역장 가까이 다가가서 물어 보았다.

"여기서 그들은 뭘 합니까?"

"그들은 기다립니다." 하고 역장은 대답했다.

"무엇을 기다립니까?"

"출발 허가를 기다립니다."

"어디로 떠나는 출발 허가지요?"

"그냥 떠나는 기차를 타는 허가죠."

역장은 놀라지 않았다. 그들은 단순히 떠나고 싶어했기 때문이다. 어디든지 상관이 없었다. 그들의 운명을 완성하기 위해서 말이다. 새로운 별을 찾기 위해서는 상관없다. 이곳의 별들은 그들에게 싫증이 난 것 같았다. 나의 친구는 무엇보다도 그들의 참을성에 감탄했다. 대합실에서의 그 시간은 그에게는 참을 수 없이 지루한 시간으로 여겨졌고, 3일은 그를 미치게 만들 것 같았다. 그러나 대합실에서 사람들은 조용하게 노래를 부르고 있었으며, 사모바르 주전자 위로 조용히 몸을 기울이고 있었다. 그때 그는 역장에게 다시 와서 물었다.
"언제부터 그들은 기다리고 있습니까?"
역장은 모자를 올리고 이마를 문지르더니 계산서 뭉치를 넘겼다.
"5, 6년 될 거요."
왜냐하면 일부 러시아 국민은 유람하는 기질을 가지고 있었기 때문이다.
그들은 결코 자기 거주지에 애착을 갖지 않으며, 포장마차를 타고 별빛 아래 어디론가 전진하려는 아시아적인 욕망에 옛날부터 사로잡혀 있었다. 그들은 항상 어떤 것을 찾아서 떠난다. 하느님을 찾아서, 진리를 찾아서, 미래를 찾아서 떠난다. 그런데 인간의 집들은 인간을 땅에 너무 단단히 정착시키고 있다. 따라서 그들은 다른 곳을 향해 기꺼이 떠나는 것이다.
시골 어느 구석, 양털처럼 부드러운 연기가 실날같이 솟아오르는 작은 집이 너무나 극단적인 모습으로 이루어진 프랑스에서 돌아 왔을 때, 이 이탈을 어떻게 생각해야 할지 모르겠다. 어디서 해고당한 문지기가 육체에 도전하고 눈에 보이지 않게 수없이 자질구레한 인연을 맺고 있는지 모르겠다. 프랑스에서는 역에서 야영을 하고 프로방스 지방으로의 이주를 꿈꾸는 북부 주민들을 아무도 상상하지 않는다. 북부의 사람들은 그들과 친근한 안개를 좋아한다. 그러나 여기서는······.
여기서는 사람들이 넓은 세계를 사랑한다. 그들은 어쩌면 그들의 꿈속에서 살아간다. 그들에게는 대지를 배우는 것이 필요하다. 그들에게는 구체적인 것을 배우는 게 필요하다. 그리하여 제도는 이 영원한 순례자들과 맞서 투쟁한다. 하나의 별을 알아보는 사람들의 내적인 도전에 맞서서 투쟁한다. 그들이 북쪽으로 남쪽으로 눈에 보이지 않는 물결을 이루며 아무렇게나 가는 것을 막아야 한다. 혁명이 일단 끝나기만 하면 어떤 새로운 사회 제도를 향해 그들이 전진하는 것을 막아야 한다. 별들이 저녁놀을 점화하는 나라가 아니냐?

그리하여 사람들은 이주자들을 유혹하기 위해 집을 짓는다. 아파트는 빌려 주지는 않지만 팔기는 한다. 국내여권제도를 채택했다. 하늘의 위험한 징조를 향해 너무 자주 눈을 드는 사람들을 시베리아로 추방한다. 그곳에서는 영하 60도의 겨울이 계속 이어지고 있다.

이리하여 어쩌면 새롭고 흔들리지 않는 인간을 창조한다. 또한 공장에서, 단체 생활에서 사랑받는 인간을 창조한다. 마치 프랑스의 어느 정원사가 자기 정원의 본질을 알고 있는 것처럼 말이다.

'막심—고리키'의 비극적인 종말

세계에서 가장 큰 비행기인 막심—고리키가 파괴되었다. 한 대의 전투기가 초속 4백 킬로미터의 속력 초과로 막심—고르키와 충돌했을 때, 하강선 앞으로 떨어지려 하고 있었다.

어떤 사람들은 그 비행기가 날개를 부딪쳤다고 말하고, 다른 사람들은 중앙 엔진이 충격을 받았다고 말한다. 그러나 모든 사람들은 그 비행기가 무서운 소리를 내며 추락하는 것을 보았다. 그러고는 날개, 엔진 그리고 동체가 검은 연기 속에서 완전히 산산조각이 났다. 추락 속력은 그 자체가 질서정연한 것 같았다. 구경꾼들은 현기증 나는 횡전을 목격하거나 아니면 어뢰 공격을 받은 선박이 아주 장엄하게 파선하는 것을 목격하는 것 같은 인상을 받았다.

42톤의 무게가 나가는 기체가 목조 건물 위에 떨어져 집은 부서지고 불이 났다. 그 집의 거주자들은 비명에 죽었다. 승무원 11명과 조종사 쥬로프와 35명의 승객도 역시 사망했다.

 이 비행 사고는 48명의 희생자를 냈다. 러시아 공군의 자랑인 막심—고리키는 날개의 폭이 63미터나 되고 길이가 32미터가 되는 비행기다. 8개의 엔진 중 6개가 두터운 날개 속에 들어 있으며 7천 마력의 힘을 가지고 있다. 비행 속도는 260킬로미터다. 그것은 하늘에서 굉장한 소리를 내며 다니고 있었다. 그러나 구름을 뚫고 내려가는 8개의 엔진 소리는 땅 위에서 듣는 사람들에겐 작게 들린다.

 사고 바로 전날 나는 막심—고리키를 타고 비행했다. 나는 이 영광이 허락된 최초의 외국인이었다. 동시에 그것은 마지막이 되었다……. 나는 필요한 허가를 받는 데 아주 오랫동안 기다려야 했다. 그런데 그날 오후 내가 더 이상 기대하지 않고 포기했을 때 그 허가가 내려졌던 것이다. 나는 기체 맨 앞에 있는 휴게실에 자리잡고 거기에서 이륙을 구경했다. 기체가 몹시 흔들렸다. 그리고 나는 이 거대한 기체가 42톤짜리 동체를 공중으로 재빨리 들어올리는 것을 느꼈다. 나는 이륙을 여유 있게 하는 데 놀랐다.

 우리들이 모스크바를 향해 비행기를 타고 선회하는 동안 나는 여기저기를 구경했다. 나는 자동전화통신망에 의해 항로가 확정된 주요 11개 구획을 비행하면서 구경했으므로 산책했다고 말할 수 있다. 기송관(氣送管) 제도가 아직도 전보 운송을 보장하고 있어서 전화를 능가하고 있었다. 기계의 크기는 비행기의 기실(機室)이 동체의 길이만할 뿐만 아니라 날개 두께 내부만큼 크게 보인다. 그러므로 나는 위험을 무릅쓰고 왼쪽 날개 중앙 복도로 다가가서 그쪽으로 향해 있는 문을 하나씩 열었다. 그것은 승객실이기도 한 동시에 각 엔진이 따로따로 놓여 있는 정말 기실(機室)이기도 했다. 어떤 기사가 나에게 와서 전기 발전기를 구경시켜 주었다. 무선 전신, 확성기와 시동 장치 이외에 그 발전기는 1만 2천 와트의 전력으로 80촉광의 전기를 전류를 통하여 제공하고 있다.

어떤 어뢰정 안에서처럼 나는 깊숙이 들어가서 이 기계 내부를 15분간 구경한 후에 햇빛을 다시 보지 못했다. 나는 엔진의 끊임없는 육중한 흔들림 속에 잠겨 있었다. 나는 전화 교환들을 가로질러 갔다. 승객실 안에는 침대가 몇 개 있었다. 나는 파란 작업복 차림의 기관사들을 만났다. 그의 기계실에서 상당히 떨어져 있는 곳에서 일하고 있는 젊은 타이피스트 아가씨를 발견했을 때 나는 깜짝 놀랐다.

나는 햇빛이 있는 곳으로 다시 나왔다. 모스크바는 비행기 아래에서 천천히 돌고 있었다. 휴게실 구석에 자리잡고 있는 기장은 전화로 조종사들에게 알 수 없는 명령을 내리고 있었다. 무선통신실에서 그에게 기송관으로 전보를 전달한다. 이것은 복잡한 단체, 내가 비행하면서도 결코 경험하지 못했던 조직적인 생활이라는 인상을 주었다.

그때 나는 나의 안락의자에 깊숙이 앉아서 눈을 감았다. 나는 등받이를 통해 8개의 엔진의 진동을 느꼈다. 또한 발에서 머리끝까지 내 몸에 땀이 흐르는 강렬한 인상을 받았다. 나는 이 발전기가 광선을 배출하는 것을 다시 보았다. 그리하여 나는 보일러실처럼 타는 듯하던 모터실이 떠올랐다. 나는 눈을 다시 떴다.

휴게실의 큼직한 창에서 푸른 광채가 쏟아져 들어왔다. 그리하여 나는 지상에서 멀리 떨어져 있는 고급 발코니에 있는 것 같았다. 조종석과 기체 내의 기계과 승객, 승객실이 하나를 이루고 있는 이 비행기의 조화는 이곳에서 이미 깨어졌다. 기계실에서는 기계의 영역으로부터 한가로움과 꿈의 영역에 이르기까지 다 실감할 수 있다.

그 다음날 막심—고리키는 더 이상 존재하지 않았다. 그 비행기의 추락을 이곳에서는 일종의 국민장과 같이 여기는 것 같았다. 가장 우수한 사람들 중에서 다시 발탁된 주우로브 조종사와 10명의 승무원의 죽음 외에 〈파지〉 공장의 노동자들이며 그들의 노동에 대한 보상으로 이 비행기를 탈 수 있도록 특별 선발된 35명의 승객 외에, 소련은 자국이 중흥 산업의 생명력을 소유했다는 가장 좋은 증거인 비행기를 상실했다.

하지만 내가 말했던 직업인들을 조금은 위로하고 있는 것처럼 보이는 그 무엇이 있는 것 같았다. 그것은 거인을 쓰러뜨린 부조리한 숙명이다. 이 비극은 기관사들의 계산 때문도 아니며, 노동자들의 작업 미숙 때문도 아니고, 승무원들의 어떤 과오 때문도 아니다. 조용한 노선의 피투성이가 된 교차로에서 막심―고리키는 눈이 먼 어느 전투기의―사격 탄도처럼 팽팽한―궤도 속에 들어가 충돌하고 말았다.

야릇한 어느 저녁
20세 시절을 회상하며 서러워하는 노파들, 그리고 그쟈비에 양과 더불어

나는 30번지를 확인하고 크고 침울한 그 집 앞에 멈췄다. 현관 뒤로 안마당과 건물들이 늘어선 것이 보였다. 살페트리에르의 입구는 더 처량했다. 사실은 죽어 가는 모스크바에 남아 있는 흰개미집 같은 집이 문제인 것이다. 어느 날 그것을 헐고 그 위에다 하얗고 높은 건물을 세울 것이다.

그러나 모스크바는 수년 내에 거의 3백만 인구에 육박했다. 그들은 한 곳에 밀집하여 살았다. 그들은 그들의 아파트가 분리되고 그들이 들어가 살게 될 새 건물들이 완성되길 기다리면서 한 건물 속에서 살았다.

그 구성은 간단하다. 예컨대 역사 선생님들의 그룹이나 아니면 고급 가구 제조자들의 그룹은 협동 조합을 형성한다. 정부는 매달 지불하여 상환될 융자금을 미리 선불해 준다.

협동 조합은 국가 건설 사업체에 조합 건물을 주문한다. 각 조합

원은 벌써 자기 아파트를 예약하고 그림을 선택하고 세부적인 집안 시설까지 토의한다. 그리고 그 후부터 그들은 이 가구가 딸린 처량한 집에서, 인생의 대기실에서 참고 견딘다. 왜냐하면 그 집은 일종의 잠정적인 집에 불과하기 때문이다.

새 건물은 벌써 땅 위에 솟아오르기 시작한다.

그들은 너무 많이 기다렸듯이 새 나라의 가건물에서 건축가들을 기다린다.

나는 내면 생활이 다시 윤택해진 오늘날의 아파트들을 이미 알고 있다. 하지만 나는 아직도 잔존하는 슬픈 지난날의 발자취를 내 스스로 비판하고 싶다. 이리하여 나는 마치 그림자처럼 30번지 앞에서 지나쳐 버렸다. 나는 줄곧 외국인들을 따라다니는 이 경찰관들을 아직도 막연하게나마 믿고 있었다. 나는 그들이 나와 소련의 기밀실 사이를 저지할까봐 두려워하고 있었다. 그러나 나는 별로 이상한 예감도 느끼지 못한 채 현관을 들어섰다. 나의 산책은 아무에게도 관심을 끌지 않았다. 개미집 같은 혼잡한 거리에 들어섰을 때 나는 처음 보는 사람에게 말을 걸었다. 조심스레 적어 둔 이름의 주인공이 어디에 살고 있는지를 알아보기 위해서다. 그가 나의 존재조차 모른다고 해도 나는 그를 깜짝 놀라게 하려 한다.

"그쟈비에 양이 어디에 살고 있습니까?"

그 사람은 굉장히 뚱뚱한 아주머니였는데 곧 내게 동정심을 가졌다. 뭐라 한바탕 말을 했지만 나는 전혀 알아들을 수가 없었다. 나는 러시아 어를 모르기 때문이다.

그녀는 많은 추가 설명을 하면서 나의 어정쩡한 표정에 대답했다. 나는 감히 도망침으로써 이토록 친절한 이 사람을 화내게 할 수는 없었다. 하지만 나는 귀에다 손가락을 갖다 대고는 알아듣지 못한다는 신호를 그녀에게 보냈다. 그랬더니 그녀는 내가 귀머거리인 줄 알고 두 번씩 큰소리로 외치면서 설명을 다시 하는 것이었다.

나는 운에 맡길 도리밖에 없었다. 제일 먼저 나는 층계를 올라가

첫번째 문의 벨을 누르는 수밖에 없었다. 누군가가 나를 아파트로 데리고 갔다. 나를 맞아 준 사람은 러시아 어로 내게 물어 왔다. 나는 그에게 불어로 대답했다. 그는 나를 한참 뚫어지게 보더니 되돌아서며 사라져 버렸다. 나는 홀로 남아 있었다. 내 주위엔 수많은 물건들이 있었다. 외투와 모자가 걸린 옷걸이가 있었고 벽장 위에는 구두 한 켤레가 있고 트렁크 위에는 홍차 끓이는 주전자가 놓여 있었다. 나는 어떤 아이의 고함 소리를 들었다. 이어서 웃음소리, 축음기 소리, 여러 개의 문들을 집 한가운데에서 여닫는 소리가 들려 왔다. 그런데 나는 아무도 없는 아파트에 들어온 강도처럼 혼자 남아 있었다. 마침내 그 남자가 다시 나타났다. 그는 앞치마를 입은 가정부를 한 사람 데리고 나왔다. 그녀는 연신 비누거품이 묻은 손을 앞치마에 닦는다. 그녀는 영어로 내게 물어 온다. 나는 불어로 대답했다. 그들은 둘다 침울한 듯하더니 다시 층계로 사라졌다. 나는 점점 크게 들리는 잡담 소리를 들었다.

이따금 문이 빙긋이 열리고 낯선 사람들이 나를 난처하다는 표정으로 뚫어지게 쳐다보곤 했다. 아마 어떤 단안이 취해진 모양이다. 집안이 온통 활기에 넘쳤다. 나는 부르는 소리와 급히 달려오는 소리를 들었다. 마침내 문이 활짝 열렸다. 세번째 사람이 등장했다. 뒤에 모여 있던 사람들의 합창 소리는 확실히 이 사람에 대해 굉장한 희망을 걸고 있음에 틀림없었다. 그는 다가와 자기를 소개하고는 내게 덴마크 어로 말을 하는 것이었다. 우리는 모두 실망했다.

그러나 모든 사람이 실망하는 가운데 나는 아무도 몰래 들어가기 위해 내가 시도할 수 있는 모든 노력을 해야겠다고 마음먹었다. 모든 입주자들과 나, 우리 모두는 누군가가 네번째의 언어 전문가로 그쟈비에 양을 나에게 데리고 왔을 때 서로 침울하게 바라보고 있었다. 그녀는 늙고 비쩍 마르고 허리가 굽고 주름투성이인 심술쟁이 노파였는데 눈매는 빛났다. 나의 방문을 전혀 이해하지 못하는 그녀는 내게 자기 집으로 따라오라고 했다.

그리하여 드디어 내가 구출되는 것을 보고 좋아하는 이 정직한 사람들은 하나씩 돌아가 버렸다.

지금 나는 그쟈비에 양 집에 있다. 나는 약간 흥분되었다. 그녀들은 60세에서 70세까지의 300명의 프랑스 여자들이다. 4백만의 인구를 가진 도시에서 회색 쥐처럼 잊혀져 가는 노파들이다. 옛 사회 제도에서 젊은 소녀들의 여교사나 가정 교사였던 그녀들은 혁명을 겪었다. 이상한 시대였다. 옛날 사회는 하나의 신전처럼 그녀들 위에서 쓰러져 갔다. 혁명은 강자들을 짓밟고 마치 폭풍의 장난처럼 방방곡곡으로 약자들을 흩어지게 했다. 하지만 혁명은 300여 명의 프랑스 가정 교사들을 손대지 못했다. 그녀들은 이처럼 작고 이처럼 조심성이 있으며 이처럼 정확했다! 그녀들의 훌륭한 제자들 틈에서 그녀들은 오랫동안 눈에 띄지 않게 살아 오는 법을 배워 왔다. 그녀들은 그들에게 우아한 프랑스 어를 가르쳤으며, 훌륭한 제자들은 곧 가장 우아한 언어의 올가미로 근위병인 호남 약혼자들을 사로잡았던 것이다. 이 노파 가정 교사들은 자기 자신들의 사랑을 위해 결코 그것을 사용한 적이 없었기 때문에 문체와 철자법이 어떤 은밀한 힘을 숨기고 있는지 설명하지 못했다. 그녀들은 역시 품행과 음악과 무용을 가르쳤다. 그녀들에게는 가장 부자연스러운 바른 행실만을 장려해 온 그 비법들이 이 처녀들에게는 화기 있고 경쾌한 그 무엇이었다. 그리하여 검은 옷을 입고 근엄하고 조심성 있는 이 노파 가정 교사들은 늙어 갔고, 미덕처럼, 명령처럼 그리고 좋은 교육처럼 뚜렷하지만 눈에 띄지 않았다. 이 찬란한 꽃들을 꺾은 혁명도 최소한 모스크바에서는 이 회색 쥐들에게는 상처를 입히지 않았다.

그쟈비에 양은 72살이다. 그쟈비에 양은 울고 있었다. 나는 30만에 처음으로 그녀의 집을 방문한 최초의 프랑스 인으로서 앉게 되었다. 그쟈비에 양은 스무 번이나 되풀이 말했다. "내가 알았더라면…… 내가 알았더라면…… 방 하나를 잘 처리해 놨을 텐데." 나는 문이 열려 있는 것을 보았다. 그래서 나는 역시 아파트에 살고 있는 외국인들을 생각했다. 그들은 12번이나 우리의 잡담을 고발했을 것이다. 나는 아직도 굉장히 공상적이다. 그쟈비에 양은 전설을 다음과 같이 요약해 이야기한다.

"내가 연 문은 분명했다오. 나는 너무나 근사한 방문을 받았다오! 모든 이웃 여자들이 그것을 부러워했다오." 하고 그녀는 나에게 자랑스럽게 털어놓는다.

그리고 그녀는 벽장을 큰소리로 열더니 건배할 잔을 내놓는다. 그녀는 마디라(포르투갈 령의 섬) 산의 포도주병과 마른 과자를 내놓았다. 그녀와 서로 건배를 했다. 그녀는 테이블 위에 병을 놓는다. 누군가 이 대향연의 소음을 들었어야 했다.

지금 나는 그녀의 말을 듣고 있다. 이야기를 늘어놓는 그녀의 말을 듣고 있다. 나는 그녀에게 혁명에 관해 물어 보았다. 왜냐하면 그녀의 관점이 나의 호기심을 끌었기 때문이다. 백발이 성성한 한 노파에게 혁명이란 무엇인가? 모든 것이 자기 주변에서 붕괴될 때 어떻게 살아갈 수 있을까?

"혁명이란 바로 지긋지긋한 거랍니다." 하고 나의 주인 여자가 말한다.

그쟈비에 양은 프랑스 어를 가르치며 살아 왔다. 그녀는 어떤 요리사의 딸에게 불어를 가르치고 대신 한 끼의 식사와 교환했다……. 매일 그녀는 사방팔방으로 모스크바를 돌아다녔다. 약간의 용돈을 마련하기 위해 그녀는 자질구레한 골동품을 팔았다. 붉은 방망이, 장갑, 안경 등 골동품을 노인들이 그녀에게 단돈 몇 푼에 팔라고 요구했던 것이다.

"그건 합법적인 일이 아니었죠. 그것은 투기였답니다." 하고 그쟈비에 양은 내게 털어놓는다.

그리고 그녀는 시민 전쟁 때 가장 암담했던 날을 내게 이야기한다.

그러나 그쟈비에 양은 군인도 기관총도 시체들도 보지 못했다. 그녀는 그 당시 대유행이던 넥타이를 파는 데 한푼이라도 더 벌기에 바빴다는 것이었다.
　가엾은 가정 교사 노파! 사랑의 모험이 그녀를 거부했듯이 사회적인 모험은 그녀를 거부했다. 모험은 그녀를 전혀 원하지 않았다. 이리하여 해적선 위에는 해적들이 와이셔츠를 짜집기하는 데 열중하여 전혀 그 존재를 눈치채지 못할 온순한 노파가 몇 명 있었던 모양이었다.
　그렇지만 그녀는 어느 날 일제 단속에 걸렸다. 그리하여 어두운 지하실에 2백명 내지 3백명의 혐의자와 함께 갇혔다. 무장한 군인들이 죄수들을 조서실로 하나씩 하나씩 데리고 갔다. 조서실에서는 사형수 중에서 살릴 수 있는 사람을 선별했다.
　"죄수들 중 절반은 지하실로 향하는 조서실 앞에 있었죠"라고 그녀는 내게 말한다.
　그런데 모험이란 그날 밤 한 번 더 그녀에게 가장 온순한 얼굴을 갖게 했다.
　사람이 영원 속으로 빠져 들어가는 듯한 검은 물통 위에 칸막이 판자를 두고 그 위에 누워 있는 그쟈비에 양은 빵 조각과 3개의 졸임 과자를 저녁 식사로 받았다. 3개의 졸임 과자는 어쩌면 어떤 국민의 궁핍을 충격적으로 설명해 주는지 모른다. 그녀들은 마호가니 피아노를 회상한다. 그쟈비에 양의 어느 여자 친구가 그 당시 3프랑에 팔고 간 독주용 그랜드 피아노를 회상한다. 하지만 어쨌든 이 졸임 과자는 놀이와 어린 시절의 모든 추억을 불러일으킨다.
　그쟈비에 양은 아주 꼬마였을 때의 사건으로 죄인 취급을 받게 되었다. 그렇지만 그녀는 어떤 심각한 걱정거리로 바짝바짝 말라 갔다. 누구에게 그녀가 체포 당시 샀던 털이불을 맡긴 것인가? 그녀는 그 이불을 베고 잠이 들었다. 누가 심문하기 위해 그녀를 불렀을 때 그녀는 그것을 내놓고 싶지 않았다. 그녀가 판사들 앞에 출두했을 때 그녀는 작은 몸집에 굉장히 큰 털이불을 꼭 껴안고 있었다.

그래서 판사들은 역시 그녀를 너무 심각하게 취급하지는 않았다. 그쟈비에 양은 심문에 대해서 지금도 분노를 느끼는 기억을 간직하고 있다. 군인들로 둘러싸인 사람들은 부엌의 커다란 식탁에 앉았다. 수석 판사는 밤을 새워 피곤하고 권태롭게 서류들을 조사하고 있었다. 이 사람부터 생사를 준엄하게 판가름하게 될 판이다. 이 사람은 그녀에게 자기 귀를 문지르면서 수줍게 물어 보았다.

"나도 20살짜리 딸이 있소, 마드모아젤. 그 애에게 불어 개인 교수를 해 줄 생각은 없소?"

자기 가슴에 털이불을 꼭 움켜쥐고 그쟈비에 양은 그에게 무척 위엄 있게 대답했다.

"당신이 날 체포했소. 나를 재판하시오. 내가 만약 살아난다면 내일 당신 딸에 대해 이야기합시다."

그리고 오늘 저녁 눈에 광채를 띠며 덧붙여 말한다.

"그들은 감히 나를 바라보지도 못했다오. 그들은 무척 당황했습니다."

나는 아름다운 환상을 좋아한다. 인간이란 그가 이미 자기 마음 속에 가지고 있는 것만을 세상에서 볼 수 있다는 것을 나는 생각한다. 이 비장한 순간에 직면하여 그의 판결문을 받기 위해서는 상당한 포용력이 필요하다.

나는 어느 친구의 부인이 내게 해 준 그 이야기를 기억한다. 적위군(1918년에 소비에트 정권 방위를 위하여 무장한 노동자로 편성된 군대)의 진입 이전에 아마 세바스토폴리(소련 크리미아 반도의 항구로서 13만 관 광보양지임) 아니면 오데사(소련 우크라이나 공화국의 도시로서 흑해에 면한 중요한 공업도시)에서 항해를 시작한 백위군(1917년의 소련 혁명에서 적위군에 탈회하려던 반혁명군)의 마지막 군함 갑판에 올라 그녀는 망명할 수 있었다.

그 작은 선박은 터질 듯이 만원이었다. 인원 초과로 그 배는 전복될 것만 같았다. 벌써 천천히 부두에서 멀어지고 있었다. 이미 배에 흠이 생겼다. 아직 작긴 하지만 두 세계 사이는 이미 회복할 수 없는 상처가 생겼다. 선박 뒤에서 군중들 속에 파묻힌 그녀는 주위를 바라보았다. 패배당한 코자크 기병들이 이틀 전부터 산에서 물러나 바다를 향하고 있었다. 그들은 끊임없이 내려가고 있었다. 그러나 그곳에는 이미 배가 없었다. 부두에 도착한 그들은 땅에 뛰어내려 말을 죽이고 그들의 군복과 무기를 벗어 던지고 아직 가까이 있는 이 작은 배에 헤엄쳐서 구조되기 위해 물 속에 뛰어들었다. 그러나 뒤에는 가벼운 소총으로 무장하고 그들이 올라오지 못하도록 임무를 맡은 사람들이 바다 위에서 붉은 별을 매번 반짝이게 했다. 항구는 곧 온통 별들로 꽃피웠다. 하지만 코자크 기병들은 줄기차게 악몽의 강박 관념에 사로잡혀, 부두 위에 불쑥 나타나 말에서 뛰어내려 말을 죽이고는 붉은 불꽃이 튀기는 곳까지 헤엄쳐 갔다……

그쟈비에 양은 그날 저녁 그녀의 동료인 10명의 프랑스 인 노파를 10여 개의 숙소 중에서 가장 좋은 곳에 모이게 했다. 이곳은 주인 노파가 손수 페인트 칠한 아주 매력적인 작은 아파트였다. 나는 포트와인과 포도주와 음료수를 제공했다. 우리는 모두 약간 취해 있었다. 그리고 우리는 옛날 샹송을 불렀다. 그들의 어린 시절이 눈앞에 다시 떠올랐다. 그래서 그녀들은 울었다. 스무 살 때의 감정이 가슴 속에 다시 되살아났다. 왜냐하면 그녀들은 이젠 나를 "여보"라고 부르기 때문이다. 나는 어떤 매력적인 왕자가 된 듯했다. 영광과 워트가(러시아의 화주)에 취해서 나를 포옹하는 이 작은 노파들에 둘러싸여서!

무척 심각한 어떤 사람이 등장한다. 그 사람은 경쟁자였다. 그는 매일 저녁 여기 와서 차를 마시고 불어로 말하고 작은 케이크를 먹으러 온다. 그러나 오늘 밤 그는 식탁 끝에 엄숙하고 표독스럽게 앉아 있다.

이 노파들은 나에게 그의 뛰어남을 보여 주고 싶어한다.

"이분은 러시아 사람입니다. 그리고 그가 무엇을 했는지 아세요?" 하고 그녀들은 나에게 말한다.

나는 영문을 모르겠다. 나는 애써 생각해 본다. 그 사람은 점점 더 겸손한 표정을 했다. 겸손하고 관대한 표정을 지었다. 대영주의 겸손한 모습이다. 하지만 그녀들은 그를 둘러싸고 그를 모아 세운다.
 "당신이 1906년에 무엇을 했는지 우리 프랑스 인에게 이야기하세요."
 그는 손가락으로 회중시계 줄을 만지작거렸다. 그는 이 노파들을 애타게 했다. 마침내 그는 체념한 듯 나를 향해 돌아서서 무의식적으로 털썩 주저앉더니 말을 꺼냈다.
 "1906년에 나는 모나코 바에서 룰렛(돌아가는 원반에 구슬을 굴리는 도박의 일종)노름을 했소."
 그러나 그 노파들은 손가락을 치며 의기양양해했다.
 새벽 1시경에 나는 돌아가야만 한다. 누가 호화찬란한 택시까지 태워 나를 데려다 주었다. 나는 그 노파를 팔에 끼고 비스듬히 걸었다. 오늘 주인공은 나다.
 그갸비에 양은 내게 귓속말로 속삭인다.
 "내년에 나도 역시 아파트를 갖게 될 거요. 그러면 우리 집에서 우리 모두 다시 만나요. 당신은 그 아파트가 얼마나 아름다운가 보게 될 겁니다. 나는 가구들에 씌울 보에 수를 놓고 있다오."
 그갸비에 양은 내 귀에 더욱 바싹 대고서,
 "당신은 누구보다도 먼저 나를 만나러 와야 해요. 나를 제일 먼저요, 알았죠?"
 그갸비에 양은 그 다음 해에는 73살이 될 것이다. 그녀는 자기 아파트를 갖게 되는 것이다. 그녀는 아직 살고 있을지도 모른다……

정열의 스페인

생 텍쥐페리는 이집트에서 다시 돌아왔다. 파리—사이공간에 있었던 비극적인 장거리 지속력 시험 사고 후에 빚을 지고 돌아왔다. 에스파냐 내란이 발발하자 《렝트랑시지앙》지에서는 그에게 에스파뇨로 돌아올 것을 요구했다. 그는 순순히 수락하고 1936년 8월 초에 비행기로 바르셀로나를 향해 출발했다. 그리고 그가 깜작 놀라 다시 돌아온 레리다 전선에 관한 탐방기사를 썼다.
《렝트랑스지앙》지 1936년 8월 12, 13, 14, 16, 19일자 참조.

바르슬론에서
—내란의 눈에 보이지 않는 한계선

리용을 지나 나는 피레네 산맥과 에스파냐를 향해서 왼쪽으로 비스듬히 비행했다. 나는 지금 아주 깨끗한 구름 위를 날고 있다. 나는 여름날의 구름 위를, 천창과도 비슷한 커다란 구멍이 뚫려 있고 애호가를 위한 구름 위를 날고 있다. 이리하여 나는 우물 밑으로 페르피냥(남불 피레네 산맥 부근에 있는 도시)을 보았다.

나는 혼자 비행기를 타고 있었다. 그리고 나는 명상에 잠겼다. 나는 페르피냥을 바라보며 몸을 기울인다. 나는 이곳에서 몇 달을 살았다. 그때 나는 살랑크 평원의 생로렝에서 수상기를 시험 비행했었다. 직업이 끝나자 나는 일요일마다 한결같이 작은 이 도시의 중심부로 다시 들어갔다. 커다란 광장이 있었고 음악 감상실이 있었다. 그리고 저녁에 포트와인을 마셨다. 나는 버드나무 안락의자에 앉아

시골 생활을 구경했다. 시골 생활은 나에게 장난감 병사들의 사열만큼 악의 없는 장난처럼 보였다. 예쁘게 화장을 한 저 젊은 아가씨들, 한가로이 걸어가는 저 행인들 그리고 맑은 저 하늘…….

이곳이 바로 피레네 산맥이다. 나는 등뒤에 행복한 마지막 도시를 남기고 떠났다.

여기가 에스파냐이며 피게라스(에스파냐의 동북부 카탈로니아 지방의 소도시)다. 여기서 사람들은 서로 죽였다. 아! 여기서 화재와 폐허와 인간의 조난 신호를 발견하는 것보다 더 놀라운 일은 없다. 하지만 아무것도 이와 비슷한 것은 발견할 수 없다. 이 도시는 다른 도시와 흡사하다. 나는 주의 깊게 살펴보았다. 아무것도 이 보잘것없는 하얀 조각돌 더미를 설명해 주지 않는다. 불타 버린 것으로 생각하고 있던 이 교회는 햇빛에 빛나고 있었다. 나는 고칠 수 없는 상처를 분간하지 못했다. 벌써 황금빛을 띤 희미한 연기가 흩어지고 있었다.

그 연기는 파란 하늘 속에 판자와 기도책과 사제의 보물들을 용해하고 있었다. 한 줄도 바뀌지 않았다. 그렇다. 이 도시는 다른 도시와 흡사하다. 길 한가운데 부채꼴 모양으로 자리잡고 있어 마치 누에고치 가운데 들어 있는 누에 모양을 하고 있다. 다른 도시들처럼 이 도시도 하얀 길을 따라 그 도시를 향해 거슬러 올라간 평야에서 나는 과일을 먹고 산다. 그래서 나는 수세기 동안 땅을 파고 숲속에서 사냥하고 밭을 분할하며 먹을 것을 나르는 운하를 넓히는 이 끈질긴 인내의 이미지 이외에 아무것도 발견하지 못했다. 이 모습은 전혀 변하지 않을 것이다. 그는 이미 늙었다. 꿀벌떼가 1헥타르의 꽃밭 가운데에다 벌집을 일단 짓기 시작하면 평화를 알게 된다는 것을 나는 생각해 본다. 하지만 평화는 인간의 집단에게는 맞지 않는다.

그렇지만 연극이란 그것을 알기 위해 노력해야만 한다. 왜냐하면 눈에 보이는 세계에서가 아니라 사람의 의식 속에서만 자주 상연되기 때문이다. 행복한 도시인 페르피냥에서도 병원 창문 뒤에는 어떤 암환자가 자기 고통을 피하기 위해 마치 냉혹한 소리개처럼 공연히 몸을 뒤척이고 있을 것이다. 그 도시의 평화는 그 때문에 바뀐다. 아무런 영향도 끼치지 못하고 보편적인 중요성도 띠지 않는, 고통도 아니고 정열도 아닌 것이 바로 인류의 기적이다.

어떤 사람이 자기 다락방에서 굉장히 강렬한 어떤 욕망을 키웠지만 자기 다락방으로부터 정열을 세상에 전하고 있다.

마침내 제로나(북부 에스파냐에 있는 인구 3만명의 소도시)에 도착하고 이어서 바르셀로나에 도착했다. 나는 우리 관측소 높이에서 가만히 비행하도록 나의 몸을 맡긴다. 쓸쓸한 거리를 제외하고 여기서도 역시 아무것도 관찰할 수가 없다. 황폐한 교회들이 여전히 내게는 부서지지 않은 것처럼 보인다. 나는 간신히 보이는 한줄기 연기로 어디인가를 짐작한다. 저것이 내가 찾고 있는 신호 중의 하나인가? 극히 작은 피해와 소음을 내고 있고 어쩌면 그와 반대로 완전히 휩쓸어 피해를 준 이 분노의 표시인가? 왜냐하면 인류의 문명이란 한숨이 싣고 오는 약한 황금빛 속에 완전히 들어가는 것이기 때문이다.

그리고 그들은 성실하게 다음과 같이 말하는 사람들이다. "바르셀로나에 공포가 어디 있단 말인가? 타 버린 건물 스무 채를 제외하고는 이 도시의 어디가 잿더미로 되었단 말인가? 천이백만 명의 인구 중 몇 천 명의 사망자를 제외하고는 어디서 대살육이 있었단 말인가? 사격을 하고 있는 피투성이의 국경선이 어디에 있었단 말인가?"

사실상 나는 람블라 가를 걸어다니는 평화로운 군중들을 보았다. 때때로 무장한 민병들의 검문소에서 저지는 당했지만 그곳을 통과하기 위해서는 그들에게 살짝 미소지어 주는 것으로 충분했다. 나는 단번에 국경을 발견할 수가 없었다. 국경은 내란 동안에 눈에 띄지 않았다. 그래서 사람의 마음으로 알아내야 했다.

그렇지만 첫날 저녁부터 나는 국경에 닿았다.

나는 어느 카페의 테라스에 자릴 잡았다. 주위엔 얌전한 술꾼들이 있었다. 그러나 그때 갑자기 무장한 4명의 사람이 우리 앞에 멈추더니, 내 옆사람을 뚫어지게 보면서 말 한마디 않고서 그들의 총부리를 그의 배에다 갖다 겨누었다. 그 사람은 갑자기 얼굴에 구슬땀을 줄줄 흘리면서 벌떡 일어서서 천천히 두 팔을 올렸다. 납덩이 같은 두 팔을 들었다.

　민병 중 한 병사가 그를 샅샅이 수색하더니 눈으로 몇 장의 서류를 훑어보고서 그에게 걸어가라는 신호를 했다. 그리하여 그 사람은 술잔을 반쯤 남겨 두고 떠났다. 그의 일생의 마지막 술잔을 남겨 두고서 그는 걷기 시작했다. 머리 위에 올린 두 손은 물에 빠진 사람의 두 손과 흡사했다. "파시스트다." 하고 어떤 부인 하나가 내 뒤에서 입 속으로 나직이 중얼거렸다. 그녀는 감히 그 무엇을 알려 준 유일한 증인이었다. 그 사람의 술잔이 당치않는 신념의 증거인 양 거기에 남아 있었다……. 그리고 나는 허리에 가벼운 소총을 찬 그 사람이 멀어져 가는 것을 바라보고 있었다. 그는 내게서 두 발짝 떨어져 5분 전에 국경을 건넜던 것이다.

무정부주의자들의 습성
그리고 바르셀로나의 풍경

　어떤 친구가 내게 방금 이 이야기를 해 주었다. 그는 그 전날 텅빈 거리를 따라 이리저리 거닐고 있었다. 그때 어떤 민병이 그를 붙잡고 말을 걸어 왔다.

　"차도로 걸으시오!"

　그래서 어리둥절한 그 친구는 그 말에 복종하지 않았다. 그러자 그 민병은 어깨에서 총을 내리고 쏘았다. 그러나 그를 맞추지 못했다. 그러나 총알은 그의 모자를 뚫고 지나갔다. 그래서 군대에 복종해야 한다는 생각에 그는 인도를 벗어나 차도로 들어갔다…….

　두번째 총알을 막 장전한 그 민병은 멈칫거리더니 그의 소총을 다시 내려놓고 무뚝뚝한 목소리로 말을 던진다.

"당신 귀머거리요?"

그러나 비난하는 그 말투가 나에게는 지금 감탄할 만한 것처럼 여겨졌다…….

왜냐하면 무정부주의자들은 도시를 장악하고 있기 때문이다. 거리 구석마다 5, 6명씩 모여서 호텔 앞에 보초를 서거나 아니면 도시 한복판에 징용당한 에스파냐 사람 속에 한 시간에 100개씩 폭탄을 투하하고 있었다.

군인들의 폭동이 있는 첫날 아침부터 그들은 단독으로 포수(砲手)의 칼을 차고 기관총 사수들의 도움을 받았다. 그들은 대포를 치워 버렸다. 일단 승리를 거두자 그들은 막사 속에 무기 재고품과 군수품을 집어 넣은 후에 극히 당연하게 도시를 작은 보루로 바꾸어 버렸다. 그들은 물과 가스와 전기와 수소를 마음대로 처리한다. 내가 아침 산보를 하는 동안 그들이 바리케이트를 완성시키고 있는 것을 나는 보았다. 포석으로 된 보잘것없는 담이 보인다. 이중 울타리로 된 시험 바리케이트가 보인다. 나는 담 위를 힐끗 쳐다보았다. 그들은 거기도 있었다. 그들은 옆집을 이사시키고 행정부의 붉은 안락의자에 깊숙이 앉아서 내란 음모를 꾸미고 있었다. 내가 묵고 있는 호텔 사람들도 모두 그 일을 맡고 있었다. 그들은 층계를 올라갔다 내려갔다 한다.

나는 진상을 알아보았다.

"무슨 일이 일어났습니까?"

"우리는 지리적인 전략을 검토하고 있소……."

"왜요?"

"우리는 지붕 위에 기관총을 올려놓고 있소……."

"왜요?"

어깨만 으쓱했다.

어떤 소문이 그날 아침 그 도시에 쫙 퍼졌다. 정부가 무정부주의자들의 무장을 해체시키기 위한 시도를 하고 있다는 소문이다.

나는 정부가 그 계획을 포기할 것이라고 믿고 있었다.
 나는 어제 우리 수비대의 사진 몇 장을 찍었다 — 각 호텔마다 자기 수비대를 수용하고 있다 —. 그래서 나는 그에게 그의 사진을 되돌려주기 위해 갈색 머리의 키가 큰 보이를 찾았다.
 "내가 그의 사진을 갖고 있는데요. 그는 어디 있죠?"
 누군가가 나를 바라본다. 그는 이마를 긁더니 마지못해 내게 모든 걸 털어놓았다. "우리는 그를 총살하지 않을 수 없었답니다…… 그는 어떤 사람을 파시스트라고 고발했거든요. 그래서 우리는 그 파시스트를 총살했죠……. 그런데 오늘 아침에 우리는 그가 파시스트가 아니라 라이벌이었기 때문에 고발했다는 사실을 알았습니다……."
 그들은 정의감을 가지고 있었다.
 새벽 1시였다. 람블라 가에서 누가 나에게 "정지!" 하고 소리지른다. 나는 어둠 속에서 소총이 불쑥 나오는 것을 보았다.
 "앞으로 가지 마시오."
 "왜요?"
 가로등 불빛에 나의 신분증을 조사한다. 그 후 그 신분증을 내게 다시 돌려준다.
 "지나가도 좋소. 하지만 주의하시오. 여기서부터는 아마 총을 쏠 거요."
 "무슨 일이라도 생겼습니까?"
 아무도 내게 대답하지 않는다.
 대포 호송차가 천천히 포도 위를 지나가고 있다.
 "그들은 어디로 갑니까?"
 "그건 전선을 향해 싣고 가는 행렬이오."
 나는 야간 호송 부대를 구경하는 것을 좋아했었다. 나는 무정부주의자들의 마음을 끌려고 애썼다.
 "역은 멀고 비는 오는데 당신들은 내게 차 한 대를 빌려 줄 수 있겠소……."

그들 중 한 사람이 몸짓을 하고 멀리 사라졌다. 그는 징용당한 '들라쥬' 차를 운전하며 되돌아왔다.
"우린 당신을 태워다 주겠소……."
그래서 나는 3대의 소총의 보호하에 역을 향해 가고 있었다.
이상한 족속이었다. 나는 지금도 그들을 이해하지 못했다. 내일 나는 그것을 말하겠다. 그리고 나는 그들의 위대한 군단 사령관 가르시아 올리비에를 만나러 갈 것이다.

어떤 내란
그것은 전쟁이 아니라 일종의 질병이다

그러므로 나의 안내자인 무정부주의자들은 나를 따라왔다. 이곳이 바로 부대 호송역이다. 이곳에서 우리는 그들과 합류해야 한다. 이곳은 전철기와 신호등이 있고 넓은 지역에 애수의 이별을 위해 세운 플랫폼이 있는 풍경과는 거리가 멀었다. 그래서 우리는 빗속에서 차고로 가는 어지러운 선로를 걸어가느라 뒤뚱거렸다. 우리는 검은 객차를 세워 둔 선로를 따라 간다. 그곳은 까만 그을음 색의 방수포들로 거친 모습이 덮여 있었다. 나는 인간적인 성질을 완전히 상실한 이 환경을 보고 충격을 받았다. 철로 부근은 사람이 살 수 없는 곳이다. 한 척의 선박은 만약 사람이 붓과 색깔로 그것을 칠하지 않으면 살아 있는 것처럼 보일 것이다. 그런데 2주일을 내버려두면 선박이나 공장이나 철로는 빛을 잃고 죽음의 모습을 하고 있을 것이다. 신전의 돌들이 6천년 후에도 여전히 사람들의 통행으로 빛날 것이다. 그러나 조금 녹이 슬고 비가 오는 밤이면 이 역의 광경은 내게는 밧줄까지 다 닳아 버린 듯한 느낌이 들 것이다.
이곳에 우리 인간들이 있다. 그들은 플랫폼으로 그들의 대포와 기관총을 운반한다. 그들은 "어엿차!" 하고 둔탁한 소리를 내며 괴상한 곤충, 육체가 없는 곤충, 갑각류와 등꼴뼈로 덮인 곤충떼에다 허리를 대고 씨름을 한다.

나는 침묵에 놀랐다. 노랫소리도 고함 소리도 들리지 않았다. 이따금 기관총 소리가 강철 총구에서 찢어지는 듯한 소리를 낼 뿐이다. 그리고 나는 사람의 목소리는 듣지 못했다.

군복도 보이지 않는다. 그 사람들은 작업복 차림으로 서로 죽인다. 진흙투성이인 검은 옷을 입고서 말이다. 병사들은 야간의 피난민과 흡사하다.

나는 10년 전에 황열병이 우리를 침범했을 때 이미 다카르(아프리카 최서단 베르 곶에 있는 항구로서 세미칼 공화국의 수도)에서 느꼈던 것 같은 불안감을 느꼈다.

분견대장이 내게 나직하게 말을 걸며 다음과 같이 말했다.

"우리는 사라고사(인구 32만명의 에스파냐 도시로서 아라공 왕국의 옛 수도)를 향해 올라갑니다."

그는 왜 내게 나직하게 이야기할까? 이곳에서는 일종의 병원 같은 분위기가 감돌고 있다. 그렇다. 나는 그러한 분위기를 잘 파악하고 있었다. 내란이란 전쟁이 아니라 일종의 질병이다…….

이 사람들은 정복의 도취감 속에서 날뛰지 않지만 묵묵히 전염병과 싸우고 있다. 맞은편 야영지에서도 틀림없이 같을 것이다. 이 싸움에서는 적을 영토 밖으로 몰아내는 것이 문제가 아니라 병을 치료하는 것이 문제. 새로운 신앙은 페스트와 흡사하다. 그 신앙은 내부로부터 공격한다. 눈에 보이지 않는 가운데 전파된다. 어떤 당원들은 거리에서 그들이 알아보지 못하는 페스트 환자로 둘러싸여 있음을 느낀다.

그들이 침묵을 지키며 방독면을 착용한 채 가는 이유는 바로 이것이다. 그들은 전략가에 의해 지휘되고 초원 위에 배치된 국외 전쟁의 연대와는 전혀 다르다. 혼란에 빠진 도시에서 그들은 그럭저럭 잘 단합되었다. 바르셀로나와 사라고사는 거의 대부분 공산주의자, 무정부주의자, 파시스트들로 혼합되어 구성되 있었다……. 그래서 그들은 어쩌면 그들의 대항자들보다도 서로 다르게 결합되어 있을지 모른다. 내란에서는 적이 내부에 있다. 거의 자기 자신들과 투쟁하게 된다.

따라서 이 전쟁은 틀림없이 아주 무시무시한 양상을 띨 것이다. 전투할 때보다 더 총질을 할 것이다. 여기서 죽음이란 항구 내의 격리소다. 사람들은 전염병 감염자들을 멀리한다. 무정부주의자들은 가택 수사를 한다. 그리고 수레로 전염병 환자들을 실어 낸다. 철책 다른 쪽에 있는 프랑코는 "공산주의자들은 여기엔 더 이상 없소"라고 가혹한 말을 할 수 있었다. 선별이 마치 군사최고재판소에서 한 것처럼 행해졌다. 마치 군의관이 한 것처럼 행해졌다.

사회적인 역할을 자부하고 있는 어떤 사람은 눈에 신념과 정열을 보이면서 나타났다.

"일생 동안 병역이 면제된 사람!"

석회나 석유를 뿌리고 시체들을 밭에 늘어놓고 태운다. 인간에 대한 존엄성은 눈곱만큼도 없다. 각 정당에서 사람들은 의식의 움직임을 일종의 질병처럼 몰아세운다. 왜 그들이 육체의 유골을 존중하는가? 그리고 대담하게 살아온 이 육체, 사랑할 줄 알며 웃을 줄 알고 만족할 줄 아는 이 육체를 매장하리라고 사람들은 생각조차 하지 못한다.

그리고 나는 죽음에 대한 우리의 존경심을 생각해 본다. 그리고 하얀 요양소를 생각한다. 그곳에는 젊은 아가씨가 가족들에 둘러싸여 조용히 숨을 거두고 마치 무한히 귀중한 보물처럼 그의 마지막 미소와 마지막 말을 남긴다. 사실 각 개인의 죽음은 결코 되돌릴 수 없을 것이다. 이 웃음소리도, 목소리의 억양도 그리고 재치 있는 대답도 결코 다시 듣지 못한다. 각 개인은 일종의 기적이다. 그래서 20년 동안 사람들은 죽음에 대해 말한다.

여기서는 사람들을 간단하게 총살한다. 그리고 그 내장들을 돌 위에 던진다. 누가 그대를 붙잡으면 그대를 총살한다. 그대는 우리들처럼 생각조차 못한다.

아! 빗속을 통과하는 밤의 출발은 이 전쟁의 진실에 어울리는 유일한 것이다. 이 사람들이 나를 둘러싸고 나를 바라본다. 나는 그들의 눈 속에서 알 수 없는 약간 구슬픈 심각함을 눈치챈다. 그들은 만약 체포되면 어떤 운명이 자기들을 기다리고 있는지 알고 있다. 나는 추웠다. 그리고 어떤 부인도 이 출발을 허용하지 않을 것이라는 생각이 문득 들었다. 이 부재(不在)는 역시 나에게 합당할 것 같았다. 그녀들이 해산할 때, 어떤 진실한 이미지가 자기 아들을 뒤늦게 흥분시키리라는 것을, 또한 자기 아들이 20살이 될 때 어떤 당원이 그들의 재판에 따라 그를 총살하리라는 것을 모르는 이 어머니들이 무엇을 보아야만 하는가.

전쟁을 찾아서

나는 어제 레리다에 착륙했다. 그곳에서 하룻밤을 잤다. 전선에서 20킬로미터 떨어진 곳이다. 전선을 향해 다시 출발하기 전에 우선 착륙했던 것이다. 내게는 전선에서 가까운 이 도시가 바르셀로나보다 더 중요한 것처럼 여겨졌다. 수위들 사이에 차량들이 소총도 없이 조용히 다니고 있었다. 바르셀로나에서는 2만 개의 집게손가락이 밤낮으로 2만 개의 방아쇠를 잡고 있었다. 무기가 비죽비죽 솟아 있고 질주하는 자동차는 군중을 뚫고 꾸준히 돌고 있으므로, 도시 전체가 쉬지 않고 총을 겨누고 있는 것처럼 보인다. 그러나 이 군중들은 심장에 똑바로 겨냥을 당하고 있지만, 아무도 그것을 눈치채지 못하고 자기 직업에 종사하고 있다.

어떤 통행인도 이곳에서는 팔 끝에 권총을 흔들면서 다니지 않는다. 다소 거드름 피우는 액세서리도 없고, 장갑이나 꽃 모양으로 된 것을 무의식중에 지니고 있으면 놀란다. 제일선 도시인 레리다에서는 누구든지 신중하다. 더 이상 목숨을 걸 필요가 없기 때문이다……
　하지만…….
　"덧문을 잘 닫으시오. 호텔 앞에 있는 민병이 창문으로 소총을 쏴 눈에 보이는 불을 끄는 사명을 띠고 있는지도 모르오."
　우리는 지금 전투 지역을 자동차로 가고 있다. 바리케이트가 점점 많아진다. 그리고 이제부터 우리는 매번 혁명 위원들과 협상해야 할 것이다. 통행증은 이 마을에서 저 마을로 갈 경우밖에는 더 이상 필요가 없게 되었다.
　"더 멀리 가고 싶소?"
　"네."
　위원장은 확대판 지도를 벽에서 살펴본다.
　"당신은 통과하지 못하오. 6킬로미터 지점에 폭도들이 길을 점령하고 있소……. 당신은 여기에서 돌아가야 할 것이오……. 그곳은 자유지요……. 하지 않는 한 오늘 아침 기병 훈련에 관해서 말들을 했소."
　전선에서의 지식은 매우 복잡하다. 아침부터 저녁까지 늘 바뀌는 자기편의 마을, 반역하는 마을, 유동적인 마을들이다. 점령당했거나 그렇지 않은 지역의 혼잡은 내게 꽤 맥없는 공격을 상기시킨다. 정확하게 일도양단하여 악착스러운 적들과 경계짓는 것은 이 참호선이 아니다. 나는 어떠 늪에 매몰되는 듯한 인상을 받았다. 이곳은 발 밑의 땅이 단단하다. 저곳은 빠진다……. 그러나 우리는 희미한 안개 속에서 다시 출발한다……. 이 얼마나 큰 공간인가! 이 움직임 사이엔 얼마나 많은 대기가 있는 걸까! 이 군사 작전은 이상하게도 격렬한 면이 아쉽다.
　그 마을을 나서자 탈곡기가 윙윙 소리를 내고 있다. 황금빛 후광 속에 사람들은 빵을 먹기 위해 일하고 있으며, 노동자들은 아주 활짝 우리에게 웃음을 짓는다.
　나는 이 평화롭고 아름다운 광경을 조금은 기대하고 있었다. 그러나 이곳에서는 순간의 일이다……. 죽음이 거의 생활을 방해하지 않는다. 1평방 킬로미터에 살인자가 한 사람씩 있다는 지리학자의 표현이 생각난다……. 그래서 두 살인자 사이에 있는 이 땅을, 추수하고 포도를 거둘 이 땅을 누가 차지할 것인지 아무도 모른다. 나는 오랫동안 심장처럼 지칠 줄 모르는 탈곡기 소리를 들었다.

우리는 다시 한 번 최전방에 와 있다. 타일을 붙인 담이 길에 우뚝 서 있다. 6개의 소총이 우리를 겨냥하고 있다. 네 명의 남자와 두 명의 여자들이 그 담 뒤에 누워 있었다. 더구나 나는 그 두 여자들이 총을 다룰 줄 모른다는 것을 알아챘다.

"당신들은 더 이상 갈 수 없소."

"왜죠?"

"폭도들이……."

이 마을에서 누가 우리에게 8백 미터 지점에 다른 마을이 있다고 가르쳐 주었다. 이 마을에 대한 친절한 대답이다. 그곳에도 틀림없이 우리 바리케이트와 똑같은 바리케이트가 있을 것이다. 그리고 어쩌면 하나의 탈곡기가 반역의 피를 준비할지도 모른다.

우리는 민병들 곁 풀밭에 앉아 있었다. 그들은 총을 내려놓고 방금 만들어 낸 빵조각을 자르고 있다.

"당신 이곳 사람이오?"

"아니요, 바르셀로나에서 온 공산당원 카탈로니아 사람이오." 처녀들 중 하나가 바리케이트 위에서 바람에 머리칼을 휘날리며 기지개를 켜고는 다시 앉는다. 그녀는 약간 둔했지만 싱싱하고 예뻤다. 그녀는 우릴 보고 밝은 웃음으로 웃었다.

"전쟁 후에도 나는 이 마을에서 머무를 겁니다……. 도시에서보다 시골에서 훨씬 더 행복하지요. 난 전엔 그걸 몰랐답니다."

그리고 그녀는 자기 주위를 정성들여 바라본다. 어떤 계시를 받은 것처럼 감동하고 있다. 그녀는 침울한 교외, 공장으로 아침마다 출근하는 일, 쓸쓸한 카페에서의 대가만을 알고 있었다. 그녀 주위에서 사람들이 하는 모든 동작은 그녀에게는 기쁨에 들뜬 동작처럼 여겨졌다. 그녀는 발끝으로 깡총 뛰기도 하고 우물가로 달려가기도 한다. 그녀는 틀림없이 땅속에서 솟는 샘물을 마신 것 같은 인상을 가졌으리라.

"당신들은 이곳에서 싸움에 졌소?"

"아니오. 가끔 싸움이 반도들 집에서 일어났죠……. 이곳에선 트럭이나 사람들을 감시하지요. 그들이 도로에서 전진하기를 바라죠. 하지만 2주일 전부터 아무 일도 일어나지 않았답니다."

그들은 그들의 첫번째 적들을 기다리고 있다. 맞은편 마을에서도 그와 비슷한 6명의 민병들이 아마 그들의 적을 기다리고 있는 모양이다. 그들은 모두 12명의 군인들뿐이다.

길을 따라 더듬어 가는 전선에서 이틀을 보낸 후에는 나는 총소리를 듣지 못했다. 나는 아무 곳에도 가지 못하는 친근한 이 길 이외에 아무것도 보지 못했다. 그 길들은 새로이 수확할 농장이나 새로운 포도밭을 따라 뻗어 있는 것처럼 보인다. 그러나 그곳에서는 다른 세계가 필요하였다.

그 길들은 우리에게는 물밑에 살면서 가라앉고 침수된 지방의 길처럼 금지되어 있음에 틀림없다. 킬로미터를 표시하는 푯말 위에서 '사라고스 15킬로미터'라는 표지를 읽었다. 그러나 사라고스는 이스(4세기나 5세기에 홍수에 매물되었다는 브르타뉴에 있는 전설의 도시)처럼 물 속에 잠겨 접근할 수 없이 잠들고 있었다.

다행히도 우리는 포병들이 투덜거리고 분대장들이 명령하는 결정적인 지점에 도달할 수 있었다. 그러나 그곳에는 부대도 부대장들도 포병들도 극히 적었다. 확실히 우리는 이동하는 밀집 부대에 도달할 수 있었던 것이다. 서로 싸우고 서로 죽이는 도로의 교차 지대가 전선 위에 있었다. 그러나 그들 사이엔 이 공간이 남아 있었다. 내가 본 국경은 어디서나 마치 활짝 열린 문과 흡사했다.

그러나 그곳에는 전략과 대포와 군인 호송차가 있었음에도 불구하고 나에게는 진정한 의미의 전쟁이 이곳에서는 일어나지 않은 것처럼 보였다. 각자 눈에 띄지 않는 곳에서 무슨 일이 일어나길 기다리고 있다. 반역자들도 무관심한 마드리드에서 자신들과 같은 편이라고 선언하기를 기다린다. 바르셀로나도 사라고스가 영감에서 생긴 꿈을 꾼 후 사회주의자들을 각성시키고 함락되기를 기다린다. 그것은 유동적인 사상이다. 그것은 군인들 이상으로 사람의 마음을 사로잡는 생각이다. 그 생각은 일종의 커다란 희망이며 일종의 커다란 적이기도 하다. 몇 대의 폭격기, 몇 개의 포탄 그리고 무장한 몇몇의 민병들이 나에게는 스스로 싸워 이길 힘이 없는 것처럼 보인다. 참호를 둘러 친 각 방위대들은 백 명의 공격자보다 힘이 더 세다. 그러나 어쩌면 사상이 바뀌는지도 모른다…….

이따금 공격한다. 이따금 나무들이 뒤흔들린다……. 그것은 나무를 뿌리뽑기 위한 것이 아니라 과일이 익었는지를 알아보기 위해서다. 그래서 도시는 함락된다……

이곳에서는 나무를 베어 내듯 총살한다
― 사람들은 이제 서로를 존중하지 않는다

전선에서 내가 돌아오자 나의 친구들은 그들의 신비한 파견에 나를 합류시켜 주기로 허락했다. 우리는 지금 산 한복판의 평화롭기도 하고 동시에 무시무시하게도 보이는 어느 마을에 와 있다.

"그럼요. 우리는 17명이나 총살했소……."

그들은 17명의 파시스트를 총살했다. 주임 신부, 주임 신부의 하녀, 성당지기 그리고 14명의 귀족 아이들을 죽였다. 왜냐하면 모두가 관련되었기 때문이다. 그들이 신문에서 세계의 주인공인 바질르자로프(20세기 초의 희랍계의 영국 재벌가이며 정치가. 그는 1차대전 때 영국과 연합국 정치가들에 많은 영향력을 행사한 중요한 인물)의 인물 묘사를 읽었을 때 그들의 언어로 그것을 번역했다. 그들은 그곳에서 묘목 재배자나 약사를 알고 있었다. 그래서 그들이 약사를 총살했을 때 바질르자로프는 죽은 거나 거의 다름없었다. 그 약사는 전혀 이해되지 않은 유일한 사람이었다.

지금은 우리끼리 살고 있다. 이것이 평온하다.

거의 평온하다. 아직 양심 때문에 괴로워하는 사람을 나는 조금 전에 마을의 카페에서 보았다. 그는 친절하고 미소를 띠고 살고 싶어한다. 그는 자기의 몇 헥타르의 포도밭을 가졌음에도 불구하고 인류의 일원이며, 그들처럼 류머티즘을 앓고 있고, 그들처럼 파란 손수건으로 땀을 닦고, 겸손하게 당구를 친다는 사실을 우리에게 가르쳐 주기 위해 그곳에 왔던 것이다. 당구를 치고 있는 사람을 쏠 수 있을까? 하기야 그는 떨리는 커다란 손으로 당구를 잘 못쳤다. 그는 감동하길 잘하고 아직도 그가 파시스트인지를 잘 모른다. 그래서 나는 왕뱀 앞에서 그 뱀을 감동시키기 위해 춤을 추는 가엾은 원숭이들을 생각했었다.

그러나 우리는 그를 위해서 아무것도 할 수 없다. 당분간은 혁명 위원회의 본부 테이블에 앉아 우리는 다른 문제를 제기할 준비를 하고 있다. 페펭이 그의 호주머니에서 더러운 서류들을 끄집어내고 있는 동안 나는 이 테러리스트를 살펴본다. 이상한 반응을 일으킨다. 그들은 빛나는 눈을 가진 정직한 농부들이다. 우리는 어디에서나 이와 같은 조심성 있는 얼굴을 만날 수 있었다. 비록 우리가 권한 없는 외국인이긴 하지만 우리를 매번 아주 정중하게 맞이한다.

페펭은 다음과 같이 말을 건다.

"그렇소. 나는 라포르트라는 사람인데, 당신은 그를 아시오?"

서류를 이손 저손으로 번갈아 쥔다. 혁명 위원회 위원들은 고개를 설레설레 흔든다.

"라포르트…… 라포르트……"

나는 그들에게 무엇인가를 설명하고 싶었다. 하지만 페펭은 나의 입을 다물게 한다.

"그들은 아무 말 하지 않지만 모든 걸 알고 있소……"

페펭은 서류들을 아무렇게나 정리한다.

"나는 프랑스 사회주의자요. 당원 신분증이 여기 있소."

신분증이 손에서 손으로 넘어갔다. 위원장이 눈을 들어 우리를 본다.

"라포르트…… 나는 모르겠는데……."

"알았다! 어떤 프랑스 수도사야…… 틀림없이 변장을 했어……. 당신들이 숲속에서 어제 그를 체포했었소. 라포르트…… 우리 영사관은 그를 요구합니다."

나의 테이블 높이에서 내 두 다리가 떨린다. 얼마나 이상한 장면인가! 우리는 바로 늑대의 소굴에 자리 잡고 앉아 있었던 것이다. 어느 벽촌 한가운데 최초의 프랑스 사람으로부터 백 킬로미터 떨어진 곳에서, 주임 신부의 하녀까지 총살한 혁명 위원에게 그 수도사를 우리에게 무사히 넘겨 달라고 요구하면서 말이다.

그렇지만 나는 안전하다고 느낀다. 그들의 친절은 속임수가 아니다. 하기야 왜 그들이 우리들에게 속임수를 쓸 것인가? 우리는 그들 손아귀에 든 라포르트 신부보다도 더 큰 비중을 차지할까? 여기서는 아무것도 우리를 보호하지 못할까?

페펭은 팔꿈치로 나를 떠민다.

"나는 우리가 너무 늦게 도착한 것 같은 생각이 듭니다."

위원장은 기침을 하고 다음과 같이 결심한 듯 말한다.

"우리는 오늘 아침 시체 하나를 마을 입구 노상에서 발견했소……. 그곳에 아직도 있을까요……."

그러고는 그는 서류를 확인하러 보내는 척하고 있다.

"그들은 벌써 그를 총살했습니다. 섭섭합니다. 그들이 우리에게 그를 분명히 위임했어야 할 텐데. 이곳 사람들은 정직합니다." 하고 페펭이 나에게 털어놓는다.

나는 그 이상하게 '정직한 사람'들을 똑바로 바라본다. 사실상 나는 나를 괴롭히는 아무것도 발견하지 못했다. 나는 이 얼굴들이 굳어지고 벽처럼 윤기 나는 것을 보기가 두렵지 않다. 막연한 권태의 모습으로 윤기 나는 이 무서운 표정을 말이다. 무척 이상한 우리의 사명에도 불구하고 그들에게 우리를 용의자처럼 보이지 않게 하는 방법이 무엇인지를 나는 생각해 보았다. 그들은 심판자인, 다시 움직일 수 없는 적과 마주보고 서로 죽음을 겨루고 있는 맞은편 카페의 '파시스트'들과 우리 사이에 어떤 다른 점을 발견했는지 모른다. 이상한 생각이 내게 떠오른다. 그러나 나의 본능은 단호하게 나에게 명령한다. 이 사람들 중에 어떤 사람이라도 하품을 하게 되면 나는 두려워질 것이다. 나는 인간적인 교감이 중단되는 것을 느낄 것이다.

우리는 다시 출발했다. 나는 페펭에게 물어 본다.
"우리가 이 짓을 하고 있는 세번째 마을이 여기지요. 나는 아직도 그것이 위험한지 않은지를 알 수가 없습니다."
페펭은 웃는다. 그 자신도 그것을 모른다. 그렇지만 그는 이미 수십 명의 인명을 구했다.
"하긴 어제는 최악의 순간이었죠. 나는 바로 처형장 밑에서 한 성 브뤼노 회의 수도사를 납치해 왔소. 그때 피냄새가…… 그들은 투덜거리고 있었소."
나는 이 이야기의 결과를 알고 있다. 사회주의자며 유명한 교권 반대주의자인 페펭은 자기 수도자에게 변장을 시켜 일단 자동차에 태우고, 그에게 다시 돌아가서 그 대가로 상투적인 말투로 가장 잘 하는 모욕적인 말을 퍼부었다.
"하느님의 이름…… 수도자의……"
페펭은 승리를 거두었다.
그러나 그 수도사는 듣지 못했다. 그는 달려가서 기쁨으로 눈물을 흘리면서 목을 껴안고 있었다.
다른 마을에서 누가 우리에게 사람 하나를 보내 왔다. 무척 이상하게 보이는 4명의 민병들이 우리에게 그를 지하실에서 꺼내라고 했다. 그는 두 눈이 반짝이고 예민한 수도사였는데 나는 그의 이름을 잊었다. 그는 농부로 변장을 했고, 오늬 무늬가 있고 마디가 많은 긴 막대기를 가지고 있었다.

"나는 세월을 계산해 보았소. 숲속에서의 3주일은 꽤 긴 시간이라오……. 버섯들은 결코 식량이 될 수 없었소. 그래서 나는 마을을 찾아가 배를 채웠지요……."

그의 덕분으로 현재의 생명이 무사하게 된 그 시장은 우리에게 자랑스럽게 알려 준다.

"그에게 많이 쏘았죠. 사람들은 그가 내려갈 줄 알았어요……."

그는 자기 서투름을 변명한다.

"말하자면 그때 밤이었지요."

그 수도사는 웃는다.

"무섭지는 않았어요……."

그리하여 우리가 출발하러 갔을 때, 끊임없이 악수를 하고 있던 그 유명한 테러리스트들과 함께 있었다. 누가 특별히 구조된 사람들과 악수를 한다. 그가 살아 있음을 축하한다. 그리하여 그 수도사는 이 기쁨을 마음속으로 품지 않고 표시하여 이 모든 축복에 답례한다.

나로서도 사람들을 이해하고 싶었다. 우리는 리스트를 조사했다. 누가 우리에게 시트쥬(에스파냐 카탈루냐 지방에 있는 항구로서 지중해에 연한 인구 1만명의 소도시)에서 암살당할 위험성이 있는 사람 하나를 알려 주었다. 우리는 바로 그의 집에 있었다. 우리는 마치 물방앗간에 들어온 것처럼 몰래 들어왔다. 지정된 층에서 어떤 야윈 젊은이가 우리를 맞아들였다.

"당신들은 위험할 것입니다. 우리는 당신들을 바르셀로나에 다시 데리고 갈 겁니다. 그리고 당신들을 듀케슨 호에 태울 겁니다."

그 젊은이는 오랫동안 곰곰이 생각하더니,

"나의 누이동생 짓이군요."

"뭐라구요?"

"그녀는 바르셀로나에 살고 있소. 그녀는 한 번도 아이들 기숙사비를 지불하지 않았소. 그런데 내가……"
"우리가 알 바 아니오. 아무튼 당신은 위험하오."
"나도 모르겠소…… 나의 누이가……."
"아무튼 도망가시오."
"나는 모르겠소. 어떻게 생각하시오. 바르셀로나에서 내 누이가……."

그 작자는 혁명을 통해 그의 가족의 드라마의 일단을 계속한다. 그는 알 수 없는 누이를 속이기 위해 이곳에 남아 있을 것이다.

"당신이 원하는 대로 하시오……"

그리고 우리는 그를 내버려두었다.

우리는 정지했다. 그리고 자동차에서 내렸다. 불꽃 튀는 맹렬한 사격이 시골에서 멀어졌다. 길은 나무숲을 내려다보고 있어 그곳으로부터 5백 미터 지점에 두 개의 공장 굴뚝이 높이 솟아 있다. 이번에는 민병들이 정지하고, 그들의 소총에 탄환을 재우더니 우리에게 묻는다.

"무슨 일이 났소?"

그들은 주위를 살펴보고 굴뚝을 가리킨다.

"저건 공장에서 나온 거군……"

일제 사격은 멈추었다. 다시 조용해졌다. 굴뚝에선 천천히 연기가 올라간다. 조소하듯 바람이 불어 와 풀들을 애무한다. 아무것도 변한 게 없었다…….

그리하여 우리는 아무것도 느끼지 못했다.

그렇지만 나무 숲에서 방금 사람들이 죽었다. 이곳을 지배하고 있는 이 침묵은 일제 사격보다도 더욱더 의미심장하다. 일제 사격이 멈춘 것은 바로 그 대상이 없어졌다는 이야기다.

어떤 사람이 아니 어쩌면 어떤 가족이 이 세상에서 저 세상으로 가 버렸다. 그들은 이미 풀 아래로 쓰러졌다. 그러나 오늘 저녁의 바람은…… 이 식물은…… 이 가벼운 연기는…… 이 모든 것이 시체 주위에 그대로 있다.

 나는 죽음 그 자체는 전혀 비극이 아니라는 걸 잘 알고 있다. 싱싱한 풀밭을 마주보고 있는 나는 옛날에 길 모퉁이에서 언뜻 보았던 프로방스 지방의 어느 마을을 생각했다. 종각 둘레에 빽빽하게 들어선 그 마을은 황혼에 환히 드러났다. 나는 풀밭에 앉아 그곳의 평화를 음미했다. 그때 바람이 조종을 울려 주었다.

 그 종은 어느 노파가 내일 땅에 묻히게 됨을 세상에 알리는 것이었다.

 아주 메말랐고 완전히 시든 그 노파는 자기 몫의 일을 잘 받아 왔었다. 이 바람에 섞여 들려 오는 느린 음악은 내게는 더 이상 절망이 없는 것처럼 여겨졌다. 반대로 조용하고 은근한 기쁨이 섞여 있는 것 같았다.

 영세와 죽음을 같은 목소리로 축하하는 이 종은 한 세대에서 다른 세대로 넘어감을, 인류의 역사와 흐름을 알려 준다. 어떤 유해 위에서 그 유해가 역시 축복하는 것은 생명이다.

 나는 이 가엾은 노파와 대지와의 약혼식을 알려 주는 종소리를 들으면서 무척 즐거움을 느꼈다. 그녀는 내일 꽃과 노래하는 매미가 수놓인 궁전의 식탁보 밑에서 영원한 잠에 들 것이다.

 누군가가 우리에게 어떤 아가씨가 자기 오빠들 틈에서 살해되었다는 이야기를 해 준다. 그러나 불확실한 소문이었다.

 얼마나 끔찍하고 우직한 처사인가! 우리의 평화는 초원의 연못 속 무딘 소리에 의해 침해되지 않았다. 잠깐 동안 하는 자고새 사냥에 의해서 침해되지 않았다. 나뭇잎 사이로 울려 퍼지는 저 속세의 만종소리는 우리에게 후회 없는 적막을 남겨 준다.

 인간의 사건은 틀림없이 두 가지 양상을 지니고 있다. 하나는 극적인 것이고 또 하나는 무관심한 것이다. 모든 것은 관계되는 개인이나 장소에 따라 변한다. 종족은 이주하면서 거역 못할 이동 속에 그들의 죽음을 잊어버린다.

 그것은 어쩌면 이 농부들의 심각한 얼굴들에 대한 설명이 될지도 모른다. 그들은 공포의 맛을 알지 못한다. 그러나 그들은 곧 우리를 향해, 사냥을 끝내고 재판을 했다는 데에 만족하여, 죽음의 직전까지 이르러 꺾쇠에서처럼 도망치다 붙잡혀 입에 피를 가득 품고 숲에 누워 있는 이 젊은 아가씨는 아랑곳하지 않는 채, 곧 우리를 향해 다시 거슬러 올라옴을 너무도 잘 알고 있다.

 나는 이곳에서 도저히 해결할 수 없는 모순을 깊이 깨달았다. 왜냐하면 인간의 위대함은 종족의 운명만으로 이루어지지 않았기 때문이다. 각 개인은 일종의 제국이다.

 탄광이 무너져 한 명의 광부가 갇히게 될 때 도시의 생활은 정지된다. 동료들, 아이들, 부인들이 당장에 괴로워 어쩔 줄 모른다. 한편 구조자들은 곡괭이로 그들 발 아래에서 대지의 내장을 파 올린다.

 군중 속의 한 단위를 구출하는 것이 필요할까? 한마디의 말을 해방시키듯 아직 해야 할 봉사를 계산해 본 다음에 인간을 해방시키는 것이 필요할까? 10명의 동료들이 어쩌면 구조하려고 시도하다가 비명에 죽을지 모른다. 얼마나 나쁜 이득의 계산인가…… 그러나 흰개미집의 흰개미들 중 한 마리의 흰개미를 구출하는 것은 필요하지 않지만 하나의 양심, 그 중요성이 측정되지 않은 하나의 제국을 구출하는 것은 필요하다. 두꺼운 널빤지가 덫으로 사용되어 죽은 이 광부의 좁은 머리 속에 하나의 세계가 자리잡고 있다. 부모들, 친구들, 가정, 저녁의 따뜻한 수프, 축제의 노래들, 애정과 분노, 어쩌면 사회적인 발견, 보편적이고 위대한 사랑까지도 자리잡고 있다. 어떻게 인간을 측정할 것인가? 그 사람의 조상은 단번에 동굴의 벽 위에 한 마리의 순록을 그렸다. 그리하여 그 행위는 2천 년 후에도, 아직도 빛나고 있다. 그는 우리를 감동시킨다. 그는 아직도 우리 마음 속에 연장되고 있다. 인간의 행위는 영원한 일종의 샘물인 것이다.

우리는 죽어 가야만 하는가. 갱굴로부터 우리는 외롭긴 하지만 만인 공통의 이 광부를 끌어올려야 한다.

그러나 바르셀로나에 돌아와 오늘 저녁 나는 친구의 창가에서 황폐한 이 작은 수도원을 들여다본다. 천정은 무너질 듯하고 벽은 커다란 구멍투성이다. 시선은 가장 보잘것없는 비밀을 탐색한다.

나는 본의 아니게 내가 곡괭이로 신비를 파내기 위해 땅을 팠던 파라과이의 흰개미집을 생각한다. 그건 아마 그 작은 신전을 파헤쳤던 정복자에게는 하나의 흰개미집 이외엔 의미가 되지 않았을 것이다. 군인의 단 한 번의 발길질에 속세로 다시 돌려 보내진 수녀들은 이곳에서 저곳으로 벽을 따라 달리기 시작한다. 그러나 군중은 그 극적인 장면을 느끼지 않는다.

그러나 우리는 흰개미가 아니다. 우리는 인간이다. 우리에게는 이젠 더 이상 수나 종족의 법칙이 해당되지 않는다. 자기 지붕밑 방에서 계산에 정통한 물리학자가 도시의 중요성을 비교하고 있다. 밤을 새운 암환자가 바로 인간의 두려움의 중심 인물이다. 어쩌면 광부 한 사람의 죽음이 수천의 사람들이 죽어 가는 것과 비길 만하다. 나는 인간이 문제가 될 때 이 무서운 수자를 사용할 줄 모른다. 누군가가 내게 이렇게 말한다면. "단지 인구 문제에서 볼 때 수십 명의 희생자는 무슨 뜻이 있습니까? 타 버린 몇 채의 신전은 계속 생활하고 있는 한 도시의 입장에서 보면 무엇을 의미합니까? ……바르셀로나에서는 어디에 공포가 있습니까?" 나는 이런 관점을 거부한다. 아무도 인간의 제국을 측량하지 못한다.

자기 수도원에서, 자기 실험실에서, 사랑 속에 갇혀 있는 사람은 겉보기에는 나와 두 발자국 거리에 떨어져 있지만 사실은 티벳의 고독 속에 잠겨 있는 것이다. 결코 어떤 여행도 할 수 없는 먼 곳에 있는 셈이다. 만약 내가 이 처량한 벽을 허물어 버린다면 어떤 문명이 바다 밑에서 아틀란티스(대서양 어느 지점에 있다는 희랍 전설상의 한 섬. 높은 문화를 지닌 유토피아였다가 지진으로 멸망하였다고 함)처럼 영원히 가라앉게 될지 나는 모른다.

작은 숲 아래에서의 자고새 새끼 사냥, 오빠들 틈에서 얻어맞은 소녀. 아니다. 나를 두렵게 하는 것은 죽음이 아니다. 죽음이 생명과 연결될 때 나에게는 거의 정답게 생각된다. 나는 이 수도원에서 죽는 날이 축제의 날이라고 상상하고 싶다…… 하지만 고상한 인간이 갑자기 괴물로 변하는 저 소행, 대수학자의 증명, 이 모든 것들을 나는 거부하는 것이다.

사람들은 이젠 서로를 존중하지 않는다. 영혼 없는 그들은 바람에 그들의 왕국이 망가졌다는 것을 알지도 못하면서 가구들을 흩뜨려 버린다…… 여기에 그들이 두 번이나 세 번 변경하면 그들 뒤에는 죽음밖에 남겨 놓지 않는 기준이라는 미명하에 추방하는 권리를 장악하고 있는 혁명 위원들이 있다. 여기에 군중들을 모조리 사형에 처하고도 양심이 평화로운, 교회 분열을 조장한 예언자와 닮은 우두머리 장군이 하나 있다. 이곳에서는 나무를 베어 버리듯 사람을 총살한다. 에스파냐에는 군중들이 동요하고 있다. 그러나 그 사람은 이곳 갱도 밑에서 그의 구조자를 공연히 부르고만 있다.

마드리드

1937년 6월 생 텍쥐페리는 파리 스와르 지의 마드리드 주재 특파원이었다. 다음 글은 마드리드에서 씌여졌다. 그리고 카라방셀 전선에 관한 것이다. 이 글은 〈인간의 대지〉의 구절에 영향을 미쳤다.
에스파냐 인 중사의 깨어남.
파리 스와르 지 1937년 6월 27, 28일자, 7월 3일자 참고

총알이 우리 머리 위로 날아가 달빛에 젖은 담벼락에 부딪친다. 길 왼쪽에 있는 흙더미가 낮게 날아가는 총알처럼 보인다. 이리하여 마른 흙이 마구 튀고 있음에도 불구하고, 나와 중위는 우리 맞은편과 우리 옆에 말발굽 모양으로 펼쳐져 있는 전장으로부터 1킬로 지점의 이 하얀 시골길 위에서 무척 평화로운 감정을 느낀다. 우리는 노래를 부를 수 있었고 웃을 수 있었다. 우리는 성냥불을 켤 수도 있었다. 아무도 우리에게 관심을 표하지 않았다. 우리는 이웃 시장에 가는 농부와 흡사했다. 1킬로미터 떨어진 곳의 불가피한 필요성이 우리로 하여금 전쟁의 검은 바둑판 위에 자동적으로 정렬하게 했다.
하지만 이곳에서 놀음은 고사하고 잊혀진 우리들은 일터에 나가지 않아도 되었다.
총알들이 여전히 날아다닌다. 멀리 전투장에서 생기는 거품처럼 총알이 사라진다. 이곳에서 휘파람소리를 내며 날아가는 총알들은 저곳에 가서는 목표물을 빗맞고 만다. 흙담에 부딪치거나 사람의 가슴을 뚫고 지나가는 대신에 어떤 총알들은 지평선 위로 너무 높이 발사되어 빗나가 버렸다.

총알들은 그들의 종잡을 수 없는 난무로, 금방 보였다가 금방 사라지는 3초의 자유로 밤을 가득 채우고 있었다. 어떤 것은 돌에 부딪치기도 하고, 아주 높이 날아간 총알은 별들 속으로 긴 채찍을 길게 늘어뜨렸다. 땅 위를 튀며 날고 있는 총알은 이상하게 소리를 냈다. 마치 현장에서처럼 눈깜짝할 순간에 위험하고 유독성이 있긴 하지만 순간적인 그 총알은 꿀벌의 생활을 본뜬 것이다.

왼쪽에서 이제는 경사가 내려앉았다. 그래서 나의 동료가 내게 물어 온다.

"우리는 근접 연락 참호에 접어들 수 있습니다. 그러나 밤이어서 우리가 제길로 잘 갈지 모르겠습니다."

나는 그의 비웃는 듯한 미소를 비스듬히 쳐다보았다. 내가 전쟁을 알고 싶어한 이상 그는 내게 전쟁을 느끼게 할 책임을 맡고 있었던 것이다. 총알이 땅 위를 튀며 날고 번개칠 때처럼, 앉을 순간의 곤충처럼 탕탕 소리를 내는 총알은 확실히 나의 존경심을 자아낸다. 나의 육체는 마치 총알의 운명이 육체를 찾고 있었던 것처럼 자기(磁氣)를 띠었다고 생각되었다. 그러나 동시에 나는 동료를 신뢰하였다.

'그는 나를 감동시키길 원한다. 하지만 그는 사는 데 애착을 느끼고 있다. 이렇게 비가 내림에도 불구하고 그가 내게 떠날 것을 제의한 것은 산보가 위험이 적기 때문이다. 그는 나보다 더 잘 알고 있다.'

"물론 그 길이오……. 날씨가 너무 좋군요!"

나는 연락 참호를 따라가고 싶었다. 그것은 확실하다. 그러나 나에게도 나의 의견이 있었다. 나는 그 비결을 알고 있다. 나는 옛날에 쥐비 곶에서 불안한 지대가 요새에서 20미터 지점에 있을 때 바로 그 앞에서 이 작은 모험을 했었다. 약간 부자연스럽고 사막에서 낯선 감시원에게 공항에서 일어난 모든 사소한 일들을 죄다 이야기하고 그를 쫓아낸다면 나는 사막으로 곧장 산보하도록 권유할 것이다. 나는 모든 행정적인 인가를 훨씬 일찍 내려줄 조심스런 조치를 기다리고 있었던 것이다.

"글쎄…… 너무 늦었소…… 우리가 되돌아간다면?" 그 당시 나는 전권을 가지고 있었다. 나의 부하에게 단단히 수갑을 채우고 있었다. 거리는 그가 결코 혼자 돌아오지 않을 만큼 충분했다. 그래서 나는 한 시간 동안 가벼운 발걸음으로 쓸데없는 구실을 대며 내 발걸음에 집착한 노예가 되어 발걸음을 재촉했다. 그리고 그가 피곤하다고 불평할 것은 너무 명백했기 때문에 나는 그에게 그곳에 앉아 나를 기다리고 있으라고 부드럽게 타일렀다. 나는 돌아오는 길에 그를 다시 데리고 갔다. 그는 망설이는 척하더니 무수한 모래를 눈으로 겨냥하면서 기운찬 모습으로, "무엇보다도 나는 걷는 걸 무척 좋아하죠……" 하고 말했다. 그러자 나는 한결 마음이 편해졌다. 그래서 그에게 성큼성큼 걸어가면서 등을 대피소 쪽으로 돌리고 무어 족의 잔인한 풍습을 이야기했다.

그날 밤의 나는 사람들을 노예처럼 끌고 다니는 감시원이었다. 그러나 가까운 연락 참호의 그림 같은 풍경 속에서 총명하기는 하지만 막연한 심사 숙고를 감히 하기보다는 차라리 두 어깨에 고개를 파묻고 재빨리 돌아가고 싶은 생각이 문득문득 들었다.

그렇지만 우리는 땅이 갈라진 굴 속으로 아무도 소매를 잡지 않고 들어갔다. 사건은 심각한 표정을 하는 데서 막 발생했다. 우리의 장난은 우리에게 갑자기 경박하게 여겨졌다. 기관총 일제 사격이 우리를 휩쓰는 것도 아니고 탐조등이 우리를 발견한 것도 아니라, 단지 바람이 불기 때문에 우리에게는 전혀 상관이 없는 공중에서 나는 구르륵거리는 소리였다.

"이것은 마드리드를 향해 뚫려 있지요" 하고 중위가 말을 했다.

근접한 연락 참호는 카라방셀 조금 앞에 있는 어떤 언덕 꼭대기를 접어들고 있다. 마드리드 방향으로 땅의 경사가 기울어졌다. 그리고 도시가 보름달 아래 해안선 안에서 무척 하얗게 우리 앞에 나타난다. 2킬로미터가 될까말까 한 거리에 '텔레포닉'이 굽어보는 높은 건물로부터 우리는 떨어져 있었다. 마드리드는 잠자고 있다. 아니 오히려 마드리드는 잠든 척했다. 불빛 하나 보이지 않고 아무 소리도 들리지 않는다. 그전에 우리가 2분마다 반향하는 소리를 듣던 침울한 폭음은 매번 죽음의 침묵 속에 잠겨 버렸다. 그 소리는 도시에서 그 어떤 잡음도 야단법석도 일으키지 않았다. 그 소리는 물 속에 돌을 던질 때처럼 매번 삼켜졌다.

갑자기 마드리드 광장에서 어떤 얼굴이 나타났다. 두 눈을 감은 하얀 얼굴이다. 완고한 성모상의 굳은 얼굴이 대답없이 총알을 하나 하나 얻어맞았다. 아직도 우리 머리 위 별들 사이에는 병마개 없는 병 모양의 석루조(石漏漕)가 있다. 1초, 2초, 5초가 지났다……. 나는 나도 모르게 뒷걸음질 친다. 나는 한 대 얻어맞은 것 같았다. 앗! 마치 도시 전체가 붕괴된 것 같다!

그러나 마드리드는 여전히 우뚝 솟아 있다. 아무것도 붕괴되지 않았다. 눈썹 하나 까딱하지 않았다. 아무것도 변하지 않았다. 돌의 모습도 깨끗하게 그대로 남아 있다.

"마드리드를 향하여……."

나의 동행인은 이 말을 무의식적으로 중얼거렸다.

그는 내게 별들 사이에서 이 전율을 구별하는 법을 가르쳐 주었다. 그리고 그들의 먹이를 향해 달려드는 이 상어들을 추적하는 법을 가르쳐 주었다.

"아니오…… 자, 우리에게 대답하는 것은 바로 포병 중대요…… 바로 그들이오. 그러나 그들은 다른 곳에서 포격하지요. 자…… 마드리드를 위해서 갑시다."

뒤늦게 사람들은 폭발 소리를 계속 기대하고 있었다. 그러니까 그 기간에 사건들이 계속되고 있었다. 굉장한 압력이 계속 증가됐다. 이 보일러는 그러니까 터질 듯하다! 아! 방금 죽은 사람들이 있다. 그러나 역시 방금 석방된 사람도 있다. 80만 주민들 중에 12명도 못되는 희생자들이 집행 유예를 받는다. 석루조와 발포 사이에 80만 명이 죽을 위험에 처하게 됐다.

날아가고 있는 포탄마다 도시 전체를 위협하고 있다. 그곳에서 도시가 조밀하고 꽉 들어차고 서로 연대 책임이 있다는 것을 느꼈다. 나는 저 사람들, 저 아이들, 저 부인들, 성모상이 꼼작하지 않고 돌로 된 망토 아래 보호하고 있는 이 모든 비천한 시민들을 하나하나 생각해 본다. 그리고 여전히 나는 비열한 소문을 듣는다. 그리고 나는 어뢰가 지나가기 때문에 구토를 느낀 채 그 자리에 가만히 머물러 있다. 나는 이젠 내가 무슨 말을 하는지 모른다. "누가…… 누군가가 마드리드를 어뢰로 공격한다……." 다른 사람도 그 소리를 받아 한다. 그는 총소리를 센다.

"마드리드를 향해…… 16발."

나는 연락 참호에서 빠져 나왔다. 비탈길에 배를 깔고 나는 바라본다.

새로운 영상이 다른 영상을 지운다. 마드리드는 굴뚝, 포탑, 현창과 함께 성난 바다에 떠 있는 한 척의 배와 흡사하다. 마드리드는 밤의 검은 물 위에서 하얗다. 인간보다 더 끈기있는 도시다. 마드리드는 망명자들을 태우고 있다. 그래서 마드리드는 그들을 인생의 이기슭 저기슭으로 싣고 가고 있다. 마드리드는 한 세대를 싣고 간다. 마드리드는 천천히 수세기를 통과하며 항해한다. 남자, 여자, 아이들이 마드리드를 지붕밑 방에서부터 화물 창고까지 가득 메우고 있다. 그들은 고통을 참고 겁에 질려 떨면서 배 안에 갇혀 기다리고 있다. 누가 여자와 아이들을 실은 배를 어뢰로 공격한다. 사람들은 배처럼 마드리드가 떠내려가기를 원하고 있다.

나는 전쟁의 노름 규칙을 당분간 개의치 않는다. 그리고 전쟁의 정당화와 동기도 개의치 않는다. 나는 말을 듣는다. 마드리드 위에 불을 뿜어대는 대포의, 귀가 멍멍한 기침 소리를 다른 사람들에게 알리는 법을 배웠다. 또한 나는 별들 사이 그 석루조 밑으로 통하는 길을 찾아가는 법을 배웠다. 그 길은 사지테르(남반구의 성좌) 근처에서 어디론가 지나간다. 나는 5초를 천천히 세는 법을 배웠다. 그때 나는 들었다. 어떤 나무가 벼락에 맞아 쓰러졌는지도 모른다. 어떤 성당이 흔들렸는지도 모른다. 어떤 불쌍한 어린이가 배가 고파 죽어 갔는지도 모른다.

나는 그날 오후 바로 이 도시에서 있었던 폭격을 목격했다. 그것은 인간에게 유일한 생명의 뿌리를 뽑기 위해 큰 별장 위에 떨어진 청천벽력이었음에 틀림없다. 행인들은 자기 몸에서 횟가루를 닦았다. 다른 사람들은 달려갔다. 가벼운 연기가 흩어졌다. 그러나 이 모든 상처에서 기적적으로 구출된 약혼자가, 그가 1초 전만 해도 황금빛 팔을 쥐고 있던 자기 애인 '노비아'가 자기 발 밑에서 피투성이로 변하고 육체와 속옷이 볼품없게 된 것을 발견한다. 아무것도 이해하지 못한 채 그는 무릎을 꿇으며 힘없이 고개를 흔든다. 그는 이렇게 말하는 것 같다. "정말 이상한 일이야!" 그는 자기 여자 친구를 이토록 널리 유행되어 있는 이 불가사의 속에 들어가게 한 것을 전혀 알지 못하고 있었다. 절망은 그의 마음속에서 몹시 천천히 뒤늦게야 치솟는 내부의 격동을 겪게 하였다. 잠시 동안 요술에 깜짝 놀란 그는 자기 둘레를 둘러보며 희미한 모습을 찾았다. 마치 그 모습이 최소한 존재하고 있어야만 한다는 듯이 말이다. 그러나 그곳에는 진흙 더미 이외에 아무것도 없었다. 인간의 특성을 이루고 있는 소멸해 가는 희미한 노란 흙 이외에는 없다. 내가 무엇이 다른지를 알지 못하는 절규가 인간의 목구멍 속에서 준비하고 있는 동안, 그는 결코 이 입술을 사랑하지 않았지만 뾰로통한 입과 입술의 미소는 사랑했다는 사실을 이해할 틈이 있었다. 그 눈을 좋아한 게 아니라 그 시선을 좋아했다. 그 가슴을 좋아한 게 아니라 그 부드러운 바다의 움직임을 좋아했다. 그는 마침내 사랑이 가져온 고뇌의 이유를 발견할 틈이 있었다. 그는 파악할 수 없었던가? 그는 육체를 괴롭히는 것은 문제삼지 않았지만 솜털, 지식, 자기를 돌보아 주는 가벼운 천사가 문제가 되었다.

나로서는 그 당장에는 전쟁 노름의 규칙과 보복의 규칙은 아랑곳하지 않았다. 누가 시작했던가? 어떤 대답에는 항상 다른 대답을 발견하게 된다. 그리고 모든 이들의 첫 살해는 어두운 밤 시간 속으로 사라졌다. 그 어느 때보다도 나는 논리를 경계한다. 만약 어떤 초등학교 선생님이 내게, 붉은 육체를 태우지 못한다고 증명하면, 나는 손을 난로 위에 갖다 대고서 사리에 어긋나게도 그의 논리가 어떤 점에서 틀렸다는 점을 알려 줄 것이다.

나는 어떤 작은 소녀가 광명의 옷을 벗고 있는 걸 보았다. 어떻게 나는 보복의 미덕을 믿게 되었는가?

이와 같은 폭격의 군사적 이해 관계로 말하자면 나는 그것을 알지 못한다. 나는 포탄을 맞아 창자가 삐죽이 나온 가정 주부들을 보았고, 얼굴이 일그러진 아이들을 보았다. 나는 그의 재산 위에 집중 사격을 받은 이 사람의 잔해를 닦는 행상 노파를 보았다. 나는 문지기가 자기 숙소에서 나와 양동이로 보도를 깨끗이 소제하는 것을 보았다. 그러나 나는 전시에서는 이 도로의 보잘것없는 사건들이 어떤 역할을 하는지 아직 이해하지 못했다.

정신적 역할? 그러나 폭격은 그 목표물을 바꾸었는가! 대포 소리가 날 때마다 마드리드에서 그 무엇인가 강화된다. 망설이던 무관심은 결정을 내린다. 그것이 당신의 것일 때 죽은 아이를 무섭게 짓누른다. 폭격은 흩뜨리는 것이 아니라 통합하는 것처럼 나에게는 생각되었다. 공포는 주먹을 쥐게 하고 사람들은 같은 공포 속에 서로 단합한다. 중위와 나는 비탈길을 기어오른다. 마드리드는 심한 타격을 받고 있다. 그러나 사람들도 마찬가지다. 시련들은 서서히 그들의 미덕을 확고부동하게 해 준다.

그러므로 나의 동료는 흥분한다. 그는 단호한 의지를 생각하고 있다. 그는 벌써 허리춤에 주먹을 갖다 대고 심호흡을 한다. 그는 이제 여자들도 아이들도 동정하지 않는다.

"그것은 60······."

망치 소리가 모루 위에서 울려 오고 있었다. 어느 거인 대장장이가 마드리드를 손질하여 만들고 있었다.

우리는 카라방셸의 제1전선을 향해 다시 출발했다. 우리 주위에 반원으로 되어 있는 전선은 멀어서 통일성이 없고 어디서나 보편적인 소총전으로 활기를 띠고 있었다. 그 소총전은 기절과 흡사하고 바다에서 밀려온 조각돌과 흡사했다. 때때로 일제 사격이 마치 가스 불꽃처럼 20킬로미터 전선에서 벌어졌다. 그 후에 모든 것이 조용해졌다. 모두들 침묵을 지키고 자기 집으로 돌아갔다. 그곳엔 전쟁이 사라지고 있음을 느낄 만큼 완전한 침묵의 순간이 있었다.

이처럼 모든 증오가 동시에 잠깐 동안 누구러졌다. 이와 같은 일시적인 소강 상태가 있은지 30초 후에 세계의 모습은 이미 변했다. 더 이상 반격도 없었고 더 이상 기다려야 할 응수도 없었으며 어디서나 다시 들고 일어날 도발도 없었다. 더 이상 총살하지 않는다면 얼마나 감동적인 순간인가? 과거에 맨 먼저 총을 쏜 사람은 누구나 전쟁의 부담을 느낄 것이다. 평화를 회복하기 위해서는 이 침묵을 깨닫는 것으로 충분하다. 여기에 한 목자처럼 순한 사람이 있다. 여기에 거짓말 듣기를 원하는 사람이 있다.

그러나 어디선지 누가 알기도 전에 총소리가 너무 빨리 탕탕 하고 소리를 낸다. 어느 곳에서는 불꽃이 뜨거운 잿더미에서 여전히 솟아오른다. 어느 곳에서는 전혀 책임을 질 수 없는 어느 암살자의 몸짓에서 전쟁이 다시 부활한다.

그리하여 나는 한 번 더 자리잡고 있는 침묵을 생각해 본다. 그때 지뢰 아니면 어뢰 같은 것이 폭발하였다. 석고 가루가 우리를 뒤덮었다. 나는 펄쩍 뛰었다. 그러나 나를 앞장서서 가는 중위의 촌스러운 거동 속에서 나는 그가 이 폭발에 흥미를 잃고 있음을 짐작할 수 있었다. 습관 아니면 죽음에 대한 경멸 아니면 체념일까? 나는 사람들이 일종의 갑각류처럼 전쟁에 대한 용기를 되찾는다는 사실을 차즘 알게 되었다. 사람들은 상상을 중단하지 않을 수 없다. 10미터 지점 밖에서 일어나고 있는 모든 것을 다른 세계 일로 생각한다. 그러나 나는 역시 우뢰 같은 소리가 나는 방향으로 고개를 돌린다. 그리고 그 소리가 무슨 소리인지를 알아내려고 했다.

일선에서는 텅비었던 인구가 다시 붙었다. 이따금 끽연자의 담배 불빛이 반짝였고 아니면 회중전등의 불빛이 번쩍였다. 그 후에 우리는 길가에 참호들이 파여진 카라방셀의 조그마한 집들을 통하여 맹목적으로 슬그머니 들어 갔다. 우리는 그것이 무엇인지 알지도 못하고 우리를 적들로부터 유일하게 갈라 놓은 좁은 골목길을 따라갔다. 연락 참호는 지하실을 향해 뻗어 있다. 사람들은 그곳에서 기거하고 채광 환기창을 통해 나온다. 그곳 저쪽 아래서 우리는 이상한 이 지하 생활에 끼게 되었다. 나는 휩쓸어 간 이 주민들을 알지도 못하면서 스쳐 지나갔다. 이따금 나의 안내자는 조용히 손으로 적막한 어둠 속을 헤쳐 나가 감시병의 초소로 나를 밀어 넣는다. 그래서 나는 앞으로 몸을 구부렸다. 참호에 마련된 총안이 넝마로 막혀 있었다. 나는 그것을 다시 뽑아서 거기에 시선을 맞추었다. 아무것도 보지 못했다. 맞은편 벽 이외에는. 그리고 물 속에서 빛나고 있는 것처럼 보이는 이 이상한 달빛 이외에는 아무것도 보이지 않았다. 내가 다시 이 넝마를 살짝 끼워 넣을 때 내게는 달의 유출을 닦아 내는 것 같이 여겨졌다.

새로운 소식이 퍼지고 있는 것을 나는 곧 알았다. 새벽이 되기 전에 공격해야만 한다는 것이다. 카라방셀의 30채의 건물을 제거하는 것이 문제다. 10만 개 요새 가운데의 30개의 시멘트 요새가 말이다. 대포가 없어 수류탄으로 벽을 뚫고, 이렇게 뚫린 영창을 하나씩 하나씩 점령하는 것이 문제다. 나는 구멍 속을 샅샅이 탐색하면서 쇠갈고리로 낚시질해 잡은 고기들을 생각했다. 나는 막연한 불안을 느꼈다. 조금 전까지만 해도 맑은 공기를 마시러 야외로 가서 단번에 푸르스름한 밤 속에 잠긴 사람들, 그리고 그들이 맞은편 담에 도착하면 바위 아래서 치명적인 압박감을 알게 되는 사람들을 바라보았다.

15발자국을 떼놓기도 전에 벌써 밝은 달빛 속에 잠기며 가슴 부풀 사람은 몇 명일까?

그러나 그들의 얼굴 위에는 아무것도 변한 게 없었다. 그들은 군에 복무하기를 기다렸다. 모든 지원병들은 그들의 희망도 그들의 자유까지도 포기한 채 대대적인 지원병 모집에 가담했다. 이 돌격은 질서정연했다. 누군가가 생활 필수품을 얻어 온다. 어떤 사람은 곳간에서 필요한 것을 꺼낸다. 누가 파종용 씨앗을 한줌 뿌린다.

두려움은 가벼운 마음의 동요에서부터 시작된다. 이유 없는 사격이 열을 띠었다. 사람들은 공격에 체념하고 마치 준비할 의무가 있는 것처럼 적들을 두려워하고 있다. 하느님만이 절망의 고배가 어떤지를 안다. 사람들은 그것을 어둠 속에서 찾는다. 사람들은 희생을 두려워한다. 목을 명중시키는 희생자들에 대한 잔인한 총질을 두려워한다. 옛날에 나는 고통에 몸부림치는 이들의 참호 속에 있는 엷은 황갈색의 자그마한 양탄자를 보았다. 그들이 당신의 목에 덤벼들 것이다. 누군가 벙어리인 적을 한 사람 발견했는데 시골에서 석방한 미치광이었다. 그는 음모를 꾸미고 있었다. 사람들은 우선 침묵을 지키는 벙어리에게 총을 쏘았다. 이리하여 분명히 그가 반박하는 소리를 들었다. 사람들은 사람을 두려워하는 것이 아니라 유령을 두려워했다. 그러나 대담한 것은 어떤 유령이었다.

지금 이곳 화물 창고 안에서 우리는 우리 배가 와지끈 소리내는 것을 들었다. 무엇이 서서히 갈라지고 있는 참이다. 달빛이 갈라진 틈새로 비쳐 들어왔다. 누군가 가느다란 달빛의 이 침입에 반대한다. 달과 밤과 바다의 침입을 반대한다. 이따금 폭풍이 휘몰아친다.

양수기가 움직임에 따라 우리도 흔들렸다. 총알들이 저 바깥에서 숨막히게 한다. 그래서 사람들은 총알 때문에 숨이 막힐 것만 같았다. 그러나 지뢰와 박격포는 지금 점점 더 열을 띠고 있어 우리는 그럴 때마다 마치 범죄자처럼, 알지 못하는 어떤 사람의 가슴에 꽂힌 단도처럼 떨고 있었다. 누군가 중얼거린다.
 "그들이 제1전선을 공격하려 하는 것이 틀림없소."
 이 진동으로 우리는 온몸 전체에 바다물 세례를 받았다. 사람들은 떨고 있었으나 움직이지 않았다. 나는 그들을 그토록 악착같이 달라붙고 정성을 쏟게 하는 것이 무엇인지를 잘 이해하고 싶었다. 나는 내일 나의 이웃 중사에게 그가 돌격에서 살아 돌아오게 될지 물어봐야겠다. 나는 그에게 "중사, 왜 당신은 죽음을 승낙했소?"하고 물어보아야겠다.
 '그들은 움직이지 않았으나 도끼 아래에서 두려움에 떨고 있었다. 누가 나무를 베듯 천천히 사람에게 달려든다. 그는 능숙했으나 매번 몇 번을 더 추가하여 치고 있다. 나는 밤중에 나뭇가지 같은 사람들이 떨고 있음을 느낀다.'
 이젠 기관총들이 여러 줄기의 불똥을 내뿜고 있다. 사격이 한층 더 심해졌다. 사격은 개인적인 결심의 결과는 이미 아니다. 참호를 따라 가면서 무엇이 드르륵드르륵 소리를 내고 있다. 가장 가까이 있는 기관총이 흔들리고 있는 것을 나는 바라본다. 검은 대지 위 30센티미터 지점에서는 아무것도 숨을 쉬지 못한다. 그렇지만 무언가가 움직인다. 이제 악착스레 공격할 것은 바로 어떤 유령에 대해서다. 그러나 아무도 그 유령을 쫓아내지 못한다!
 그들은 공격할까? 이 모든 것이 요술에 걸렸다. 이 총알을 통해 나는 아무것도 보지 못했다. 정말 하나의 별 이외엔 아무것도 보지 못했다. 기관총이 일제 사격을 퍼붓는다. 기관총을 발사할 때마다 별이 물 속에서 흔들리는 것 같았다. 밤은 요술을 부린다. 사람들은 별들과 싸운다. 그리고 천천히 팔을 드는 감시병은 무엇을 발표하고 있다…….
 그리고 갑자기 모든 것이 동시에 폭발하는 것 같았다. 나의 생각도 속도를 가한다. 나는 생각한다. 나도 다른 사람들처럼 생각한다.

나는 아무것도 하고 싶지 않다. 아무것도 원치 않는다…… 나는 밤이 나의 어깨 위에서 내리누르는 것을 원하지 않는다. 참호 속에 훌쩍 뛰어내린 후 사람들의 배를 뚫는 기관총 사수의 중량이 누르는 것을 원치 않는다. 나는 바로 내 옆에서 동물의 울음소리를 듣고 싶지 않다. 나는 사람들이 커다란 석조 영묘를 위해서 오늘 나에게 돌을 수집하여 주는 것을 원치 않는다. 아! 내게도 총이 한 자루 있었으면. 주의해야지! 나는 장님이 되어 여기저기 부딪친다. 주의해야지! 나는 전진하는 사람을 괴롭혔다! 나는 이 기관수와 합세하여 마치 칼을 휘두르듯이 나의 총을 휘둘렀다. 주의하시오! 나는 사람들을 결코 죽이고 싶지 않다. 그러나 밤을, 전쟁을, 공포를, 악몽에서 깨어나서 한 발자국씩 전진하는 창백한 유령을 죽이고 싶다.
 아! 그것이 바로 일종의 공포다!
 우리는 중대장 집에 있다. 중사는 보고한다. 허위 경보가 문제였다. 그러나 적은 이미 알아차린 것 같다. 그들은 공격을 계속할까?
 중대장은 어깨를 으쓱한다. 그 역시 명령을 실천할 수밖에 없다. 그는 우리를 향해 코냑 두 잔을 내민다.
 "자네 나와 함께 제일 먼저 나가야 하네. 마셔. 그리고 가서 잠을 자게"라고 그는 중사에게 말한다.
 중사는 잠자러 갔다. 누군가 나에게 테이블 가의 좌석 하나를 마련해 주었는데 거기서 우리는 10여 명이 철야하고 있었다. 잘 밀봉된 이 방에서, 아무 곳에서도 불빛이 새어들지 않는 이곳에서, 섬광이 너무 눈부시어 나는 그만 눈을 깜박였다. 나는 약간 달콤하고 역겨운 그 코냑을 마신다. 그 코냑은 새벽의 쓸쓸한 미각을 가지고 있다. 나는 나를 에워싸고 있는 것이 무엇인지를 잘 모르고 있다. 나는 코냑을 마신다. 그리고 눈을 감는다. 카라방셀의 청록색 집들이 눈앞에 선하다.
 오른쪽에서 사람들이 내가 세 마디 중에 한마디만 알아들을 수 있는 이상한 이야기를 재빠르게 한다. 왼쪽에서는 장기를 두고 있다.

나는 어디에 있는가?

 약간 취한 어떤 남자가 등장한다. 그는 이미 비현실적인 이 세상에서 약간 비틀거린다. 그는 텁수룩한 수염을 만지작거리며 우리에게 다정한 시선을 보내고 있다. 그의 시선은 코냑 위를 스쳐 가 돌더니 다시 코냑을 본다. 중대장에게 애원하는 듯했다.

 중대장은 나지막하게 웃는다. 그 남자도 희망에 부푼 듯 따라 웃는다. 가벼운 웃음이 목격자들의 마음을 사로잡는다. 중대장은 가만히 병을 뒤로 밀친다. 그 남자의 시선은 절망의 빛을 띠었고, 유치한 장난은 그렇게 시작되었다. 짙은 담배 연기 사이로 밤의 피곤과 다음 공격의 영상이 연상되는 일종의 말없는 발레가 시작되었다. 나는 파도 소리가 밖에서 되풀이하는 동안 자라는 수염으로써 시간을 짐작하면서 전날의 마지막 그 분위기에 놀랐다.

 이 사람들은 머지않아 그들의 땀, 그들의 알코올, 전쟁하는 밤의 왕수(금이나 백금을 녹이는 화학용 액체) 속에서 기다림의 피로를 닦아 낼 것이다. 나는 그들을 너무 가깝게 그리고 너무 순수하게 느꼈다. 그러나 그들은 술병과 술주정뱅이의 발레를 출 수 있을 때까지 계속하고 있다. 그들은 그들이 할 수 있는 만큼 인생을 지속시킨다. 그렇지만 낡은 자명종 하나가 선반 위에서 이목을 끌고 있다. 누가 자명종이 울리도록 내엽을 감아 놓았다. 어떻게 그 소리를 듣지 않을 수 있겠는가? 귀청을 찢을 듯한 소리를 낸다!

 그러므로 이 시계는 울릴 것이다. 그러면 이 사람들은 기지개를 켜며 일어날 것이다. 그것은 이상하게도 살아 남을 필요가 있다고 생각할 때마다 사람들이 취하는 몸짓이다. 그러니까 그들은 기지개를 켜고 그들의 혁대를 채울 것이다. 그때 대위는 자기 권총을 벗어 놓을 것이다. 그때에 술주정뱅이는 술에서 깨어날 것이다. 그러면 그들은 모두 너무 서두르지 않고 이 복도로 접어들 것이다. 바로 그쪽을 향하고 있고 하늘이 보이고 연한 빛이 장방형을 이루고 있는 곳까지 그들은 순박한 어떤 이야기를 할 것이다. '아름다운 달빛'이라든지 '날씨가 온화하다'는 화제를 말이다. 그리고 그들은 별들을 보고 명상에 잠길 것이다.

거의 모두가 시멘트 담에서 뛰어내려서 거의 죽게 된 공격을 전화로 취소하자마자, 그들이 안전함을 느끼고 단 하루만은 커다란 구둣발로 그들의 훌륭한 대지를 짓밟는다는 확신을 느끼자마자, 그들의 마음의 평화를 느끼자마자 그들은 모두 탄식한다.

그것은 수많은 불평이었다. "누가 우리를 여자로 여길까?" "우리는 전쟁중인가, 아닌가?" 순간적 감정으로 저지른 짓을 포기한 참모부, 그러나 그들은 분명히 말한 대로 마드리드를 폭격한 유격대원이다. 매일 대포로 어린애들을 죽이는 일을 맡은 유격대원임을 스스로 보여 준 참모부에 관한 신랄한 수많은 여론이 있었다. 그들을 격파하는 임무를 맡은 바로 그 순간에 죄 없이 죽어 가는 자를 구하기 위하여 꼭 필요하였으므로 산등성이에서 두 번씩이나 그들이 대포를 격파하지 않고 있었기 때문이다.

그렇지만 나는 다음과 같은 사실을 잊을 수가 없다. 사람의 한 주먹으로, 박격포와 기관총으로 장비한 서른 곳의 시멘트 요소를 없애 버리고 기적적으로 80미터를 최선을 다해 전진하는 것이 문제라는 사실을 말이다. 이것은 마드리드 어린이들 가운데서, 학교에는 가지 않고 놀러 가기 위해서 이 도시 바로 뒤, 다시 말해 사격 거리인 80미터 후방에 자릴 잡는 습관이 있는 아이들만 분명히 구출한다는 것을 의미한다.

내 동료들의 고백과 마찬가지로 나 역시 그들 중 아무도 밝은 달빛이 비치는 경사면을 올라오려 하지 않는다고 생각하였다. 그리고 그들은 스스로를 위로하기 위해 마신 여러 잔의 코냑 때문에 몸이 풀려서, 아직도 몹시 유쾌하게 떠들어댈 수 있다는 것에 분명히 만족할 것 같았다. 그리고 전화가 온 이래로 그들은 이상하게 취미가 바뀐 것처럼 여겨졌다.

그러나 내게는 호언장담하거나 우스꽝스럽게 보이는 격렬한 행동

이외에 아무것도 보이지 않았다. 그들 모두가 오늘 밤 단순하게 죽어 갈 준비를 하고 있다는 것을 알고 있고 내가 독자 여러분을 이해시키고 싶었던 것을 알고 있으므로 이러한 격렬한 행동은 나에게 우스꽝스럽고 허세를 부리는 것처럼 생각될 수 있다.

 하기야 나는 마음속 깊이 그들의 모순과 흡사한 어떤 점을 느끼고 있다. 그렇지만 그것은 나를 괴롭히지 않는다. 물론 그들 자신 이상으로 단순한 구경꾼인 나는 이러한 위험을 책임질 이유를 갖고 있지 않았기 때문에 나 자신을 휩쓸어 가던 파선이 취소되기를 밤중 내내 바랐었다. 그렇지만 지금도 긴 하루와 약속한 환희가 제공되고 있기 때문에, 그리고 내 자신이 아무것도 두려워할 게 없기 때문에 나는 막연한 어떤 것, 이 파선과 함께 올 그 무엇을 역시 유감스럽게 여기고 있다.

 햇빛이 빛나고 있다. 나는 얼음처럼 찬 샘물로 세수를 한다. 한밤 중 폭격으로 구멍이 뚫린 정자 아래 적으로부터 40미터 떨어진 지점에서 커피가 찻잔 속에서 김을 모락모락 내고 있다. 그러나 새벽의 휴전이 존중되는 곳, 그리고 난파선에서 구조된 사람들이 인생을 공감하고 흰 빵과 담배와 미소를 나누어 갖기 위해 일단 세수하고 모이러 가던 그곳에서 말이다. 그들은 한 사람 한 사람씩 자릴 잡는다. 중대장 R…… 중사, 중위 등 그들은 테이블에 팔꿈치를 괴고, 그 보물을 얌전하게 돌려주던 시간에, 그들이 경시했으나 그 대가를 인수받았던 보물들을 마주보고 모여 있다. 벌써 "여~ 친구! 안녕"이라는 인사가 여기저기서 들리고 서로 반갑다고 어깨를 밀친다.

 나는 나를 애무하며 스치는 찬바람과 우리를 창 아래로 비추는 태양을 음미하고 있다. 그리고 나는 높은 산의 기후를 음미하고 있다. 그곳에서 나는 행복한 것처럼 생각되었다. 나는 셔츠 소매를 걷어붙이고 식사에 열중했다가, 일단 일어서면 세계를 움켜잡을 준비를 하는 그 사람들의 환희를 음미한다.

 잘 익은 완두콩 깍지 하나가 어디선가 터진다. 이따금 엉뚱하게 날아온 총알 하나가 돌에 부딪쳐 소리를 낸다. 그것은 어쩌면 한가하게 빈둥거리며 악의 없이 방황하는 죽음이다. 그때는 총 쏠 시간이 아니다. 정자 밑에서 사람들은 인생을 축하하느라고 분주하다. 대위가 빵을 나누어 준다. 다른 곳에서 빵을 절박하게 느꼈다 할지라도 내가 양식의 존엄성에 대해 이처럼 느낀 것은 이번이 처음이다. 나는 배고픈 아이들을 위한 식량을 트럭에서 내리는 것을 보았다. 그 광경은 감동적이었다. 하지만 나는 식사의 심각함을 아직 한번도 의심해 보지 않았다. 전 부대가 깜깜한 어둠 속에서 다시 올라왔다. 그래서 중대장이 너무 딱딱하고 영양이 많은, 밀로 만든 에스파냐의 빵을, 하얀 빵을 찢어 쪼갠다. 동료들 각자가 손을 벌려 주먹처럼 크고 냄새가 좋은 빵 덩어리를 받아 먹고 기분을 내게 하기 위해서다.

왜냐하면 그들은 모두 어둠 속에서 올라왔기 때문이다. 나는 이처럼 새로운 생활을 시작하는 그 사람들을 주시한다. 특히 R 중사를 바라본다. 그는 제일 먼저 나와 공격 전에 잠자러 갔다. 나는 그가 잠을 깨는 것을 목격했다. 그것은 사형 선고 받은 자의 깨어남이었다. R 중사는 그가 제일 먼저 기관총 받침대를 마주하고 화문(火門)을 뽑아 내고, 밝은 달빛 속에서 사람이 죽어 가는 15박자 춤을 출 것이라는 것을 알고 있었다.

카라방셀 참호는 가구가 제자리에 그대로 있는 노동자들의 작은 집들 사이로 꾸불꾸불 나 있다. 그리고 적으로부터 불과 몇 발자국 떨어진 곳에서 R 중사는 옷을 다 입고 철제 침대에 누워 잠을 자고 있다. 우리가 촛불을 켜고 그 촛불을 병의 주둥이에다 꽂았을 때, 그리고 우리가 어둠 속에서 음산한 침대를 끄집어냈을 때, 우리는 우선 제일 먼저 군화를 보았다. 굉장히 크고 징이 박히고 편자를 박은 군화, 철도원이나 하수도 청소부의 군화 속에 이 세상의 모든 비참함이 들어 있었다. 왜냐하면 발에 군화를 신고 있으면 생활 속에서 행복한 걸음을 걷는 것이 문제가 되지 않지만 인생이 하역하는 일종의 배라고 할 경우에는 부두 노동자처럼 배에 접근하는 것이 문제가 되기 때문이다.

　이 사람은 작업 장비를 갖추고 있었다. 그래서 그의 육체 위에는 온통 도구뿐이었다. 탄약통, 권총, 가죽 멜빵, 혁대 등. 그는 일하는 말의 마구처럼 길마나 목걸이를 달고 있었다. 모로코에서는 지하실 밑에서 눈 먼 말들이 돌리는 연자방아를 볼 수 있다. 이곳에서도 역시 흔들리는 촛불의 불그레한 빛 속에서 연자방아를 돌리기 위해 눈 먼 말을 깨운다.

　"이봐! 중사!"

　그는 파도처럼 무거운 한숨을 내쉰다. 그리고 단번에 우리를 향해 천천히 몸을 돌리고 우리에게 잠자고는 있으나 공포에 질린 얼굴을 보여 준다. 그의 눈은 감겨졌다. 거품을 내뿜고 있는 그의 입술은 마치 익사자의 입술처럼 반쯤 벌려져 있었다.

　우리는 고역스러운 잠에서 깨어나는 것을 말 한마디 않고 목격하면서 그의 침대 위에 앉았다. 왜냐하면 그 사람은 깊은 바다 속에 애착을 느끼고 있었기 때문이다. 그가 폈다가 쥐었다가 하는 주먹 속에는 알지 못할 검은 해초가 들어 있었다. 여전히 한숨을 내쉬고 있는 그는 마침내 우리를 피해 다시 벽쪽으로 완고한 얼굴을 돌렸다. 전혀 죽고 싶지 않다고 등을 도살장에서 돌리는 짐승의 고집으로 말이다.

　"이봐! 중사!"

　그는 다시 바다 속에서 부름을 받고 우리에게 되돌아왔다. 그의 얼굴이 촛불 속에 다시 나타났다. 그러나 이번에 우리는 그 잠꾸러기에게 수갑을 채웠다. 그래서 그는 이제 우리에게서 도망갈 수 없을 것이다. 그의 눈꺼풀은 주름살이 졌고 그의 입은 움직였다. 그는 한 손을 자기 이마에 갖다 대고, 행복한 꿈속으로 되돌아가기 위해 그리고 다이너마이트와 같고 피곤하고 싸늘한 밤의 우리의 세계를 거부하기 위해 노력했다. 그러나 너무 늦었다. 밖에서 그 무엇이 들어 와서 위압했다. 그것은 마치 학교의 종소리가 고통스러운 아이를 서서히 깨어나게 하는 것과 같았다. 그는 책상과 칠판과 벌과를 잊어버렸다. 그는 휴가의 날을 열망했고 기뻐했다. 그리고 다른 사람들과 마찬가지로 산보와 쾌락을 열망했다. 그는 가능한 한 오랫동안 이 보잘것없는 행복을 보전하려고 시도한다. 그는 자신이 행복하다고 믿는 권리를 가진 이 잠의 혼미 속에 빠지려고 노력한다. 그러나 종은 여전히 울리고 있고 그를 인간의 불의 속에다 가차없이 이끌고 간다.

그와 다를 바 없는 중사는 자기 말대로 피곤에 지친 그 육체를 다시 잡았다. 그가 원하지도 않는 육체를, 잠이 깨자 추위를 느낀 가운데 관절에 심한 통증을 느꼈고, 그 후 마구의 무게를 느꼈고, 그러고 나서 죽을 정도로 힘든 달음박질을 알았고, 다시 일어나기 위해 손을 적시는 피의 더러움을 알았고, 응결되고 끈적끈적한 시럽 약도 알고 있는 그 육체를 다시 잡았다. 죽음에는 벌받은 아이의 고난만큼의 고통도 없다.

그리고 하나씩 하나씩 그는 팔꿈치를 다시 펴고 다리를 길게 뻗으면서 사지를 편다. 그는 가죽끈과 권총과 탄약통과 그의 허리에 차고 그것을 베고 잠자곤 하던 세개의 수류탄 때문에 두 다리가 거북했다. 이윽고 그는 천천히 눈을 떴다. 그리고 침대 위에 앉아 우리를 응시한다.

"아! 그럼요……. 시간이 됐군요."

그는 총을 향해 자기 팔을 길게 펼 따름이다.

"아냐 공격은 취소됐어."

R 중사, 나는 우리가 네게 생명을 선물로 줄 것을 증언한다. 단순하게 그리고 전기 의자의 발 아래서와 마찬가지로 완전히 말이다. 그리하여 누군가가 전기 의자의 다리 밑 비장한 특사 청원서 위에 잉크를 쏟았는지는 하느님만이 알고 있다. 그래서 우리는 네게 그 특사 청원서를 갖다 줄 것이다. 죽음과 너 사이에는 네 생각의 두터운 장벽 이외에는 아무것도 없기 때문이다. 그때 나의 호기심을 용

서해 다오. 나는 너를 바라보겠다. 그리고 나는 너의 얼굴을 결코 잊을 수 없을 것이다. 너무 크고 울툭불툭한 코를 가진 감동적이고 못생긴 얼굴, 뼈 그리고 지적으로 보이는 안경을 결코 잊지 못할 것이다. 어떻게 생명의 선물을 받는가? 나는 그것을 이야기하겠다. 호주머니에서 담배를 꺼내 물고 앉아 마루를 바라보면서 고개를 천천히 끄덕인다. 그리고 이렇게 말한다.

"저는 그만큼 그것을 좋아합니다."

누군가가 여전히 고개를 끄덕이며 다음과 같이 덧붙여 말한다.

"누군가 우리에게 2, 3개 여단의 원병을 보내 주고 이번 공격이 의미가 있다면, 그때는 너는 이곳에서 감격의 순간을 보았을 텐데……"

중사, 중사…… 너는 생명의 선물로 무엇을 할 텐가?

평온한 중사, 지금 너는 카페에 빵을 적셔 먹고 있다. 너는 담배를 굴리고 있다. 너는 벌을 받는 아이와 흡사하다. 그렇지만 너의 동료들처럼 너는 이제 무릎을 꿇기만 하지 않고 오늘 밤 다시 시작할 준비를 하고 있다.

나는 이제 너에게 '중사, 왜 너는 죽기로 결심했나'라고 물어 본 질문을 머릿속에서 되새기고 있다. 그러나 이 질문은 어불성설이다. 나는 그 사실을 잘 알고 있다. 그것은 질문 자체는 모르지만 용서하지 못할 수치심을 해치고 있었다. 큰소리 치면서 어떻게 너는 대답할 수 있을까? 네게는 그 말들이 거짓말로 보일 것이다. 그런데 그 말은 거짓말이다. 너 자신을 표현하기 위해 얌전한 너는 어떤 언어를 사용할 것인가? 그러나 나는 알기로 작정했다. 그래서 나는 난관을 극복할 것이다. 나는 네게 아무렇지도 않게 보일 하찮은 질문들을 할 것이다.

"결국 너는 왜 떠났지?"

사실, 중사, 만약 내가 너의 대답을 잘 이해했다 하더라도, 너는 너 스스로 그것을 모르고 있는 셈이다. 바르셀로나 어디에서 회계원이었으며 정치에는 생소하던 너는 반역자들과 투쟁에 별로 걱정하지 않고서 계산을 정리했었다. 그러나 동료 한 사람이 입대를 했다. 뒤이어 두번째 동료가 입대를 했다. 따라서 너는 이상한 그들의 태도의 변화에 놀랐다. 너의 근심은 차츰차츰 네게는 쓸데없는 것처럼 생각되었다. 너의 기쁨, 너의 작업, 너의 꿈, 이 모든 것은 너의 연령에 어울리지 않았다. 거기에는 중요성이라고는 없었다. 당신들 중의 어느 한 사람이 말라가(인구 30만명의 에스파냐의 항구로서 지중해상에 있으며 포도주로 유명함) 해변에서 죽었다는 부고가 마침내 왔다. 그것은 당신에게 복수심을 일으키는 친구의 부고가 아니었다. 그렇지만 이 소식은 당신들에게 당신들의 가혹한 운명에 대하여 바닷바람처럼 퍼졌다. 어떤 동료가 그날 아침 너를 바라보았다.

"거기 갈까? 거기 가자." 그리고 당신들도 거기에 갔었다.

너는 네게 출발하지 못하게 하는 그 긴급 점호에도 놀라지 않았다. 너는 말로 표현할 수 없는 그 진실을 받아들였다. 그러나 그 사실의 명백성이 너를 사로잡고 있었다. 그래서 내가 이 짧막한 이야기를 듣는 동안 내 머리 속에서는 우선 나를 위해 명심해야겠다는 생각이 들었다.

어떤 영상이 하나 떠올랐다.

철새가 이동하는 시기에 오리와 기러기들이 지나갈 때, 그 새들이 차지했던 영토 위에는 이상한 물결이 인다. 가금들은 삼각형으로 껑충 뛰는 것이 마치 자력에 당기는 것처럼 익숙하지 못한 도약을 시도한다. 그러나 몇 걸음도 못가 실패하고 만다. 야외에서의 점호 소리가 가혹한 꺾쇠 소리와 함께 그들을 놀라게 했다. 나는 어떤 야생의 흔적인지 모르겠다. 1분 동안에 농가의 오리들이 철새로 변해 버렸다. 보잘것없는 늪과 벌레들과 가금장들의 영상이 맴도는, 둔하고 조그만 머리 속에 대륙의 공간과 바다의 바람 냄새와 바다의 지도가 전개된다. 오리가 철책을 친 울안에서 좌우로 뒤뚱거리며 걸어다닌다. 정열, 어디에선지는 모르지만 별안간 생긴 정열에 사로잡히고 그가 늘 대상을 잊어버리는 이 광대한 사랑에 사로잡혀서 말이다.
　그처럼 알 수 없는 명확성에 사로잡힌 사람은 그들의 허영심에서 마치 즐거운 가정 생활에서처럼 회계원의 직업을 발견했다. 그러나 그는 이 지상 최고의 진실에 전혀 이름을 붙이지 못한다.
　이러한 소명을 설명하기 위해서 사람들은 우리에게 도피의 필요성이나 모험심에 대해서 이야기한다. 마치 우선 명백히 해야만 하는 것이 모험심이나 도피의 필요성이 아닌 것처럼 이야기한다. 사람들은 역시 의무의 소리를 상기시켜 준다. 그러나 그것이 그토록 절실함을 어떻게 표현할 것인가? 중사, 너의 마음의 평화 속에 괴로움이 깃들 때는 너는 무엇을 이야기할 수 있는가?
　너를 동요시킨 이 점호는 틀림없이 모든 사람들을 괴롭힐 것이다. 그것이 희생이나 시(詩)나 모험이라고 불려지더라도 그 목소리는 한결같다. 그러나 가정의 평온은 우리들 마음속에서 그 소리를 들을 수 있는 참여를 너무 질식시켰다. 우리는 가까스로 전율했다. 우리는 두세 번 날개를 퍼덕거리다가 우리 마당으로 다시 떨어진다. 우리는 분열이 있다. 우리는 임종의 커다란 그림자를 위해 우리의 조그마한 먹이들을 놓칠까봐 두려워한다. 그러나 중사, 너는 그들의 나병원(癩病院)에서 가게 주인의 활동력과 하찮은 기쁨과 자질구레한 필수품을 발견한다. 이곳에는 사람들이 전혀 살고 있지 않다. 너는 이해하지 못하면서도 위대한 부름에 복종하기로 작정했다. 너는 탈바꿈해야만 한다. 너는 날개를 펴야만 한다.
　집오리는 그의 조그마한 머리가 대양이나 대륙이나 하늘을 포옹할 만큼 크다는 사실을 모르고 있다. 그러나 여기 곡식을 경멸하고 벌레를 경멸하고 날개를 퍼덕이는 오리가 있다. 그리고 그 오리는 야생 오리가 되고 싶어한다.
　뱀장어들이 조해(북대서양 서인도제도 부근의 광범한 해역)에서 다시 만나게 될 날이 오면 너는 더 이상 그것들을 붙잡을 수 없다. 그 뱀장어들은 그들의 안락과 평화와 미지근한 물들을 비웃는다. 그 뱀장어들은 경작지에서 그들의 길을 간다. 그리고 울타리에 걸려 자기 몸이 찢어지며 돌에 부딪쳐서 찰과상을 입는다. 그 뱀장어들은 낭떠러지로 흐르는 개울을 찾아간다.

그처럼 너는 아무도 너에게 말해 주지 않던 정신적인 이주에 휩쓸려 감을 느낄 것이다. 네가 전혀 모르는 결혼을 위해 준비한다. 그러나 너는 이렇게 대답해야만 한다. "거기에 가겠니? 거기에 가자." 그래서 너는 그곳에 갔다. 네가 전혀 모르고 있었던 전선을 향해 너는 떠났다. 너는 당연히 출발했다. 너는 들판에서 동해 바다를 향해 흐르며 빛나는 하얀 냇물과 흡사하다. 아니 어쩌면 하늘에 떠 있는 검푸른 삼각형자리와 같다.

너는 무엇을 찾고 있었느냐? 그날 밤 너는 거의 목적지에 도달했다. 그러므로 너는 하마터면 분명히 드러낼 뻔한 네 마음속에서 무엇을 발견했느냐? 너의 동료들은 새벽에 불평을 했었다. 그들은 무엇에 대해서 실망했는가? 그런데 그들은 곧 나타나게 되고 그들이 슬퍼하는 그 무엇을 자기 마음속에서 발견했단 말인가?

오늘 밤 그들이 겁을 냈는지 안 냈는지 안다는 것이 나에게 무슨 상관이 있는가. 그들이 파산을 원했는지 아니면 파산을 취소했는지 안다는 것도 나에게는 아무 상관이 없다. 설사 그들이 도망갈 준비를 했다 할지라도 말이다. 그 이유는 그들은 도망가지 않았기 때문이다. 그들은 다음날 밤 다시 시작하기로 했기 때문이다. 그것은 대양 위에서 역풍을 받으며 날아가고 있는 철새의 출발이다. 대양은 그들이 날기에는 너무나 넓다. 그들이 다른 강변으로 가고 있는지를 그들은 더 이상 알지 못한다. 그러나 그들의 작은 머리 속에는 이 비상이 포함되어 있는 태양과 뜨거운 모래의 영상을 간직하고 있다.

중사, 너의 운명을 이처럼 지배하고 너를 위한 모험에 육체의 위험을 무릅쓸 가치가 있는 영상은 어떤 것인가? 너의 육체와 너의 유일한 부는 어떤 것인가? 인간이 되기 위해서는 오래 살아야만 한다. 사람들은 서서히 우정과 애정의 그물을 짠다. 그리고 천천히 배운다.

천천히 자기 작품을 구상한다. 그래서 만약 누가 너무 일찍 죽게 되면 사람들은 그의 식량을 횡령할 것이다. 실현하기 위해서 오랫동안 살아야만 한다.

그러나 너에게 모든 액세서리를 빼앗아 간 밤의 시련 덕분에 너한테서 왔지만 너는 전혀 알지 못하는 어떤 사람을 너는 갑자기 발견했다. 너는 그가 키가 큰 것을 보았고 그를 잊어버릴 수 없을 것이다. 그런데 그는 바로 너 자신이다. 너는 바로 그 순간에 너 자신이 완성되고 있다는 생각이 들 것이며 미래가 보물을 축적하기 위해서는 네게 덜 필요하다는 생각이 문득 들 것이다. 그는 자기의 날개를 폈다. 그 날개는 일시적인 재산과는 더 이상 관계가 없고 모든 사람들을 우주 속으로 데리고 들어가는 날개였다.

굉장히 심한 바람이 그 위로 불었다. 바로 그는 폐석에서 해방되었다. 네가 피신시켜 준 잠든 영주는 구출되었던 것이다. 그 사람은 구출되었다. 너는 작곡하는 음악가와 같다. 지식을 넓히는 물리학자와 같다. 우리를 구출하는 이 길을 닦는 모든 사람들과 같다. 이제 너는 죽음을 무릅쓸 수 있다. 너는 무엇을 잃게 될 것인가? 만약 네가 바르셀로나에서 행복했다면 너는 너의 행복을 전혀 망치지 않았다. 너는 모든 애인들이 일종의 공통된 철도 이외에는 아무것도 갖지 않는 그런 고지에 도달했다. 만약 네가 괴롭고 외롭고 그 육체가 피난처를 갖고 있지 않으면 바로 너는 사랑의 영접을 받을 것이다.

3
평화냐 아니면 전쟁이냐

1938년 10월, 2,3,4일자 파리 스와르 지 참조.

군인 너는 누구냐?

어떠한 불안을 치료하기 위해서는 불안을 명백히 밝혀야만 한다. 그리고 분명히 우리는 불안 속에서 살아가고 있다. 우리는 평화를 보전하기로 작정했다. 그러나 평화를 보전하면서 우리는 친구들을 제거했다. 따라서 틀림없이 우리들 중 많은 사람들은 우정의 의무를 위해 그들의 생명을 무릅쓸 각오를 단단히 했을 것이다. 그들은 일종의 수치를 안고 있다. 그러나 만약 그들이 평화를 희생했더라면 그들도 같은 부끄러움을 인식했을 것이다. 왜냐하면 그들은 그 당시 사람을 희생했을 것이기 때문이다. 그들은 유럽의 도서실과 성당과 실험실이 회복될 수 없이 파괴되는 것을 수락했을 것이다. 그들은 그들의 전통을 파괴하기로 작정했다.

그들은 세계를 재의 구름으로 변화시키기로 했었다. 그러므로 우리는 이쪽 의견과 저쪽 의견 사이에서 망설였다. 평화가 우리를 위협하는 것처럼 생각될 때 우리는 전쟁에 대해 수치스러움을 알게 될 것이다. 전쟁이 우리의 목숨을 부지하게 하는 것처럼 여겨질 때 우리는 평화에 대해 수치스러움을 다시 느낄 것이다.

우리는 우리 자신들에 대한 이러한 혐오감을 내버려두어서는 안 된다. 어떤 결심도 우리로 하여금 그것을 용서하게 하지는 않을 것이다. 우리는 혐오감의 의미를 다시 느끼고 찾아야만 한다. 사람이 너무 심각한 어떤 모순과 부딪치게 된다면 그는 그 문제를 잘못 제기한 것이 된다. 물리학자가 지구가 회전하면서 빛이 사라지는 에테르를 야기시킨다는 사실을 발견할 때, 그리고 동시에 이 에테르가 움직이지 않는다는 사실을 발견할 때, 그는 과학을 포기하지 않고 언어를 바꾸어 에테르를 포기한다. 이 불안이 어디에 존재하고 있는가를 발견하기 위해서는 틀림없이 일어나는 일들을 샅샅이 알아야만 한다. 몇 시간 동안 슈텟트(체코슬로바키아에 있던 독일 민족. 제2차 세계대전 말엽에는 독일 영토였다가 그 후 체코슬로바키아에 반환되면서 주민을 정리하였음)를 잊어야만 한다. 너무 가까이서 보면 보이지 않는 법이다.

우리는 전쟁에 대해 약간 숙고해야만 한다. 그 이유는 우리는 동시에 전쟁을 거부하기도 하고 수락하기도 하기 때문이다.

나는 사람들이 나에게 어떤 비난을 퍼부을지 알고 있다. 어떤 신문 독자들은 심사숙고하여 얻은 사상이 아닌 구체적인 탐방기사를 요구하고 있다. 그 사상록은 잡지나 서적으로서 좋은 것이다. 그러나 그 점에 대해서 나는 다른 의견을 갖고 있다.

나는 늘 아르헨티나에서의 첫 야간 비행의 영상을 눈앞에 그려 본다. 캄캄한 밤이었다. 그러나 무인지경에서 별처럼 희미하게 빛을 발하는 사람들의 불빛이 들판에서 보였다.

캄캄한 밤에 저쪽에서 누군가가 사색에 잠기고 독서를 하고 속내 이야기들을 털어놓고 있음을 별들마다 말해 주고 있었다. 별들마다 신호등처럼 인간 의식의 현존을 표시하고 있었다. 인간의 의식 속에서 사람들은 아마도 인간의 행복에 관하여, 정의에 관하여, 평화에 관하여 명상할지도 모른다. 이 별들의 무리 속에서 길 잃은 별은 바로 목자의 별이다. 저곳에서는 어쩌면 누군가가 별들과 함께 대화를 나눌지도 모른다. 아니면 안드로메다 자리의 성운을 헤아리느라 지쳐 버렸는지 모른다. 다른 곳에서는 누군가가 사랑을 하고 있는지 모른다. 시골에서도 이 불빛은 어디에서나 빛나고 있었다. 그리고 이들의 양식을 아주 보잘것없는 사람에게까지 요구하고 있었다. 시인의 별도 교사의 별도 목수의 별도 있다. 그러나 이 살아있는 별들 중에서 양식을 공급받지 못하기 때문에 얼마나 많은 창문이 닫혀 있고, 얼마나 많은 별들이 빛을 발하지 못하고, 얼마나 많은 사람들이 잠들어 있고, 얼마나 많은 별들이 더 이상 빛을 발하지 못하고 있는 걸까.

신문기자가 그의 명상에서 잘못을 저지른다 해도 아무 상관이 없다. 아무도 잘못이 없을 수는 없다. 그가 이 모든 집에 들어가지 않는다 해도 아무 상관이 없다. 어느 지역에 의미를 부여하는 것은 누군가가 지키고 있는 바로 그 집들이다. 기자는 그와 함께 대화를 나누는 사람들이 누구인지를 모른다. 그러나 상관없다. 그가 포도 덩굴을 바람에 던질 때 시골에서 점점 멀리 타오르는 이 불꽃 속에서 몇 가지들을 보존하기를 바라고 있다.

우리가 확성기 앞에서 살아온 하루하루는 힘겹게 느껴졌다. 그것은 마치 공장의 정문 입구의 철책에서 고용을 기다리는 것과 같았다. 사람들은 히틀러가 말하는 것을 듣기 위해 모였는데 벌써 화물 열차에 자신들이 실려 있음을 알게 된다. 그리고 나서 전쟁터가 되어 버린, 근무하던 공장의 강철 기계 뒤에 자신이 배치되어 있음을 알았다. 벌써 대규모의 부역에 가담한 것처럼 탐구자는 우주와 연락시키는 계산을 포기했다. 아버지는 집안과 마음을 향기롭게 하는 저녁 수프를 포기했다. 새로운 장미를 위해서만 살아온 정원사는 이제는 땅을 아름답게 꾸미지 않기로 작정했다. 우리는 모두 벌써 뿌리가 뽑혀졌고 섞어서 쌓아 올린 더미 아래 아무렇게나 버림을 받았다.

희생 정신에 의해서가 아니라 부조리에 대한 자포자기에 의해서다. 어떤 언어로도 더 이상 분명하게 밝힐 수 없는 사건의 전후가 어긋남에 따라 용기를 잃고, 더 이상 해결할 수 없는 모순 속에 빠져서 우리는 마침내 단순한 의미를 우리에게 부여한 피투성이가 된 비극을 어렴풋이 인정하고 있었다.

그렇지만 우리는 전쟁이 수뢰와 이페릿 가스(독가스의 일종. 제1차 대전 때 독일군이 처음으로 벨기에의 이프르에서 사용함)로 다루어진 이래로 전쟁 때마다 결국 유럽의 몰락에까지 도달하고야 만다는 것을 알고 있다. 그러나 우리는 사람들의 그것을 상상하는 것보다는 재난을 묘사하는 데 훨씬 덜 민감하다. 우리는 매주마다 영화관의 의자에 깊숙이 앉아서 에스파냐나 중국의 폭격을 목격한다. 우리 자신이 동요되지 않고 우리는 도시의 내부에 가해지는 사격 소리를 들을 수 있다. 우리는 흙이 천천히 하늘을 향해 솟아오르며 재와 그을음이 꼬여 올라가는 광경을 보며 감탄해 마지않는다. 그렇지만! 그것은 여러 다락방의 곡식이다. 그것은 가족의 보물들이다. 그것은 여러 세대를 통해 내려온 유산이다. 그것은 서서히 이 검은 뭉게구름을 부풀게 하여 연기로 사라지는 불에 탄 아이들의 살이다.

나는 마드리드에서 마르구엘레주(19세기초 에스파냐의 정치가 인데 그의 이름을 딴 거리명) 거리를 돌아다녔다. 그 거리에는 움푹 들어간 눈과 흡사한 창문들이 하얀 대기로 밖에는 둘러싸여 있지 않았다. 벽들만이 남아 있었다. 유령이 나올 듯한 정면 뒤에는 6층의 내부가 석고 부스러기로 5 내지 6미터 이내로 축소되었다. 꼭대기에서 밑바닥까지의 거대한 떡갈나무 마룻바닥은 수세대가 살아 그들 가정의 오랜 역사를 말해 준다. 어쩌면 폭격하는 순간까지도 그 집의 하녀가 저녁의 휴식과 사랑을 위해 하얀 시트를 끌어냈는지 모른다. 그리고 어쩌면 그 집 어머니들은 병든 아이들의 뜨거운 이마 위에 찬 손을 올려놓았고, 아버지는 내일의 설계를 구상하고 있었을지도 모른다. 누구나 영원을 믿을 수 있었던 그 기초는 밤중에 바구니처럼 균형을 잃고 단번에 쓰러져다. 그리고 그 집의 짐은 늪지에 버림을 받았다.

그러나 공포는 아무 소용이 없었다. 그래서 우리 눈 아래 관중들의 무관심 속에서 비행기 공뢰가 소리 없이 수심 측량기처럼 수직선으로 내려와 살아 있는 이 집을 향해 내려가고 있었다.

나는 그에 대해 분개하고 싶지 않다. 여기서 우리에게는 어떤 언어의 실마리가 부족하다. 우리는 매몰된 광부 하나를 위해 아니면 절망한 어린애 하나를 위해 죽음을 무릅쓰려고 작정한 똑같은 사람들이다. 공포는 아무 설명도 되지 않는다. 나는 전혀 이 우정 어린

반응의 효과를 믿지 않는다. 외과의사는 병원을 회진한다. 그러나 딸의 집에서 고통스런 광경이 벌어진다는 가슴 조이는 일은 알지 못한다. 그의 동정심은 곧 완치가 될 그 궤양 위로 유달리 고고하게 스쳐간다. 그는 촉진은 하지만 하소연은 듣지 않는다.

이렇게 해산 시간의 신음 소리들이 여기저기서 들릴 때 굉장한 열정이 집을 흔든다. 그것은 현관에서 들려 오는 성급한 발걸음과 준비와 부르는 소리다. 아무도 젊은 어머니가 잊어버리게 될 그 외침을 무서워하지 않는다. 그리고 그 외침은 기억 속에서 사라지게 되고 중요하게 여겨지지 않는다. 그러나 그녀는 몸을 비틀며 피를 흘린다. 그리고 뼈마디가 굵은 팔이 그녀를 꽉 붙들고 있다. 돌팔이 의사의 양팔이 분만을 돕고 그녀의 육체에서 육체를 떼어놓는다. 그런데 사람들은 바쁘게 돌아다니고 있으나 어떤 사람은 웃고 있다. 그러나 사람들은 귓속말로 "만사가 순조롭다." 하고 속삭인다. 누가 요람을 준비한다. 누가 갑자기 문쪽으로 달려 나온다. 그리고 문을 왈칵 소리를 내며 열어제치고 외친다. "축하합니다. 아들입니다!"

만약 우리가 공포의 묘사만을 자유롭게 구사한다면 우리는 전쟁에 대해 정당한 이유를 갖지 못할 것이다. 그러나 만약 우리가 살아가는 즐거움에 흥분되고 헛된 죽음의 잔인성에 자극되는 것으로만 만족한다면 역시 옳지 못하다. 수천 년 동안 내려오면서 사람들은 어머니의 눈물에 대해서 말해 왔다. 이 언어는 아들들이 죽는 것을 막지 못한다는 것을 인정해야만 한다.

우리가 인명 구조대를 발견하게 되는 것은 이런 추리에서가 아니다. 다소간 사망자들은 수가 는다…… 사망자들은 어떤 수자에서부터 받아들일 만할까? 우리는 그 초라한 산술 수자 위에 평화를 수립하지는 않을 것이다. 우리는 말할 것이다. '필요불가결한 희생…… 위대함과 전쟁의 비극……' 아니 어쩌면 우리는 아무것도 말하지 않을 것이다. 우리는 이 여러 가지의 죽음 가운데서 복잡한 추리를 하지 않고도 우리가 판별할 수 있는 언어를 소유하고 있지 않다. 따라서 우리의 본능과 우리의 경험은 우리로 하여금 추리를 믿지 않게 한다. 사람들은 모든 것을 증명한다. 그것은 바로 세계를 단순하게 하는 것이다.

우리의 고통은 인류의 고통으로서 옛날의 고통이다. 그것은 인간의 진보를 주관한다. 어떤 사회가 진보하면 사람들은 시대에 뒤떨어진 언어를 도구로 하여 애써 현실을 파악하려고 노력한다. 가치가 있든 없든 간에 사람은 언어와 그 언어가 전달하고 있는 이미지의 포로다. 그것은 차츰차츰 모순을 내포하고 있는 불충분한 언어이다. 그것은 결코 현실이 아니다. 사람이 새로운 개념을 만들 때 언어는 단지 해방되는 것이다. 진보시키는 작업은 미래의 세계를 상상하는 가운데 존재하는 작업이 아니다. 어떻게 우리는 장차 우리의 처녀작을 탄생시키고 새롭고 종합적인 필요성을 부여하면서 역사의 흐름을 변천시킬 예기치 못한 모순성을 고려할 수 있을까? 미래의 세계는 분석을 모면한다. 인간은 그 시대의 세계를 생각하기 위해서 어떤 언어를 만들면서 발전해 나간다. 뉴턴은 X광선을 미리 예견하면서 X광선의 발견을 준비하지 않았다. 뉴턴은 그에 대해 알고 있는 현상들을 묘사하기 위해서 단순한 언어를 창조했다. 그래서 X광선은 창조에서 창조를 거듭하여 그 언어에서 생겨난 것이다. 모든 다른 방법은 유토피이다.

어떤 방법으로 군인을 구원하는지 찾으려 들지 말아라. 당신들은 다음과 같이 말할 것이다. "왜 우리는 전쟁을 하는 것일까? 우리는 전쟁이 부조리하고 극악무도하다는 것을 동시에 알고 있으면서 말이다. 그 모순이 어디에 있을까? 전쟁의 진실이 어디에 있을까? 전쟁에 공포와 죽음을 지배할 정도로 절대적인 진실이 어디에 존재할 것인가?" 만약 우리가 거기까지 생각이 미친다면, 그때에 우리는 맹목적인 운명에 지지는 않을 것이다. 그때 우리는 단지 전쟁에서 구출될 것이다.

이처럼 당신은 인간의 광란 속에 전쟁의 위험이 깃들고 있다고 내게 대답할 수 있다. 그러나 당신은 동시에 당신의 이해력을 포기한다. 마찬가지로 당신은 다음과 같이 단정할 수 있을 것이다. 지구는 태양의 주위를 돈다. 왜냐하면 이것은 신의 뜻이기 때문이다. 아마도 그럴 것이다. 그러나 어떤 방정식에 의해 신의 뜻이 표현될 것인가? 어떤 분명한 언어로 우리는 이 광란을 표현할 수 있을까? 그리고 우리는 거기로부터 벗어나게 될까?

야성적인 본능이나 탐욕이나 피를 좋아하는 취향은 불충분한 실마리를 가지게 하는 것처럼 역시 나에게는 생각된다. 그것은 아마 본질적인 것이 무엇인지를 소홀히 하는 것이 된다. 그것은 전쟁의 가치를 둘러싸고 있는 금욕주의를 완전히 잊어버린 셈이 된다. 생명의 희생을 잊어버린 것이 된다. 또한 규율을 잊어버린 것이 된다. 그것은 위험 속에서 동포애를 망각하는 것이다. 결국은 우리들이 군인으로부터 받은 모든 인상을 망각하는 것이다. 궁핍과 죽음을 받아들인 모든 군인들로부터 말이다.

지난 해에 나는 마드리드의 전선을 방문했었다. 실전과의 접촉은 책보다 훨씬 풍부한 수확을 거둔 것 같은 인상을 받았다. 또한 군인으로부터 전쟁에 대한 정보를 수집할 수 있을 것처럼 여겨졌다.

그러나 그가 갖고 있는 일반적인 것에 대해 알려고 그를 만나기 위해서는 그곳이 야영 부대임을 잊어야만 하고 이데올로기에 대해서는 토론하지 말아야 한다. 언어는 인간의 구원을 절망시키게 할 만큼 착잡한 모순을 지니고 있다. 프랑코 총통은 바르셀로나를 폭격했다. 왜냐하면 바르셀로나는 종교인들을 대량 학살했기 때문이라고 그는 말한다. 프랑코 총통은 그러니까 그리스도교의 가치를 보호한 셈이다. 그러나 그리스도교 신자들은 그리스도교의 가치라는 명목하에 폭격당한 바르셀로나에서 부녀자와 아이들을 화형하는 광경을 목격했다. 그러나 그들은 더 이상 이해하지 못한다. 그것은 당신이 내게 말할지도 모르는 전쟁의 슬픈 필연성인 것이다…… 전쟁은 부조리하다. 그렇지만 야영지를 선택해야만 한다. 그러나 내게는 우선 사람들로 하여금 스스로 모순되는 말을 하게 하는 언어가 부조리한 것처럼 보인다.

역시 당신은 진실의 명백성을 반대하지 말아라. 당신은 옳다. 당신들 모두가 옳다. 사람들의 불행을 꼽추에게 탓하는 그 역시 옳다. 만약 우리가 전쟁을 꼽추에게 선언한다면, 꼽추들의 모습을 말하게 되면, 우리는 우리 자신이 흥분하는 법을 빨리 배우게 될 것이다. 모든 비열한 행동, 모든 죄악, 꼽추의 모든 의무의 태만을 우리는 그들의 차변(借邊)에 기입할 것이다. 그것은 정당할 것이다. 우리가 그의 핏속에 어느 가엾은 순진한 꼽추를 잠기게 할 때 우리는 두 어깨를 처량하게 으쓱할 것이다. "그곳에 바로 전쟁의 공포가 있다. ……그것은 다른 사람을 위해 대가를 치룬다. ……모든 꼽추의 죄악을 위해 대가를 치룬다." 그 이유는 분명히 꼽추도 역시 죄악을 범하기 때문이다.

그러니까 일단 인정되기만 하면 불요불굴의 진리의 코란과 거기에서 생기는 광신을 완전히 상기시키는 이 분열을 잊어야 한다. 사람들을 좌익파와 우익파로 꼽추와 비꼽추로 파시스트와 민족주의자로 구분할 수 있다. 그리고 이 구별은 비난할 여지가 없다. 그러나 진리는 당신이 그것을 알다시피 세계를 단순화시키는 것이다. 그러므로 혼란을 창조하는 것이 아닌 것이다.

만약 우리가 군인에게서 불충분한 그의 언어로 자신을 정화하는 변명을 듣지 않고 그가 살아가는 것을 지켜보면서 그의 마음속의 갈망의 의미를 요구한다면 어떻게 될까?

밤중에 적의 소리가
—이 참호에서 저 참호로 서로 부르며 대답한다

지하실의 참호 속에는 사람들이 있다. 중위 한 명, 중사 한 명, 세

명의 군인들이 순찰할 목적으로 복장을 갈아입었다. 털옷을 입고 있는 그들 중 한 명이—매우 날씨가 춥다—어둠 속에서 아직 머리를 파묻고 우둔한 팔을 곰처럼 무겁게 천천히 움직이면서 내 앞에 나타났다. 숨막히게 하는 욕설, 새벽 3시의 수염, 멀리서 들리는 폭발물 소리…… 이 모든 것이 잠과 깨어남과 죽음과 야릇한 혼합을 이루고 있다. 뜨내기 노동자들은 느린 준비로 무거운 막대기를 집고서 여행을 떠난다. 대지에 붙잡히고 대지에 의해 묘사되고 정원사가 손가락질하는 이 사람들은 즐거움을 위해 창조되지는 않았다. 여자들은 그들을 외면했다. 그러나 천천히 그들은 그들의 진창에서 벗어나 별들 앞에 나타날 것이다. 생각은 땅속 굳은 진흙더미에서 깨어났다. 그리고 같은 시각에 저쪽 맞은편에서는 다른 사람들이 이처럼 복장을 갈아입고, 같은 털옷을 두껍게 입고, 같은 땅속에 들어가고, 그들이 구축한 같은 땅의 참호에서 나타날 것이라고 나는 생각했다. 저쪽 맞은편에서 역시 같은 땅이 사람들 사이에서 의식에 눈을 뜬다.

이리하여 너의 맞은편에서 중위인 너의 손에서 죽어가기 위해서 너 자신의 영상을 서서히 우뚝 세우고 있다. 너처럼 봉사하기 위하여 그의 신앙을 완전히 포기해 버렸다. 그의 신앙은 너의 것이다. 누가 인간의 진리, 정의, 사랑을 위해서가 아니면 죽기로 작정하겠는가?

"사람들은 그것을 잘못 생각했다. 아니면 맞은편 사람들을 속였다"라고 당신은 나에게 말할 것이다. 그러나 나는 이곳에서 정객들, 모리배들, 두 야영지 중 어느 한편의 탁상 공론가들을 무시한다. 그들은 막후에서 조종하고 호언장담을 하며, 그들이 사람들을 인도한다고 믿고 있다. 그들은 인간의 순진성을 믿고 있다. 그러나 호언장담이 바람에 날려간 씨앗처럼 남발된다면, 그것은 바람 한가운데에 수확물의 무게를 위해 반죽된 대지가 있기 때문이다. 모래 위에 씨앗을 던지는 것을 상상하는 견유학자가 무슨 상관이 있는가. 밀알을 인식할 줄 아는 것은 바로 땅이기 때문이다.

순찰이 행해졌다. 우리는 들판을 가로질러 전진했다. 우리 발 밑에서 짧게 깎은 풀이 소리를 내고 있다. 우리는 이따금 밤중에 돌멩이에 부딪친다. 나는 이 세계의 기슭까지 우리를 이곳에서 적들과 갈라 놓은 좁은 골짜기로 깊숙이 내려가야 하는 사명을 지닌 사람들을 동반한다. 그 골짜기의 폭은 8백미터나 된다. 수직으로 퍼붓는 두 대의 대포의 불길 아래서 농부들은 그곳을 철수했다. 그 골짜기는 전쟁의 물결 속에 잠겨서 텅비어 있다. 전쟁이 스쳐간 그 마을은 잠이 들었다. 그곳에는 유령밖에 없었다. 개들만이 그곳에 남아 있었다. 그 개들은 틀림없이 낮이면 하찮은 고기들을 찾아 다니고 밤이면 굶주린 채 무서움에 떨고 있을 것이다. 뼈처럼 하얗게 올라오는 달을 향해 그 마을에서 개들이 새벽 4시경에 죽어라고 짖어대고 있다.
"당신들은 적들이 그곳에 숨어 있는지를 알아보러 내려가시오." 하고 지휘관이 명령했다. 틀림없이 적군에서도 같은 문제가 제기될 것이고 같은 순찰대가 움직이고 있을 것이다.

그는 우리를 동반했다. 나는 그 순찰병의 이름은 잊어버렸지만 결코 그의 얼굴은 잊어버리지 못할 것이다. "자네는 적의 말을 듣고 있어. 일선에 있을 때 우리는 계곡의 다른 경사면을 차지하고 있는 적과 말을 주고받을 수 있다……. 가끔 적군은 말을 하지……" 하고 그는 말했다.

나는 그를 다시 본다. 그는 착실한 늙은 노동자의 얼굴을 지니고 있었다. 그는 확실히 정치와 정당을 초월했다. "현재의 상황에서 우리가 적들에 대한 우리의 관점을 피력할 수 없다는 것은 유감이오……."

그리고 그는 그의 교리에 답답함을 느낀 듯 복음 전도사처럼 간다. 그리고 맞은편엔 내가 알고 당신이 잘 알고 있듯이 그의 교리로 활기를 띤 신자인 다른 전도사가 있었다. 그런데 그는 그도 알지 못하는 약속 장소를 향해 걸어가면서 그의 큼직한 장화에서 같은 진흙을 떼어 내고 있었다.

그러므로 우리는 골짜기를 굽어보고 있는 지대의 입구를 향해 걸었다. 약간 앞으로 돌출한 해각을 향해, 마지막 구렁을 향해 그리고 우리는 마치 자문자답하는 것처럼 적에게 외치는 질문 소리를 향해 걸었다.

성당처럼 우뚝 솟은 밤이다. 얼마나 조용한가! 총소리 하나 들리지 않는다! 휴전인가? 오! 아니다. 그러나 일종의 현존하고 있다는 느낌과 흡사한 그 무엇이 있었다. 두 적군으로부터 같은 목소리를 들을 수 있다. 동포애인가? 그 때문에 장차 사람들을 분산시키고 그들로 하여금 담배를 나누어 피우게끔 만들고 같은 좌절감 속에 빠지게 하는 그 권태가 문제인건 물론 아니다. 그러니까 적을 향해 한 발자국 전진하도록 노력하라…… 아마 동포애인지도 모른다. 그러나 동포애가 아직 표현할 수 없는 일부분만이 정신을 차지할 정도의 단계는 아니다. 그래서 이곳 저 아래에서는 우리를 살육으로부터 구출하지 못한다. 왜냐하면 우리를 결합시키는 언어를 아직 가지고 있지 않기 때문이다.

우리를 동반한 그 순찰병을 이해하고 있다고 나는 생각한다. 똑바로 응시하고 처음에는 굴대 속에 자기 쟁기를 오랫동안 잡고 있는 얼굴을 하고서 그는 어디서 온 것일까? 농부 출신인 그는 농부들과 함께 대지가 생활하는 것을 보았다. 그 후 그는 공장으로 떠났다. 그리고 사람들이 생활하는 것을 보았다. "금속 가공업자…… 나는 20년 동안 금속 가공업자였다……." 아직까지 나는 한 번도 이 사람의 신념만큼 고상한 신념을 들어 본 적이 없었다. "나는…… 야성적인 사람이었소……. 나는 나를 수양하는 데 무척 힘이 들었소. 연장들을…… 당신은 보았지요. 나는 그것을 다루는 법을 잘 알고 있소. 나는 그에 대해 말할 줄 알고, 내가 옳다고 느낍니다……. 그러나 내가 사물과 사상과 인생에 관해 다른 사람들에게 피력하고 싶어질 때는…… 당신은 추상적으로 생각하는 데 익숙해져 있소…… 사람들이 언어의 모순 속에서 조금씩 호전시키는 그것이 얼마나 힘든 것인가를 당신은 상상하지 못합니다. 그것이 얼마나 추상적인가를! 그러나 나는 연구를 해 왔소……. 나는 진행중인 관절 경직증을 느끼고 있소……. 오! 내가 나 자신을 판단할 줄 모른다고 생각하지 마세요……. 나는 아직도 촌스럽지요. 나는 아직도 예절을 배우지 못했소. 당신도 알다시피 예절로 사람을 판단하게 되지요."

나는 그 말을 들으면서 원시인의 마을처럼 몇 개의 바위를 피해 자리잡고 있는 전선의 학교를 다시 바라보았다. 어떤 하사가 그곳에서 식물학을 가르치고 있었다. 개양귀비 꽃잎을 그의 손으로 떼어 놓으면서 그는 다정스러운 자연의 신비를 수염이 덥수룩한 자기 제자들에게 주입시키고 있었다. 그러나 군인들은 순진하기 짝없는 고민을 털어놓는다. 몹시 늙고 머리가 굳어진 그들은 이해하기 위해서 무척 애를 쓰고 있다! 그리고 그들은 이내 늙었고 살아오느라 굳어졌다. 그는 그들에게 말했다. "당신들은 야만적이요. 당신들은 야수의 소굴에서 간신히 빠져 나왔군요. 그러니 인간성을 되찾아야만 하오……." 그러자 그들은 무거운 발걸음으로 성큼성큼 걸어서 인간성을 찾으러 서둘러 갔다.

이리하여 나는 수액(樹液)이 올라오는 것과 같은 의식의 고양을 목격했다. 그리고 흙에서 나서 선사시대의 밤에 차츰차츰 데카르트나 바하 아니면 파스칼, 이 높은 정상에까지 올라오는 이 의식의 고양을 목격한다. 순찰병이 말한 추상을 위한 그 노력은 얼마나 감동적인가! 성장할 필요성이 있다. 그리하여 나무는 자란다. 그곳에 바로 생명의 신비가 있다. 생명만이 땅에서 자기 영양소를 끌어올린다. 그리고 그 우둔함에서 벗어나게 한다.

얼마나 멋진 추억인가? 그 성당의 밤은…… 뾰족 형태의 궁륭과 뾰족탑과 더불어 나타나는 인간의 영혼은…… 질문하려고 준비하는 적은…… 그리고 별들의 씨가 뿌려져 있고 소리가 나고 검은 땅 위를 가고 있는 순례자의 대상(隊商)인 우리 자신들은…….

우리는 이유를 모르면서 일시적인 우리의 복음을 초월하는 어떤 복음을 찾고 있다. 그들은 인간의 피를 너무 많이 흘리게 했다. 우리는 폭풍우가 몰아치는 시나이 반도(이집트의 동북쪽 지중해 연안에 면하여 홍해에 돌출한 삼각형 모양의 반도)를 향해 가고 있다.

우리는 그곳에 도착했다. 우리는 작은 돌담벽의 보호 아래서 반수 상태에 빠진 잠든 보초병과 맞부딪쳤다.

"그렇소. 이곳에서 여러 번 그들은 대답을 했소. 다른 때는 바로 그들이 불렀지요……. 그러나 그들은 대답하지 않았소. 그것은 그들이 얼마나 변덕을 부리느냐에 달려 있소……."

이처럼 그들은 신들과 같았다.

일선의 참호들은 우리 뒤로 백 미터 지점에서 꾸불꾸불하게 뻗어 있다. 가슴 높이밖에 안되는 이 낮은 벽은 사람을 보호하고 있는 초소들이다. 낮에는 방치되어 있고 심연 위로 바로 쑥 나와 있다. 우리에게는 공허와 무지 앞에 일종의 난간이 세워진 것처럼 보였다. 나는 담배를 한 대 피워 물었다. 그러자 곧 힘센 손이 나를 떼밀어 떨어뜨렸다. 내 주위에 있는 모든 사람들도 역시 떨어졌다. 그 순간 나는 5, 6발의 총알이 날아가는 소리를 들었다. 하기야 총알은 너무 높이 지나가서 그 어떤 다른 총알도 연이어 발사되지 않았다. 그것은 견책 점호에 불과했다. 적 앞에서는 담배를 피우지 말라는 신호였다.

이불을 덮은 3, 4명의 병사가 주위를 살피더니 비슷하게 생긴 작은 보루에 몸을 피하며 우리와 합세했다.

"맞은편 사람들을 잘 깨웠소……."

"그래요. 그러나 그들은 말을 합니까? 누가 듣겠소……."

"그들 중 한 명이 안토니오인데…… 여러 번 그는 말을 했소."

"그에게 말을 시키시오……."

전혀 총소리가 나지 않는다. 대답으로 말하자면…… 우리는 아무 소리도 듣지 못했다고 단언할 수는 없다. 모두들 마치 갑각류처럼 밤에 노래를 부른다.

"에! 안토니오…… 오! 너는……."

그러자 키가 크고 쾌활한 그는 숨이 차서 다시 숨을 들이마신다!
"너 잠자느냐?"

그 병사가 일어나서 심호흡을 하고는 양손을 통화관처럼 입에 대고 힘껏 그리고 천천히 외친다.
"안……토……니오……오!"
그 외침은 점점 커져 퍼지더니 골짜기에 반향된다.
"몸을 구부리시오. 가끔 우리가 그들을 부를 때면 그들은 사격을 가하지요……"
우리는 몸을 바위에 대고 숨어 있었다. 그리고 우리는 귀기울여 들었다.
너 잠자니…… 다른 산기슭에 메아리가 울린다…… 너 잠자니…… 골짜기에서 다시 메아리가 울린다. 너 잠자니 소리가 밤 전체에 메아리친다. 그 소리는 모든 것을 가득 채운다. 그래서 우리는 이상한 확신을 갖고 서 있었다. 그들은 사격하지 않는다는 확신을 가졌던 것이다. 나는 저쪽에서 그들이 귀기울이며 듣고 이 인간의 육성을 받아들이고 있다고 상상한다. 그래서 이 목소리는 그들에게 반감을 사게 하지 않았다. 그 이유는 그들이 방아쇠를 잡아당기지 않았기 때문이다. 분명히 그들은 침묵을 지키고 있다. 하지만 어떤 배려와 경청이 이 침묵을 표현하겠는가. 단순한 성냥개비 하나가 사격시키기 때문이다. 우리의 목소리가 미치는 거리의 검은 땅에, 눈에 보이지 않는 어떤 씨앗이 떨어지고 있는지도 모른다. 그들은 마치 우리가 그들의 말을 갈망하듯이 우리의 말에 갈증을 느끼고 있다. 그러나 우리는 우리의 모든 갈증을 잊는다. 그 갈증이 이 관심 속에 분명하게 표현되지 않는 이상 말이다. 그렇지만 방아쇠에 손가락을 갖다 대고 있다. 그래서 우리가 사막에서 길들이려고 시도하던 이 작은 야수들을 나는 다시 본다. 그들도 우리를 바라보고 있다. 그들은 우리 말을 듣고 있다. 그들은 우리에게 양식을 받으려고 기다리고 있다. 그러나 눈깜짝할 사이에 그들은 우리들의 목을 잡으려고 달려들었다.

우리는 잘 피했다. 배 위로 손을 올리고 우리는 성냥개비를 켰다. 3개의 총알이 작은 별을 향해 날아갔다.

아! 자력을 띠게 된 이 성냥개비는…… 그것은 다음 사실을 의미한다. "우리는 전쟁중이다. 그 사실을 잊지 말아라! 그러나 우리는 당신의 말을 듣고 있다. 이 가혹함은 사랑을 방해하지 않는다……."

어떤 사람이 몹시 쾌활하게 내뱉는다.

"너는 그에게 말을 시킬 줄 모른다. 그에게 말하게 내버려둬."

풍채가 큰 농부는 바위 위에다 자기 총을 내려놓더니 숨을 크게 들이쉬고 다음과 같이 외친다.

"나야, 레옹…… 안토니오……오!"

그것은 터무니없이 크게 울려 퍼졌다.

나는 아직 한 번도 이처럼 크게 퍼지는 목소리를 들어 본 적이 없었다. 우리를 갈라 놓고 있는 검은 심연 속으로 마치 배가 진수하는 것 같았다. 이곳에서 다른 산기슭까지 800미터나 되었다. 거기에서 돌아오려면 천6백 미터나 된다. 만약 그들이 우리에게 응답한다면 우리의 질문과 대답 사이는 약 5초가 경과할 것이다. 전 생명이 달려있는 침묵이 매번 5초가 경과할 것이다. 그것은 매번 여행하고 있는 일종의 사절(使節)과 같은 것이다. 그처럼 그들이 우리에게 응답한다 하더라도 우리는 서로 대화하는 느낌을 갖지는 못할 것이다. 그들과 우리 사이에는 동요하기 시작한, 눈에 띄지 않는 세계의 무기력이 개입하게 될 것이다. 목소리가 입 밖에 나오면 운반되어서 다른 산기슭에 닿는다…… 1초…… 2초…… 우리는 바다에 병을 던진 파선당한 사람들과 흡사하다. 3초…… 4초…… 우리는 구원자가 응답하게 되는지 알 수 없는 조난당한 사람과 흡사하다…… 5초…….

"……오!"

멀리서 들려 오는 어떤 목소리가 우리의 산기슭으로 사라질듯 말듯 들려 왔다. 문장은 도중에 다 소실되었다. 오직 알아들을 수 없는 전갈만 남게 되었다. 그러나 나는 소리를 습격처럼 받아들였다. 우리는 우선 침투할 수 없는 어둠 속에서 길을 잃었다. 그러나 뱃사공의 "어기여차!" 소리에 의해 갑자기 활기를 띠었다.

어떤 얼빠진 정열이 우리를 뒤흔든다. 우리는 어떤 명백한 일을 깨닫는다. 우리 앞에 병사들이 있었다.

어떻게 내 자신을 설명할 수 있을까! 어떤 보이지 않는 간격이 방금 벌어진 것같이 생각되었다. 밤중에 모든 문이 닫힌 집을 상상해 보라. 그러면 어둠 속에 찬 바람이 불어와 당신의 피부를 스칠 것이다. 단 한 번. 무슨 현존인가!

당신은 어떤 심연 위에 몸을 기울이고 있었는가? 나는 셰제리(주우라 산 맥 기슭에 있는 지대)의 단층을 생각한다. 그것은 숲속에서 시작되는 것으로 갈라진 틈이 1.2미터의 폭과 30미터의 길이다. 대단한 것이 아니다. 누가 전나무 잎 위에 배를 깔고 눕는다. 그리고 누군가 손으로 기복 없는 틈 속에 돌멩이를 집어 넣는다. 아무런 반응이 없다. 1초, 2초, 3초가 흘렀다. 이 오랜 시간이 지난 후에 마침내 약하게 울리는 소리가 났다. 그 소리는 배 속에서 나는 소리만큼 약하고 한참 후에 났기 때문에 더욱 놀랐다. 굉장한 심연이군! 이리하여 그날 밤 늦게 들리는 메아리 소리는 방금 어떤 세계를 창조했다. 적군, 우리, 생명, 죽음, 전쟁을 우리는 몇 초간의 침묵으로 표현했다.

다시 그 신호가 표시되자, 그 배가 일단 동요하기 시작하자, 사막을 통해 그 대상(隊商)이 서둘러 가게 되자 우리는 기다린다.

틀림없이 이곳에서처럼 맞은편에서도 가슴에 박힌 총알처럼 들려오는 이 목소리를 들을 준비를 하고 있다. 바로 메아리 소리가 되돌아왔다.

"······시간이······ 잠잘 시간······."

그 소리는 긴급 전언처럼 훼손되고 갈기갈기 찢어져서 돌아왔다. 그러나 더럽혀지고 깨끗이 씻겨지고 바다에 닿아서 되돌아왔다. 공중에 던진 우리의 담배를 사격한 그들은 그들의 가슴속에 발사했다.
"조용히 해…… 자리에 누워…… 잠잘 시간이다."

가벼운 전율이 우리를 스쳐 간다. 틀림없이 당신은 어떤 투기를 믿고 있다. 틀림없이 단순한 사람인 그들도 어떤 투기를 믿고 있을 것이다. 그러므로 그들이 당신에게 수줍게 설명한 것이다. 그러나 투기는 항상 심오한 의미를 지니고 있다. 그렇지 않으면 그 투기의 고뇌와 기쁨과 힘이 어디서부터 오는 걸까? 아마 우리가 하려고 생각하던 그 투기는 이 성당의 밤에, 시나이 반도를 향한 이 행진에 너무 잘 어울릴 것이다. 그래서 우리는 가슴이 너무 세차게 뛰었기 때문에 어떤 형식적인 필요성에 응답하지 않을 수 없었다. 마침내 회복된 이 교신은 우리를 흥분시켰다.

따라서 물리학자는 중요한 경험이 작용할 때, 분자의 무게를 잴 때 전율한다. 그는 10만 개 중에 있는 어떤 불변함수를 주목하게 된다. 그것은 학문의 건물에 모래알 하나를 덧붙이는 것처럼 생각되었다. 그렇지만 그의 가슴이 두근거린다. 왜냐하면 그것은 모래알이 문제가 아니기 때문이다. 그는 막후에서 조종한다. 그 조종에 의해서 사람들은 총을 쏘면서 천지만물의 인식을 종합하는 조종을 한다. 왜냐하면 모든 것이 연결돼 있기 때문이다. 이처럼 구조대가 그들의 로프를 한 번, 20번…… 던질 때 전율한다. 그리고 그들이 거의 눈에 띄지 않는 고삐를 잡아당김으로써 조난당한 사람들이 마침내 그 밧줄을 잡은 것을 알게 될 때 전율한다. 저쪽에 안개 속에서, 암초에 실종되고 세계에서 단절된 인간의 소집단이 있었다. 그들은 일종의 강철 밧줄의 마력으로 모든 항구의 모든 남녀들과 연결되어 있다. 이곳에서 우리들은 어둠 속에서 낯선 사람들에게 가벼운 구름 다리를 던졌다. 그 구름 다리는 세계의 양쪽 가장자리를 서로 연결해 주고 있다. 우리는 죽기 전에 우리의 적과 동조할 것이다.

그러나 우리들은 너무나 경박하고 연약하기 때문에 그에게 무엇을 부탁할 수 있을까? 어떤 질문, 너무 답답한 응답 그리고 우리의 구름 다리는 전복된다. 절박한 상태는 본질적이고 진실 중의 진실만을 전달하도록 요구한다. 나는 손에 운전대를 잡고 마치 배의 키잡이처럼 그의 책임하에 우리를 집결시키는 사람의 목소리를 듣는 것 같았다. 그는 안토니오에게 말을 시킬 줄 알았던 우리의 특사가 되었다. 나는 그가 벽 위로 그의 상반신을 쳐들면서 육중한 양손을 바윗돌 위에 올려놓고 힘껏 근본적인 질문을 던지고 있는 것을 보았다.

"안토니오! 너는 어떤 이상을 위해 싸우느냐?"

그것을 의심하지 말아라. 그들은 아직도 점잖게 서로 용서하고 있다.

"우리는 그곳에서 약간 빈정거렸다……" 그들은 뒤늦게야 다음 사실을 알게 되었다. 그들은 빈약한 언어로써 표현하기 위해, 언어가 적합하지 않은 감격을 표현하는데 사용될 수 있는지 없는지를 생각했다. 우리들 마음속에서 눈을 뜨고 있는 인간의 감격을 말이다……. 그러나 그것을 벗어나게 하는 노력이 필요하다.

돌아오는 응답을 기다리고 있는 그 병사는 마치 사막에서 우물물에 마음을 쓰고 있는 것처럼 그의 전 정신을 응답에 집중시키고 있었고, 나는 그의 시선을 보았다. 그것엔 윗부분이 빠진 이 메시지, 마치 수세기 동안에 내려온 비문처럼 5초 동안의 여행으로 훼손된 비밀 이야기가 있다.

"……에스파냐!"

그 후 나는 듣는다.

"……네가"

나는 이번에는 그가 저 밑에 있는 사람에게 질문하는 것을 상상해 본다.

누가 그에게 대답한다. 나는 커다란 소리로 대답하는 것을 듣는다.

"……우리 형제들의 빵!"

그 후 그를 놀라게 하면서

"……잘 자, 친구야!"

대지의 저편에서 그에게 대답한다.
'……잘 자, 친구야!'
그리고 모든 것은 침묵으로 되돌아간다. 틀림없이 맞은편에서 그들은 우리처럼 이따금 하는 말들을 파악했다. 대화가 교환되고 한 시간 동안의 행군 결과와 위험과 노력의 결과가 있었다. 아무것도 부족한 것이 없었다.
"이상(理想)…… 에스파냐…… 우리 형제들의 빵……"
그때에 시간이 되자 순찰은 다시 시작되었다. 순찰병은 우리와 약속된 마을을 향해 굽어보기 시작했다. 왜냐하면 맞은편에서도 같은 순찰병이 같은 필요성에 의해 움직여 같은 심연을 향해 사라지고 있었기 때문이다. 여러 가지 말을 꾸며대면서 이 두 순찰대는 같은 진실을 외치고 있었다…… 그러나 너무 고상한 이 공동체는 함께 죽는 것은 용납하지 않는다.

인생에 의미를 부여해야 한다

모순적인 말로 우리는 모두 같은 감정을 표현한다. 인간의 존엄성이니 우리 형제들의 빵이니 하고 말이다. 우리는 목적에 의해서가 아니라 우리 추리의 결과인 방법에 의하여 구별한다. 그리고 우리는 같은 언약의 땅이 있는 방향으로 서로 전쟁을 하기 위해 출발한다.
그것을 알기 위해서 약간 멀리서 우리는 서로 바라보는 것으로 충분하다. 그래서 우리는 우리들끼리 전쟁을 하고 있음을 알게 된다. 그래서 우리의 분열, 우리의 싸움, 우리의 욕설은 자기 자신에 대하여 긴장하고 분만하며 쏟은 피 속에서 자기 몸을 자르는 것 같은 육체의 골육 상쟁이다. 이러한 여러 가지 이미지를 극복하는 그 무엇이 생길 것이다. 그러나 우리는 서둘러서 통일을 해야 할 것이다. 분만이 죽음을 초래할까봐 두려우니 분만을 도와야 한다. 오늘날 전쟁이 공뢰와 이페릿 독가스를 취급한다는 사실을 잊어서는 안 된다. 전쟁에 대한 염려는 더 이상 국가의 어떤 대표단에게 위임할 수 없게 되었다. 그들은 국경에 있는 월계수를 꺾고 다소간 과중한 대가를 치루고서 국민의 지적인 유산을 풍부하게 하였다고 나는 인정하고 싶다. 전쟁은 오늘날 적의 임파선 위에서 주사를 놓는 곤충의 외과 의학술 이외에 아무것도 아니다. 전쟁을 선전 포고하자마자 우리의 역, 다리, 공장은 파괴될 것이다. 질식한 우리의 도시들은 시골로 도시 인구를 분산시킬 것이다. 처음부터 2억 인구의 조직체인 유럽은 산(酸)에 탄 것처럼 그의 신경 조직의 기능을 상실하게 될 것이고, 감시 본부, 조정선, 운하들은 하나의 커다란 암에 불과하게 되고 당장 부패하기 시작할 것이다. 어떻게 2억의 인구들을 모여 살릴 수 있을까? 그들은 결코 많은 뿌리를 찾아내지 못할 것이다.

　모순이 그토록 절박해질 때 모순을 서둘러 극복해야만 한다. 왜냐하면 아무것도 그의 표현을 찾는 욕구를 이기지 못하기 때문이다. 만약 하는 수 없이 전쟁을 야기시키는 관념론에서 이 표현을 찾는다면 더 이상 의심할 여지도 없이 우리는 전쟁을 할 것이다. 우리는 인간을 괴롭힐 필요성을, 전쟁을 통해서 더 잘 호응할 수 있다. 그러나 그 필요성을 부정하는 것은 보람 없는 일이다. 당신은 내가 알고 있지만 그에게 폐를 끼칠까봐 두려워서 감히 그의 이름을 말하지 못하는 남부 모로코 사람인 이 장교에게 전쟁을 증오한다는 당신의 이유를 외칠 수 있다. 만약 그가 납득하지 못한다 해도 그를 야만인 취급해서는 안 된다. 우선 그의 회상을 들어 보라.

　그는 리프 전쟁(1921~1926년간 프랑스가 모로코를 통치하고 있을 때 리프 산맥 지대에서 프랑스 군인과 모로코 주민들 사이에 있었던 싸움)이 일어나자 불귀순자들이 대치하고 있는 두 개의 산 사이에 있는 구석에 조그마한 초소 하나를 세우라고 명령했다. 그는 어느 날 저녁 서부 산악 지대에서 온 군사(軍使)들을 영접했다. 그들은 꼭 그래야만 하는 것처럼 일제 사격이 한창인데도 차를 마셨다. 동부 산악 지대 주민들이 초소를 맡았다. 싸우기 위해 그들을 내쫓은 대위에게 적의 특사들은 이렇게 대답했다. "우리는 오늘 당신의 손님이요. 하느님은 당신이 포기하도록 허락하지 않소……" 그리하여 그들은 부하들과 합류하고 초소를 구출하고 불귀순자들의 무리 속에 다시 들어갔다.
 그러나 이번에는 그들이 중대장을 습격할 준비를 하던 그 전날 그들은 다시 돌아왔다.
 "요전날 밤 우리는 당신을 도와 주었소……."
 "그것은 사실이오."
 "우리는 당신에게 300개의 탄약을 터뜨렸소……."
 "그것도 사실이오."
 "우리에게 그만한 탄약을 갚아 주는 것이 옳겠지요."
 그래서 대영주인 중대장은 자기의 귀족 신분에서 얻은 유리한 점을 이용할 수가 없었다. 그는 그들에게, 그것이 없으면 죽게 될지도 모르는 그 탄약을 주어 버린다……
 인간에게 있어 진실이란 바로 그를 사람으로 만드는 것이다. 이런 관계의 표고와 게임에 있어서의 성실함, 인생을 살아가는 데 필요한 존경의 상호 작용을 알고 있는 그가 그에게 허락된 이 진심의 토로를 선동 정치가의 보잘것없는 성질과 비교할 때, 그에게는 어쩌면 개인적으로 우쭐하게 보일지 모르지만 그것 때문에 인간의 자존심을 꺾는 어깨 위에 단 커다란 갑피에 의해 아랍인들에게까지 그의 동포애를 표현한 선동 정치가의 보잘것없는 성질과 비교할 때, 그는 당신이 그를 비난한다 해도, 그는 당신에 대하여 약간 경멸적인 동정만을 느끼게 될 것이다.
 안데스 산맥에서 칠레의 산비탈을 향해 가슴은 승리로 가득 찬 채 들어가는 메르모즈(생 텍쥐페리의 동료인 비행사로서 1936년 아카르 앞바다에서 실종됨. 그는 남대서양을 처음으로 횡단 비행함.)에게 그가 잘못 생각하고 있으며 어쩌면 상인이 보낸 한 통의 편지가 생명을 무릅쓸 만한 가치가 없다는 것을 설명하려고 애쓰지 말라. 메르모즈는 당신을 비웃을 것이다. 진실은 그가 안데스 산맥을 지날 때 그의 마음속에 싹튼 인간애인 것이다.

만약 독일인이 오늘 밤 히틀러를 위해 자기 피를 흘릴 준비를 하고 있다 해도 그가 히틀러를 논박하려는 것은 아무 소용이 없다는 사실을 이해하라. 왜냐하면 독일인은 히틀러한테서 스스로 감격할 기회를 찾고 이 독일인에게는 모든 것이 위대하기만 하여 자기의 생명을 바칠 기회를 찾기 때문이다. 어떤 운동의 힘이 그것이 구출하려는 인간에 근거를 둔다는 사실을 전혀 이해하지 못하는가?

자신의 능력, 위험, 죽음도 불사하려는 충성심, 이 모든 자기 훈련이 인간을 고상하게 만드는 데 크게 공헌해 왔다는 사실을 당신은 이해하지 못하느냐? 당신이 제시할 표본을 찾으려면 당신은 우편기를 위해 자신을 희생하는 조종사에게서 그 표본을 찾으라. 그리고 전염병과 싸우다 죽어 가는 의사에게서 아니면 모리타니의 보병 중대 선두에서 궁핍과 고독 속에 잠긴 메하리 기병에게서 그 표본을 찾으라. 몇몇 사람들이 해마다 죽어 간다. 설혹 그들의 희생이 쓸데없는 것처럼 보인다 해도, 당신은 그들이 전혀 봉사를 하지 않았다고 생각할 것이냐? 그들은 무엇보다도 처음에 아름다운 영상을 간직한 성모마리아상 속에 강한 이미지를 간직하고 있다. 그들은 자기들의 무훈담을 적은 이야기를 들으며 잠자는 꼬마의 의식 속에까지 뿌리박혀 있다. 아무것도 잃지 않고 벽으로 둘러싸인 수도원까지도 빛나고 있다.

어디에선가 우리가 길을 잘못 들었음을 당신은 모르는가? 흰개미 집 같은 사람들의 집들은 전보다 훨씬 부유해졌다. 우리는 더욱 많은 재산과 여가를 활용하고 있다. 그렇지만 우리가 잘못 정의하는 본질적인 그 무엇이 우리에게는 결여되어 있다. 우리는 자신이 덜 인간적임을 느낀다. 우리는 어디에선가 신비스런 인간의 특전을 상실했다.

나는 쥐비 곶[岬]^(모로코 서남 부에 있는 곳)에서 영양을 길렀다. 그곳에서 우리 모두는 영양을 길렀었다. 우리는 철망으로 된 집에 영양들을 가두어 노천에다 두었다. 왜냐하면 영양에게는 바람이 통하는 흐르는 물이 필요하기 때문이며 영양들만큼 허약한 것은 아무것도 없기 때문이다. 그렇지만 어릴 때 사로잡히면 그 영양들은 살아간다. 그리고 당신에게서 풀을 받아먹기도 한다. 그 영양들은 애무해 주면 가만히 있고 손바닥 움푹한 곳에 축축한 콧잔등을 갖다 대기도 한다. 사람들은 그 영양들을 길들였다고 생각한다. 사람들은 말없이 영양들이 죽어 가고 양들을 조용히 죽이는 알 수 없는 슬픔에서 그 영양들을 보호해 주고 있다고 생각한다……. 그러나 당신에게는 그들이 작은 뿔을 사막 쪽으로 향해 울타리에 대고 있는 것을 발견하게 될 날이 올 것이다. 그 영양들은 자기(磁氣)를 띠고 있다. 그 영양들은 당신에게서 도망갈 줄을 모른다. 당신이 영양들에게 갖다 주었던 우유를 이제는 잠자코 마시러 온다. 여전히 영양들은 애무해도 가만히 있다. 그 영양은 당신 손바닥에 콧잔등을 아주 살짝 갖다 댄다…… 그러나 당신이 그것들을 느슨하게 풀어 주자마자 기쁜 듯이 몇 발자국 깡충 뛴 후에 그 영양들이 철망으로 다시 돌아오는 것을 당신은 발견할 것이다. 그래서 만약 당신이 그것을 가만히 놔 두면 마치 울타리와 싸우려 하지 않는 것처럼 그 영양들은 그 자리에 멈춘다. 그러나 목을 낮추고 그들의 작은 뿔로 죽을 힘을 다해 계속 울타리를 힘껏 밀어댈 뿐이다. 그것은 암내를 내는 교미 시기이기 때문일까, 아니면 숨이 차도록 이리저리 뛰어다니고 싶다는 단순한 욕망에서 일까? 당신이 그놈들을 사로잡아 왔을 때는 그 영양은 두 눈을 뜨지 못했다. 그 영양들은 사막에서의 자유를 전혀 모른다. 또한 수컷의 냄새도 모른다. 그러나 그것들보다 당신은 훨씬 더 영리하다. 그것들이 찾는 것은 당신도 알다시피 바로 그들을 성장하게 할 공간인 것이다. 그 놈들은 영양이 되기를 원하고 자기들의 춤을 추려고 한다. 시속 130 킬로미터로 달리면서 그 영양들은 사막 여기저기서 섬광이 비치듯이 갑자기 뜀으로써 직선으로 도망가는 법을 알고 싶어한다. 설혹 영양의 진심이 재칼들(북아프리카와 남아세아에 사는 여우와 승냥이의 중간형)을 능가하지 못하고 곡예 기술을 그들에게서 뺏아가는 두려움을 맛보는 데 있다 해도, 아무 상관이 없다! 영양의 진심이 태양 아래에 발톱으로 할켜져 드러난다 하더라도 사자는 아무 상관이 없다. 당신은 그것들을 바라보고 생각에 잠긴다. 그들은 향수에 빠져 있다······. 향수, 그것은 아무도 그 이유를 알 수 없는 갈망이다. 욕망의 대상인 향수는 존재한다. 그러나 그것을 말할 단어가 없다.

그럼 우리에게는 무엇이 부족한 걸까?

그런데 누군가가 열어 줄 것을 우리가 요구하는 공간은 무엇인가? 우리는 우리 주위를 두텁게 싸고 있는 감옥의 벽에서 벗어나려고 애쓰고 있다. 우리가 성장하기 위해서는 입고 먹고 우리의 모든 욕구에 따르기만 하면 충분하리라고 생각하는 사람도 있다. 그래서 쿠르틀린느(19세기 말부터 20세기 초에 걸친 프랑스 극작가로 익살스러운 작품을 썼음)의 소부르주아 정신을 심어 준다. "누군가가 우리를 가르친다. 누군가가 우리에게 명백히 밝혀 준다. 누군가가 전보다 우리의 이성을 더 잘 정복하게 한다"라고 당신은 나에게 대답할 것이다. 그러나 정신 수양에 대해 빈약한 생각을 한다. 정신 수양이 구체적인 지식에 근거를 두고 있고 이미 입수한 결과의 기록에 근거를 두고 있다고 믿는 사람들은 그렇게 생각한다. 최근 파리 이공과 대학을 졸업한 평범한 사람도 데카르트나 파스칼이나 뉴턴보다도 자연과 자연법칙에 관해서 더 잘 알고 있다. 그렇지만 그는 데카르트나 파스칼이나 뉴턴이 할 수 있는 정신의 유일한 활용 방법은 가질 수 없다. 사람은 그것들을 무엇보다도 먼저 연구해야 한다. 파스칼은 결국은 독자적인 개성을 띠고 있다. 뉴턴은 결국 한 사람의 인간이다. 그는 우주를 거울로 보았다. 목장에 떨어지는 익은 사과와 7월 밤하늘에 떠있는 별들이 같은 목소리로 이야기하고 있는 소리를 그는 들었던 것이다. 그에게 과학이란 바로 생명이었던 것이다.

따라서 그가 우리를 풍부하게 해 준 신비스런 조건들을 발견했다는 사실을 우리는 놀랍게 알게 되었다. 공동 목적에 의해 다른 사람과 결합하고 우리 외부에 자리잡고 있는 우리는 그때에만 열망하게 된다. 안락의 시대의 자식인 우리는 사막에서 우리의 마지막 삶을 영위할 설명할 수 없는 행복감을 느낀다. 사하라 사막에서의 응급 고장 수리를 할 때의 굉장한 즐거움을 알고 있는 우리 모두에게는 모든 다른 즐거움이 무용하게 사라진다.

그때부터는 놀라지 말아라. 자기 마음속에 잠자고 있는 낯선 사람을 의심하지 않는 사람은 그러나 생명의 희생, 상부상조, 정의의 엄격한 영상 때문에 바르셀로나에 있는 무정부주의자의 지하실에서 다시 한 번 자기가 잠을 깼다고 느끼는 하나의 진리 이외에는 더 알지 못할 것이다. 무정부주의자의 진리만을 알게 될 뿐이다. 스페인 수도원에서 무릎을 꿇고 두려움에 떨고 있는 젊은 수녀들을 보호하기 위해서 일단 보호병을 올려 보낸 사람은 에스파냐의 교회를 위해서 죽게 될 것이다.

우리는 구출되기를 바라고 있다. 일단 곡괭이질을 해 본 사람은 곡괭이질의 의미를 알고 싶어한다. 그러나 도형장의 곡괭이질은 사람을 성장시키는 탐험가의 곡괭이질과는 다르다. 도형장은 곡괭이질을 하는 장소에 있지 않다. 그곳에는 물질적인 공포가 없다. 도형장은 의미가 없고 인간 공동체의 곡괭이질하는 사람과는 관련이 없는 곡괭이질을 하는 것이다.

따라서 우리는 도형장에서 도피하고 싶어한다.

유럽에는 의미를 지니지 못하고 태어나고 싶어하는 사람이 2억이나 있다. 산업이 그들을 농부의 후손들의 언어에서 떼어놓았고, 그들을 측선역(測線驛)과 흡사한 굉장한 집단 거류지에 가두어 놓았고, 검은 객차에 붐비고 있게 했다. 노동자촌 속에서 그들은 잠을 깨고 싶어한다.

그들 중에는 모든 직업에 얼키고 설켜서 메르모즈의 기쁨을, 종교적인 희열을, 학자의 즐거움을 알지 못하나 역시 태어나고 싶어하는 다른 사람들도 있다.

분명히 그들에게 유니폼을 입힘으로써 그들을 고무시킬 수 있다. 그렇게 되면 그들은 군가를 부를 것이고 동료들 사이에서 빵을 나눠

먹을 것이다. 그들은 자기들이 찾고 있는 것, 즉 우주에의 취미를 재발견할 것이다. 그러나 그들에게 제공된 빵을 먹고 그들은 죽어 가게 된다.

사람들은 나무로 된 우상을 발굴할 수 있고, 그럭저럭 그들의 역량을 발휘한 오래된 언어를 부활시킬 수 있다. 그리고 범게르만주의의 신비주의자들이나 아니면 로마 제국을 다시 부활시킬 수 있다. 독일 사람들은 자신이 독일 사람이라는 자부심과 베토벤이 동향인이라는 사실에 도취될 수 있다. 그들 중에 화물 창고 책임자에 이르기까지 가슴 부풀게 할 수 있다. 분명히 화물 창고 책임자에서 또 하나의 베토벤으로 생각하기란 무척 쉽다. 그러나 민중 선동의 우상들은 육식하는 우상들이다. 그는 지식의 발달 아니면 병의 치유를 위해 죽어 가는 사람이다. 그리고 그는 죽어 가는 동시에 생명을 위해 봉사한다. 독일이나 이탈리아나 일본의 세력 확장을 위해 죽어 봐야 아무 소용이 없다. 그러나 그때에 상대편은 쉽사리 적분되지 않는 방정식도 아니고 혈청에 저항하는 암도 아닌 것이다. 적은 바로 옆에 있는 사람일 뿐이다. 적과 잘 대치해야만 한다. 그러나 오늘날에는 적을 이기는 것은 더 이상 문제가 되지 않는다. 각자는 시멘트로 된 벽의 보호하에 자리 잡고 있다. 하는 수 없이 각자는 밤마다 그의 내부에 다른 상대편을 공뢰로 공격하는 비행 중대를 투입한다. 승리는 마지막으로 망하게 되는 자의 것이다. 에스파냐를 보라. 양쪽은 함께 망하지 않았는가.

인생을 탄생시키기 위하여 우리에게는 무엇이 필요한가? 우리 자신을 바쳐야 한다. 우리는 막연하게나마 인간은 같은 영상을 통해서만이 인간과 교감할 수 있음을 느꼈다. 조종사들은 그들이 같은 우편기를 위해 투쟁할지라도 서로 만난다. 히틀러 신봉자들은 같은 히틀러에게 자기를 희생한다 할지라도 서로 충돌한다. 등반대원들도 같은 정상을 향해 올라간다 해도 서로 만난다. 인간들은 서로 똑바로 접근하지 않으면 서로 합류하지 못한다. 그러나 그들이 같은 신의 품안에서는 서로 화해할 수 있다. 우리는 폐허가 된 세계에서 동료를 구하려고 갈망하고 있다. 동료들과 나누어 먹는 빵의 맛으로 우리는 전쟁의 가치를 인정한다. 그러나 우리는 같은 목적을 향해 경주하는 이웃 사람의 어깨에 와 닿는 따스한 열기를 느끼기 위해 전쟁할 필요성을 갖고 있지는 않다. 전쟁은 우리를 농락한다. 증오는 열광적인 경주에 아무것도 추가하지 않는다.

　우리를 구원하기 위해서 우리를 서로 관련시키고 있는 어떤 목적을 의식하도록 우리 서로가 도와 주는 것으로 충분한 이상, 그만큼 우주에서 그 목적을 찾아야 한다. 왕진 온 외과의사는 그가 진찰하고 있는 환자의 불평을 듣지 않는다. 그 환자를 통하여 그 의사가 애써 치료하려고 하는 것은 바로 사람 그 자체이다. 그 외과의사는 만인 공동의 언어로 말한다. 근육이 단단한 그의 손목으로 항공노선 조종사는 대기의 역류를 분쇄한다. 이리하여 그것은 바로 도형수의 작업인 것이다. 그러나 그는 투쟁하면서 인간 관계를 위해 봉사한다. 그 손목의 힘은 서로를 사랑하고 만나려고 노력하는 사람들을 서로 접근시켜 준다. 그 조종사는 우주 속으로 다시 들어간다. 별들 아래에서 자기 양들을 지키고 있는 단순한 양치기일지라도 그가 자기의 임무를 인식하고 있다면 자신이 양치기 이상의 존재임을 알게 된다. 그는 하나의 보초병인 것이다. 각 보초병은 전 제국을 책임지고 있는 것이다.

　베토벤의 이름으로 옆에 있는 사람을 향해 그를 밀어붙임으로써 화물 창고 책임자를 속인다면 무슨 소용이 있겠는가? 같은 땅 위에서 누군가가 베토벤을 수용소에 투옥할 때 만약 그가 화물 창고 책임자처럼 생각하지 않는다면 얼마나 큰 속임수인가. 그의 목적이란 언젠가 성장하고 베토벤처럼 만인 고통의 언어를 말하는 데 있다.

　만약 우리가 우주에 대한 이러한 관념을 지향한다면 우리는 인간의 운명 그 자체를 회복하게 될 것이다. 강변에 조용히 자리잡고서도 강물이 흘러가는 것을 보지 못하는 가게 주인만이 그 사실을 모른다. 그러나 세계는 진보한다. 생명은 용해된 용암에서, 반죽된 별에서 생겨났다. 차츰차츰 우리는 자라서 칸타타(독창, 중창, 합창과 기악의 합주가 섞인 짧은 오라토리오풍의 성악곡)를 작곡하게 되고 성운의 무게를 달 줄 알게 된다. 그리하여 순찰병은 포탄 아래서 창세기가 다 끝나지 않고, 창세기의 건설이 계속되고 있다는 사실을 알게 된다. 인생을 살아간다는 것은 바로 의식을 향해서이다. 별의 반죽은 영양이 풍부하다. 그래서 서서히 그의 고귀한 꽃을 피게 한다.

그러나 양치기는 벌써 어른이 되어 자신이 보초병임을 깨닫게 된다.

우리가 좋은 방향으로 걸어 나갈 때나 우리가 진흙에서 각성하면서 본래부터 택했던 방향으로 걸어 나갈 때에라야 우리는 행복할 것이다. 그래야만 우리는 평화롭게 살아갈 수 있을 것이다. 왜냐하면 인생에 의미를 부여하는 것은 죽음에도 의미를 부여하기 때문이다.

죽음은 지방 묘지의 그늘에서는 무척 다정스럽다. 그때 늙은 농부는 자기의 소유권이 끝날 무렵에 자기 아들들에게 자기의 염소와 올리브나무를 위탁할 것이다. 그 아들의 차례가 되면 손자에게 그것을 전할 수 있도록 하기 위해서 말이다. 농부 혈통에서 본다면 사람은 절반밖에 죽지 않는다. 생명체마다 자기 차례가 되면 하나의 콩깍지처럼 소리를 내며 터지고 그 씨앗을 터뜨린다.

나는 언젠가 한번 자기 어머니의 죽음의 침상을 마주한 세 농부를 접촉한 적이 있다. 그 광경은 참으로 고통스러웠다. 두번째로 탯줄을 잘랐다. 두번째는 어떤 매듭을 푼 셈이다. 그것은 한 세대를 다른 세대와 연결시켜 주고 있다. 그 세 아들들은 모든 것을 알아차리면서 자기들의 외로움을 느꼈다. 축제날이면 모이곤 했던 가족 식탁이 없어지고 그들 모두가 함께 모였던 난로가 없어졌음을 스스로 깨달았다. 그러나 나 역시 이 결별 속에서 두번째로 주어진 생명을 발견했다. 그 아들들 역시 이번에는 행렬의 선두자가 되었다. 앞마당에서 놀고 있는 슬하의 자식들에게 이번에는 그들의 차례가 되어 명령을 내리는 시간까지 그곳은 집합 장소가 되며 그들은 가장이 될 것이다.

　나는 입술을 굳게 다물고 평화스럽지만 굳은 표정을 한 이 늙은 농부의 아내를 바라보았다. 그 얼굴은 돌처럼 변했다. 그래서 나는 거기에서 아들들의 얼굴을 알아냈다. 돌처럼 변한 그의 모습은 아들의 얼굴에 인상을 남겼다. 그 육체에 흔적을 남겼다. 그리고 나무처럼 꼿꼿하게 서 있는 인간의 아름다운 표본을 남겨 놓았다. 그리하여 이제 그녀는 쇠약해져 쉬고 있다. 그러나 열매를 딴 멋있는 나무껍질과 같았다. 이번에는 아들과 딸들이 그들의 육체에서 어린애들에게 강한 인상을 남기게 될 것이다. 농가에서는 죽는 것이 아니다. 어머니는 죽었다. 그러나 어머니 만세!

　고통스럽다. 그렇다. 하지만 혈통이라는 이 단순한 이미지는 하나씩 하나씩 자기 길 위에다가 자기 탈바꿈을 통해서 나도 알 수 없는 진실을 향해 걸어가는 하얀 머리를 한 아름다운 허물을 버리게 되는 것이다.

행동인의 서신과 언행

조종사와 자연의 힘

생 텍쥐페리는 코모도로―리바다비아(인구 2만 5천 명의 아르헨티나 도시로서 석유 광맥으로 유명함)에서 푼타 아르나슨(남부 칠레의 항구 도시)까지의 마지막 항공노선을 개척하는 임무를 맡았었다. 그는 스스로 정찰 비행을 했다. 그래서 코모도로―리바다비아―생 줄리앙, 푼타 아르네스에 기지를 건설했고, 트를류와 바히아―블랑카(인구 15만 명의 아르헨티나의 항구 도시) 기지도 창설했다. 파셔코 공항 설립지를 순시한 후에 생 텍쥐페리가 최남단에서 첫 시험 비행을 시도한 것은 바로 라테 기를 타고서였다.

이 이야기 속에서 생 텍쥐페리는 파타고니아의 태풍과 투쟁하였는데 그 태풍은 마젤란 해협을 향해 흐른 곳에서 불어 왔다. 따라서 이 이야기는 콘라드(폴란드 태생의 영국 소설가로서 「태풍」 등의 작품이 있음)의 「태풍」과 비교되었다.

참고:1939년 8월 16일자 365호 마리안느 지.

콘라드가 설사 태풍 이야기를 했다 해도 굉장한 파도와 암흑 세계와 태풍을 겨우 묘사했을 뿐이다. 그는 이 소재의 취급을 포기했다. 그러나 중국 망명자들이 붐비는 조선대(造船臺)에서 좌우로 흔들리는 요동 때문에 그들의 짐들은 뒤죽박죽 쏟아지고 그들의 상자가 파괴되고 그들의 변변찮은 보석들이 뒤섞였다. 한푼씩 한푼씩 그들이 살아 오는 동안 모았던 이 황금, 모두가 한결같지만 각각이 다른 추억을 지닌 모든 것이 혼돈 속에 다시 돌아가고, 모든 것이 익명 속으로 들어가고, 착잡하게 뒤죽박죽이 되어 뒤섞여 버렸다. 콘라드는 우리에게 사회적인 비극 이외에는 아무것도 〈태풍〉에서 제시해 주지 못했다.

우리는 모두 태풍이 지나간 후 하녀의 덕택으로 툴루즈의 조그마한 식당에서 마치 가정에서처럼 모여 지옥에 대해 이야기하기를 그만두었는데 그때 우리는 우리의 증언들을 옮기는 데 무력함을 느꼈다. 우리의 이야기, 우리의 몸짓, 우리의 호언장담들은 아이들의 호언장담처럼 동료들을 웃겼던 것이다. 그것은 결코 우연이 아니다. 내가 말하려고 하는 태풍은 그 잔인성에 있어 가장 충격적인 경험이었기에 나는 묵묵히 받아들이지 않으면 안 되었다. 그렇지만 어느 정도 지나자 나는 과장하는 취미가 원인이 되는 최상급을 마구 사용하는 것밖에는 그 맹렬한 소용돌이를 묘사할 줄을 몰랐다.

나는 서서히 표현의 무력함에 대해 깊이 이해했다. 누구나 존재하지 않는 드라마를 묘사하고 있다. 만약 공포를 야기시키는 데 실패한다면 그것은 바로 그 후에 그 기억들을 되살려서 공포를 꾸며 내기 때문이다. 공포는 현실 속에서는 나타나지 않는 법이다.

따라서 내가 체험했던 사건들에 대한 격분의 이 이야기를 해 나가면서도 나는 공감할 수 있는 어떤 드라마를 쓰고 싶다는 인상을 받지 못했다.

나는 트를류 착륙지를 떠나 파타고니아 지방 코모도로—리바다비아를 향해 출발했다. 마치 낡은 냄비처럼 울퉁불퉁한 대지의 저 상공을 비행했다. 아무 곳에도 그토록 심하게 대지가 파손되었음을 보여 주는 땅은 없었다. 안데스 산맥의 안으로 굽은 해안선을 따라 태평양으로부터 고기압을 일으키는 바람은 숨이 막힐 정도로 세차게 불어대고, 대서양 쪽으로 전면이 100킬로미터의 좁은 통로 속으로 속력을 내고 있어, 바람이 지나는 곳은 모조리 휩쓸어 버렸다. 밧줄까지 낡은 땅에 유일하게 남은 초목, 유전의 채유 구멍만이 불에 탄 숲처럼 남아 있을 뿐이다. 점점 멀어져 감에 따라 바람이 딱딱한 조약돌의 잔재만을 남겨 놓은 둥근 언덕들이 내려다보이고, 살이 뼈까지 벗겨지고 들쭉날쭉하고 뾰족한 이물 모양의 산들이 높이 솟았다.

여름 석달 동안 지상에서 풍속을 측량해 보면 시속 160킬로미터까지 오른다. 우리는 그것들을 잘 알고 있었다. 나의 동료와 내가 바람이 휩쓴 지대의 기슭에 닿을 시각에 트를류 광야를 일단 건너자, 우리는 알지 못할 검푸른 회색으로 된 태풍의 모습을 알아보았다. 그래서 우리는 굉장한 소용돌이를 예상하여 혁대를 한 구멍 죄고 멜빵을 꽉 졸라맸다. 그때부터 우리는 힘든 비행을 시작했다. 눈에 보이지 않는 웅덩이 속에서 발을 떼놓을 때마다 곤두박질치기 일쑤였다. 그곳에서는 손만 분주했다. 1시간 동안 맹렬하고 변덕스러운 바람에 짓눌린 어깨로 우리는 부두 노동자의 일을 했다. 1시간 후 조금 멀리 가서 우리는 평온을 되찾았다.

우리의 기계는 견디어 냈다. 우리는 날개 기둥에 확신을 가졌다. 시계는 대체로 좋았고 별 문제도 제기되지 않았다. 우리는 드라마가 아닌 고역으로 이 여행을 마쳤다.

그러나 그날 나는 하늘의 빛을 좋아하지 않았다.

하늘은 파랬다. 맑은 푸른 색이었다. 너무나 맑았다. 냉혹한 태양이 헐어빠진 대지 위에서 빛나고 있었다. 그리고 그 태양은 이따금 뼈까지 깨끗하게 씻어 간 그 등마루를 찬란히 빛나게 하고 있었다. 구름 한 점 없다. 그러나 그토록 순수하게 맑은 푸른 빛은 여느 때보다도 훨씬 더 뾰족한 칼날의 광채에 섞여 있었다.

나는 육체적인 시련을 예상한 모호한 혐오감을 미리 경험했다. 하늘의 그 맑은 빛까지 나를 괴롭혔다.

아주 캄캄한 폭풍우 속에 적이 나타났다. 누가 그의 면적을 측정한다. 누가 그의 습격에 대비한다. 아주 캄캄한 폭풍우 속에서 누가 적의 목을 조른다. 그러나 맑은 날씨 높은 상공에서의 파란 폭풍우 소용돌이는 하늘이 무너지는 것처럼 조종사를 놀라게 한다. 그래서 그는 그 밑에서 공허를 느낀다.

나 역시 다른 사실에 주목했다. 그것은 안개도 아니고 수증기도 아니고 모래 안개도 아닌 일종의 재를 뿌린 자국이 산과 같은 높이에 있는 것이었다. 나는 바람이 바다에서 싣고 온 낡은 대지의 그 부스러기를 좋아하지 않는다. 나는 가죽띠를 바싹 잡아당겼다. 그리고 한손으로는 조종하면서 다른 한손으로는 비행기의 종재(縱材)를 움켜잡았다. 그렇지만 나는 여전히 놀라울 만큼 고요한 하늘 위를 비행하고 있었다.

마침내 하늘이 떨기 시작한다. 우리는 폭풍우를 예고하는 은밀한 이 모든 충격을 알고 있었다. 비행기가 전후로나 상하로 흔들리는 것이 아니었다. 굉장히 큰 폭으로 움직이지도 않았다. 똑바로 그리고 수평으로 비행하고 있었다. 그러나 날개에 예고된 충격을 받았다. 간격을 둔 충격이다. 겨우 알 수 있고 아주 무시무시한 충격이다. 그리고 이따금 공기에 먼지가 약간 섞여 있는 것처럼 휘몰아치고 있었다.

그러더니 내 주위의 모든 것이 뛰어올랐다.

나는 그 후 2분 동안의 일에 대해 아무것도 할 말이 없다. 내 기억 속에는 약간 불안한 생각과 어렴풋한 추리와 단순한 관찰만이 떠올랐다. 아무런 드라마가 없기 때문에 나는 드라마를 쓸 수가 없다. 단지 일종의 연대순으로 그것을 정리할 수 있을 뿐이다.

무엇보다도 나는 전진할 수가 없었다. 갑자기 방향타를 바로잡기 위해서 오른쪽으로 사행한 후에 나는 경치가 점점 움직이지 않게 되더니 마침내 전혀 움직이지 않는 것을 보았다. 나는 더 이상 전진할 수가 없었다. 내 비행기의 날개는 더 이상 대지의 그림 위를 지나가지 못했다. 나는 대지가 앞뒤로 움직이며 회전하는 것을 보았다. 제자리에서 말이다. 비행기는 그 후 낡은 톱니바퀴 장치 위에서처럼 옆으로 미끄러졌다.

동시에 나는 공중에서 나 자신이 드러나는 듯한 어처구니없는 인상을 받았다. 모든 산꼭대기, 모든 산마루, 모든 봉우리들은 바람이 불 때마다 프로펠러 후류를 이루고 그 소용돌이가 내게 되돌아왔는

데, 그것은 나를 겨냥한 많은 대포처럼 생각되었다. 그때 내 마음속에는 서서히 고도를 낮추고 계곡 속에서 산허리의 보호 지역을 찾아야겠다는 생각이 떠올랐다. 더구나 나는 그것을 원하건 말건 대지를 향해 내려가고 있었다.

이처럼 태풍의 첫 공격에 사로잡혔는데 그때의 경험은 20분 후에야 시속 240킬로미터의 가공할 만한 상태로 대지의 높이로 내려가고 있다는 것을 깨닫게 해 주었다. 나는 그때 비극적인 장면 이외에 아무것도 느낄 수가 없었다. 만약 내가 눈을 감고 솔직한 마음속의 경험을 애써 표현하기 위해서 비행기와 비행을 망각했다면, 나는 수화물의 균형을 잃지 않게 하는 임무를 맡은 짐꾼의 곤경에 다시 빠졌을 것이다. 자기 짐이 미끄러져 가는 것을 막으려고 발버둥치고, 다른 짐이 무너뜨릴 움직이는 물건을 잡다가, 갑자기 어처구니없게 되어 팔을 벌리려고 시도하나 결국 짐더미 전체를 포기하게 되는 짐꾼의 당황을 말이다. 위험에 대한 아무런 영상도 나의 머리에 떠오르지 않았다. 그것은 일종의 가장 간단한 영상의 법칙이었다. 불가피하게 당하는 사건이었다. 가장 빠른 지름길 속에 요약하는 상징에 그 사건을 포함시킬 수 있다. 나는 짐 위로 미끄러져 도자기 그릇 더미를 넘어뜨린 선박의 수화물 취급자였던 것이다.

이제는 계곡에 갇힌 포로가 되었다. 호전되기는커녕 나는 점점 더 불편해졌다. 분명히 이번 소용돌이는 결코 아무도 죽이지 않았다. 우리는 이런 표현을 잘 알고 있다. '대기의 소용돌이가 땅바닥에 내동댕이 친' 이런 표현은 어느 신문기자의 표현에 불과하다. 바람이 어떻게 해서 땅 위로 내려왔는가? 그러나 오늘 계곡 속에서 나는 비행기를 조정하느라고 45분을 허비했다. 저쪽 맞은편에 있는 바위로 된 이물이 좌우로 흔들리는 것을 나는 보았다. 그러더니 갑자기 하늘을 향해 올라갔다. 그리고 눈깜짝할 사이에 지평선으로 다시 떨어지기 전에 나를 위로 불쑥 떠오르게 한다.

지평선…… 더구나 이제 지평선은 없었다. 나는 무대 장치를 잔뜩

해 놓은 극장의 출연자 대기소에 갇힌 듯했다. 수직선, 사선, 수평선 등 모든 선들이 뒤섞였다. 앞을 가로막는 100개의 계곡이 그 전망을 바라보는 나를 정신없게 만들었다. 나는 나의 몸을 바로잡을 시간이 없었다. 새로운 충격이 나를 90도 선회시키거나 나의 몸을 뒤집어 놓았다. 그래서 나는 다시 이러한 소용돌이에서 빠져 나와야만 한다. 그때 나의 머리 속에서는 두 가지 생각이 떠올랐다. 처음 생각은 일종의 발견이었다. 나는 오늘에야 산에서 뜻밖에 발생한 어떤 비행기 사고의 원인을 알았다. 또한 안개가 없어도 사고가 발생된다는 것도 알았다. 조종사들은 비스듬한 경사와 수평선으로 경치의 왈츠 속에서 눈깜박할 사이에 정신을 잃고 만다. 다른 생각은 일종의 고정된 관념이다! 바다에 다시 되돌아가야만 한다는 생각이다. 바다는 평평하다. 나는 바다와 싸우지는 않을 것이다.

그리고 나는 동쪽으로 향한 계곡에서 어렴풋이 불어오는 이 춤을 선회라고 부를 수 있는 만큼 선회했다. 이곳에서는 아직 별로 감동적인 것이라고는 없다. 나는 혼란과 투쟁했다. 나는 이 혼란과 싸우느라고 기진맥진했고, 한없이 무너지고 있는 지도의 굉장히 큰 저택을 다시 세우느라고 지쳤다. 내 감옥의 칸막이 벽 중의 하나가 나를 향해 속에서 솟는 용암처럼 올라올 때 본능적인 두려움을 거의 느끼지 못했다. 내가 소용돌이 속을 지나는 순간 선명히 보이는 산마루가 내 다리를 걸어 넘어뜨릴 때 나는 별로 가슴 조이지 않았다. 그때 숨어 있던 일촉즉발의 지역이 튀어나왔다. 만약 내가 혼란한 감정의 소용돌이 속에서 어떤 분명한 느낌을 깨달았다면 그것은 일종의 존경심이었다. 나는 그 산봉우리를 존경한다. 그리고 나는 그 궁륭을 존경한다. 나는 비스듬히 놓인 그 계곡을 존경한다. 그것은 나의 계곡과 연결되었고 벌써 나를 싣고 간 바람의 소용돌이를 뒤섞으면서 아무래도 어떤 역류를 일으키려고 한다.

그리하여 나는 바람과 맞서 투쟁하지 않고 바로 그 산마루 자체나 그 꼭대기나 그 바위와 맞서 투쟁하고 있음을 깨닫게 되었다. 내가 싸우고 있는 것은 거리가 떨어졌음에도 불구하고 그 바위인 것이다. 은밀한 근육의 장난에 의해 나와 맞서는 것은 바로 그 장난 자체인 것이다. 내 앞 오른편에서 나는 바다를 굽어보고 있는 완전한 원추 꼴 살라망카(인구 9만 5천 명의 에스파냐의 도시)의 산봉우리를 보았다. 그러므로 나는 바다로 내려가기로 했다! 그러나 우선 나는 산봉우리의 바람 밑으로 지나가야만 했다. 우리가 말하는 것처럼 그 바람, '점진적 사회 운동' 속으로 말이다. 살라망카의 산봉우리는 거대했다……. 그래서 나는 살라망카의 산봉우리를 존경한다.

나는 1초 동안의 휴식이…… 아니 2초 동안의 휴식이…… 어떤지 알고 있다. 그 무언가가 서로 맺어졌고 그리고 서로 연결되어 있고 서로 긴밀한 관계를 맺고 있다. 나는 단지 놀랄 뿐이다. 나는 눈을 휘둥그렇게 떴다. 나의 비행기 전체가 진동하고 길게 자빠지고 확대되는 것처럼 생각되었다. 비행기는 제자리에서 수평으로 일종의 개화(開花)처럼 500미터나 올라갔다. 나는 그때 갑자기 우리의 적들을 내려다보았다. 나는 40분 전부터 60미터 이상 올라갈 수가 없었다. 비행기는 마치 물이 끓는 주전자처럼 흔들거렸다. 널따랗게 대양이 나타났다. 계곡이 그 대양 위에 전개되었다……

이리하여 대번에 나는 복부(腹部)에 살라망카 산봉우리의 충격을 거기에서 1,000미터 지점에서 받았다. 모든 것이 나를 피해 달아났다. 그리하여 나는 바다를 향해 곤두박질하여 추락했다.

나는 엔진을 최대 속도로 하여 맞은편을 향해 비행했다. 맞은편 수직선의 해안을 향해서 말이다. 1분 동안에 많은 일이 생겼다. 우선 나는 바다로 통하지 못했다. 나는 지독한 기침을 해댈 때처럼 바다를 향해 내쫓겨났다. 마치 곡사포 총구에서 튀어나오는 것처럼 계곡이 나를 토해 버렸다. 그러자 곧 내 몸으로 측면의 거리를 조정하기 위해 45분간 회전했을 때 나는 10킬로미터 떨어진 지점에서 낯선 산비탈처럼 푸르고 희미한 계곡을 보았다. 맑은 하늘 위에 아주 잘 잘린 듯한 톱니 모양의 그 산은 나에게 총안을 뚫은 요새와 같은 느낌을 주었다. 나는 이리저리 종잡을 수 없이 불어오는 바람의 힘에 의해 수면 높이로 낮게 비행했다. 그래서 나는 나의 잘못을 너무 늦게 알았지만 다시 올라가기 시작한 그 강풍의 속도를 곧 알게 되었다. 엔진을 최고 시속 240킬로미터로 하고(그 당시의 최고 속도였음) 배출을 20미터로 했지만 나는 앞으로 나아가지 못했다.

열대 지방의 수목을 공격하는 것과 흡사한 바람이 불꽃처럼 나뭇가지마다에 스며들어 나선형으로 비틀고 마침내 홍당무처럼 거대한 나무들을 뿌리째 뽑아 내고 말았다……. 이곳에서는 높은 산에서 곤두박질하여 바다를 덮친다.

해안 맞은편 나의 비행기 엔진 전체에 매달린, 마치 긴 파충류 같은 톱니 모양의 땅은 프로펠라 후류에 매달리는 바람에 맞서, 내게는 바다 위로 소리를 내며 휘두르는 무서운 채찍 끝에 매달린 것처럼 여겨졌다.

이 지방에서는 미국이 가까웠다. 그래서 안데스 산맥은 대서양과 별로 멀리 떨어져 있지 않았다. 내가 투쟁한 것은 측면 산에서 부는 바람 속에서가 아니라 틀림없이 안데스 산맥 골짜기에서 나를 향해 기울어지기 시작한 하늘 전체와 맞섰던 것이다. 항공노선을 비행한 4년만에 처음으로 나는 비행 날개의 저항을 의심해 보았다. 또한 나는 바다와 충돌할까봐 두려웠다. 그것은 같은 높이로 좌석의 쿠션을 수평선상에 반드시 형성해야 하는 하강 역류 때문이 아니라 나를 놀라게 해 준 뜻하지 않은 곡예 비행의 위치 때문이었다. 나는 충격을 받기 전에 비행기가 급강하할 때마다 다시 올라올 수 있을지 의심스러웠다. 마침내 나는 일단 휘발유가 다 소모되면 단순히 추락된다는 생각에 우선 두려웠다. 그것은 나에게 치명적인 것으로 생각되었다. 나는 그럴 때마다 뇌관을 뽑으려고 생각했다. 그리하여 사실상 동요는 반쯤 찬 저장 탱크 속에서가 아니면 연관 보일러 속에서 휘발유의 관성이 엔진을 반복하여 정지하게 만들고, 산속의 부르릉거리는 소리가 아닌 길고 짧은 소리로 구성된 모르스 부호의 이상한 언어를 내뱉고 있는 것과 같았다.

그렇지만 무거운 수송기의 조종 장치에 매달린 채 육체적인 투쟁에 여념이 없는 나는 근본적인 감정 이외에는 아무것도 느끼지 못했고 바다 위에 바람의 흔적을 전혀 느끼지 못했다. 나는 800미터나 되는 거대한 하얀 웅덩이가 나를 향해 시속 240킬로미터로 달려오고 있는 것을 보았다. 그곳에는 질풍같이 하강하는 물기둥이 수면에 부딪쳐서 물을 수평으로 폭발시키고 있었다.

바다는 초록색인 동시에 하얗다. 짓이기면 하얀 설탕의 빛이고 금속판 때문에 파아란 에메랄드색이다. 나는 무질서한 혼돈 속에서 파도를 구별할 수 없었다. 급류가 바다를 흘러내렸다. 바람이 그곳에다가 거대한 발자국을 찍어 놓았다. 그것은 마치 수확의 계절인 가을날 굉장한 소용돌이 바람이 밀밭을 통해 지나갈 때처럼 말이다. 이따금 해변 사이에 이상하게 투명한 바다가 초록과 검은색으로 비치는 깊은 물 속을 보여 주고 있었다. 그리고는 바다의 거대한 유리창이 하얀 수천 개의 조각으로 소리치며 부서지고 있었다.

정말 나는 정신을 잃고 있었다. 20분 동안 투쟁한 후에도 나는 100미터를 비행하지 못했다. 게다가 비행은 아주 힘들어서 절벽에서 10킬로미터 떨어진 지점에서 나는 전에 한 번도 접근해 본 적이 없는 이 소용돌이를 어떻게 버티어 갈 것인지를 생각해 보았다. 나는 내 위에 매달려 있는 배터리 쪽으로 다가갔다. 그러나 어떻게 두려움을 알았을까? 나는 하나의 단순한 행동의 이미지가 아니라는 생각에 심히 공허해졌다. 다시 올라가야 한다. 역시 올라가야 한다. 올라가야 한다.

그렇지만 나는 휴식의 순간을 알고 있다. 확실히 이때의 휴식은 내가 당했던 심한 폭풍우와 흡사했다. 하지만 비교해서 볼 때 나는 굉장한 휴식을 맛보았다. 절박한 반격이 약간 긴장을 완화시켜 주었다. 나는 이 휴식을 예측했다. 상대적으로 조용한 지대를 걷고 있는 것은 내가 아니다. 바다 위에 잘 그려진 거의 초록색인 오아시스가 나를 향해 흘러오고 있었던 것이다. 나는 이 물 위에서 사람이 살 수 있는 지방이 이 근처에 있음을 분명하게 알아차릴 수 있었다. 그리하여 매번 일시적인 휴식 시간 동안에 나는 생각하고 느낄 능력을 되찾게 되었다. 그리하여 내가 가지고 있는 방향에서 새로운 하얀 공격물이 파도처럼 휘몰아 닥치는 것을 보았을 때 나는 순간적인 공포에 사로잡혔다. 눈에 보이지 않는 나의 바다, 거품이 일고 있는 기슭에서 내가 부딪친 바로 그 순간까지 말이다. 그때부터 나는 아무것도 느낄 수가 없었다.

올라가야 한다! 그동안 나는 이런 생각을 품었었다. 조용한 지대가 내게 무한히 깊은 것처럼 보일 때도 있었다. 그때 나는 벅찬 기대에 다시 사로잡혔다. '나는 고지에 이르게 될 것이다……. 나로 하여금 앞으로 전진할 수 있게 하는 보다 높은 다른 기류를 만나게 될 것이다. 나는…… 할 것이다.' 그래서 나는 서둘러 상승하기 위해 휴식을 취하기로 했다. 상승하기는 힘들었다. 왜냐하면 몰아치는 바람이 완강히 저항하기 때문이다. 100미터…… 200미터…… 나는 다음과 같이 생각해 봤다. '만약 내가 1,000미터 지점에 도달하면 나는 구출된다.' 그러나 나는 수평선에서 나를 향해 달려드는 사냥개의 떼를 발견했다. 그래서 나는 가슴 전체에 타격을 입지 않기 위해서 그리고 위험한 몸가짐으로 기습을 당하지 않게 하기 위해서 손을 움추렸다. 너무 늦었다. 첫번째로 나의 다리를 걸어 넘어뜨렸다. 그때 하늘은 마치 일종의 미끄러지는 구름처럼 보였다. 그때 나는 몸을 가눌 수가 없었다.

어떻게 사람들은 자신의 손에 명령을 내릴까? 나는 방금 나를 무섭게 하는 일종의 모험을 체험했다. 내 두 손은 마비되었다. 나의 손은 죽은 것 같았다. 나는 그 손으로 아무런 메시지도 받지 못할 것이다. 틀림없이 오래 전부터 그렇게 되었다. 그러나 나는 그 사실을 깨닫지 못했다. 심각한 것은 그 사실을 깨달은 데 있다. 이러한 문제를 스스로 생각한 데 있다. 사실상 날개가 비틀려 비행기의 조종간이 회전되었고 비행기의 타륜에 종잡을 수 없는 타격을 가해 왔다. 40분 전부터 나는 전력을 다해 이 충격을 조금이라도 감쇠시키기 위해 조종간에 매달렸다. 나는 그 조종간이 튀어나오지나 않을까 겁이 났었다. 나는 너무 세게 쥐어서 손에 감각을 느낄 수가 없었다.

얼마나 큰 모험의 체험인가! 내 손은 남의 손 같았다. 나는 손을 바라다보며 손가락 하나를 벌려 보았다. 손가락은 내가 원하는 대로 벌려졌다. 나는 다른 것을 보았다. 나는 아까와 같은 결심을 했다. 나는 손가락이 내 명령에 복종했는지를 알 수가 없었다. 어떤 메시지도 내게 전달되지 않았다. 나는 다음과 같이 생각했다. '나의 두 손이 활짝 펴지는지 어떻게 그것을 알 수가 있을까?' 그리고 급히 양손을 바라보았다. 두 손은 오무라져 있었다. 그러나 나는 겁이 났다. 손과 머리 사이에서 감각이 더 이상 서로 전달되지 않을 때 어떻게 벌린 손의 이미지를 그리고 그 손을 벌리려고 결심을 한 이미지를 구별할 수 있을까? 이미지나 아니면 의지의 행동을 어떻게 서로 알게 될까? 벌리려는 손의 이미지를 계속 추구해야만 한다. 그 손들은 별도로 살아 있을 것이다. 그 손에다 이 흉칙한 유혹을 피하게 해야 한다. 그리하여 나는 비행을 끝마칠 때까지 한 번도 중단하지 않고서 터무니없는 불평을 지루하게 늘어놓게 되었다. 유일한 생각이었고 유일한 이미지였다. 꾸준히 내가 되풀이 말하곤 했던 유일한 구절은 다음과 같다. '손을 꼭 쥐고 있다……. 나는 손을 꼭 쥐고 있다……. 나는 손을 꼭 쥐고 있다…….' 나는 이 구절 속에 전부를 요약하여 간결하게 표현했다. 이제 그곳에는 하얀 바다도 소용돌이 톱니 모양처럼 생긴 산도 더 이상 없었다. 다만 나는 손을 꼭 쥐고 있을 뿐이다. 이제 위험도 태풍도 잃어버린 대지도 없었다. 한 번만이

라도 비행기의 타륜에서 두 손이 빠져 버린다면, 다시 제정신을 차릴 시간도 바다 앞에서 전복당하는 것을 막을 시간도 갖지 못할, 고무손 같은 손이 어디엔가 있을 뿐이다.

　나는 아무것도 모른다. 나는 나 자신이 공허하다는 것 이외에 아무것도 느끼지 못한다. 나는 싸우려는 욕망이 없어져 버린 것처럼 힘이 쑥 빠져 버렸다. 비행기 엔진이 시트를 잡아당겨 찢을 때 나는 불규칙적인 소리로 길고 짧은 모르스 부호의 언어를 계속 내고 있었다. 침묵이 잠시 감돌자 나는 심장이 멎어 버린 듯한 느낌이 들었다. 나의 펌프는 꼭지를 뽑았다……. 끝장이다! 아니다. 그것은 다시 가동이 되고 있다.
　나는 날개 온도계에서 섭씨 영하 32도를 가리키고 있는 것을 보았다. 그러나 발끝에서 머리 끝까지 땀으로 흠뻑 젖었다. 내 얼굴에는 땀이 줄줄 흘러내렸다. 얼마나 멋진 춤인가? 나는 축전지가 강철 고리를 뽑아 버리면서 천정에 부딪치는 바람에 구멍이 뚫린 것을 방금 알아챘다.
　나는 여전히 공허했다. 나는 무겁게 짓누르는 피곤에 대해 무관심하고 휴식에 대해 우울해하지 않을 날이 언제 올는지를 모르고 있다.
　그 점에 관해 내가 무엇을 얘기했던가? 아무것도 하지 않았다. 나는 어깨가 아팠다. 매우 아프다. 마치 너무 무거운 가방을 지고 있는 것처럼 말이다. 나는 몸을 숙인다. 초록색의 웅덩이 속에서 나는 그것을 아주 자세히 구별할 수 있을 정도로 바짝 다가가 투명하게 그 내부를 목격했다. 그러나 바람이 불어와 이미지를 깨뜨리고 만다.

　1시간 20분 동안 투쟁한 후에 나는 300미터 상승하는 데 성공했다.
　남쪽으로 조금 떨어진 곳에 바다 위에 길게 뻗어 있는 어떤 것을 보았다. 그것은 푸른 강과 비슷했다. 나는 그 강까지 따라가 보기로 했다. 거기서 나는 앞으로 전진할 수는 없다. 그러나 역시 뒤로 물러나지도 않았다. 만약 내가 나도 모르는 어떤 간섭으로 보호된 이 길에 도달한다면 어쩌면 나는 측면을 향해 서서히 되올라갈 수 있을지도 모른다. 그래서 나는 왼쪽으로 방향을 바꾸었다. 그랬더니 역시 맹렬하던 바람이 약해진 것 같았다.

10킬로미터를 비행하는 데 1시간이 걸렸다. 그 후 나는 절벽의 보호를 받으며 남쪽을 향해 하강할 수 있었다. 이제는 땅 위 기항지가 있는 쪽으로 들어가기 위해 올라가려고 시도했다. 나는 300미터 고도에 계속 머무르는 데 성공했다. 그 지점은 항상 날씨가 혹독했다. 그러나 그와 견줄 만한 것은 아무것도 없었다. 끝장이다……

기항지에는 120명의 군인들이 있는 것이 보였다. 누군가가 태풍을 고려하여 나를 위해 그들을 집결시켜 놓았다. 따라서 나도 그들 틈에서 쉬었다. 한 시간의 정비가 끝나자 누군가가 비행기를 격납고에 집어 넣는다. 나는 나의 초소에서 내려왔다. 나는 동료들에게 아무 말도 하지 않았다. 잠이 왔다. 나는 마비되지 않은 손가락을 천천히 움직여 본다. 잠시 전에 겁을 먹던 생각이 어렴풋이 난다. 겁이 났었다. 나는 이상한 광경을 목격했었다. 얼마나 이상한 광경인가? 나는 모른다. 하늘은 푸른색이었고 바다는 무척 하얀 색이었다. 나는 이토록 멀리에서 돌아온 이상 나의 모험을 이야기하지 않을 수 없었다! 그러나 나는 내가 당했던 사건에 관한 핵심을 쥐고 있지는 못했다. '하얀 바다…… 아주 하얀 바다를 상상해 보라…… 여전히 하얗기만 한 바다를…….' 부가 형용사를 아무리 상상해 봐도 아무것도 전달할 수가 없다. 이런 중얼거림으로는 아무것도 전달하지 못한다.

전달할 것이 아무것도 없기 때문에 아무것도 전달할 수가 없다. 여러분의 창자를 꿰뚫는 그런 생각 속에는, 당신의 어깨를 짓누르는 이 고통 속에는 아무런 진실한 드라마도 깃들지 못하는 법이다. 살라망카 산봉우리의 원추형 속에서도 마찬가지다. 그 봉우리는 마치 하나의 화약통처럼 장전되어 있었다. 그러나 만약 내가 그것을 이야기한다면 사람들은 웃을 것이다. 나 자신도…… 나는 살라망카의 봉우리를 존경했다. 이것이 전부다. 그것은 드라마가 아니다.

인간사 이외에는 드라마도 없고 비장함도 없다. 나는 태풍 속에 조난을 당해 인간의 대지 위를 걸어갔던 나 자신이 아직 살아 있다고 상상하며 장차 내 모험을 미화하려 할 때 아마도 감동할지도 모른다. 나는 속임수를 쓸 것이다. 왜냐하면 그 태풍과 맞서 팔과 엉덩이로 싸운 사람은 내일의 행복한 사람과 비교도 되지 않기 때문이다. 그는 너무나 분주했었다.

나는 단지 약간의 소득만을 얻었을 뿐이다. 그리고 변변찮은 모험을 체험했을 뿐이다. 그것이 바로 나의 증언이다. 감정이 전달되지 않는데 어떻게 단순한 이미지로 의지의 행동을 구별할 것인가?

나는 아마도 여러분에게 부당하게 벌받은 몇 명의 아이들의 전설을 이야기함으로써 여러분을 깜짝 놀라게 하는 데 성공했었을 것이다. 그러나 나는 아마도 여러분을 괴롭히지 않고도 여러분을 태풍 속에 혼합시켰을 것이다. 마찬가지로 우리는 매주 영화관의 좌석에 앉아서 상해의 폭격을 목격하지 않았는가? 우리는 화산처럼 터지는 대지가 서서히 하늘을 향해 배출해 내는 재와 그을음의 나선형 매듭을 공포를 느끼지 않고 감탄할 수 있다. 그렇지만 창고 속에 있는 곡식, 세대를 통해 전해 내려온 유산, 한 조각의 보물들과 함께 서서히 커지면서 연기로 사라지는 검은 뭉게구름이 포함한 것은 바로 불에 탄 아이들의 살 등이었다.

그러나 육체적인 드라마 그 자체도 누군가가 우리에게 정신적인 의미를 제시하는 경우에만 우리 마음을 감동시키는 것이다.

프랑스 인에게 보내는 편지

　북부 아프리카에 영국인과 미국인들이 상륙하고 독일 사람에 의해 남부 지역이 점령당한 그 이튿날, 생 텍쥐페리는 몽트레알의 《캐나다》지에서 1942년 11월 30일에 전 프랑스 국민들의 단결의 필요성에 관한 유명한 기사를 실었다. 이 기사는 영어로 번역되어 '용감한 마르세예즈'라는 부제로 그 전날 《뉴욕 타임스 매거진》지에 실렸다. 이것은 미국의 각 지역에 불어로 라디오 방송된 것을 급히 옮긴 호소문이다. 그리고 북부 아프리카 신문에서도 부분적으로 전재했다.
　참고 : 《뉴욕타임스 매거진》지 1942년 11월 29일자.
　《승리를 위하여》지 1942년 12월 19일자.

　제일 먼저 프랑스!
　독일의 밤은 그 지역을 삼켜 버리고 말았습니다. 우리는 아직도 우리가 사랑하고 있는 사람들의 어떤 것을 알 수가 있었습니다. 또한 우리는 그들의 식탁에 나쁜 빵을 나누어 주는 대신 우리의 애정을 이야기할 수가 있었습니다. 우리는 멀리서도 그들이 호흡하는 소리를 들었습니다. 다 끝장입니다. 프랑스는 이젠 침묵뿐입니다. 프랑스는 어디에선가 떠다니는 캄캄한 밤중의 한 척 배처럼 불이 모두 꺼진채 없어지고 말았습니다. 프랑스의 의식과 그의 정신 생활은 두껍게 싸이고 말았습니다. 우리는 내일이면 독일이 총살한 인질들의 이름까지도 잊어버릴 겁니다.
　새로운 진리들을 준비하고 있는 것은 항상 압제하에서 신음하는 자들의 지하실에서입니다. 허세를 부리지 맙시다. 그들은 자기들의 노예를 감독할 4억의 인구를 거기에 가지고 있습니다. 우리는 밀랍처럼 그들의 생존을 위해 노예 제도를 배양하는 사람에게 정신적인 지원을 해서는 안 될 것입니다. 그들은 우리들보다 더 잘 프랑스의 문제들을 해결할 것입니다. 그들은 모든 권리를 마음대로 행사할 것입니다. 사회악, 정치 심지어 예술에 관한 우리의 객담 중 어떠한 것도 그들의 생각에 압력을 가하지 못할 것입니다. 그들은 우리의 말을 듣지 않을 것입니다. 아마도 그들은 우리의 생각들을 토해 버릴 것입니다. 한없이 겸손해집시다. 우리의 정치적 토론은 유령의 토론입니다. 우리의 야망은 우스꽝스럽습니다. 우리는 프랑스를 내세우지 못합니다. 우리는 프랑스를 위해 봉사만 할 수 있습니다. 우리는 무엇을 하든지 간에 사은(謝恩)을 받을 권리가 없습니다. 자유로운 투쟁과 한밤중의 제압 사이에는 공동 기준이 없습니다. 군인이라는 직업과 인질이라는 직업 사이에도 공동 기준이 없습니다. 저 세상 사람들만이 참으로 유일한 성인들입니다. 만약 우리가 다음 번에 전투에 참가할 영광을 갖는다면 우리는 역시 빚을 지게 될 겁니다. 우리는 부채 더미에 불과합니다. 거기에는 무엇보다도 기본적인 진리가 있습니다.

 프랑스 인인 우리는 봉사하기 위해 서로 화해합시다. 나는 먼저 프랑스 인들의 정신을 깨끗이 가다듬게 하기 위하여 프랑스 인들을 괴롭혀 온 논쟁에 관한 몇 마디를 했었습니다. 왜냐하면 프랑스의 불안이 있기 때문입니다. 심각한 불안입니다. 우리들 중 많은 사람이 마음이 찢어질 듯한 고통을 받고 있어서 그들은 안정될 필요성이 있습니다. 그들이 얼마나 마음이 안정되기를 바라는지 모릅니다. 기적 같은 미국인의 행동에 의해 가장 다양한 길들이 같은 교차로에 닿고 있습니다. 옛날의 논쟁 속에 빠져 난처하게 된들 무슨 소용입니까? 분열할 것이 아니라 단결하고, 용서하지 않을 것이 아니라 팔을 벌려 환영해야 합니다.

 논쟁이 증오를 가져 왔었지요? 누가 절대적으로 항상 자기가 옳다고 할 수 있단 말입니까? 사람의 눈에 보이는 시계(視界)는 좁습니다. 언어 역시 불완전한 도구입니다. 인생 문제들은 모든 양식을 너무 내세우고 있습니다.

　우리는 모두 신앙에 관해서는 일치했습니다. 우리 모두는 프랑스를 구출하기를 바라고 있었습니다. 그러나 프랑스를 구출한다는 것은 바로 그의 육체와 정신면에서 프랑스를 구출한다는 것일 것입니다. 유산자가 없을 경우 정신적인 유산이 무슨 가치가 있겠습니까? 만약 '정신'이 죽는다면 유산자들은 무엇에 봉사를 할 것입니까?

　우리들 중 어떤 사람들은 다른 사람들처럼 프랑스와 독일 사이의 협동 정신을 강요했었습니다. 그러나 그들이 배반한 프랑스를 비난하는 한편, 다른 사람들은 절대적인 공갈 협박의 효과만을 그들의 행동 속에서 알 수 있었습니다. 어느 파산 관리인은 우리의 철도 객차를 위해 약간의 기름을 프랑스에 양도하는 것을 전승자와 협상했어야 했습니다.

　(프랑스는 그 도시들을 먹여 살리기 위해 휘발유, 심지어 말[馬]까지도 이제는 마음대로 할 수가 없습니다) 휴전 위원회 장교들은 여러분을 진력나게 하고 가혹한 공갈 협박조의 요구를 뒤늦게서야 설명해 줄 것입니다. 식료품 배달에 대한 선결 문제 때문에 6개월 동안에 만명 이상의 어린이가 죽었습니다. 한 인질이 총살당해 죽을 때 그의 희생은 빛날 것입니다. 그의 죽음은 프랑스 통일에 밑거름이 될 것입니다. 그러나 독일인들이 기름에 대한 단순한 협상을 지연시킴으로써 다섯 살배기 만 명의 인질들을 죽일 때는 말없이 서서히 죽어 가는 인명 손실은 아무것으로도 보상되지 못합니다.

　수긍할 만한 어린이 사망 비율은 얼마입니까? 그들을 구출하기 위해 참고 견딜 수 있는 양보의 몫은 무엇입니까? 누가 대답할 수 있습니까?

　여러분은 또한 프랑스로 하여금 휴전 협정을 포고하게 한 것이 전쟁 상태의 복귀와 법률상 대등하게 만들었다는 것을 아실 것입니다.

전쟁 상태의 복귀는 점령국으로 하여금 동원할 수 있는 모든 사람들을 전쟁 포로로 만들게 했습니다. 협박적인 요구로 프랑스를 억압했습니다. 이 협박은 공식화됐습니다. 독일의 협박적인 요구는 농담이 아닙니다. 그리하여 독일 야영지의 오물장에는 시체로 다시 가득 차게 되었습니다. 그러니까 우리 나라는 외면상으로 합법적이고 행정적인 구실하에 성인 남자의 600만 명을 순전히 몰살시키려는 협박을 받고 있는 셈입니다. 프랑스는 이 노예 사냥에 반대하기 위해 몽둥이를 만들었습니다. 누가 이 저항이 무엇 때문에 있어야만 하는지를 현실적으로 판단할 수 있단 말입니까?

마침내 북부 아프리카에서 76시간 동안에 걸쳐 이루어진 연합군의 창설은, 그 공갈 협박이 잔인함에도 불구하고 독일이 가했던 2년간의 압박으로도 그 북부 아프리카를 완전히 장악하지 못했다는 사실을 입증하게 됐습니다. 따라서 프랑스에는 어디에선가 저항의 노력이 있었던 것입니다. 북부 아프리카의 승리는 아마 부분적이기는 하지만 우리의 5만명의 죽은 어린이들에 의해 쟁취된 것입니다. 누가 감히 이 수자가 불충분하다고 말할 수 있습니까? 아! 프랑스 국민 여러분, 우리 사이에 평화를 동반하기 위해서는 의견 차이의 참다운 균형을 이루는 것으로도 충분합니다. 우리는 나치주의자의 협박의 탓으로 돌리려는 의미에서만 분열되었지 결코 분열된 적이 없습니다.

어떤 이들은 다음과 같이 생각합니다. '만약 독일인들이 프랑스 국민을 전멸시키려 든다면 그들은 프랑스 국민을 어떻게 하든 전멸시킬 수 있다. 그들의 재물의 갈취는 경멸당하고 있다. 아무도 어떠한 결심과 어떠한 발언을 비시 정부(프랑스 중부에 위치한 도시인데 이곳은 1940~1944년간 친독 정부가 설치됨)에 대해 하지 못할 것이다.'

또 다른 이들은 이렇게 생각할 것입니다. '그 문제에 관해서는 단지 협박이 문제일 뿐만 아니라 협박의 잔인성이 인류 역사상 그 유례를 찾을 수 없을 정도라는 것이 문제이다. 본질적인 양보를 거부한 프랑스는 하루하루 이 전멸 계획을 지연시키기 위해서 구두의 책략만 쓰고 있다. 율리스 장군이나 탈리랑 장군이 무장을 해체하면 적을 속이기 위한 것만이 그들에게 남게 된다.'

 프랑스 국민 여러분, 옛날 정부의 진정한 취지에 관한 여러 가지 이견(異見)들로 우리가 서로를 미워해야만 마땅하다고 생각하십니까? (영국인과 러시아 인들이 나란히 싸울 때 그들은 장차 그만큼 심각한 의견 대립을 가져올 것입니다) 우리의 의견 대립은 침략자에게는 우리의 공동 적의를 그대로 남겨 놓았습니다. 그렇긴 하지만 우리는 프랑스 국민과 함께 면죄권을 위반한 외국 망명자들의 해방에 모두 분개했습니다. 그런데 계속되는 논쟁에서 그들은 이제 아무런 목적조차 가지고 있지 않습니다. 비시 정부는 빛을 잃었습니다.

 비시 정부는 그의 해결할 수 없는 문제, 그의 모순투성이의 인적 구성, 그의 신중성과 교활함, 비겁함과 용감성을 무덤 속으로 가지고 갔습니다. 잠시나마 역사와 전후의 군법 회의에 심판을 맡깁시다. 역사를 논의하는 것보다도 현재의 프랑스를 위해 봉사하는 것이 훨씬 더 중요합니다.

 독일의 전면 점령은 우리의 모든 논쟁을 해결해 주고 우리 의식의 갈등을 진정시켜 주었습니다. 프랑스 국민 여러분, 화해하고 싶지 않습니까? 우리들 사이에는 더 이상 언쟁의 진정한 동기에 대한 의구심 같은 것은 없습니다. 당파심을 버립시다. 어떤 명목으로 우리는 서로 미워합니까……? 무슨 명목으로 우리는 서로 질투하는 것입니까? 차지해야 할 자리가 문제가 되지 않습니다. 자리 다툼이 문제가 되지 않습니다. 차지해야 할 유일한 자리는 군인의 자리입니다. 그리고 어쩌면 북부 아프리카의 어느 조그만 묘지에 조용한 침대를 놓을 자리일 것입니다.

 프랑스 군법은 48년까지 실시되었습니다. 우리가 스스로 헌신하기를 원하는지 원하지 않는지를 아는 것은 문제가 되지 않습니다. 다만 우리에게는 형세를 기울어뜨리기 위해서 우리 모두 아주 단순하게 저울 접시 위에 앉기로 작정하는 것만이 필요합니다.
 그렇지만 우리의 옛날 논쟁들이 역사가들의 논쟁에 지나지 않을 경우에는 분열의 다른 위험이 있게 됩니다. 프랑스 국민 여러분, 그 위험을 극복할 용기를 가집시다. 우리들 중의 어떤 이들은 다른 지도자와 대항하는 다른 지도자들 때문에 괴로워하고 있습니다. 어떤 조직이 맞서는 다른 조직 때문에 괴로워하고 있습니다. 그들은 수평선에서 부정(不正)의 유령이 나타난 것을 봅니다. 왜 그들은 인생을 복잡하게 만듭니까? 두려워할 부정은 없습니다. 우리의 어떠한 개인적인 이해 관계도 그 후부터는 침해당할 수 없습니다. 어떤 석공이 성당 건축에 헌신할 때 그 성당은 그 석공을 해칠 수는 없습니다. 우리한테서 기대되는 유일한 역할은 전쟁의 역할입니다. 저는 모든 부정(不正)에 대항할 것을 확실히 마음먹었습니다. 내가 9개월 동안 시골에서 생활할 때, 휴전이 있던 그 전전날 독일군의 굉장한 공격으로 우리 군수품의 3분의 2를 빼앗기고 북부 아프리카에서 탈출하면서, 튀니스에서 같이 있던 2—33부대 동료들을 다시 만날 꿈을 꾸어온 이상, 누가 부당하게 나를 반대할 수 있습니까? 우리는 우선권, 되찾은 존경심, 정의, 선취권의 이름으로 프랑스 국민들끼리 서로 비난하지 맙시다. 우리는 별다른 무기를 제공받지 못했습니다. 우리는 소총을 제공받았습니다. 소총은 모든 사람에게 돌아갈 것입니다.
 만약 제가 이처럼 마음의 평화를 느낀다면, 저는 심판을 위한 그 어떤 소명감도 더 이상 느끼지 않겠습니다. 제가 편입할 단체는 정당도 종파도 아닙니다. 그것은 바로 저의 조국입니다. 누가 우리를 지휘하는가는 중요하지 않습니다. 프랑스의 임시 정부는 국가의 일입니다. 영국이나 미국이 최선을 다해 주기 바랍니다. 만약 우리의 야망이 기관총의 방아쇠를 손가락으로 잡아당기는데 있다면 우리는 쉽게 우리에게 부차적인 것으로 생각되던 결정에 관해 괴로워할 것입니다. 진정한 우두머리는 침묵을 지키지 않으면 안 된 프랑스입니다. 정당과 파벌과 분열을 증오합시다.

만약 우리가 품어 온 유일한 소망이(우리는 그것이 우리 모두를 단결시킨 이상 그 소망을 품을 권리가 있음) 오늘날 어떤 정치 지도자에게 복종하기보다 차라리 어떤 군대 지도자에게 복종하는 데 있다면, 어떤 병사가 상관에게 하는 경례는 경례받은 군인을 존경해서도 아니고 어떤 정당도 아닌 국가를 존경하기 때문입니다. 우리는 지로(드골 장군 전에 활약한 장군이며 아프리카 프랑스 군대 사령관을 역임함. 드골 장군으로 인해 세력을 잃었음) 장군처럼 드골 장군을 알고 있습니다. 그들이 권위에 대해 생각하는 것도 알고 있습니다. 그들은 국가를 위해 봉사하고 있습니다. 그들은 국가의 제일의 봉사자입니다. 그것으로 우리는 충분합니다. 어제 우리들이 억제할 수 있었던 모든 논쟁이 현재에는 모두 끝나고 없어졌기 때문입니다.

내가 보기에는 바로 이것이 우리가 처해야 할 입장입니다. 우리의 우방 미국은 프랑스의 이미지를 잘못 인식해서는 안 됩니다. 사람들은 다소 프랑스 인들을 너절한 사람으로 여기고 있습니다. 그것은 부당합니다. 논전자(論戰者)만이 말을 합니다. 침묵을 지키는 사람은 소리를 내지 않습니다.

저는 현재까지 침묵을 지키고 있는 모든 프랑스 인들에게 코르델 헐(미국의 민주당 정치가로서 국무장관까지 역임하고 1945년 노벨 평화상을 수상하였음) 씨가 사임하면서 지금까지 지키던 침묵을 단 한 번 깨고 우리의 올바른 정신 상태에 관해서 안심시키던 내용을 권고합니다. 그리하여 각자 자신을 위해 다음과 같은 전보를 그에게 발송하면서 말입니다.

"우리는 여하간 어떤 형태하에서도 봉사할 영광을 갖게 해 줄 것을 간청합니다. 우리는 재미(在美) 모든 프랑스 인들의 군대 동원을 원합니다. 우리는 가장 바람직하게 평가되는 모든 조직을 미리 받아들입니다. 하지만 프랑스 인들 사이에 분열을 조장하는 정신을 미워하면서 우리는 단지 정치를 초월하고 싶습니다."

단결을 위해 발표한 수많은 프랑스 인들에 대하여 미국 국무성 인사들은 놀라움을 금치 못했습니다. 그렇지만 우리의 명성에도 불구하고 우리들 중 대부분은 마음속 깊이 조국과 조국의 운명에 대한 애착심만은 가지고 있습니다.

　프랑스 국민 여러분, 서로 화해합시다. 우리가 폭격기를 타고서 5, 6개의 메세르 쉬미트($^{2차대전\ 때\ 사용한}_{독일의\ 전투기\ 이름}$)에 대해 논쟁을 하고 있을 때 우리의 옛 논쟁들은 우리를 웃길 것입니다. 1940년 제가 총탄에 맞은 비행기를 타고 임무를 마치고 돌아왔을 때 저는 비행 중대 바에서 맛좋은 페르노 주를 환희에 넘쳐 마셨습니다. 그때 저는 그 페르노 주 값을 포커에서 한 판 땄던 것입니다. 왕정주의자의 친구이든지, 사회주의자의 친구이든지 우리들 중 가장 용감한 사람이었으며 유태인이었던 이스라엘 중위한테서든지 땄습니다. 그러나 우리는 깊은 애정으로 서로 잔을 들어 축배를 올렸습니다.

장군에게 보내는 편지

튀니스에서 가까운 마르사에서 1943년 7월에 쓴 내용이다.
참고:문학 《피가로》지 1948년 4월 10일자 103호.

　나는 P—38기로 몇 차례 비행을 했습니다. 참 좋은 비행기입니다. 내가 그것을 선물로 받아 20년 동안 내 마음대로 날면 얼마나 기쁘겠습니까. 나는 전세계 하늘 아래를 약 6,500시간 비행을 한 후인 오늘, 43세로서 이날보다 더 큰 기쁨을 맛볼 수 없었을 것이라고 우울하게 생각했습니다. 그것은 이젠 이곳에서도 전시 수송기가 아닙니다. 만일 내가 이 직업을 갖기에는 늙은 나이로 평상의 속도와 고도로 달린다면, 그것은 옛날에 맛보았던 만족감을 다시 찾으려는 희망에서라기보다 내 세대의 귀찮은 일들을 거부하지 않기 위해서일 것입니다.
　그런 감정은 어쩌면 우울할지도 모르고 또 그렇지 않을지도 모르겠습니다. 틀림없이 내가 잘못한 것은 바로 내가 20살 때였습니다. 1940년 10월에 2—33부대가 이동하고 나의 자동차가 먼지투성이의 어떤 차고 속에 맥없이 다시 들어갔던 그날, 북부 아프리카에서 돌아온 나는 마차와 말을 발견했습니다. 그 마차로 길에 난 잡초들을 실어 날랐습니다. 그리고 양과 올리브 나무도 실어 날랐습니다. 시속 130킬로미터의 속도로 유리창 뒤에서 박자를 맞추는 것 외에 다른 역할까지 했습니다. 그 나무들은 천천히 올리브를 만드는 데 필요한 진짜 리듬 속에서 자신을 드러내고 있었습니다. 양들은 최후의 목적을 위한 평균치에 떨어지지 않았습니다. 그 양들은 다시 살아나게 되었습니다. 그 양들은 진짜 똥을 싸고 진짜 양털을 만들어 냅니다.

그리고 풀 역시 양들이 풀을 뜯어먹기 때문에 어떤 의미를 지니고 있습니다.

그리고 나는 먼지가 뽀얗게 덮인 세계의 한 구석에 앉아 다시 살아날 것 같은 느낌을 갖습니다(어쩌면 내가 부상할지 모릅니다. 프로방스 지방에서처럼 그리스에도 먼지가 덮여 있을지도 모르니까 말입니다). 그리고 내 일생 동안 처음으로 내가 바보천치가 된 것 같았습니다.

미군기지 한가운데의 집단적인 존재, 10분 동안 서서 갖다 나르는 그 식사, 우리가 한 방에 3명씩 들어간 일종의 알쏭달쏭한 건물에서 2,600마력의 1인석 비행기 사이의 왕복, 무서운 인간의 사막, 한마디로 말해 이 모든 것을 귀하에게 설명하기 위해서 나의 가슴을 감동시킬 아무것도 지니고 있지 않습니다. 그건 역시 1940년 6월에 돌아와 이익도 희망도 없는 맡은 사명처럼 치러야 할 병입니다. 나는 예상할 수 없는 시기에 '환자'입니다. 그러나 이 병에 걸리지 않을 권리를 나는 인정하지 않습니다. 그것이 전부입니다. 오늘 나는 무척 슬픕니다. 나는 모든 인간적인 본질을 찾을 수 없는 우리 세대를 생각하면 슬프기 짝이 없습니다. 누가 바, 수확 그리고 마치 정신 생활이 형성해 준 것과 같은 뷔가티(프랑스로 귀화한 이탈리아 실업가)를 알고 나서 오늘에 와선 더 이상 아무런 특색도 띠지 않은 집단 행동 속에 있겠습니까? 아무도 그것을 구별할 줄 모릅니다. 100년 전의 군대 상태를 생각해 보세요. 인간의 정신적이거나 시적이거나 단순히 인간적인 생활에 부응하기 위해 얼마만큼의 노력을 기울이는지 생각해 보세요. 우리가 벽돌보다도 더 마음이 메말라 있는 오늘날 우리는 이 어리석음을 비웃을 것입니다. 의복, 국가, 노래, 음악, 승리(오늘날에는 승리는 존재하지 않습니다. 오스트르리츠 승리[1805년에 나폴레옹 1세가 오스트리아와 소련의 연합군을 물리친 승리만큼 시적인 밀도를 지닌 것은 아무것도 없다. 느리고 아니면 빠른 소화 현상만이 있을 뿐이다.])등 이 모든 시적 감흥은 우스꽝스럽게 들려 오고 사람들은 그 어떤 정신적인 생활을 깨닫게 되기를 거부하고 있습니다. 그들은 정직하게 일종의 일련 작업을 하고 있습니다. 미국의 어느 젊은이가 "우리는 정직하게 이 보람없는 직업을 받아들입니다"라고 말하는 것처럼, 전세계에서 선전은 절망적으로 헛수고만을 해댑니다. 그의 병은 특별한 재능이 없어서가 아니라 그로 하여금 태깔을 부리는 것처럼 보이지 않고서 기분을 상쾌하게 하는 위대한 신비에 의지하도록 하는 공민권을 박탈해서 입니다. 희랍극의 인간성은 데카당스 속에서 루이 베르네이유(^{1925년에 사망한 프랑스 극작가}) 씨의 희곡에까지 타락하고 말았습니다(아무도 더 이상 발전할 수가 없습니다). 수세기 동안 선전보도의 조직, 베도 장군의 조직, 전체주의 제도 및 군대는 사상자를 위한 깃발도 미사도 나팔 소리도 없었습니다. 나는 우리 시대를 굉장히 증오합니다. 그 속에서 사람은 갈증으로 죽어 갔습니다.

　아! 장군, 거기에는 단 하나의 문제가 있을 뿐입니다. 사람들에 의해 생긴 문제입니다. 따라서 사람들에게 정신적인 의의(意義)와 정신적인 고뇌를 되돌려주어야 합니다. 그들에게 그레고리오 성가(^{가톨릭 교회의 정식 전례 성가. 그레고리오 1세가 각 지방의 성가를 집대성한 것임})와 닮은 그 무엇을 불러 주어야만 합니다. 설혹 내가 신앙을 가졌더라도 '마지못해 하고 보람없는 직업'의 시대를 보낸 나는 손레즈프 수도원보다 더 이상 견딜 수 없었다는 것은 확실합니다. 냉장고, 정치, 대차대조표, 십자말 풀이로는 더 이상 살아갈 수 없다는 것은 당시도 잘 알고 있습니다! 그렇게는 더 이상 살 수 없습니다. 시(詩)가 없이는, 색채와 사랑이 없이는 살아갈 수 없습니다. 15세기의 민요를 들어야만 내리막길 경사를 측정합니다. 오로지 선전용 로봇의 목소리만이 남아 있습니다.—나를 용서하세요—20억의 사람들은 이제 로봇의 말만을 듣고 로봇만을 이해하려 하고 스스로 로봇이 되어 버립니다. 최근 30년 동안의 모든 소란은 두 가지 원인만을 갖고 있습니다. 19세기 경제 체제의 진퇴유곡과 정신적인 절망이 그것입니다. 갈증 때문이 아니라면 왜 메르모즈는 바보천치 같은 연대장을 따라갔습니까? 러시아는 왜? 에스파냐는 왜? 사람들은 데카르트의 가치를 인정하려고 시도했습니다. 자연 과학을 제외하고는 데카르트의 방법은 그들에게 하나도 성공하지 못했습니다. 거기에는 단 하나의 문제가 있습니다. 즉 인간을 만족시키는 유일한 것은 지적인 생활보다도 더 높은 정신 생활이라는 것을 재발견한 것입니다. 그것은 그 속에 일종의 형식만이 있는 종교 생활의 문제를 능가합니다(어쩌면 정신 생활이 필연적으로 다른 생활을 이끌어 갑니다). 그래서 정신 생활은 그것을 형성하고 있는 물질을 초월하여 '하나'가 되기 위한 곳에서 시작합니다. 집에 대한 사랑—미국에서는 알 수 없는 이 사랑은 벌써 정신 생활의 일부인 것입니다.

그리고 마을 축제와 죽은 이를 위한 제사도 정신 생활의 일부입니다(나는 이 말을 인용합니다. 왜냐하면 내가 이곳에 도착한 후 2, 3명의 낙하산병이 죽었지만 사람들은 그 사실을 은닉했기 때문입니다. 그들은 봉사하다가 목숨을 잃었던 것입니다). 그것은 미국의 탓이 아니고 그 시대의 탓입니다. 인간은 더 이상 의미를 지니고 있지 않습니다.

반드시 사람들에게 말해야 합니다. 만약 우리가 100년 동안 혁명적인 광포한 위기에 처해 있다면 전쟁에 승리한다는 것이 무슨 소용이 있겠습니까? 독일의 문제가 마침내 해결되면 진짜 모든 문제들이 제기되기 시작할 것입니다. 이 전쟁이 끝나자마자 1919년과 같은 진정한 고뇌에서 인간성을 딴 데로 돌리는 데 미국의 보유고의 유치가 충분할지 모르겠습니다.

강한 정신 사조 없이 마치 버섯처럼 서로를 분열시킬 36개의 파벌이 생기게 될 것입니다. 너무 낡은 마르크스주의는 모순투성이인 네오—마르크스주의를 증가시킴으로써 부패하게 될 것입니다. 그 경우를 에스파냐에서 잘 보았습니다. 프랑스의 어느 케사르가 우리들을 영원히 새로운 사회주의자의 집단 농장에 수용하지 않는 한 말입니다.

아, 오늘 밤은 얼마나 이상한 밤입니까! 얼마나 이상한 기후입니까! 나는 오늘 밤에 모양 없는 이 유리창마다 불이 켜지는 것을 봅니다. 나는 각 방송국마다 해외에서 왔고 향수(鄕愁)조차 느끼지 않는 이 군중들을 위해 속된 음악을 흘려 보내는 소리를 듣습니다.

사람들은 희생 정신이나 도덕의 위대성과 인종(忍從)하는 승낙을 혼동할 수가 있습니다. 그곳에는 큰 잘못이 있을 것입니다. 오늘날 사람과 사물에서처럼 생물을 연결시키는 사랑의 관계는 별로 팽팽하지도 않고 별로 치밀하지 못해 사람들은 옛날처럼 더 이상 부재감을 느끼지 못합니다. 유태인의 역사에 가장 무서운 말은 다음과 같습니다. 〈그럼 너도 그곳에 가니? 그럼 너는 굉장히 멀리 있게 되겠군! 어디서부터 멀리?〉 그들이 떠나온 그곳은 널찍한 일종의 인간 집단소 이외에 아무것도 아니었습니다. 이혼할 적에는 마찬가지로 쉽게 사물과 결별하고 맙니다. 그러나 냉장고는 서로 교환할 수 있습니다. 그리고 집 역시 그 집이 같은 채에 불과하다면 마찬가지입니다. 그리고 여자도, 종교도, 마찬가지입니다. 불충실할 수가 없습니다. 무엇에 불충실할 것입니까? 어디서 멀어지고 무엇에 불충실할 것입니까? 인간의 정신적 고독……

그러므로 집단 속에 있는 이 사람들이 현명하고 조용할 수 있다면 나는 옛날 브르타뉴(프랑스의 지방 이름) 선원들을 생각합니다. 그들은 이상한 지역인 마젤란 해협에 내려 어떤 도시 위에서 해방되었습니다. 항상 약간 지나치도록 엄하게 한 곳에 집결한 남성들로 구성된 격한 탐욕과 참을 수 없는 향수가 복잡하게 뒤섞이게 되었습니다. 그들을 진정시키기 위해서는 항상 힘센 헌병이나 엄한 규율이나 열렬한 신앙이 필요했습니다. 그러나 그들 중 아무도 거위를 감시하는 여자에게 보내는 존경심을 잃지 않았습니다. 사람들은 오늘날의 사람을 환경에 따라 블롯(트럼프 놀이의 일종)이나 브리지 게임으로 조용히 있도록 하려고 합니다. 우리는 놀랍게도 금욕자입니다. 이리하여 마침내 우리는 자유롭습니다. 누군가가 우리의 팔과 다리를 잘랐습니다. 그 다음에 우리로 하여금 자유롭게 걷도록 했습니다. 그러나 나는 사람이 보편적인 전체주의하에 순하고 예의 바르고 조용한 짐승이 되어 가는 이 시를 증오합니다. 누가 우리로 하여금 그것을 도덕적 진보라고 여기게 합니까! 내가 마르크스주의 중에서 증오하는 것은 바로 그것을 이끌고 가는 전체주의입니다. 거기에서 인간은 생산자와 소비자로 정의됩니다. 본질적인 문제는 분배 문제입니다. 전형적인 농가에서도 마찬가지입니다. 내가 나치즘에서 증오하는 것은 본질적으로 그가 시도하려고 하는 전체주의인 것입니다. 사람들은 루르 지방(서독의 중공업지대로서 제철제강의 중심지임)의 노동자들을 반고호(네덜란드 태생의 화가로서 프랑스에서 작품활동을 함)의 작품이나 세잔느(프랑스의 인 상주의 화가)의 작품이나 천연색의 영화 앞에 정렬시킵니다. 그들은 당연히 천연색 영화에 찬성표를 던집니다. 바로 여기에 인민의 진실이 있습니다! 사람들은 집단 수용소에 세잔느 작품 지원자와 반고호 작품 지원자, 모든 위대한 비전통주의자들을 강제적으로 가둡니다. 그리고 천연색 영화 애호가들을 복종하는 짐승으로 양육합니다. 그러나 미국은 어디로 갈 것이며, 세계적인 기능주의 시대에 우리는 어디로 갈 것입니까? 인간 로봇, 인간 개미, '브도' 공장에서 일련 작업을 하거나 그리고 블롯 게임에서 이리저리 왔다갔다 하는 인간들은 어떻게 되겠습니까? 모든 창조력이 거세된 인간, 이제는 더 이상 마을에 틀어박혀 춤도 노래도 만들 줄 모르는 인간은 어떻게 되겠습니까? 암소에게 건초를 먹이듯 표준화된 문화 속에서 기성 문화를 먹고 사는 인간은 어떻게 되겠습니까? 이것이 바로 오늘날의 인간입니다.

나는 생각해 봅니다. 300년 전 이전에도 《클레브의 공주》라는 책을 쓸 수 있었고, 혹은 수도원 안에 들어가, 일생 동안 사랑이 뜨거웠던 만큼 잃어버린 사랑 때문에 은둔 생활을 할 수가 있다고 생각합니다. 요즘도 물론 사람들은 자살을 합니다. 그러나 그들의 고통은 몹시 심한 치통 정도에 불과합니다. 참을 수 없고 사랑으로도 치유할 수 없는 고통 말입니다.

물론 그것은 첫 단계입니다. 나는 독일인 몰로크(어린애를 제물로 바쳐 모신 셈족의 신) 뱃속에다가 수많은 프랑스 어린이들을 집어 넣는다는 생각에 견딜 수가 없습니다. 본질적인 생명까지도 위협을 받고 있습니다. 그러나 생명이 구출되면 그때 가서는 우리 시대의 문제인 기본적인 문제들이 제기될 것입니다. 인간의 의미를 지닌 자는 누구입니까. 그러나 대답이 제시되지 않았습니다. 그리하여 나는 세계에서 몹시 어두운 시대를 향해 걸어가고 있는 듯한 느낌이 듭니다.

전쟁에서 죽어도 나는 상관없습니다. 내가 사랑한 것에서 무엇이 남게 되겠습니까? 인간만큼 나는 관습이나 다른 것과 바꿀 수 없는 어조나, 어떤 정신의 빛에 대해서도 말합니다. 올리브나무 아래 지방 농가에서의 점심에 대해서도 또한 헨델에 대해서도 말합니다. 생명을 계속 존속해 갈 사물들이야 아무러면 어떻습니까. 가치 있는 것은 사물의 확실한 질서인 것입니다. 문명은 눈에 보이지 않는 일종의 재산입니다. 문명은 사물이 아닌 정신적인 것을 종전처럼 혹은 다르게 서로서로 연결시켜 주는 눈에 보이지 않는 관계를 지니고 있기 때문입니다. 우리는 연속적으로 분배할 완전한 악기를 갖게 될 것입니다. 그러나 어디에 음악가가 있습니까? 만약 내가 전쟁에서 죽는다면 나는 그에 대해 스스로 비웃을 것입니다. 아니면 비행하면서 볼 것이 없고 스위치와 계기반 속에 파묻힌 조종사를 일종의 회계 주임으로 만드는 공뢰 비행기가 심한 위기를 당했다면 나는 스스로 비웃었을 것입니다(비행 역시 유대의 확실한 질서입니다). 그러나 만약 내가 '보람없고 불가피한 그 직업'에서 살아 돌아온다면 나에게 하나의 문제만이 제기될 것입니다. 사람들은 무엇을 할 수 있겠습니까? 사람들에게 뭐라고 말해야 할 것입니까?

내가 왜 당신에게 이 모든 것을 이야기하는지 나는 점점 더 모르겠습니다. 틀림없이 그것을 누군가에게 말하기 위해서 입니다. 왜냐하면 내가 말할 권리를 가졌다는 것은 아니기 때문입니다. 다른 사람들의 평화를 조장해 주어야 합니다. 그리고 문제들을 복잡하게 해서는 안 됩니다. 당분간 우리는 자신이 전투기를 타면 회계 주임이 되는 것이 좋습니다.

내가 이 글을 쓰고 있는 시각부터 두 명의 동료들은 내내 내 방의 내 앞에서 잠을 자고 있습니다. 나도 역시 잠자리에 들어야겠습니다.

왜냐하면 전등 불빛이 그들의 수면을 방해한다고 생각이 들어서입니다(나는 그것을 깜박 잘 잊어버립니다. 그렇지만 한쪽 구석인걸!). 이 두 동료들은 그들 나름대로 훌륭합니다. 그들은 정직하고 고상하고 조촐하고 성실합니다. 나는 그들이 이처럼 잠자는 것을 보고 있을 적에 일종의 무력하기 짝없는 연민을 왜 느끼는지 알 수가 없습니다.

왜냐하면 설혹 그들이 자신의 불안을 잘 모른다 해도 나는 그 불안을 잘 알고 있기 때문입니다. 그들은 정직하고 고상하고 조촐하고 성실합니다. 그렇습니다. 하지만 그들은 역시 몹시 초라합니다. 그들에게는 어떤 신이 필요합니다. 만약 내가 방금 끄려고 하는 이 나쁜 전등불이 당신이 자는 데 역시 방해가 된다면 나를 용서하세요.

그러면 우정을 표하면서 이만 각필합니다.

평화를 위한 구두 변론

참고:《뉴욕타임즈》 1945년 4월 22일자, 평화의 구두 변론.

생 텍쥐페리의 미국인 독자에게 보내는 호소문. 영원한 평화를 갈망하는 그의 희망을 보여 주기 위해 쓴 글임.

영화 배우이며 프랑스 애국자인 샤를르 부아이에는 어제 콜롬비아 방송망을 통해서 프랑코—아메리칸 동포애를 위한 탄원을 했다. 그와 같은 국적인 프랑스 조종사이며 소설가인 앙트완느 드 생 텍쥐페리가 쓴 수필의 한 부분을 읽으면서 그는 탄원했다. 생 텍쥐페리는 바로 조금 전에 전시 비행기를 타고 사라져 영영 다시는 돌아오지 못했다.

부아이에 씨가 읽은 부분은 다음과 같다.

"우리의 우방 미국 동포여, 나는 여러분이 무척 공정하게 판단하기를 원합니다. 아마도 어느 날 다소 심각한 의견 충돌이 우리들 사이에 일어날 것입니다. 모든 국가들은 이기적입니다. 모든 국가들은 그들의 이기주의를 신성한 걸로 여깁니다. 귀국의 물질적인 힘에 대한 여러분들의 의식은 어느 날 우리에게는 부당하게 보이는 이익을 당신에게 가져다 줄지도 모릅니다. 또한 언젠가는 우리 양국 사이에 다소 심각한 논쟁이 벌어질지도 모르겠습니다. 설혹 전쟁이 항상 신자들에 의해서 승리를 거둔다 하더라도 평화 조약들은 때때로 사업가들에 의해 작성될 것입니다.

그러나 어느 날 제 가슴속에 이와 같은 사람의 결정에 대한 비난을 품는다 해도 이와 같은 비난들은 결코 나로 하여금 귀국 국민의 전쟁 목적의 숭고함을 잊어버리게 할 수는 없을 것입니다. 여러분의 깊은 감정에 대해서 나는 항상 똑같은 찬사를 보냅니다.

보십시오, 우리의 우방 귀국 국민 여러분, 저에게는 새로운 그 무엇이 우리 지구 위에서 형성되고 있는 것처럼 보입니다. 현대의 물질 발달은 정말로 일종의 신경 조직에 의해 인류를 연결시키고 있습니다. 그 접촉은 무수합니다. 그 연락도 즉석에서 이루어집니다. 우리는 물질적으로 같은 육체의 세포처럼 얽혀져 있습니다. 그러나 이 육체는 아직 영혼을 가지고 있지 않습니다. 이 유기체는 아직 스스로의 의식을 성장시키지 못했습니다. 손만으로는 눈을 대신하여 느낄 수 없습니다.

귀국의 젊은이들이 전쟁에서 죽어 가고 있습니다. 그 전쟁은 처음으로 세계사에서 중요시되고 영예를 지녔음에도 불구하고 사랑의 경험을 혼동시키고 있습니다. 그들을 배반하지 마십시오! 때가 오면 그들의 평화를 승인하도록 내버려두십시오. 이 평화는 그들과 흡사합니다. 이 전쟁은 고상합니다. 성장하고 있는 그들의 신념이 평화를 역시 고상하게 만들도록 합시다."

서문들 중에서

〈비행의 위대함과 공헌〉
―모리스 부르데의 작품(코레아 1933) 서문에서
〈바람이 인다〉
―안느 모로 린드버그의 작품 〈들어 봐! 바람 소리를(코레아 1939)〉 서문에서
〈시험 비행사들에게 드리는 글〉
―《도큐망》지 1939년 8월 1일자 서문에서

모리스 부르데의 책 서문
―비행의 위대함과 공헌

새벽 두시경 비행기로 카사블랑카를 향해 다카르의 우편기에 탑승할 때, 그 별의 이름은 모르지만 '큰곰좌'의 뿔이 약간 오른쪽으로 보이는 밤에 누군가 엔진의 컴컴한 덮개를 씌운다. 그 별들이 떠오름에 따라서 눈을 너무 치켜 들지 않기 위해서 다른 별로 바꾸어 바라보았다. 서로 의견을 주고받는다. 그리하여 차츰차츰 그 별이 세계를 대청소나 한 것처럼, 사막을 굽어보는 별들 밖에는 거의 보이지 않았고 밤이 마음속을 깨끗이 청소했다. 별로 중요하지 않은 모든 걱정들과 사람들이 중요하다고 여긴 모든 걱정, 분노, 괴로운 욕망, 질투들이 깨끗이 사라지고 심각한 걱정만이 홀로 남게 된다. 그때 새벽녘에 별들의 층계를 시시각각으로 내려오면서 우리는 마음이 맑아짐을 느낀다. 조종사라는 직업의 위대성과 공헌을 모리스 부르데(프랑스 극작가로서 풍속 희극이 유명함)는 이 책 속에서 그의 모든 능력과 전심전력을 바쳐 그것들을 알게

하는 데 노력했다. 나는 단지 본질적인 것으로 여겨지는 말 한마디만을 하고 싶다.

그렇다. 그 직업엔 위대함이 있다. 일단 폭풍우 속을 통과하고 나면 말할 수 없는 도착의 기쁨을 느낀다. 암흑 속이나 폭풍우 속에서 나오자마자 태양이 비치는 알리칸테나 싼티아고를 향해 미끄러져 나와, 나무와 여자와 항구의 조그마한 카페가 있는 놀라온 공원에서 인생의 자리를 차지하러 들어가려는 강한 이 감정을 느낀다. 가스가 떨어져 착륙지를 향해 기체를 굽히고 자기 뒤로는 빠져 나온 검은 산악 지대를 남겨 놓고 나면 어느 조종사가 노래를 부르지 않을 것인가?

그렇다. 그 직업에는 비참함도 있다. 그래서 어쩌면 그 직업을 좋아하게 되는지 모르겠다. 뜻밖의 기승, 세네갈을 향한 1시간 후의 출발, 출발 포기 등……. 그리고 늪에서의 고장, 그리고 사막이나 눈 속을 걸어야 하는 행군! 이름 모를 어떤 유성에 숙명적으로 표착하면 사람은 난관을 벗어나야만 한다. 이 산들과 사막, 침묵의 구역 밖으로 살아 있는 세계를 향해 탈출해야만 한다. 그렇다. 거기에는 침묵뿐이다. 만약 어떤 우편물이 정해진 시각에 착륙하지 못하면, 사람들은 한 시간이고 하루고 이틀이고 그 비행기를 기다린다. 그러나 한 사람을, 기다리고 있는 사람과 분리시켜 놓는 그 침묵은 이미 너무나 두터워져 버리고 만다. 많은 동료들이 전혀 알지 못한 채 눈 속에서처럼 죽음 속으로 파묻히고 말았다.

비참함과 위대함…… 그렇다…… 하지만 아직도 다른 것이 있다! 밤중에 조종실에 자리잡고 카사블랑카 상공으로 올라가고 있는 그 조종사는 그의 비행기의 검은 덮개가 별들 사이에서 마치 배의 난간처럼 부드럽게 흔들릴 때 본질 속에 잠기게 된다.

밤으로부터 날이 샐 때까지 중대한 사건은 그를 친근히 놀라게 한다. 그는 동쪽 하늘에 태양이 떠오르기 오래 전부터 벌써 희끄므레해지는 것을 잘 알고 있다. 그러나 그는 비행할 때야 비로소 이 빛의 원천을 발견하게 된다. 그는 수없이 새벽을 목격했었다. 그는 하늘이 밝아 오는 것을 알고 있다. 그러나 일종의 샘물처럼 은은한 빛이 퍼지는 것은 알지 못한다. 또한 그는 태양의 분출식 우물을 알지 못한다. 낮, 밤, 산, 바다, 폭풍우…… 근본적으로 신선한 것들에 둘러싸여, 단순한 도덕에 인도되는 항공노선 조종사는 농부의 지혜를 알게 된다.

이 농가에서 저 농가로 왕진다니는 시골의 늙은 의사는 저녁이면 두 눈에서 빛이 소생하게 된다. 장미가 피어나도록 정원사는 자기 정원에서 장미를 가꿀 줄 안다. 이 모든 사람들은 자기 직업에 생명과 죽음을 접근시키고 같은 지혜를 얻게 된다. 여기에 또한 위험의 고상함이 있는 것이다. 얼마나 우리는 열병(閱兵)의 위험에서 거리가 멀며 모험의 문학적 취미와 거리가 멀며, 비행기에 대한 옛날 묘사의 어떠한 명구(名句)와 그 이중 의미가 얼마나 조정의 고관과 죽음의 여신을 찬양하는 것과는 거리가 먼 것일까! 나의 동료들이여, 우리들 중 누가 진정한 용기에 관해, 일용할 빵을 위태롭게 하는 사람에 관해, 그리고 귀환하기 위해 몹시 투쟁하는 사람에 관해 모욕적인 그 어떤 것을 이러한 안일한 태도로 느낄 것인가?

본질은? 그것은 아마도 직업에 대한 굉장한 기쁨과 비참함과 위험이 아니라 그것들의 축적인 관점이다. 지금 가스는 떨어지고 엔진이 조용해지고 조종사는 착륙지를 향해 미끄러져 내려갈 때, 그가 인간의 비참에 대한 걱정, 신분의 비천함, 인간의 욕망, 인간의 원한에 싸인 그 도시를 고찰할 때, 그는 자신의 마음이 깨끗해지고 안전한 곳에 와 있음을 느끼게 된다. 그는 제아무리 밤이 험악할지라도 단지 생의 즐거움만을 맛볼 뿐이다. 그는 퇴근하여 곧장 교외에 있는 자기 집으로 돌아가는 고역수(苦役囚)가 아니라 자기 정원을 천천히 걸어서 들어가는 왕자인 것이다. 파란 숲, 푸른 강, 붉은 지붕, 이러한 것들은 그에게 골짜기만큼 성장하려 하고 있고 사랑하려 하고 있다…….

안느 모로 린드버그의 책 서문
―바람이 인다

나는 이 책을 대하게 되니, 굉장한 탐방기사를 쓴 미국 어느 기자 친구의 고찰이 생각났다. 그 기자는 나에게 다음과 같이 말했다. "그 기자는 잠수함 함장의 입에서 나온 전쟁 일화에 주석을 달지도 그것을 소설화하지도 않고 그대로 옮기는 좋은 재주를 가지고 있었습니다. 그는 또한 자주 비행 신문의 무미건조한 단평(短評)을 전재하는 것으로 만족했습니다. 이 소재 뒤에 숨어 자기 마음속에 작가를 잠재우는 것이 그는 얼마나 좋았는지 모릅니다. 왜냐하면 무미건조한 증언 속에서, 사실 그대로의 참고 자료 속에서 일종의 시(詩)와 굉장히 비장한 문장을 만들어 내기 때문입니다. 왜 사람들은 늘 현실을 미화하고 싶어할 정도로 어리석겠습니까? 현실은 그 자체만으로도 그토록 아름다운데 말입니다. 만약 어느 날 그 선원들이 스스로 직접 기록한다면 어쩌면 그들은 나쁜 소설이나 나쁜 시로 표현할지도 모릅니다. 자기들의 소유물로서 어떤 보석을 가지고 있는지를 모르는 채 말입니다……."

그러나 나는 이 의견에 찬성하지 않는다. 이 선원들은 아마 나쁜 시를 쓸지도 모른다. 하지만 똑같은 사람이 이해 관계 없이 여행 일기를 쓴다. 왜냐하면 그것은 증언이 아니지만 그것을 증언하는 것이 사람이기 때문이다. 그것은 모험이 아니라 모험가다. 그것은 현실의 직접적인 독서가 아니다. 현실은 바로 모든 형태를 취할 수 있는 벽돌더미이다. 만약 그 기자가 개의치 않고 그의 책을 전보 문체로 적고 구체적인 것만을 편집한다면 그는 필연적으로 현실과 표현 사이에 참여하지 않으면 안 된다. 그는 자기 소재를 선택했다―왜냐하면 그는 모든 것을 다 이야기하지 않았기 때문이다―그리고 그 소재들을 정리했다. 사실 그대로의 소재에 질서를 부여하면서 그는 자기 건물을 지었다.

구체적인 사실의 진실은 단어의 진실이다. 나는 여러분에게 '뜰, 포석, 숲, 반향한다' 등의 단어를 아무렇게나 내어 준다. 이 단어들로 나에게 무엇을 만들어 주세요. 그러나 여러분은 거부할 것이다. 그 단어들은 감동할 만한 힘을 지니고 있지 않다. 그렇지만 만약 보들레르가 이런 언어의 소재를 사용한다면 여러분들에게 그가 굉장한 이미지를 만들어 낼 줄 안다는 사실을 보여 줄 것이다.

'앞마당의 포석 위로 비치고 있는 숲' '앞마당, 숲 혹은 포석'이라는 단어로 사람들은 '가을과 달빛'만큼 가슴에 감동을 받는다. 그래서 나는 '잠수의 압력, 회전의(回轉儀), 조준선'으로 작가가 왜 '사랑의 추억'만큼 우리의 마음을 사로잡을 줄 모르는지 잘 모르겠다. 그러나 나와 나의 친구를 구별한 때는 바로 그와는 반대로 '회전의, 조준선 그리고 잠수의 압력'으로 '사랑의 추억'만큼 우리의 마음을 사로잡지 못하는 이유를 알지 못하던 때였다. 나는 분명히 많은 감상적인 객설을 대강 훑어보았다. 그러나 압력계의 바늘이 내려감을 나에게 이야기하면서도 나를 감동시킬 것으로 공연히 기대하던 수많은 이야기를 나는 역시 읽었다. 왜냐하면 바늘이 내려갔음에도 불구하고, 그 바늘이 내려감으로써 주인공의 생명을 위협했음에도 불구하고, 고민하는 부인의 운명을 분명히 주인공의 생명과 연결시켰음에도 불구하고, 저자가 재능이 없을 경우에는 나는 전혀 감동을 느끼지 못했다. 구체적인 사실은 그 자체로는 아무것도 전달하지 못한다. 주인공의 죽음은 그가 눈물을 흘리는 과부를 남겨 놓았다면 무척 슬픈 일이다. 하지만 두 번 더 우리를 감동시키기 위해서는 중혼(重婚)하는 주인공을 그려내는 것만으로는 부족하다.

큰 문제는 분명히 실제와 기록의 관계 속에 남아 있다. 아니 좀더 구체적으로 말해서 실제와 사상의 관계 속에 있다. 어떻게 감동을 전달할 것인가? 표현할 때 무엇을 전달할 것인가? 본질적인 것은 무엇인가? 이 본질 역시 나에게는 성당의 중앙 신사석이 거기에 솟아 있는 돌기둥과 구별되는 것과 같이 사용된 재료와는 구별되는 것처럼 생각된다. 사람들이 내부와 외부의 세계를 파악하고 표현하고 전달할 수 있는 것은 바로 관계인 것이다. 물리학자들이 말하는 것처럼 '구조'인 것이다. 시적인 이미지를 생각해 보라. 그 가치는 사용한 언어와는 다른 면에 위치하고 있다. 그 가치는 사람들이 결합시키고 비교하는 두 요소 중 어느 곳에도 들어 있지 않고 가치가 나타내고 있는 관계의 형태 속에 그와 같은 '구조'가 우리에게 부여하는 특별한 내적 자세 속에 들어 있다. 그 이미지는 자신도 모르게 독자들과 연결시켜 주는 행위인 것이다. 사람들은 독자의 마음을 감동시키지 못한다. 그는 독자를 매혹시킨다.

안느 린드버그의 책이 왜 내게는 비행 모험의 정직한 보고서와는 다른 것처럼 보이는가? 그 이유는 바로 이 점에 있다. 이 책이 훌륭하다는 이유는 이 점이다. 틀림없이 이 책은 구체적인 요약에, 기술적인 사상에, 직업적으로 거슬러 올라가는 일차적인 소재에만 호소했다. 그렇지만 이 모든 것은 문제가 되지 않는다. 이와 같은 이륙(離陸)이 힘든지 어떤지 알아보고, 이와 같은 기다림이 오래인지 아닌지 알아보고, 안느 린드버그가 여행하는 동안 싫증을 냈는지 아니면 즐거워했는지를 알아내는 것이 나에게는 무엇이 중요하단 말인가? 그 모든 것은 바로 언어에서 생긴다. 그녀는 거기서 어떤 표정을 했을까? 예술 작품은 함정처럼 만들어질 것인가? 체포는 함정과는 본질적으로 다르다. 성당의 건축가를 보라. 그는 돌을 사용했다. 그리고 그는 침묵을 지키면서 건축했다.

진정한 책은 그물처럼 단어들이 그물코를 이루고 있다. 그물코의 성질은 중요하지 않다. 중요한 것은 낚시꾼이 바다 속에서 끌어올린 살아 있는 물고기인 것이다. 그물코 사이에서 반짝이는 은빛 물고기의 섬광이다. 안느 린드버그가 그녀의 내부 세계에서 무엇을 끌어냈을까? 이 책은 어떤 맛을 가지고 있을까?

그것을 정의하기는 어렵다. 그것을 느낄 수 있게 하기 위해서는 한 권의 책을 쓰고 많은 것을 이야기해야만 하기 때문이다. 그렇지만 나는 책을 한장 한장 펼쳐 가면서 무척 가벼운 불안을 느낀다. 그 불안은 아주 다른 형태를 취하게 되나 침묵을 지키는 피처럼 끊임없이 순환하게 될 것이다.

나는 한 권의 작품이 심오한 사상의 연관성을 표현할 때마다 그 작품이 거의 항상 기본적인 공동 척도로 약분될 수 있음을 주목했다. 나는 어떤 영화 감독도 모르게 우선 일종의 무게를 가진 영화가 생각났다. 모든 것이 이 영화 속에서 무게를 지니고 있었다. 격세(隔世) 유전은 황제를 억누르고 무거운 겨울 털옷은 어깨를 무겁게 한다. 몹시 힘든 책임은 국무총리를 억누른다. 영화가 계속되는 동안 내내 문들마저 무겁다. 그리하여 마지막 장면에서 무거운 승리에 짓눌린 승리자가 천천히 광선을 향해 어두운 층계를 올라가는 것이 보인다. 물론 이 공동 척도는 기정 방침이 된 것은 아니다. 작가는 거기에 대해서 생각하지 않았다. 그러나 그 공동 척도를 찾아낼 수 있는 것은 은밀한 지속성의 표시였다.

나 또한 텍스트에서가 아니라도 플로베르의 저서 〈보봐리 부인〉에 나온 다음과 같은 이상한 언급의 의미를 기억한다. "이 책이란? 나는 무엇보다도 거기에, 때로는 바위벌레가 집을 짓는 벽 모서리에 어떤 노란 색을 표현하려고 노력했다."

안느 린드버그가 이 같은 기본적인 형식에 빠져 표현한 것은 바로 뒤늦은 감을 주는 나쁜 의식이다. 그러니 물질 세계의 관성과 맞서 투쟁할 때 내적인 리듬에 따라 앞으로 전진하기가 얼마나 힘든 일인가. 모든 것은 항상 거의 중단될 뻔했다. 생명을 구출하기 위하여 그리고 거의 고장난 상태에서 동작시키기 위해서는 얼마나 많은 용기가 있어야 하는가…….

린드버그는 수면을 검사하기 위해서 포르트 프라이아 만에서 작은 배를 타고 항해했다. 그녀는 높은 언덕에서 큼직한 끈끈이에 걸린 한 마리의 작은 곤충처럼 지쳐 있는 작은 배를 보았다. 항해 도중 바다를 향해 돌아설 때마다 그녀는 자기 남편이 움직이지 않는 것처럼 보이게 될 것이다. 곤충은 공연히 자기의 딱지날개를 움직이고 있다. 어떤 만을 건너기가 얼마나 힘든지 더 이상 자유에 구애되지 않기 위해서는 단지 속도를 늦추는 것으로 족했다.

며칠 전부터 시간이 더 이상 의미를 지니지 않고 시간이 가지 않는 곳, 어느 섬에 두 명의 포로가 있었다. 언젠가는 그칠 항상 한결같은 시시한 생각만을 뇌리 속에 간직하면서 그곳 사람들은 살고 있고 당장 죽어 가고 있다.

("이곳에서 우두머리는 바로 나다……" 하고 백 번이나 그들의 손님에게서 들려 오는 메아리에는 무관심한 채 같은 소리를 뇌까릴 것이다.) 시간을 흐르게 해야 한다. 대륙을 합쳐야만 한다. 사람들이 쇠약해지고 변화하고 살아가는 그곳, 세상의 조류 속으로 들어가야만 한다. 안느 린드버그는 죽음에 대해서가 아니라 영원에 대해 두려움을 가지고 있다.

그녀는 영원에 너무 접근했다! 어떤 만을 결코 건너지 않기 위해, 어떤 섬에서 결코 탈출하지 않기 위해, 바트루스트(서부 아프리카의 캠비아 공화국의 수도)에서 결코 이륙하지 않기 위해서는 극히 사소한 일만 필요하다. 그들은 모두가 둘뿐이다. 린드버그와 그녀는 약간 늦은…… 너무 적은…… 겨우…… 하지만 약간 늦는 것으로 족하다. 그러면 세상에서는 더 이상 아무도 당신을 기다리지 않는다.

우리는 다른 사람들보다 덜 빨리 달리는 그 소녀를 알고 있다. 저쪽에서 다른 소녀들이 놀고 있다. "나를 기다려줘! 날 기다려줘!" 그러나 그 소녀는 약간 늦었다. 사람들은 소녀를 기다리는게 진력이 날 것이다. 그 소녀를 뒷전에 남겨 놓을 것이다. 세상에 홀로 있는 그 소녀를 잊어버릴 것이다. 어떻게 그 소녀를 안심시킬 것인가? 그 고뇌의 형태는 고칠 수 없는 것이다. 왜냐하면 지금 만약 그 소녀가 놀이에 참가하려고 늦게라도 온다면 그 소녀는 자기 친구들을 싫증나게 할 것이기 때문이다! 벌써 그들은 자기들끼리 중얼거리고 있다. 벌써 그들은 그 소녀를 곁눈질로 바라보고 있다. 그들은 여전히 그 소녀를 세상에 홀로 남겨 놓을 것이다!

그리하여 이 내적인 불안은 모든 군중이 박수갈채를 보내는 이 부부로서는 일종의 굉장한 뜻밖의 새로운 사실인 것이다. 바르투스트에서 온 전보는 그들에게 사람들이 그곳에서 그들을 원하고 있음을 알려 준다. 그래서 그들은 무한한 감사를 느끼고 있다. 그들은 잠시 후에 바트루스트에서 이륙할 수가 없다. 그래서 그들은 강요당한 것에 대하여 부끄러워했다. 그곳에서는 거짓 겸손이 문제가 아니라 치명적 위험에 대한 두려운 생각이 문제가 된다. 약간 늦으면 모든 것을 상실하고 만다.

걷잡을 수 없는 고뇌, 결코 아무도 치료할 수 없는 마음속의 후회다. 그들로 하여금 새벽 두시에 출발시키고 선구자들을 스스로 앞서 가게 하고 여전히 다른 사람들을 지연시키는 대양을 건너게 하는 것은 바로 마음속의 후회다.

얼마나 우리는 전투기의 이야기를 임의로 사건들을 이끌어 가는 이 이야기와는 거리가 먼가! 얼마나 안느 린드버그는 자기 책 속에서 형식적이 아니고 기본적이고 일종의 신비처럼 만능한 그 무엇에 만능하게 의지하고 있는지 모른다. 얼마나 그녀는 전문적인 사상과 구체적인 요약을 통해 인간 조건의 문제까지도 실감나게 해 주는지 모른다! 그녀는 비행기를 타고 쓴 것이 아니라 비행기에 관해 쓴 것이다. 그 전문적인 이미지의 소재는 우리의 마음속에 신중하고 본질적인 그 무엇을 전달하기 위해 자기에게 전달 수단으로 사용했다.

린드버그는 바트루스트를 이륙하지 않았다. 비행기가 너무 짐을 실었다. 그렇지만 이 조종사에게는 그의 비행기가 물에서 뜨게 하기 위해서는 바닷바람이 부는 것으로 충분했을 것이다. 그러나 바람은 불지 않았다. 그래서 여객들은 한 번 더 끈끈이와 공연히 투쟁하게 된다. 그래서 그들은 희생하기를 결심했다. 그들은 비행기에서 생활 필수품과 부속품과 덜 필요한 예비 부품을 미리 빼어 놓았다. 그들은 다시 이륙을 시도했다. 그러나 그것은 다시 실패했다. 그래서 그럴 때마다 새로운 희생을 각오했다. 그들이 굉장히 후회하면서 조금씩 조금씩 무게를 덜기 위하여 하나씩 덜어낸 값진 물건들이 차츰차츰 그들 방바닥에 수북하게 쌓인다.

안느 린드버그는 마음을 사로잡는 진실로써 자질구레한 직업적인 고통을 잘 묘사했다. 물론 그녀는 비행기의 비장함에 관해 잘못 생각하지 않았다. 그 감상은 해질 무렵 금빛 구름 속에 들어 있는 것이 아니다. 금빛 구름은 바로 시시한 작품이다. 그러나 그 감상은 비행기 계기판(計器板) 위에서 질서정연하고 훌륭한 지침반에 둘러싸여 부서진 톱니의 까만 빈틈을 손질할 때 나사를 돌리는 가운데 있을 수 있다. 그러나 거기에서는 착각을 일으켜서는 안 된다. 작가가 직업적인 조종사와 마찬가지로 이 방면의 문외한에 의해 이 우울증을 느끼게 할 능력이 있다는 것은 바로 이 전문적인 비장함에 결부시킨 것이다. 그녀는 구원되는 희생의 오래된 신비를 재발견했다. 우리는 이미 열매를 맺기 위해서는 전지를 해야만 하는 나무들을 알고 있다. 그리고 우리는 이미 수도원에 갇혀 정신적인 영역을 발견하고 체념을 거듭하여 완전 무결한 자기 완성에 다다른 사람들을 알고 있다…….

그러나 신의 도움이 역시 필요하다. 안느 린드버그는 숙명을 재발견했다.

사람을 구하기 위해서는 사람의 마음속에서 다듬질하는 것으로 족하지 않다. 은총이 그를 감동시켜야 한다. 꽃을 피우기 위해 나무들을 전지하는 것으로 족하지 않다. 봄이 그 속에 끼어들어야만 한다. 그가 이륙하기 위해 비행기를 가볍게 하는 것으로 충분하지 않다. 바닷바람이 불어야만 하는 것이다.

힘만 들이고 안느 린드버그는 이피제니(라신느 희곡의 여주인공으로서 희랍 장군의 딸임. 범선이 역풍 때문에 떠나지 못해 순풍을 얻기 위해 이피제니가 희생될 뻔하다가 구출됨.)를 젊게 만들었다. 그녀는 시간과 그녀의 투쟁이 죽음과의 투쟁의 의미를, 바트루스트에서의 바람의 부재가 우리를 향해 몰래 운명이라는 문제를 제기하기 위해 갖도록 그리고 그녀는 우리로 하여금 물에서는 가득 실어 무거운 엔진에 불과한 수상 비행기가 물질을 바꾸어 현저하게 깨끗한 피가 된다는 것을 느끼게 해 주기 위해—충분히 한 단계 높여 쓴 것이다. 왜냐하면 바닷바람의 은 총이 그 배에 와 닿았기 때문이다.

시험 비행사에게 바치는 《도큐망》 잡지의 서문

장 마리 콩티는 여기에서 당신에게 시험 비행사에 관해 말할 것이다. 콩티는 이공과 출신이다. 따라서 그는 방정식을 믿는다. 그의 생각이 옳다. 방정식들은 경험을 병에 넣어 준다. 그러나 결국 실제적인 분야에서 병아리가 계란에서 나오듯 기구가 수학적 분석에서 나오는 일은 드물다. 수학적 분석은 때때로 경험을 선행한다. 그러나 가끔 경험을 체계화하는 것으로 만족한다. 더구나 그것은 일종의 본질적인 역할을 한다. 이러한 현상의 변화가 완전히 쌍곡선의 지선(支線)에 의해 나타났음을 대체적인 척도가 보여 주고 있다. 그러므로 이론가는 쌍곡선의 방정식에 의해 경험의 척도를 체계화한다. 그러나 그 역시 신중한 분석의 결과로 그것과는 다르게 될 수 없다는 것을 증명한다. 보다 엄격한 척도가 그로 하여금 그의 곡선을 정성들여 그리게 하여, 그 후부터는 그 곡선이 전혀 다른 형태의 곡선과 무척 닮게 될 때, 그는 보다 엄격하게 이 새로운 방정식에 의해 현상을 체계화할 것이다. 그러나 그는 보다 조심스런 노력에 의해 그것이 내세를 예측할 수 있다는 것을 증명할 것이다.

이론가는 그 논리를 믿는다. 그는 꿈과 직관과 시(詩)를 경멸하고 있다. 그는 이 세 요정들이 16살 먹은 여인처럼 그를 유혹하기 위해서 변장했음을 알지 못한다. 그는 그들에게 가장 아름다운 새로운 발견물을 필요로 한다는 것을 알지 못한다. 그 선녀들은 '작업의 가정', '임시 조건', '유추'의 명목하에 나타난다. 이론가는 그가 엄격한 논리를 잘못 생각하고 선녀들의 목소리를 들으면서 그는 시의 여신들이 노래하는 것을 듣고 있다고 어떻게 의심할 수 있을까…….

장 마리 콩티는 여러분들에게 시험 비행사들의 훌륭한 생존을 이야기해 줄 것이다. 그러나 그 역시 이공과 대학 출신이다. 그리하여 나는 여러분들에게 곧 시험 비행사는 기사로서 일종의 측량 도구에 불과하다는 것을 확인해 줄 것이다. 물론 나도 그와 동감이다. 나 역시 우리가 이유를 알지 못하고 괴로워할 때, 우리는 스스로 반문하지 않고 그들이 하나씩 수를 증가시킬 몇몇 불변함수를 연역하면서 주사기로 우리한테서 피를 빼내는 물리학자들을 만나게 될 날이 올 것이라고 믿는다. 그 후 대수표를 대조해 본 그들은 우리를 환약(丸藥)으로 치료할 것이다. 그렇지만 내가 괴로워할 때, 나는 눈을 지긋이 감고 나를 관찰하더니 나의 배를 두드리고 내 어깨를 낡은 손수건으로 매 주고, 그 위에 귀를 대어 들어 보고서 기침을 약간 하고 파이프에 불을 붙이고서 턱을 쓰다듬으며 나를 잘 치료하기 위해 나에게 미소를 띠우는 시골의 늙은 의사에게 임시로 물어 볼 것이다.

나는 아직도 비행기가 단지 조변수(助變數)의 복합체에 불과할 뿐만 아니라 사람들이 진찰하는 일종의 유기체임을 밝힌 쿠페나 라즌느나 데트루아야(프랑스의 비행사로서 곡예 비행의 전문가임)를 믿는다. 그들은 착륙했다. 그들은 조용히 비행기를 회전시킨다. 손가락 끝으로 그들은 비행기의 동체를 매만지고 날개를 톡톡 두들겨 준다. 그들은 계산하지 않는다. 그들은 명상한다. 그 후 그들은 기사들을 향해 몸을 돌리고는 간단하게 다음과 같이 말한다. "자…… 안전핀을 좁혀야만 해."

나는 물론 과학을 찬탄한다. 그러나 역시 지혜를 사랑한다. *

어머니께 드리는 글

Lettres a Sa Mere

이 글을 읽는 분에게

　20세기의 위대한 행동주의 작가인 생 텍쥐페리는 자기 행동의 결과를 작품을 통하여, 〈사색의 노트〉에서처럼 명상록을 통하여, 혹은 편지를 통하여 기록에 남겼다. 그는 안이하고 허위에 찬 상상적인 문학 세계를 거부하고 체험기가 아닌 것은 글로 남기지 않았다. 인간의 상상력이 사실을 각색하고 가미할 수는 있지만 사실을 대신할 수는 없기 때문이다.
　이 〈어머니께 드리는 글〉은 생 텍쥐페리의 소년 시절에서부터 그의 생애를 마칠 때까지의 그의 모든 생활과 투쟁과 명상의 기록이다. 그는 남달리 감수성이 강하고 애정이 넘치는 인도주의자였다. 그가 이 세상에서 가장 사랑한 분이 바로 그의 어머니였다. 또한 어머니도 그의 일생 동안 세심하고 근심스럽게 자기 아들을 보살펴 주고 보호해 주었다. 그러므로 자기의 모든 것을 어머니에게 편지로 알려 드렸다.
　그는 '즐거움의 원천'인 행복한 유년 시대의 기쁨을, 메르모즈, 기요메와의 우정을, 파리 기와 공장 회계원을 거쳐 소레 트럭 회사 외무사원으로 전전하면서 생활을 위한 투쟁, 사하라 사막과 자연환경과의 투쟁, 수 백 킬로미터 내에 아무것도 없는 사하라 사막에서 가장 외진 곳 쥐비 곶에서의 고독과의 투쟁, 갈증을 풀기 위해 기름 묻은 비행기 날개 위의 이슬을 받아 먹던 리비아 사막에서의 죽음과의 투쟁, 조국의 위기를 보고 목숨을 바칠 각오로 전쟁에 참여하여 국민의 단결과 미국의 군원을 호소한 애국심 등을 자기 어머니에게 소상하게 편지로 남겼다.

그는 비행사의 경험으로 〈남방우편기〉〈인간의 대지〉〈야간 비행〉 등의 작품을 남겼고, 항공노선이 그를 작가와 영웅으로 만들었다. 그는 다른 사람들이 접하지 못한 대자연 속에서 진리를 찾았다. "그는 바람과 별과 밤과 바다와 사막과 접하고 있다. 그는 자연과 겨루게 된다." 그는 모래와 별들 사이에 꼼짝하지 않고 누워서 인생을 음미하였다. 폭풍우가 일 때도 출항하여 짙은 안개 속을 방황하기도 했다. 항공노선을 개척하면서 불귀순 지대에서 무어 족의 공습도 받았다. 무어 족의 포로가 된 동료를 갖은 모험을 겪고 구출하기도 했다. 파리・사이공간 비행기 장거리 지속력 시험 기간 동안 리비아 사막에 추락되어 구사일생으로 구출된 적도 있었다. 이러한 생생한 체험들이 그를 위대한 작가로 만들었으리라.

작가로서의 신분 이상으로 그가 지닌 가장 위대한 점은 무한한 애정이다. 그는 어렸을 적에 신비로운 숲이 우거진 정원에서 멧비둘기와 암사슴과 사귀었으며, 아프리카에서는 영양과 사귀고 무어 족과 사귀었다. 이리하여 무어 족으로부터 '사막의 귀족'이라는 칭호를 얻었다. 사막에 비행기 사고로 추락되었을 때, 그리운 어머니의 품안으로 돌아가고 싶은 욕망에 모자간을 가로막는 사막을 손톱으로 긁었다. 사랑하는 사람과 조국이 위협받을 때, 모든 국민이 사리사욕을 버리고 단합할 것을 라디오 방송을 통해 호소했다. 우리는 〈어머니께 드리는 글〉에서 그의 넘치는 인간애와 무한한 애정을 구구절절이 찾아볼 수 있다.

또한 인간의 책임과 인간 상호간의 연대 의식을 엿볼 수 있다. 그는 무어 족의 포로가 된 동료를 구하기 위하여 가고 싶은 조국을, 보고 싶은 어머니를 단념하고 끝까지 교섭하고 투쟁하였다. 그는 누구보다도 인간의 책임과 성실을 소중히 여긴 작가다.

〈어머니께 드리는 글〉은 1955년에 발표되었으며 그 후 다소 보충하고 수정하였다.

모쪼록 졸역이나마 이 역서가 생 텍쥐페리의 사상과 인간성을 이해하는 데 많은 도움이 되기를 바라는 마음 간절하다.

1976년 3월 29일 옮 긴 이

1
서두에 붙이는 말

이 서두에 붙이는 말은 생 텍쥐페리의 어머니가 행한 좌담 강연 내용이다. 그의 어머니는 1950년부터 1953년 사이에 마르세이유·카브리·리용·디본느·니용·렘·방스 대학 요양소에서 좌담 강연을 가졌었다. 그의 어머니는 생 텍쥐페리의 작품이나 편지에서 인용되지 않은 여러 구절을 요약했다.

사람들은 앙트완느 드 생 텍쥐페리에 대하여 다음과 같이 쓸 수 있으리라.
〈우리는 그가 평화를 모른다고 알고 있다. 그는 항상 본질적인 것만을 생각했다. 그는 한 곳에 정착하고 만족하기보다는 초조한 일을 더 생각했다. 이렇게 불타게 하는 정열이 어떠하든지 간에 흥분시키는 사람들을 더 생각했다.〉
바로 이러한 사람들에게 앙트완느가 편지를 보낸다. 왜냐하면 그는 이러한 사람들과 같은 기쁨, 같은 곤란, 같은 희망, 아마도 같은 실망을 나누기 때문이다.
그의 편지와 작품은 이러한 기쁨과 투쟁을 다음과 같이 증언하고 있다. "행복한 유년 시절의 기쁨, 훌륭한 직업의 기쁨, 하늘의 포로들이 갖는 냉혹하지만 훌륭한 우정들, 즉 메르모즈와의 우정, 기요메와의 우정을 증언한다.
― 그가 파리에 있는 어떤 기와 공장 회계원으로 있을 때 생활비를 위한 투쟁을 증언한다.
― 그가 소레 트럭 회사 외무사원으로 있을 때의 몽뤼송(프랑스 동남부에 위치한 인구 5만 8천명의 공업도시)에서의 투쟁을 증언한다.
― 그가 툴루즈―다카르 노선을 맡았을 때의 사막과 자연 환경과의 투쟁을 증언한다. 파리―사이공간 비행기의 장거리 지속력 시험 기간중에 있었던 리비아 사막에서의 투쟁을 증언한다.
― 쥐비 곳에서 격리되어 있을 때의 고독과의 투쟁을 증언한다.
― 마리냥(이탈리아 밀라노 동남부에 있는 인구 1만 3천명의 소도시)에서의 부정(不正)과의 투쟁을 증언한다.
― 그가 알제(알제리아의 수도)에서 이륙하여 조국을 위해 목숨을 바칠 각오하에, 그의 표현대로 '참여'를 거부하는 것을 스스로 볼 때의 실의와의 투쟁을 증언한다.

―끝으로 보르고(코르시카 섬에 있는 소도시)에서의 장엄한 투쟁, 죽음과의 대결을 증언한다.

생 텍쥐페리가 귀여움을 받던 유년 시대에서부터 하느님에게 돌아가기까지 그를 이끌고 간 끊임없는 투쟁에 대하여 그의 편지들은 증언하고 있다.

유년 시절의 추억에 대한 증언

　그는 밤중에 홀로 사막에 누워서 자기 집을 향해 머리를 돌리고 생각에 잠긴다.
　그의 고향집은 그의 존재를 나의 밤에 채우기 위하여 존재하는 것으로 족했었다.

　나는 모래사장 위에 몸을 깔고 있지는 않았다. 나는 그 집의 아이였었다. 그 집은 향기의 추억으로 가득 찼고, 현관에는 상쾌한 기운이 감돌고 있었으며, 활기를 띠게 하는 목소리로 가득 차 있었다. 그 집은 늪에 있던 개구리까지도 노래를 부르면서 나를 맞이하러 오던 집이었다. 아니다. 나는 모래와 별들 사이에서 더 이상 꼼짝하지 않고 있었다. 나는 사막에서 무장한 전언도 이미 받지 못했다. 나는 그로부터 얻는다고 믿었던 영원에 대한 감상력조차 이미 갖지 못했다. 나는 지금 그 원인을 알았다. 나는 나의 집을 다시 보았다.
　나는 내 마음속으로 무엇을 생각하는지 모르겠다. 육중한 무게로 나를 땅바닥에 고착시키고 있다. 그처럼 많은 별들은 나에게 정신이 들게 했다. 나는 그토록 많은 대상 쪽으로 나를 끌어당기는 나의 체중을 느꼈다. 나의 꿈은 저 모래 언덕들보다도 더 현실적이고, 이 모래 언덕보다도 이 존재들보다도 더 현실적이다.
　아! 신기한 고향집. 그 집은 당신을 보호해 주거나 당신을 따뜻하게 해 주는 것은 전혀 아니다. 그러나 그 집은 즐거움의 원천을 우리 마음속에 천천히 저장하였다고 할지라도, 그 집은 마음속 깊이 막연한 형체를 형성한다고 할지라도, 바로 거기에서 샘물처럼 꿈들이 생기게 된다.

앙트완느에게 '즐거움의 원천'인 그집은 뚜렷한 스타일은 없으나 친근하고 큼직한 집이었다.

라일락 꽃이 피고 보리수가 우거진 신비로운 작은 숲과 함께 정원은 아이들의 낙원이었다. 그곳에서 암사슴과 새들과 친했으며, 앙트완느는 작은 성(城)과 친했다. '기사 아클렝 씨의 기마여행'을 구경하려고 모두들 모여들었다. 그리고 가로수길에서 '활상(미끄러지듯 일직선으로 질주하는 것)'이 지나가는 것이 보였다. 높다란 깃대를 단 자전거가 깃대에 휘장을 매달고 지나가는 것이 보였다. 필사적으로 달린 후에 자전거는 공중으로 올라갔다.

비오는 날이면 사람들은 집에 남아 있었다. 우물은 '비범한 사람들'에게는 다락방과 같은 존재였다. 암사슴은 거기에 중국식 방을 하나 가지고 있었다. 우리는 거기에 신발을 벗기 위해서밖에 들어가지 않았다. 프랑스와는 거기서 '파리떼의 노래'를 들었다.

그리고 어머니는 이야기를 해 주셨다. 이야기들은 활인화가 되었다. 어떤 잔인한 남편이 자기 부인에게 말하기를 "여보, 내가 흐릿한 석양을 담아 두는 곳은 바로 이 상자 속이오"라고 말했다.

어린 왕자가 그 석양들을 바로 거기서 발견했단 말인가?

아이들의 침실은 3층에 있었다. 지붕에 올라가는 것을 막기 위해 창문에 철망이 쳐졌다.

이 방은 사기 난로로 난방을 하였다.

앙트완느는 다음과 같이 편지를 보내 왔다.

내가 지금까지 알고 있던 것 중에 가장 '좋고' 평화스럽고 정다운 것은 생 모리스에 있던 조그마한 난로였습니다. 아무것도 나에게 실존에 대하여 그토록 확고하게 알려 주지 못했습니다. 밤중에 내가 잠을 깨었을 때 그 난로는 팽이 도는 소리처럼 윙윙 소리를 내었습니다. 그리고 벽에 그림자를 비추었습니다. 나는 그 이유를 몰랐습니다. 나는 충실한 복슬강아지를 생각했습니다. 이 작은 난로는 우리를 모든 것으로부터 보호해 주었습니다.

　가끔 어머니는 올라오셔서 문을 열고 우리 방에 훈기가 차 있는 것을 보셨습니다. 어머니는 난로가 빠른 속도로 윙윙거리는 소리를 듣고서 다시 내려가셨습니다.

　어머님, 어머니는 천사들처럼 잠들기 시작한 우리 위에 허리를 구부리고 보셨습니다. 그리고 잠자리를 평온히 하기 위하여, 아무것도 우리의 꿈자리를 어수선하게 하지 못하게 하기 위하여 시트의 주름을 펴고 다독거려 주셨습니다. 마치 신이 손가락으로 바다를 진정시키듯이 어머니는 침대를 다독거렸습니다.

　어머니들이 시트의 주름을 펴지 않고 잠자리를 다독거리지 않는 시기가 너무 빨리 오는 것 같다.
　중·고등학교 시절은 역시 바캉스 기분에 마음이 들뜨는 시기였다.
　군복무는 앙트완느를 더 오랫동안 외지로 추방시켰다.
　군복무를 마치고 항공 우편기 비행사로 입사하기까지 그는 어떤 사무실의 포로가 되고 계속하여 소레 화물 자동차 회사의 외무사원이 되었다. 그는 이 회사에서 공장의 직공처럼 우선 실습을 했다.

물질적인 곤란과의 투쟁
(파리에서 1924~1925)

　그는 자기 어머니에게 다음과 같이 편지했다.

　나는 침침하고 조그마한 호텔에서 처량하게 살고 있습니다. 이 생활은 별 재미가 없습니다. 나의 침실은 너무나 쓸쓸하기 때문에 나는 나의 칼라와 구두를 벗을 용기가 나지 않습니다.

그리고 얼마 후에 다음과 같이 편지했다.

나는 약간 지쳐 있습니다. 그러나 나는 굉장히 많이 일했습니다. 일반적으로 화물 자동차에 대하여 생각하나 차라리 막연했던 나의 생각은 분명해지고 밝아졌습니다. 나는 그런 생각을 혼자서 곧 무너뜨릴 수 있다고 생각했습니다.

그러나 특히 앙트완느에게 분명해지고 밝아진 것은 직업에 대한 취미, 직업상의 양심이었다. 그는 자기 자신에 대하여 까다로운 성격이 되었다.

나는 매일 저녁 그날의 대차대조표를 작성했습니다. 만일 그날의 성과가 좋지 못하다면 나에게 성과를 거두지 못하게 한 사람에게 나는 고약하게 대합니다……. 일상 생활은 중요치 않은 일들이고 판에 박은 듯이 한결같습니다. 내적 생활은 말씀드리기 어렵습니다. 일종의 수치심을 느낍니다. 그에 대하여 말씀드리는 것은 너무나 거드름 피우는 일입니다. 어머니께서는 그것이 나에게 어느 정도로 중요한 것인지 상상하실 수 없을 것입니다. 그것은 다른 사람에 대한 나의 판단에서까지도 모든 가치를 바꾸고 말았습니다. 나는 내 자신에 대하여 가혹한 편입니다. 내가 마음속으로 거부하거나 책망하는 것을 다른 사람한테도 거부할 권리를 나는 가졌습니다.

사막과의 투쟁
(툴루즈―다카르, 1926)

이리하여 앙트완느는 항공선의 비행사와 작가가 되었다.

1920년 10월, 그는 라테코에르 항공회사에 입사했다. 그는 툴루즈―다카르 노선을 맡았다. 첫번 비행을 마치고 그는 툴루즈에서 편지로 "어머니, 내가 얼마나 황홀한 체험을 했는지 상상해 보세요"라고 보내 왔다.

그리고 〈인간의 대지〉에 다음과 같이 기술되었다.

그것은 단지 항공술에 관한 문제는 아니다. 항공기는 목적이 아니다. 사람이 목숨을 거는 것은 항공기를 위해서가 아니다. 그것은 역시 농부가 경작하는 쟁기를 위해서도 아니다. 비행사는 비행기를 타고 도시들과 그 도시의 회계원들을 떠나서 농부의 진리를 발견한다. 그는 인간의 일을 하고 인간의 근심거리를 안다. 그는 바람과 별들과 밤과 바다의 사막과 접촉하고 있다. 그는 자연의 힘과 겨루게 된다. 그는 착륙지를 언약의 땅처럼 기다린다. 그리고 그는 별들 속에서 진리를 찾고 있다.

나는 나의 직업에 만족하고 있다. 나는 내 자신을 별들의 농부라고 생각했다. 그렇지만 나는 바다 바람을 호흡했다. 일단 이 양식을 맛본 사람들은 그 양식을 잊을 수 없다.

위험하게 사는 것은 필요없다. 이 표현은 과장되었다. 내가 사랑하는 것은 위험이 아니라 인생이다.

나는 살 필요가 있다. 도시에는 인생이 없다.

고독과의 투쟁
(쥐비 곶에서, 1927~1928)

1927년, 앙트완느는 쥐비 곶의 비행기 착륙장장(着陸場長)으로 임명되었다.

어머니, 넓은 에스파냐령 사하라 사막 한복판, 전 아프리카 중에서 가장 외진 구석에서 나는 얼마나 수도승 같은 생활을 하고 있는지요. 해변 위의 성채인 우리의 막사가 우뚝 서 있을 뿐 수백 킬로미터 내에 아무것도 없습니다.

만조 시간에는 바다가 완전히 우리 막사를 잠그고 맙니다. 밤에 감옥의 창살로 막힌 천창에 팔꿈치를 괴고 있다 하더라도—우리는 적과 대치하고 있습니다—막사 속에서도 역시 바로 발 밑에 바다가 있습니다. 그리고 바다는 밤새도록 막사의 벽에 부딪쳐 파도를 일으킵니다.

막사의 다른 정면은 사막을 향하고 있습니다.

사막은 완전히 벌거숭이입니다. 침대는 판자와 짚을 넣은 매트로 만들었고, 세면기는 물항아리로 만들었습니다. 나는 타자기와 항공 일지와 같은 하찮은 물건들을 잊고 왔습니다. 방은 수도원 방과 같습니다.

비행기는 일주일마다 지나갑니다. 일주일 중 3일간은 침묵의 날입니다. 그래서 우리 비행기들이 출발할 때면 우리는 마치 아기들 같습니다. 그러므로 이곳에서 천 킬로미터 지점에 있는 다음 착륙지에서 무선 전신이 비행기의 통과를 알려 올 때까지 나는 불안하게 지냅니다. 그리고 나는 실종된 비행기를 찾으러 나갈 준비를 하고 있습니다.

부에노스아이레스 항공선

(1929~1931)

 이리하여 일대 모험이 시작되었다. 그 모험은 안데스 산맥 상공에서 파타고니아(아르헨티나 남부에 있는 수목이 없는 건조한 지방. 남부에는 한랭건조지로 근래 목양이 행하여짐)까지 앙트완느를 이끌고 간다. 그는 '아르헨티나 우편기 기장'으로 임명되었다. 그는 다음과 같이 기술했다.

 어머니께서는 만족하실 것으로 생각합니다. 나는 약간 침울합니다. 나는 옛날의 나의 생활이 더 좋습니다.
 이 일은 나를 노쇠시킬 것 같습니다.
 다른 이유로 나는 역시 비행기 조종을 할 것입니다. 그러나 새로운 항공노선의 시찰과 정찰을 위하여……

 남아메리카에서와 마찬가지로 아프리카에서 겪은 비행기 조종사로서의 경험에 의하여, 〈남방우편기〉, 〈야간 비행〉, 〈인간의 대지〉와 같은 작품이 나왔다.
 앙트완느는 결혼했다. 그는 부에노스아이레스에서 아르헨티나 작가 고메즈 카릴로의 미망인인 콘수엘로 순신을 만났다. 그녀는 이국적이고 예쁘장하였다. 그녀는 몹시 환상적이고 모든 운명을 받아들이지 않았다. 그녀는 정신 노동을 강요하기까지 했다. 이러한 여건들이 그들의 공동 생활을 어렵게 만들었다. 그렇지만 앙트완느는 그녀를 사랑했다. 그의 정성은 끝까지 그녀를 돌보았다. 〈어린 왕자〉와 아프리카의 편지들이 이에 대한 감동적인 증거다.
 또한 이러한 생활을 어렵게 만든 것은 1931년 3월 항공 우편기를 떠나게 된 사실이다.

부정과의 투쟁

(마리냔, 1932)

우편항공회사의 친구들을 옹호했다는 이유로 〈에어 프랑스〉는 앙트완트를 불쾌하게 다루었다. 그는 〈에어 프랑스〉를 청산하고 사직했다.

다시 직장도 없이 여러 가지 곤란으로 진퇴유곡에 빠진 그는 단순한 비행사로서의 일자리를 다시 택하지 않을 수 없었다.

무어 인이 그에게 '사막의 귀족'이라는 별명을 붙였다. 그는 개화된 세계와 거의 알려지지 않은 지방들과 관계를 맺어 주었다. 이리하여 그는 마리냔에 기지가 있는 마르세이유—알제 선의 수상 비행기에 배치되었다.

생활 환경과의 투쟁은 고달팠다. 그는 정확히 폭풍우가 일 때 출항했다. 그러나 이러한 투쟁은 그를 열광시켰다.

정말 시련은 그의 몇몇 동료들의 몰이해였다. 그는 자기 작품으로 그들에게 불멸의 기념탑을 세워 주었다. 그러나 그의 동료들은 그의 작품 때문에 그를 수상한 인물이 아니면 아마추어로 대우했다.

기요메에게 보내는 편지에서 그는 다음과 같이 고민을 털어놓았다.

기요메! 자네는 도착했겠지. 나는 그에 대하여 약간 가슴이 두근거렸네. 자네가 떠난 후로 내가 얼마나 끔찍한 생활을 했는지 만약 자네가 안다면, 내가 인생에 대하여 얼마나 큰 혐오감을 점점 더 느끼게 되었는지 자네가 안다면! 내가 이 불행한 작품을 썼기 때문에 나는 동료들로부터 괴로움과 반감을 사게 되었네.

나를 더 이상 보지 않게 되었으나 내가 그토록 사랑했던 사람들이 나에게 얼마나 악평을 하였는지 메르모즈가 자네에게 말할 것이네. 내가 얼마나 잘난 체했는지 그는 자네에게 말할 것이네. 그런데 그에 대하여 의심할 사람은 툴루즈에서 다카르에까지 한 사람도 없을 걸세. 나의 가장 심각한 걱정거리 중의 하나는 역시 나의 부채일세. 나는 항상 가스 요금조차 지불할 수 없네. 그리고 나는 3년 전에 만든 낡은 옷을 입고 산다네.

그렇지만 자네는 아마 바람의 방향이 바뀔 때 도착하겠지. 그리고 아마 나도 괴로움에서 해방되겠지. 반복되는 환멸과 부정한 전기(傳記)는 내가 자네에게 편지하는 것을 막았네. 아마도 자네 역시 내가 변했다고 생각하겠지. 그래서 내가 형제처럼 생각하던 사람 앞에서 만은 나의 무죄를 증명할 결심을 할 수 없었네.

그런데 나는 남미 우편선을 운항한 이래로 한 번도 에티엔느를 보지 못했네. 그 친구도 나를 한 번도 보지 모했음에도 불구하고, 그 친구까지 내 친구들에게 내가 태깔스러운 사람으로 변했다고 이곳에서 말했다네. 만일 나의 가장 가까운 동료들이 나에 대하여 이처럼 생각한다면, 또한 내가 〈야간비행〉을 씀으로써 죄악을 범한 것이고 그 후에도 항공노선을 운행하는 것이 파렴치한 행위라면, 나의 전생애는 망친 셈일세. 자네가 알다시피 나는 말썽을 일으키고 싶지는 않네.

호텔에 들지 말게. 내 아파트에 거처를 정하게. 내 아파트는 자네가 쓸 수 있네. 나는 3, 4일 동안 시골로 일하러 가네. 자네 집처럼 쓸 수 있을 걸세. 전화도 있으니까 아주 편리하네. 그러나 아마 자네는 거절할 테지. 그래 나의 가장 좋은 친구까지 잃었다고 나에게 고백해야 한단 말인가.

생 텍쥐페리

갈증과의 투쟁
(리비아 사막, 1935~1936)

파리—사이공간 비행기의 장거리 지속력 시험 기간 동안 그의 비행기가 리비아 사막에 추락하여 앙트완느는 죽음과 맞서게 되었다. 오랫동안 그와 소식이 끊겼다. 그는 갈증을 풀기 위해 기름 묻은 비행기 날개 위에 아침 이슬을 받았다. 그는 빈사 상태에 빠졌다. 그렇지만 그는 역시 다음과 같이 기술했다.

밤중에 명상. 내가 내 자신에 대해 탄식한다고 당신은 생각하시겠지요? 무엇인가 기다리고 있는 내 눈에 신경을 쓸 때마다 나는 몸이 타는 것 같습니다. 나는 일어나서 앞으로 곧장 달리고 싶은 욕망이 갑자기 생겼습니다. 저기서 누가 조난을 당하여 구조해 달라고 외쳤겠지요. 아! 나는 하루 밤 동안이나 아니면 수세기 동안 잠드는 것을 받아들였습니다. 설혹 내가 잠들더라도 그것은 전혀 다를 게 없으며 어떠한 평화도 느낄 줄 모를 것입니다. 그러나 누가 저기서 절규를 하고 발악적인 절망을 하여도 나는 그 모습을 참지 못할 것입니다.

나는 이러한 조난 앞에서 팔짱을 끼고 있을 수는 없습니다. 침묵의 순간마다 나는 내가 사랑하는 사람을 다소 괴롭히고 있습니다.

내가 사랑하던 그대들이여, 안녕히 계십시오. 고통을 제외하고 나는 아무것도 애석하게 여기지 않습니다. 결국 나는 가장 좋은 몫을 차지했습니다. 만일 내가 살아서 돌아온다면 나는 다시 시작할 텐데. 나는 살 필요가 있습니다. 도시 속에서는 이미 인생이 없습니다.

사막을 삼일간 걸은 후에 앙트완느는 아랍인에 의하여 구조되었다. 그들은 그가 페르시아 만 바다 속에 추락된 것으로 생각했었다. 헬쑥하고 남루한 옷을 입고 죽음과 맞서서 사막을 걸었음에 대한 자부심을 가진 그는 어느 날 저녁 카이로의 〈그랜드 호텔〉 정문에 나타났다. 영국 공군의 옛 동료들이 쌍수를 들고 그를 환영했다.

그는 다시 문명인이 되어 자기 어머니에게 다음과 같은 편지를 썼다.

그토록 의미심장한 어머니의 짤막한 편지를 읽으면서 나는 울었습니다. 왜냐하면 사막에서 나는 어머니를 목메어 불렀기 때문입니다. 모든 사람의 출발과 침묵에 대하여 몹시 분노가 치밀어 올라서 어머니를 불렀습니다.

콘수엘로처럼 어머니가 필요한 사람을 자기 등뒤에 남겨 두는 것은 끔찍한 일입니다. 보호를 받고 안식처를 구하기 위하여 어머니 품안으로 되돌아갈 필요성을 무한히 느낍니다. 그리고 어머니께서 어머니의 의무를 다하지 못하게 막는 사막을 손톱으로 긁었습니다. 그런데 사람이 산을 옮겨 놓을 수 있을까요. 그러나 내가 필요한 것은 바로 어머니입니다. 내가 보호받고 의지할 분은 바로 어머니입니다. 그러므로 나는 몹시 이기적으로 어머니를 어린 양이라고 불렀습니다.

내가 돌아간 곳은 바로 콘수엘로였습니다. 그러나 어머니, 내가 돌아갈 곳은 바로 어머니한테 였습니다. 몹시도 허약하신 어머니께서는, 밤중에 홀로 어머니를 위해 기도하는 현명하고 유능하며 그토록 은총으로 가득 찬 수호천사를 이 점에서 생각하고 계십니까?

인간과의 투쟁
(전쟁, 1939)

전쟁은 터졌다. 자기를 피난시키고 싶어하는 사람들의 모든 논쟁에도 불구하고 앙트완느는 유력한 친구에게 다음과 같은 편지를 보냈다.

사람들은 이곳에서 나를 항공 교관뿐만 아니라 대형 폭격기 비행사 교관으로 만들려고 하네. 그래서 나는 숨이 막히고 불길한 생각이 들어 침묵만 지킬 따름일세. 나를 구출해 주게. 전투 비행 중대에 편입시켜 주게. 내가 전쟁에는 취미가 없다는 것을 자네도 알고 있겠지. 그러나 후방에 남아서 위험에 가담하지 않는 것은 나에게 불가능한 일일세.

'자질을 갖춘 사람들'을 피난시켜야만 한다고 주장하는데 이는 몹시 구역질나는 일이네. 참여함으로써 효과적인 역할을 하게 되네. '자질을 갖춘 사람들'이 이 땅의 소금이 된다면, 그들은 이 땅에서 썩어야만 하네. 어떤 사람이 분리된다면 '우리'라는 용어를 사용할 수 없을 것이네. 그렇지 않고서 '우리'라고 말한다면 그는 치사스러운 사람일 테지!

내가 사랑하는 모든 것이 위협을 당하고 있네. 프로방스에서 숲에 불이 났을 때 치사하지 않은 사람은 모두 삽과 곡괭이를 들게 될 것이네. 나는 사랑과 내적인 종교 때문에 전쟁을 하고 싶네. 나는 참여하지 않을 수 없네. 전투 비행 중대에 가능한 한 빨리 나를 입대시켜 주게.

그는 2—33비행 중대에 배속되었다. 중대원 22명 중 17명이 참전하여 희생되었다. 그는 오르콩트의 전지에서 자기 어머니에게 다음과 같은 편지를 썼다.

예고는 하였으나 아직 도착하지 않는 적의 폭격을 기다리면서 나는 무릎 위에 올려놓고 어머니에게 편지를 쓰고 있습니다. 그러나 어머니 때문에 나는 떨고 있습니다. 이탈리아의 위협은 나를 해치고 있습니다. 이번 위협은 어머니를 위험하게 만들기 때문입니다. 어머니, 나는 어머니의 애정이 무한히 필요합니다. 이 땅에서 내가 사랑하는 모든 것이 무엇 때문에 위협을 당해야만 합니까?

전쟁보다 나를 더 무섭게 하는 것은 내일의 세계입니다. 파괴된 모든 촌락, 분산된 가족, 죽음이 어떠하든 나는 상관이 없습니다. 그러나 적군이 정신적인 공통성을 해치는 것을 나는 원치 않습니다.

나는 내 생활의 대단한 일은 어머니에게 말하지 않았습니다. 말씀드릴 만한 대수로운 일도 없습니다. 위험한 사명, 식사, 수면 따위이니까요. 나는 굉장히 만족하고 있습니다. 정신을 위한 다른 훈련이 필요합니다. 내가 받아들이고 당한 위험은 마음속에 일종의 어설픈 의식을 달래지만 흡족하지는 못합니다.

오늘날 정신은 이토록 황량합니다. 사람들은 갈증으로 죽어 갑니다.

인간과의 투쟁(계속)
(뉴욕, 1941)

휴전 후에 불행하고 슬픔에 잠긴 앙트완느는 미국으로 출발했다. 그는 〈전시 조종사〉에서 다음과 같이 기술했다.

나는 그들 편이기 때문에 그들이 무엇을 하든지 나는 나의 편을 결코 부정하지 않을 것이다. 나는 타인 앞에서 그들의 욕을 결코 하지 않을 것이다. 그들을 옹호하는 것이 가능하다면 나는 그들을 옹호할 것이다. 만일 그들이 나에게 창피를 준다면, 나는 이 창피를 마음속에 숨겨 두고 잠자코 있겠다. 설혹 내가 그들에 대하여 생각한다 할지라도 나는 그들에게 불리한 증언은 결코 하지 않을 것이다.

이리하여 가끔 나에게 굴욕을 주게 될 패배에 나는 떨어지지 않을 것이다. 나는 프랑스 편이다. 프랑스는 르노와르의 작품들, 파스칼의 작품들, 파스퇴르의 발명품들, 기요메의 업적, 호시데의 업적들을 이

룩했다. 프랑스는 또한 무능한 자들, 정치가들 및 협잡꾼들도 탄생시
켰다. 그러나 전자들을 원용하는 것은 너무나 쉬운 일이며 후자들과
유사성을 부인하는 것도 너무나 쉬운 일이다.

만일 내가 우리 집 때문에 굴욕당하기를 수락한다면, 우리 집을
위하여 행동할 수 있다. 내가 우리 집 편인 것처럼 우리 집도 내 편
이다.

그러나 내가 만일 그 굴욕을 거부한다면 우리 집은 제멋대로 망가
질 것이다. 그리고 나는 의기양양하게 혼자 지내게 될 것이다. 그러
나 그것은 죽는 것보다도 더 헛된 일일 것이다.

그의 저서〈전시조종사〉는 미국인이 보기에 프랑스의 명예를 회복
시킬 것 같았다. 그의 기사들은 미국인을 격려하여 참전하게 할 것
이다. 그는 다음과 같은 글을 썼다.

패배의 책임은 당신들에게도 있습니다. 우리는 8천만 실업인에 대
하여 4천만 농민을 가졌습니다. 남자의 수는 2대 1이고 공작 기계는
5대 1입니다. 설혹 달라디에 (프랑스의 정치가. 1938년 뮌헨에서 개최된 영·독·이·불 4개국 회담
에서 프랑스 대표였음. 당시 독일측에서 히틀러와 이탈리아의 무솔리
니와 영국의 쳄버린이 참석했음. 이 회담에서 히틀러가 평화를 보장하겠다고 약속하였으나 결국 파약하고 전쟁을 도발
했음. 이 회담을 끝마치고 달라디에가 프랑스에 돌아와서 히틀러가 평화를 약속했다고 선언하자 그는 영웅적 대우를
받았으나, 그 후 얼마 되지 않아 히틀러가 전
쟁을 일으키자 이에 대한 생 텍쥐페리의 비평) 같은 분이 프랑스 국민을 노예 신분으로
떨어지게 했다 해도, 각자에게 매일 백 시간 노동을 시킬 수는 없을
것입니다. 하루는 24시간밖에 없습니다. 프랑스의 행정이 어떠하든
간에, 군비 경쟁은 병력으로는 2대 1이고 화력으로 대포 5문 대 1문
의 결과가 나타났습니다. 우리는 2대 1의 비율로 경쟁하기를 수락했
습니다. 우리는 죽음을 원하고 있습니다.

그러나 우리의 죽음이 효과를 거두기 위하여 우리는 귀국으로부터
우리들에게 모자라는 4문의 대포와 네 대의 항공기를 얻어야만 합니
다. 당신들은 나치스 군의 위협에서 우리에 의하여 구조되기를 주장
하고 있습니다. 그러나 당신들은 오로지 주말을 위한 냉장고와 소비

물자만 만들어 냈습니다. 이러한 현상이 바로 우리가 패배한 유일한 원인입니다. 그렇지만 우리의 패배는 세계를 구출하게 될 것입니다. 우리가 수락한 패배는 나치즘에 대한 항거의 시초가 될 것입니다. 저항의 수목은 마치 하나의 씨앗에서처럼 우리의 희생에 의하여 장차 자라게 될 것입니다!

실망과의 투쟁
(알제, 1943)

미국군과 함께 아프리카에 상륙하여 앙트완느는 라디오 방송으로 다음과 같이 호소했다.

프랑스 국민 여러분, 우리는 조국에 봉사하기 위하여 서로 화해합시다…… 우리는 권력이나 우선권 문제 때문에 서로 싸우지 맙시다. 모든 사람을 위한 소총이 있습니다. 우리들의 참다운 우두머리는 침묵을 강요당한 오늘날의 프랑스입니다. 정당이나 파벌이나 모든 종류의 분열을 증오합시다.

논쟁에 지친 그는 2—33조와 만나는 허가를 받기 위하여 더욱 더 동분서주했다. 그러나 수속은 너무 오래 걸렸다. 그는 침울하고 쓸쓸했다. 다음 기도가 이 사실을 증명해 줄 것이다.

주여! 나에게 외양간의 평화, 일을 정리한 후의 평화, 수확을 거둔 후의 평화를 주소서.
성공한 후에 나를 가만히 내버려두소서. 나는 마음의 슬픔에 지쳤습니다. 나의 모든 분야를 다시 시작하기에는 너무 늦었습니다. 나는 나의 친구와 적을 하나씩 차례로 잃었습니다. 나의 여정에는 슬픈 여가의 광선만이 남아 있습니다.

　나는 멀리 떠났다가 되돌아왔습니다. 나는 금송아지 주위에서 관심은 없지만 얼빠진 사람들을 바라보고 있습니다. 그리고 오늘 태어난 아이들은 젊은 야만인들보다도 더 나에게 이상하게 보였습니다. 전에는 전혀 이해되지 않았던 음악에서처럼 나는 쓸데없는 보물에 눌려 답답합니다. 숲속에 있는 나무꾼의 도끼로 나는 나의 작품을 쓰기 시작했습니다. 그리고 나는 나무들의 찬가에 도취되었습니다. 그러나 지금은 내가 너무 가까이서 사람들을 보았기 때문에 나는 지치고 말았습니다.

　주여! 나에게 나타나 주소서. 왜냐하면 사람들은 하느님의 감식력(鑑識力)을 잃었을 때 모든 것이 힘에 겹기 때문입니다.

　집과 풍습과 신앙을 무엇에서 다시 찾을 것인지, 이 문제는 그토록 어려우며, 모든 사람에게 그토록 쓰라린 일입니다.

　나는 일을 하려고 시도하였으나 심정이 괴롭습니다. 이 무서운 아프리카는 당신의 마음을 타락시킬 것입니다. 이곳은 무덤입니다. '리트넹' 전투기를 타고서 전투의 임무를 띠고 비행하는 것은 극히 간단한 일일 것입니다.

최후의 투쟁
(보르고, 1944)

　그러나 1943년 6월 4일, 앙트완느는 승리의 미소를 띠고 튀니스라 마르사 땅에 착륙했다. 그의 명철성이 시간 문제에 있어서는 장차 큰 희망이 없다고 할지라도, 그는 평화, 정신적으로는 상당한 평화를 획득했다. 그는 어떤 친구에게 보내는 편지에서 다음과 같이 썼다.

전쟁에서 죽든 말든 나는 상관없네. 내가 사랑하는 것 중에서 무엇이 남을 것인가? 생존자들과 마찬가지로, 나는 관습과 바꿀 수 없는 억양과 시골 농장의 올리브나무 밑에서 먹는 점심에 대하여 말하고 있네. 그러나 또한 헨델에 대해서 말하고 있네.

비행 중대의 비행사들을 셋씩 한 방에 몰아넣었다. 이것이 앙트완느의 생활 환경이었다. 그의 동료들은 그의 우울한 생각을 결코 아무것도 눈치채지 못했다. 그는 그들의 평화를 조장하고 싶었다. 그는 어떤 친구에게 다음과 같이 편지를 썼다.

나는 가능한 한 가장 심각한 전쟁에만 참여하고 있네. 나는 세계의 비행사 중에 최고참자 일세. 나는 잘 돌려줬으며 내 자신이 인색했다고는 생각하지 않네.
이곳은 증오하고는 거리가 머네. 그러나 우리 비행 중대의 친절에도 불구하고 그래도 약간 비참하다네.
내가 대화할 사람은 아무도 없네. 그들은 함께 생활하고 있는 어떤 사물이네. 그러니 정신적으로 얼마나 고독할 것인가!

1944년 7월 31일, 그는 출항할 장비를 하고 장교 식당에 나타났다.
"왜 당신은 나를 깨우지 않았소. 이번은 내 차례였는데."
그는 뜨거운 커피를 마시고 밖으로 나갔다. 사람들은 이륙하는 엔진 소리를 들었다.
그는 지중해와 베르코르(대서양에서 1.5킬로미터 지점에 있는 북부 알프스 산맥으로 들어가는 중간 지대의 석회질 산괴)지대를 정찰하기 위하여 출발했다. 레이다는 그를 프랑스 해협까지는 포착했다. 그 후는 침묵이었다.
침묵이 정착했다. 그리고 침묵은 기다리게 한다.
레이다는 생의 표시가 될 기록을 남기려고 시도했다. 만일 비행기와 그 비행기의 표시등이 별들을 향해 올라갔다면, 아마도 별들의 노래하는 소리가 들렸을 것이다.
 여러 순간이 지났다. 순간들은 핏방울처럼 흘렀다. 비행은 아직도 계속될 것인가?
 매순간 운명을 앗아간다. 그런데 시간은 흘러가고 파멸시킨다. 20세기에 그는 어떤 사원에 도달하여 화강암 속에 확고한 지반을 굳히고 그 사원을 먼지로 만들었기 때문에 소모된 수세기가 매순간 속에 축적되어 비행기를 위협하고 있다.
 매순간은 무엇인가 앗아간다. 앙트완느의 음성도, 앙트완느의 웃음도, 미소도…… 침묵은 세력을 넓힌다. 점점 더 육중한 침묵은 바다의 무게처럼 자리를 잡는다.

 앙트완느는 행복하고 감탄할 만한 아이였다.
 인생의 역경이 그를 지각 있는 사람으로 만들었고 항공노선이 그를 영웅과 작가로 만들었다.
 아마도 어떤 성인이 그를 추방시켰으리라.
 그러나 영웅 이상으로, 작가 이상으로, 마술사 이상으로, 성인(聖人) 이상으로 우리에게 앙트완느를 친근하게 만드는 것은 그의 무한한 애정이다.
 "길 위에 별이 없어지질 않아요. 나누어 주어야 해요. 나누어 주어야 한단 말이에요."
 어린아이는 쐐기벌레를 짓밟지 않기 위하여 돌아갔다.
 그는 멧비둘기와 사귀기 위하여 전나무 꼭대기에 올라갔다.
 사막에서 그는 영양과 사귀어 제 편으로 끌어들였다.
 그는 무어 족과 사귀었다.
 그리고 침묵을 지킨 수년 후인 지금도 역시 사람들과 계속 사귈 것이다.
 "사귄다는 것이 뭐야?" 하고 어린 왕자가 물었다. 그런데 여우가 대답하기를 "그것은 유대를 맺는 거야." 하고 말했다.

우리가 앙트완느로부터 받은 마지막 편지에 이러한 구절이 있었다.

"만일 내가 다시 돌아가게 되면, 나의 걱정은 '사람들에게 무엇을 말해야 할지' 이 문제입니다."

이 구절이 바로 나에게 그의 전언을 보내기로 결심한 것이었습니다.

2
어머니께 드리는 글

본 완전 수록판은 1955년 출판된 것을 개정한 판이다.

앙트완는 편지에 거의 날짜를 쓰지 않았기 때문에, 편지의 연대는 본문을 주의 깊게 읽고, 또한 그의 가족들이 개인적으로 적은 주(註)에 인용된 참고 문헌의 덕택으로 보다 정확하게 대치할 수 있었다.

극히 친한 친구들이나 가족들에게 관계되는 것으로 사적인 일은 필요에 따라 약간의 생략을 했는데, 그 표시는 다음과 같은 표를 했다. 〔……〕

현재의 원문에서는 몇 구절의 진실이 밝혀졌고, 첫번째 독서의 과오가 정정되었다.

각 괄호(〔 〕)속에 표시된 날짜와 장소는 다시 원상태로 구성한 것이며 원래의 서한에는 없는 것이다.

어머니께 드리는 앙트완느 드 생 텍쥐페리의 편지—연대순으로 편집함—에 그의 누나들과 자형에게 보낸 편지도 몇 통 덧붙였다.

르망(파리 서부 217킬로미터 지점에 있는 가톨릭 유적이 많은 인구 13만 명의 도시), 1910년 6월 11일

사랑하는 어머니,

나는 만년필을 하나 받았어요. 그 만년필로 어머니에게 편지를 쓰고 있습니다. 만년필은 잘 쓰여지는군요. 내일이 내 생일이에요. 엠마뉴엘(생 텍쥐페리 어머니의 오빠이며 엠마뉴엘 드 퐁스콜롱브임) 외삼촌이 생일 선물로 회중시계를 주겠다고 말했어요. 그런데 어머니께서 내일이 나의 생일이라고 외삼촌에게 편지하셨겠지요. 월요일 노트르담 드 센느 성당에 순례가 있습니다. 나도 중학교 학생들(열살 난 앙트완느는 노트르담 드 생트 크로와 중학교의 반기숙생이며, 르망에 있었으며, 그의 어머니는 생 모리스 드 레망에 체류하고 있었음)과 같이 갈 거예요. 날씨가 몹시 나쁘군요. 언제나 비가 와요. 사람들이 나에게 준 모든 선물과 함께 무척 예쁘장한 제대(祭臺)도 하나 받았어요.

안녕히 계세요.

사랑하는 어머니, 무척 보고 싶군요.

앙트완느
내일이 내 생일이에요.

〔르망, 1910년〕

사랑하는 어머니,

나는 어머니가 무척 보고 싶어요.

아나이(앙트완느 아버지 쪽의 누이동생이며 아나이 드 생 텍쥐페리임) 고모 댁에서 한 달 동안 있었어요.

오늘 나는 피에로와 함께 생트 크로와 중학교 어떤 학생 집에 갔었어요. 우리는 거기서 간식도 먹고 재미있게 놀았어요. 나는 오늘 아침 중학교에서 성체를 배령했어요. 사람들이 순례하면서 무엇을 했는지 말씀드리지요. 우리는 학교에 8시 15분 전에 모여야만 했어

요. 역에 가는데 열을 지어 갔었지요. 역에서 기차를 타고 사블레까지 갔었어요. 사블레에서 다시 마차를 탔지요. 노트르담 드 센느까지 52명 이상이 그 자동차를 탔어요. 모두 중학생들이었지요. 우리는 마차 위와 안에 탔었어요. 마차는 무척 길었고 두 마리의 말이 끌었어요. 마차 속에서는 참 재미있었어요. 모두 다섯 대의 마차였는데 두 대는 합창단 소년이 탔고 한 대는 중학생들이 탔어요. 노트르담 드 센느 성당에 도착하여 미사에 참여하고, 잠시 후에 그 성당에서 점심을 먹었어요. 의무실 학생들이 제7반, 제8반, 제9반, 제10반으로 편성되어 마차로 솔렘 성지에 갔기 때문에, 나는 마차로 가고 싶지 않아서, 제1반, 제2반 학생들과 함께 걸어가겠다고 허가를 신청했었지요. 학생들은 200명 이상이 열을 지었답니다. 우리의 줄은 행길 전체를 차지했어요. 점심을 먹고 나서 우리는 성인들의 묘지를 방문했어요. 그리고 '교부들의 상점'에 가서 물건들을 샀답니다. 그 후 제1반과 제2반 학생들과 나는 솔렘 성지로 걸어서 갔어요.

　솔렘에 도착한 후에 우리는 계속 산책했으며 수도원 밑으로 통과했어요. 그 수도원은 한없이 넓었으며, 우리는 시간이 없었기 때문에 그 수도원은 방문할 수 없었답니다. 수도원 밑에 대리석이 있었는데 굉장히 많답니다. 큰 것도 있고 작은 것도 있었어요. 나는 대리석을 여섯 개 주워서 세 개는 다른 학생한테 주었어요. 어떤 대리석은 길이가 약 1미터 50센티미터와 2미터나 되는 것도 있었어요. 그런데 누가 그것을 주머니에 넣자고 말하더군요. 나는 그것을 움직일 수조차 없었답니다. 그것은 너무 컸어요. 그 후 우리는 솔렘 풀밭에서 오후 간식을 먹었습니다.

　나는 벌써 이 편지를 여덟장째 쓰는군요.

　그 후 우리는 성체 강복식에 참석하러 갔지요. 그리고 역을 향해 열을 지어 갔어요. 역에 도착하여 우리는 르망행 기차를 탔어요. 나는 집에 8시에 도착했답니다. 나는 교리 교육반 제5반에 있어요.

　안녕히 계세요, 사랑하는 어머니. 어머니께 진심으로 정다운 인사를 드립니다.

앙트완느

프리부르그, 성 요한 별장, 1916년 2월 21일

사랑하는 어머니(이 편지는 앙트완느가 스위스 프리부르그에 있는 마리아 수녀회에서 운영하던 성 요한 별장에서 그의 형과 함께 기숙생으로 있을 때 쓴 것이다. 그는 거기에서 1915년부터 1917년까지 2년간 체류했다. 생 텍쥐페리의 어머니는 그 당시 앙베리외 역의 의무실 간호원장으로 있었다),

어머니가 3월 초순에밖에 오지 못하겠다고 쓴 편지를 프랑소와는 방금 받았습니다. 우리는 토요일에 어머니를 만나게 된다고 무척 만족하고 있었답니다!

왜 늦게 도착해야만 합니까? 토요일에 오시면 우리를 그토록 기쁘게 해 주실 텐데!

어머니는 우리의 편지를 목요일, 아니면 금요일에 받아 보시겠지요. 어머니, 금방 오신다고 전보를 칠 수 있겠습니까? 어머니가 토요일 아침에 특급으로 출발하여 저녁에 프리부르그에 도착하면 우리는 무척 기뻐할 것입니다!

어머니가 3월 초순까지 연기한다면 우리는 몹시 실망하게 될 것입니다! 어머니는 왜 늦게 오는 것을 더 좋아합니까?

우리는 어머니께서 오시는 것을 그토록 바랍니다! 설혹 어머니께서 오실 수 없게 되었다 할지라도, 어머니의 회답을 늦어도 금요일 저녁까지는 받고서 우리의 주일을 마음대로 이용할 수 있도록, 우리들의 편지를 받자마자 곧 전보로 가부를 알릴 수 있겠습니까? 그러나 분명히 어머니는 오고 싶으시지요?

또 만나요. 사랑하는 어머니, 진심으로 인사를 드리면서 회답을 초조하게 기다리겠습니다.

경의를 표하는 아들,
앙트완느

추신:이 편지를 받자마자 편지하여 주세요. 어머니의 회답을 받지 못하면 우리는 주말을 놓치고 맙니다. 최소한 금요일 저녁까지 우리는 회답이 필요합니다.

〔프리부르그, 성 요한 별장, 1917년 5월 18일 금요일〕

사랑하는 어머니,
날씨가 굉장히 좋습니다. 비가 온 어제를 제외하고는 나는 비오는 것을 거의 보지 못한답니다! 본느비 부인(프리부르그 학교 동급생이며 앙트완느와 친한 친구인 루이 드 본느비의 어머니)을 만났는데 그 부인께서 가련한 소년 프랑소와(프랑소와 드 생 텍쥐페리는 관절 류마티즘에 걸렸는데 생 모리스 드 레마에서 7월 10일 사망하게 되었다)가 어떻게 되었는지 나에게 알려 주었습니다! 그 부인은 대학입학 자격시험의 일이 모두 잘 해결되었다고 나에게 말했습니다. 이 문제는 나를 안심시켰습니다. 그러나 나의 서류를 잘 보냈는지 알기 위하여 파리로 어머니께 편지한 것은 쓸데없는 일이었어요. 하지만 내가 그렇게 하기를 잘했습니다. 그의 출발을 리용에 알려야만 했었거든요. 내가 그것을 잊어버렸습니다. 마침내 만사가 잘 끝났습니다.
어제 우리는 샤를로와 함께 산책을 했습니다. 우리 세 사람과 그였습니다(이것은 3+1=4이지요).
우리는 성신 강림일이 있는 주일에 르체른(중부 스위스 르체른 주의 수도, 서쪽에 호수가 있으며 관광의 중심지임)보다 약간 더 먼 곳으로 연말 피정을 갈 것입니다.
사랑하는 어머니, 안녕히 계세요. 진심으로 인사를 드립니다.

경의를 표하는 아들,
앙트완느

〔파리, 생 루이 고등학교, 1917년〕

　사랑하는 어머니(1916년 파리에서 대학입학 자격을 획득하고 1917년에 리옹에서 대학입학 자격을 획득한 후,
에 앙트완느는 파리에 있는 생 루이 고등학교에서 해군사관학교 입학 시험을 준비했다),
나는 어머니께 간단히 말할 시간밖에 없습니다. 나에게 매일같이 편지해 주세요. 이것이 나를 그토록 기쁘게 한답니다! 모노(자기 누나 시몬
에게 붙인 별명) 편으로 나의 앨범을 보내 주세요. 모든 사진과 함께 보내 주세요. 그것을 내가 잊어버렸던 곳은 모노의 방에서였습니다(나의 앨범이지 서류함은 아님).

　우리는 철봉에서 이공대학 지원생들을 9대 0으로 완패시켰습니다. 그 이유는 우리가 휴식 시간에 철봉을 하면서 놀기로 결정했기 때문입니다.

　놀랍게도 우리는 그들에게 우리의 실력을 과시하기 위하여 그들과 힘을 겨루는 데 쾌히 승낙했습니다. 〔……〕

　나는 잘 지내고 있습니다. 지난 주일에 영성체를 했습니다.

　파제 선생은 우리에게 다음과 같이 말하면서 조그마한 인용을 했습니다. "코로 선생과 내가 여러분들을 도와 주려고 하던 수학의 3단짜리 짧은 수자에 몰두하느라 꽤 심한 복통을 느끼지 못하는 사람들은 지금 떠나는 것이 잘한 일입니다. 만일 여러분들이 수학을 좋아한다면 수학 문제를 실수하지 마세요. 나는 그것을 여러분에게 단언합니다." 사람들은 열심히 공부합니다. 나도 항상 따라가고 있으며, 그에 대하여 자랑스럽게 생각하고 있습니다. 잘 될 것입니다. 염려하지 마세요.

　어머니께 다정스러운 인사를 드리는 바입니다.

어머니를 사랑하는 아들, 앙트완느

　추신:초콜릿 송로(松露)를 만들어 주세요. 이런 종류의 것들을 다량으로 보내 주세요. 그것은 나의 복통에 좋을 것입니다.

　나는 보쉬 할멈의 고기만두는 좋아하지 않습니다. 이 유명한 분이 헌신할 필요는 없습니다. 나는 진짜 과자와 마카롱 과자와 초콜릿 송로(설탕에 졸이지 않은 것으로!)와 봉봉사탕을 좋아합니다.

어머니 잘 아셨지요?

앙트완느는 요청하고 가족은 만드는군요.

빨리 만들어 주세요. 그리고 나에게 봉봉사탕을 갖다 주세요.

〔파리, 생 루이 고등학교, 1917년〕

나의 사랑하는 어머니.

나는 항상 기쁜 생활을 하고 있습니다. 나는 언제나 억척스럽게 공부하고 있습니다. 오늘 아침에는 작문 공부를 했습니다. 매일 편지 해 주세요. 편지는 나를 매우 기쁘게 한답니다. 그리고 또한 친근하게 하기도 합니다.

나는 지도 신부님을 만났습니다. 신부님은 생트 크로와 중학교(앙트완느의 아버지인 장 드 생 텍쥐페리가 다니던 르망에 있는 노트르담 드 생트 크로와 중학교이며, 앙트완느도 이 학교에서 1915년에 공부를 했음)에서 아버지를 아셨다고 합니다. 아버지와 같은 학급에 계셨다고 합니다. 날씨가 무척 좋습니다. 더구나 지금 우리는 공부에 열을 올리고 있습니다. 나는 거의 부족한 것이 없습니다. 다만 우표가 없습니다. 미안하지만 우표첩 두 개만 보내 주세요.

나의 사랑하는 어머니, 이만 각필하겠습니다. 그리고 다정한 인사를 드립니다.

존경을 표하는 아들, 앙트완느

어머니께 드리는 글 223

〔파리, 1917년 11월 25일〕

사랑하는 어머니,
어머니 편지 감사히 받았습니다.
나는 멋진 하루를 보냈습니다. 나는 모리스 아저씨(생 텍쥐페리 어머니의 사촌이며 리스 드 레스트랑주임) 댁에서 점심을 먹었습니다. 그 후 나는 아나이 아주머니를 만나러 갔었습니다. 아나이 아주머니는 방금 도착하셨고 나에게 만날 약속을 하셨습니다. 그래서 우리는 오후 함께 숲에서 지냈습니다. 지금 나는 약간 지쳐서 생 루이 고등학교에 도착했습니다. 왜냐하면 나는 걷기를 더 좋아하여 거의 지하철을 타지 않았기 때문입니다(15킬로는 충분히 걸었습니다).
마리아 데레사(그녀는 졸당 장군의 딸이며 마리아 데리사 졸당임. 그녀는 1917년 11월 29일 장 드니와 결혼했음)는 목요일 결혼합니다. 그날 거기 가서 보려고 합니다. 나는 오데트 시네티로부터 무척 친절한 편지를 받았습니다. 그들이 언제 올지 모르겠지만 그녀를 만나면 즐거울 것입니다.
어머니는 어떻게 지내십니까? 사랑하는 엄마, 너무 과로하지 마세요. 어머니도 아시겠지만, 8월에 장교 시험에 합격이 되면, 세에르부르그(영불해협에 있는 해군 군사 도시) 수비대나 덩케르크(북불해협에 있는 항구) 수비대나 아니면 툴롱(지중해상에 있는 군사 상업 도시 항구) 경비대에 배속되어 2월에 장교가 될 때는 조그마한 집을 하나 세로 얻어 우리는 그 집에서 둘이 함께 살게 될 것입니다. 근무는 3일간은 지상에 있고 4일간은 해상 생활을 한답니다. 지상에서 3일간 우리는 같이 있을 수 있습니다. 내 생애에서 내가 혼자 있는 것은 이번이 처음입니다. 처음에 나를 약간 보살펴 주기 위하여 나는 어머니가 무척 필요합니다! 두고 보세요, 우리는 무척 행복할 것입니다. 정말로 내가 출발하기 전 이것은 4개월이나 5개월 지속될 것입니다. 그래서 어머니 곁에 얼마 동안 아들을 두게 되어 만족하실 것입니다.
리용에서보다 더 고약하게 불투명한 안개가 끼여 있습니다. 나는 이 정도까지는 결코 생각지 못했었는데요.

나에게 다음 물건을 보내 주세요(구매 허가가 이곳은 프리부르그만 허용되지 않았음).

1, 중산모자 하나(아니면 차라리 다른 것을 하나 살 금액을 졸당 부인에게 송금하세요). 그리고 또한 '보토' 치약.

2, 구두끈(앙베리외에서 산 끊어진 것 말고 리용에서 산 것으로).

3, 아직 12장은 남아 있지만 우표 약간(이것은 덜 급함).

4, 선원용 베레모.

이번 수요일에 단 한 번 외출하기 때문에, 그날이 중산모와 베레모를 쓰게 될 날입니다(일요일에 이본느와 함께 외출하기 위해서도 나는 모자가 필요합니다). 그러므로 졸당 부인에게 오늘 월요일 간단히 편지하세요. 목요일 전에 도착할 수 있도록 송금하면 나는 그날로 급하게 중산모를 살 수 있습니다. 또한 입대 준비를 위해 베레모도 살 수 있습니다.

다른 말씀 드릴 것은 별로 없습니다. 내일 첫번째 불어 작문을 돌려줍니다. 나의 위치를 편지로 알려 드리겠습니다.

사랑하는 엄마, 또 편지할게요. 진심으로 경의를 표합니다. 편지해 주세요.

어머니를 사랑하는 아들, 앙트완느

〔파리, 생 루이 고등학교, 1917년〕

사랑하는 어머니,

어머니는 매일같이 나에게 편지하겠다고 약속하셨지요? 그러나 오래 전부터 편지를 거의 받지 못했습니다……

오늘이 목요일이니까, 3일 후 일요일에 나는 망통 부인한테 초대를 받고 그 댁에서 점심을 먹을 것입니다. 나는 그 부인을 만나러 갔으나, 마침 아무도 없어 내 명함을 남기고 왔습니다.
 침울하고 고약한 날씨입니다. 지금 저녁은 음산합니다. 전 파리가 파란색으로 물들었습니다…… 전차들도 파란빛으로 빛나며, 생 루이 고등학교 복도도 파란색입니다. 요컨대 이것은 이상한 결과입니다…… 그러나 이것은 독일 사람들을 무척 갑갑하게 한다고는 생각하지 않습니다. 그렇지만 그렇지 않습니다. 지금 높은 창을 통해 파리를 바라보면, 반사도 없고 번짐도 없는 큼직한 잉크 자국이라고 생각할 정도입니다. 이것은 마치 빛을 거부하는 풍경처럼 신기합니다! 행길로 향한 불이 밝혀진 창문을 가진 모든 사람들에게는 큰 고역입니다! 큼직한 커튼이 필요합니다!
 나는 방금 성서를 좀 읽었습니다. 얼마나 신기하고, 강력한 힘을 가진 문체가 얼마나 명료하며, 가끔 얼마나 시적입니까. 25페이지에 달하는 계명은 법률과 양식의 걸작입니다. 도덕의 계율이 유익하고 아름답게 뚜렷이 명시되어 있습니다. 그것은 훌륭합니다.
 어머니는 솔로몬 왕의 잠언을 읽으셨습니까? 그리고 구약 성서의 아가(雅歌)는 얼마나 훌륭한 것입니까! 그 속에는 모든 것이 다 있더군요. 그 속에서는 가끔 염세주의론까지 발견되는데, 이것은 멋으로 이러한 형태를 취하는 작가의 염세주의론과 전혀 다르고 참다운 것입니다. 어머니는 구약 성서의 전도서를 읽으셨습니까?
 이만 각필합니다. 나는 영육간에 엄밀히 말해서 잘 지내고 있습니다.
 정다운 인사를 받아 주세요.

사랑하는 아들, 앙트완느

〔파리, 생 루이 고등학교, 1917년〕

 사랑하는 어머니,

어머니로부터…… 할 서류는 시작되었습니다.

어머니께서 오신다면, 나에게 몹시 필요한 지도책을 더 빨리 갖도록 손수 가져 오세요. 그에 대하여 어머니께 진심으로 감사하게 생각합니다.

어머니가 저를 위하여 해 주신 모든 것에 대하여 무한히 감사드립니다. 나의 언짢은 기분에 대하여 내가 배은망덕한 사람이라고 생각해서는 안 됩니다. 사랑하는 어머니, 내가 얼마나 어머니를 사랑하는지 잘 알고 계시지요?

나는 항상 수학 공부를 열심히 하고 있습니다. 독어도 약간 공부하려고 합니다.

내일 또 편지하겠습니다. 정다운 인사의 뜻을 표하는 바입니다.

경의를 표하는 어머니의 아들, 앙트완느

〔파리, 생 루이 고등학교, 1917년〕

사랑하는 어머니,

우리 반에 내각의 위기가 방금 있었습니다. 내각이 시작됐습니다. 다음과 같은 내각 조직이 있었습니다.

(A) 반장, (B) 부반장, (C) 규율 부장, (D) 회계 담당.

그런데 반장이 우리 반에서 위태로운 권한을 공고히 굳히기 위하여 실시하였던 신임 투표는 내부 위기의 결과로, 불신임 투표가 되었으며 내각이 사직하는 결과를 가져왔습니다. 빈 교실에서 실시된 엄숙한 회의는 한 시간 반 동안 계속되었고 오랫동안 진지한 토론이 있었습니다. 그 회의 결과 다음과 같은 내각 조직을 하게 되었습니다.

반장:뒤퓌,

부반장:수르델,

규율 부장: 생 텍쥐페리.

　회계 담당자는 선출할 수 없었습니다. 왜냐하면 복잡한 음모와 반음모 때문에 그는 곧 사직했었습니다(이것은 완전히 국회와 같았습니다). 이리하여 복도에서 하룻동안 협상한 후에 다시 신기한 활기를 띠었는데, 우리는 내각에서 회계의 역할을 제외시키면서 내각을 구성하고 말았습니다. 우리는 드디어 우리의 계획을 승인하고야 말았습니다. 그리고 약간의 의사 방해의 시도가 있었고, 실패로 돌아가고 만 불신임 투표의 시도가 있은 후에 우리의 내각은 마침내 확고히 수립되었습니다. 나는 전에 헌병대 반장으로 있었습니다. 그러나 그것은 내각의 일원은 아니었습니다. 그것은 다른 많은 사람들처럼 한 사람의 공무원이었습니다. 신입생 토르슈는 샤위 댄스의 조직을 맡은 오케스트라 지휘자로 선출되었습니다…… 그런데 공무원은 우리가 임명하며 해임할 수 있습니다. 그러나 나는 지금 각료입니다. 그래서 우리는 엄격한 규율을 유지하려고 합니다. 왜냐하면 반원은 내각에 절대적으로 복종해야 하기 때문입니다. 가장 마음에 드는 것은 어머니께 보이기 위하여 우리 반의 고문서(古文書) 중 몇 개를 빼내려고 내가 노력하게 된 사실입니다. 그렇게 할 필요가 있습니다. 그 고문서는 실로 일반 대중에게는 이해하기 어렵습니다.

　새로운 일은 없습니다. 앙베리외에서 어머니를 다시 만나겠습니다. 그러나 우리는 즉시 남불로 떠나지요. 나는 물리 구술 시험에 합격했는데 14점(20점이 만점임)을 받았습니다. 이 점수는 그렇게 나쁘지는 않아요.

　시간이 없기 때문에 여기서 줄입니다. 정다운 인사의 정을 표합니다.

존경을 표하는 어머니의 아들, 앙트완느

〔파리, 생 루이 고등학교, 1917년〕

사랑하는 어머니,

이런 일이 있었습니다. 나는 벨기에 왕의 누나인 방돔 공작부인 댁에서 점심을 먹었습니다. 나는 매우 기뻐서 마음이 설레었습니다. 모두 유쾌했습니다. 각하께서는 몹시 현명하나 무척 이상한 것처럼 보였습니다. 나는 실수하지는 않았습니다. 한 번도 당황하지 않았습니다. 아나이 고모님도 무척 만족해하셨습니다. 만일 고모님이 어머니께 뭐라고 편지했으면 그 편지를 저에게 보내 주시겠습니까?

나를 가장 기쁘게 하는 것은 방돔 공작부인이 어느 일요일 코메디 프랑세즈(파리 리슐리외 가에 있는 국립극장으로 주로 고전극만 상연함)에 함께 가도록 나를 초대하겠다고 말한 것입니다. 얼마나 영광스러운 일입니까!

그날 저녁 아나이 고모님(그녀는 방돔 공작부인의 궁녀임)은 나를 특별히 초대하도록 했습니다(조화 급수에는 조건이 있는 만큼 이것은 대단히······ 했습니다······). 나는 기막히게 맛이 좋은 오찬을 먹었습니다. 오후 간식도 그에 못지 않았습니다. 그것은 눈에 띌 정도의 음식이었습니다.

그날의 피날레로 S씨를 방문했습니다. 다른 사람들은 없었기 때문에 S씨 부처만 만났습니다. 그들은 나를 일요일 8시의 만찬에 초대했습니다. 나는 낮에 그들 집에서 오찬을 하기로 했습니다. 그날 저녁에 나는 몰르(몰르에는 앙트완느 어머니의 친척인 브와이에 드 퐁스콜롱브의 저택이 있다)로 가는 급행 열차를 타게 될 것입니다······.

기차표와 좌석을 예약하기 위하여, 우선 전신환을 빨리 보내 주세요. 예약을 하려면 별로 시간이 없습니다.

앙베리외와 몰르에서는 비가 옵니다. 곧 햇빛이 나고 날씨가 좋을 것입니다. 그리고 13일은 그럴 가치가 있습니다.

지난 일요일 나는 뒤베른(외젠느 뒤베른 공작은 생 텍쥐페리 어머니의 사촌인 프랑스와즈 드 퐁스콜롱브 여사와 결혼을 했음) 아저씨 댁을 방문했다는 것을 말씀드렸는지 모르겠습니다. 오후에 졸당 가족은 〈어린 왕비〉를 보자고 나를 극장으로 데려갔습니다. 이 연극은 파리에서 성황을 이루고 있습니다. 이 연극은 무척 멋있었습니다.

사랑하는 어머니, 진심으로 정다운 인사의 뜻을 표하면서 이만 각 필하겠습니다. 내가 어머니를 얼마나 사랑하는지…….

존경을 표하는 어머니의 아들, 앙트완느

추신:결국 파리는 지방의 벽촌보다 덜 위험한 도시입니다. 지방 도시에서 몹시 난봉을 부렸던 나의 친구 중 몇 사람은, 신상이 위험 하기 때문에 파리에서 난봉을 부리는 것이 약간 현명하게 처신하는 것이 된다는 뜻에서 말입니다. 내가 보기에 도덕적인 관점에서도 이 것은 대단히 좋을 것입니다. 하지만 나는 어머니를 그토록 사랑하는 토니오와 같이 정다운 사람으로서 언제나 기억할 것입니다.

〔파리, 생 루이 고등학교, 1918년〕

나의 사랑하는 어머니,

나는 생 루이 고등학교에 와 있습니다. 다섯 시간 늦게 도착했습 니다. 나는 울적하지는 않습니다. 그런 시기는 지나갔다고 생각합니 다. 일요일 졸당 부인 댁에 갔으며 시네티 씨 댁에서 오후 간식을 먹었습니다. 나는 로즈(생 텍쥐페리 어머니의 사촌이며 기욤 레 스트랑쥬 백작 부인인 로즈 그라비에임) 아주머니를 방문하려 고 하나 주소를 모르고 있습니다. 주소를 알려 줄 수 있겠습니까?

어머니께서 남불에 가시게 되어 무척 다행입니다. 그러나 나는 거 기에 갈 수가 없습니다. 얼마나 격조(隔阻)하게 됩니까?

날씨가 침울하고 고약합니다. 지독히 춥습니다……. 나는 발에 가 벼운 동상이 걸렸습니다. 그리고 정신에도요. 왜냐하면 저는 수학에 둔해졌기 때문입니다. 말하자면 수학과 등졌습니다. 팽팽하게 맞서는 토론에서 말이 막히고, 광대 무변한 곳을 굽어보며, 상상적인 수는 존재하지 않기 때문에 소위 상상적인 수자 앞에서 착각을 일으키며

(실수란 특수한 경우에 불과함), 2류의 미분을 전체로 통합하는 것은 참 재미있습니다!

이 기운찬 외침은 나를 다소 놀라게 했으며 정신이 들게 했습니다. 나는 파제 씨와 이야기를 했습니다. 나는 그에게 돈을 주었습니다. 어머니도 그에게 405프랑 빚져 있습니다. 그는 다음 학기 성적에는 여분이 있을 것입니다. 그는 내가 약간 희망이 있다고 말했습니다. 이것이 나의 수학을 위로했습니다.

내가 다소 울적하더라도 염려하지 마십시오. 시험은 합격할 것입니다. 다행히도 어머니는 아름다운 고장에 계십니다! 친절한 디슈(생 텍쥐페리 누나에게 붙인 별명)와 함께 옛날의 위안을 받을 것입니다.

《졸당 부인 예법》이란 작은 헌책들(졸당 부인은 생 텍쥐리 어머니의 친구임. 그녀는 앙트완느를 매주 불러다가, 앞으로 닥칠 수 있는 모든 종류의 위험을 젊은이에게 알리기 위하여 도덕에 관한 팜플렛을 그에게 읽혔다)을 이곳에 가져와서 멍청하게 읽었습니다. 그 책들이 무척 유익할 것으로 생각합니다. 내일 나는 그분에게 많은 것을 물어 보러 가겠습니다. 정신 수양을 위해 무척 유익한 것도 역시 있었습니다. 그것은 내 생각에 브리외(19세기 말과 20세기 초에 활약한 프랑스의 극작가)의 연극 〈매독 환자들〉입니다.

사랑하는 어머니, 이제 할 말이 별로 없으므로 이만 줄이겠습니다. 진심으로 다정한 인사를 드립니다. 그리고 종전처럼 매일 나에게 편지하여 주시기 바랍니다.

어머니를 사랑하고 존경하는 아들, 앙트완느

〔부르 라 렌느, 라카날 고등학교, 1918년〕

사랑하는 어머니(생 루이 고등학교의 상급생은 부르 라 렌느에 있는 라카날 고등학교로 이전되었다. 이전 이유 중의 하나는 상급생이 지붕 위에 올라가서 폭격을 구경하는 습관이 있기 때문이라고 함),

나는 잘 지내고 있습니다. 어머니로부터 어제 편지를 받았습니다.

생 루이 고등학교가 우리의 습관에 익숙한 참을 수 없는 감시를 이곳에까지 옮겨 왔다 할지라도 우리에게는 이곳이 나쁘지 않습니다.

여기도 역시 공원이 하나 있으나 거기에 들어가는 것을 금지합니다. 다행히 운동장이 무척 넓고 나무들이 많습니다…….

코로 선생(해군사관학교 입시 강의를 맡은 수학 선생)은 상상할 수 없이 멋진 분입니다. 나는 희망을 가지고 있습니다. 내가 합격할 것으로 믿고 계시지요?

토요일 저녁에 졸당 부인을 찾아가 그곳에서 묵게 될 것입니다. 이것은 나에게 무척 유쾌한 일입니다(필적이 눈뜨고 볼 수가 없게 되었군요. 나는 바쁩니다).

이곳이 파리보다 더 넓은 학교에 갇혀서 고립되어 있다 하더라도 나는 그다지 울적하지 않을 것입니다.

내 생각에 방을 하나 가질 수 있을 것 같습니다. 어쨌든 어머니께서 방을 요구하는 편지를 한 통 써 동봉하세요. 만약의 경우에는 어머니의 편지를 이용하겠습니다. 방의 신청을 받아 주는 날, 방의 수가 제한되어 있으므로 가장 먼저 신청하는 사람 축에 듦으로써 나의 방을 가질 수 있다는 확신을 갖기 위하여, 예비로 어머니의 편지를 갖고 있는 것이 더 좋습니다. 더구나 신청일이 박두했습니다.

음산한 날씨입니다. 전혀 덥지는 않구요. 그뿐 아니라 내 생각에 내의나 옷가지 등 나에게 실상 필요한 모든 것을 가지고 있습니다. 단지 넥타이가 하나 필요한데 일요일에 사겠습니다.

어머니는 어떻게 지내십니까? 구급차 안에서 너무 과로하지 마시기 바랍니다. 사진을 가지고 있습니까? 만일 갖고 계시면 한 장 보내 주세요. 확대한 것으로 보내 주세요. 나는 슈외페르(그의 형인 프랑소와 드 생 텍쥐페리의 사망에 즈음하여 앙트완느가 가진 원판으로 일면의 사진을 뺀 사진사)를 만났습니다. 그는 너무 까만 원판을 나에게 보여 주었지만 나쁘지는 않았습니다(좀더 밝게 뺄 수가 있다고 함). 나는 토요일에 거기로 돌아갈 것입니다.

로즈 아주머니는 항상 좋은 인상을 주고 있습니다. 그 아주머니한테 가장 호감을 느끼게 하는 것은 뭐니뭐니해도 간식입니다. 나는 일요일에 아주머니 댁에 가서 간식을 먹습니다. 그래서 일주일 내내 버터가 배 속에 들어 있다고 단언합니다……. 맛있고 신선하며 잘 용해되는 버터입니다!

이것은 잘 먹고 잘 자고 일 잘하는 어머니 아들의 육체를 위해서입니다.

앙트완느

〔라카날 고등학교, 1918년 6월〕

사랑하는 어머니,
어머니께서 잘 지내실 것으로 생각하고 있습니다. 어머니한테 편지 받는 것을 이토록 고대하고 있습니다. 내가 얼마나 어머니를 보고 싶어하는지 아신다면 나를 만나러 오시겠지요?

내일 일요일에 나는 외출합니다. 제가 외출 금지를 당한 것은 아닙니다(우리는 24명 중 4명만 외출하고 있습니다). 금주에는 208시간 동안 외출 금지를 당했습니다!

오늘 저녁 날씨가 좋습니다. 그러므로 고타스 놀이나 부흥회나 지하실 놀이를 영락없이 할 것입니다. 어머니께서 한 번 오셔서 탄막 사격을 들으시기 바랍니다. 사람들은 태풍이 몰아치는 바다에서 정말로 폭풍우 가운데 있는 것으로 생각할 정도입니다. 참 근사합니다. 단지 바깥에 남아 있지 말아야 합니다. 왜냐하면 바깥은 사람을 죽이는 파편이 사방에 떨어지기 때문입니다. 우리는 그 파편을 공원에서 발견했습니다.

다음 내용을 모노 누나에게 보내 주세요.

금요일 저녁에 누나를 보내 주세요. 누나는 토요일 오전에 도착할 것이고 나는 토요일 오후 외출할 것입니다. 나는 누나를 졸당 부인 댁으로 만나러 가겠습니다. 우리는 저녁을 같이 먹고 그날 저녁에 둘이서 극장에 갈 것입니다. 다음날 아침 일요일에 우리는 함께 르망으로 출발할 것입니다.

토요일 저녁 누나의 잠자리는 내가 로즈 아주머니께 말해 두겠습니다. 거기 좋을 것입니다. 다만 극장 좌석을 예약할 수 있도록 가능한 한 빨리 회답해 주세요(극장 좌석은 그다지 비싸지는 않습니다). 따라서 다음과 같은 편지(로즈 아주머니는 나를 르망으로 와 달라고 간청함)를 나에게 보내 주실 수 있겠지요. 〈너의 사촌 누나(1918년 6월 18일 르망에서 앙트트와네트 생 텍쥐페리는 장 드 그랑매종과 결혼했음) 결혼식에 참석하러 르망으로 가도록 너에게 허락한다고 코로 자형에게 요청했음. 너의 누나를 동반하여 가기 바람.〉

불원간 독일군이 파리를 점령하지나 않을까 사람들은 걱정하는 것 같이 보입니다. 모든 신문마다 그 기사를 싣고 있습니다. 언젠가 독일군이 오게 되면 나는 도보로 철수할 것입니다(기차를 타려고 시도한들 소용없는 일일 것입니다). 그러나 그것은 거의 가능성이 없습니다.

라카날 학교 생활은 그다지 권태롭지 않습니다. 우리는 지금……

〔편지 끝 부분은 분실됨.〕

〔스트라스부르그, 1921년〕

사랑하는 어머니(앙트완느는 해군사관학교 입학 시험에 실패하고 1920~1921년에 미술 학교 조각과의 입시를 준비한 후에, 지원으로 1921년 4월 2일 스트라스부르그에 있는 항공 연대에 배 속되었다. 그러나 지상 근무원의 자격으로 있었)다. 그는 기상 비행 근무자로 채용되도록 노력했음.

어머니의 편지를 유치 우편으로 어제 받았습니다. 내가 매일 외출하게 될 때까지 막사로 편지하여 주세요. 그리고 또한 시내 주소로도 편지하여 주세요.

스트라스부르그는 우아한 도시입니다. 대도시의 특색이 있으며 리용보다 더 큰 도시입니다. 나는 시내에 멋있는 방을 하나 발견했습니다. 내 마음대로 쓸 수 있는 아파트의 전화와 욕실이 있습니다. 스트라스부르그의 가장 멋있는 거리에 불어라고는 한마디도 모르던 정직한 사람이 살던 살림집입니다. 방은 호화롭고 중앙 난방이 되어 있고 더운 물이 나오며, 전등이 둘, 옷장이 둘, 건물 내에 엘리베이터가 하나 있습니다. 가격은 모두 매월 120프랑입니다.

나는 펠리공드 사령관을 만났는데 그는 좋은 인상을 주었습니다. 그는 내가 지망하는 항공 업무를 주관합니다. 그것은 제한하는 통첩이 많기 때문에 어려울 것입니다. 여하튼 2개월 내에는 전혀 안 된다고 합니다.

나는 지금 병사 피엑스에서 편지를 쓰고 있습니다. 오늘 아침부터 우직하고 볼이 포동포동한 어떤 병사의 보호 아래 우리는 이 상점 저 상점으로 방황하였습니다. 반합(飯盒)과 구두를 사기 위해서였습니다.

사령부는 무척 활발합니다—스파드 연병장과 니외포르 사격장, 이곳에서 경쟁적으로 곡예를 합니다.

나는 2주일에 한 번씩 혹은 일주일에 한 번씩 조각에 대하여 키에페르 씨로부터 사사를 받습니다.

사령부는 스트라스부르그 길 끝에 있습니다. 일할 것이 있을 때에는 오토바이가 거의 필수적입니다. 이에 대해서는 다시 말씀드리겠습니다. 내가 이것을 가지게 되면 알자스 지방을 약간 구경하겠습니다.

밀루세, 알트키루스 콜마르(모두 스트라스부르그 남부／독일 국경 지대의 도시들) 철도를 횡단하고 아르트만 윌케르코프(일명 비이유 아르망이라고 하며 보즈 산맥의 꼭대기를 말함. 독·불간의 격전 지대로 유명함.) 산꼭대기를 멀리서 바라보며 말입니다. 저 좁은 산꼭대기에 6만 4천 명이 있습니다.

스트라스부르그에서의 재원은 유명한 오페라단 같다고 펠리공드 사령관이 나에게 말했습니다.

군복무를 하고 있는 내 생각에, 엄격히 말해서—최소한 항공술로서는—할 일이 전혀 없습니다. 경례하는 것을 배우고, 축구를 하고, 호주머니에 손을 넣고 지루한 시간을 보내며 입술에 꺼진 담배를 물고 있습니다.

　동료들이 불쾌하지는 않습니다. 그뿐 아니라 나는 너무 지루할 때 심심풀이로 소일할 책을 주머니에 가득 넣어가지고 다닙니다. 항공술을 빨리 배우게 되면 나는 아주 행복할 것입니다.

　우리가 언제 제복을 입을지 모르겠습니다. 우리에게 지급할 장구(裝具)도 아직 주지 않습니다. 우리는 평복을 하고 다닙니다. 우리는 바보들처럼 보입니다. 여기에서 두 시간 동안은 할 일이 없습니다. 더구나 A자리에 있는 사람을 B자리로 교체하거나 B자리에 있는 사람을 A자리로 교체하지 않으면 역시 두 시간 후에는 할 일이 없습니다. 그리고 그 후에 거꾸로 교체시킵니다. 이리하여 원상태로 다시 시작하게 합니다.

　사랑하는 어머니, 안녕히 계세요. 다시 말하지만 저는 만족하고 있습니다. 내가 어머니를 사랑하는 만큼 정다운 인사를 보냅니다.

　　　　　　　　　　　경의를 표하는 어머니의 아들, 앙트완느

〔스트라스부르그, 1921년 5월〕

　사랑하는 어머니,

　비행사 후보생으로 내가 선발될 때까지 내가 어떻게…… 선생으로 선발되었는지 상상해 보세요. 5월 26일부터 엔진 발동과 항공 역학에 대한 이론 강의를 맡았습니다. 수강생은 한 학급이 될 것입니다. ─흑판과 많은 학생들? 그 다음에 나는 분명히 비행사 후보생으로 선발될 것입니다.

　지금으로서는─다른 사람들이 내세우는 기만적인 견해와는 반대로─나는 우리 연대가 좋다고 생각합니다.

　우선 우리는 운동만 하고 있습니다. 요컨대 연대는 일종의 축구 대학입니다. 우리는 역시 중·고등학교의 자질구레한 놀이(공 사냥 놀이, 개구리 뜀 놀이) 등도 합니다. 그런데 차이점은 이러한 운동을 강요하며 만일 잘못하면 지하 감옥 밀짚 위에 재우게 한다는 점입니다……. 그리고 중·고등학교와 흡사한 점은 '어떤 사람에게 백번 반복시키고서, 비슷하게 할 때는 지휘자의 오른쪽으로 보내는 것'입니다.

오늘 저녁은 티푸스 예방 주사를 맞습니다.

같은 내무반의 동료들은 모두 내 마음에 듭니다. 동료들간에 서로 베개 싸움을 합니다. 나는 그들의 동정을 받습니다. 이런 일이 많습니다. 내가 베개로 맞는 일보다 때리는 일이 더 많습니다.

나의 교수직에 대하여 다시 말씀드리겠습니다. 그렇지만 이것은 우스운 일이에요! 어머니도 나를 교수로 생각하십니까?

나는 재미있는 나의 동료 한두 명과 같이 식당에서 점심과 저녁을 먹습니다. 저녁 6시에 퇴근하여 우리 집에서 목욕을 하고 홍차를 만들어 먹습니다.

나는 강의 준비를 위하여 꽤 비싼 책들을 사 보는 데 곤란을 느끼고 있습니다. 이 편지를 받는 즉시 송금하여 주시겠습니까?

다른 한편으로 매월 5백 프랑씩 보내 주시겠습니까? 이 금액은 거의 내가 쓰는 금액입니다.

우리 중대장은 비이 대위입니다. 어머니께서 그분을 아십니까? 만일 아신다면 나를 추천하여 주세요.

어머니는 파리에 계십니까? 귀로에 우아한 도시 스트라스부르그를 경유하여 가셔야만 합니다. 그렇지 않으면 교수인 나의 휴가는 더욱 늦어질 것입니다.

그러면 이만 각필하겠습니다.

내가 어머니를 사랑하는 것만큼 정다운 인사를 보냅니다.

존경심을 표하는 어머니의 아들, 앙트완느

추신:돈은 항상 막사로 보내시기 바람(편지는 시내 주소나 막사나 상

관없음). S·O·A 공군 제2연대, 중앙 스트라스부르그, 바 라인현.

〔스트라스부르그, 1921년〕

그리운 디디(가브리엘 누나의 둘째 별명. 첫 별명은 디슈) 누나에게,
보내 준 편지 무척 고맙게 받았어요. 특히 내가 간밤에 생각하던 누나의 애견이 잘 있다고 알려 주어서 나를 무척 기쁘게 해 주었어요. 앞으로는 다음 주소로 편지해 주어요.
메이에 씨 방
스트라스부르그(바 라인현) 가 12번지
11월 22일

지금 시간은 아침 여섯시 반이에요. 아침 시간에 가끔 편지 쓰는 나를 상상해 보겠습니까? 나는 아침 여섯시에 일어나지요. 그래서 7시까지는 시간이 있어요. 11시까지 훈련을 받고 점심을 먹으며 오후 1시 반까지 자유 시간이에요. 오후 훈련은 5시까지 계속됩니다. 그리고 9시까지 자유 시간이에요.

훈련은 고되지요. 체조 시간은 없고 태양 밑에서 하는 운동이에요. 가끔 우스꽝스럽구요.

"이러한 훈련을 할 줄 아는 사람은 일개 사병에서 장교로 승진한다! 그보다 더 빨리…… 빨리빨리! 이봐 저기…… 2일간 외출 금지다."

5분 후에,

"노래 부를 줄 아는 사람은 사병에서 장교로 승진시킨다! 그래, 자네들 '라 마들롱'을 노래할 줄 아나? 자네 동료들 보는 데서 그 노래를 불러 봐라…… 더 크게…… 너희들에게도 2일간 외출 금지다. 좀더 크게 부르지 못해?"

"좋아, 지금 출발하자. 사령부에서 모두들 노래할 것이다. 좋아, 저

기에서는 가만히 있을 테냐?"
 "우로, 우로, 좌로, 좌로! 앞으로 가! 하나 둘! 하나 둘! 모두들 노래 시작. 하나, 둘, 셋, 넷!……!"
 그래서 마들롱 노래를 2백 가지나 서로 다른 목소리로 불렀어요.
 또한 우리들에게 네 발로 몇 시간 동안 걸어다니게도 하지요. 그리고 다른 미치광이 같은 희롱도 하구요.
 그렇지만 고등학교보다 더 지겨운 것은 별로 없어요.
 이런! 사이렌 소리가…… 또 편지할게요. 저 아래에 집합이라오…….
 다정한 인사를 보내면서,

                                    앙트완느

 추신:뒷면 계속 이어짐.

 전반적인 공포. 사이렌은 한 시간 동안 울렸어요. 2천 명의 병사들이 소리를 지르며 달려왔어요. 왕실 마부의 오막집에서 불이 났어요. 2천 명의 병사들이 그 위에 침을 뱉았어요. 불은 꺼졌지요. 2천 명에서 둘―그 중에 나도 포함―모자라는 병사들은 다시 출발했어요.
 나는 더 이상 서 있을 수가 없었어요. 불을 껐기 때문이 아니라 빌어먹을 그 훈련 때문이에요. 그다지 지겹지는 않아요. 착륙시 금속 소리와 함께 기체가 파손된 비행기의 분해처럼 그리고 외치는 연대 부관처럼 말이에요.
 아, 참! 우리 중대장은 비이(스펠링을 이렇게 쓰는지 잘 모르겠음) 대위인데 아세요? 만일 누나가 리용 사람을 누구 알면 '스트라스부르그 항공대 제2중대'를 지휘하는 사람의 친척이 아닌지 한 번 알아보아서 나를 추천토록 해 주세요.
 그 후에 그 결과에 대하여 나에게 알려 주세요.
 시내의 내 방은 아주 훌륭하다오. 막사에서 돌아오면 나는 매일 목욕을 하지요. 다시 출근하기 전에 내가 손수 차도 끓여 먹구요.

중대장은 오늘 아침 내가 요청한 비행사 후보생 문제에 대하여 나에게 말을 꺼냈어요. 이 일이 잘 되기를 바랄 따름이지요. 만일 일이 잘 되면, 나는 4개월이나 5개월 후에 생 모리스 드 레망 상공을 선회강하하게 될 거예요.

누나께서 가끔 소포나 다른 것을 시내의 내 주소로 보내 주면 고맙겠어요. 이러한 것을 받는 것은 항상 유쾌한 일이에요.

어제 보기 드문 폭풍우 속에서도 비행기가 떴어요. 분명히 놀랄 만한 비행기 조종 솜씨가 필요해요.

최후의 시간.

내가 교수로 선임된 것을 생각해 봐요……. 나는 교실 흑판 앞에서 항공 역학과 엔진 발동을 많은 후보생들에게 가르친답니다. 그 후(1개월 아니면 2개월 후)에 나는 분명히 비행사 후보생으로 선임될 거예요.

내가 누나를 사랑하는 만큼 다정한 인사를 보내겠어요.

사랑하는 누나의 동생, 앙트완느

〔스트라스부르그, 1921년 토요일〕

사랑하는 어머니,

별 새로운 일이 없습니다. 그러나 막사 생활보다는 변화가 많습니다. 조금씩 초조해집니다. 약 한 달 후에는 내가 비행기를 조종할 수 있는지 없는지 알 수 있습니다. 나는 신청서를 냈습니다.

악착스럽게 나를 환자로 만들고 있는 고약한 상처가 다 낫는 데는 시간이 걸립니다.

나는 당분간 방안에서 지낼 겁니다. 방에서 방금 목욕을 했습니다. 일과가 언제나 시간을 잡아먹기 때문에 휴식 시간은 극히 짧습니다.

나에게 가끔 편지해 주세요. 어머니께서 편지가 얼마나 마음의 휴식을 주는지 아신다면! 내가 매일 생 모리스에서 보내 오는 어머니의 편지를 받는다면! 교대 근무하세요.

나는 파리에 갈 수 없습니다. 파리에서 고서 몇 권을 구해야 하지만 다른 방법으로 입수하기로 했습니다. 할 수 없지요.

어머니께서 보내신 우편환은 아직 도착하지 않았습니다. 분실된 것인지 아니면 아직까지 보내지 않았는지요? 어머니께서 4일 전 지난 금요일 보내셨다고 말씀하셨지요? 나는 단돈 한푼 없습니다.

알코올 난로 앞에는 성냥이 없어 홍차를 끓여 먹을 수 없기 때문에 나는 초라한 생각이 듭니다.

모로코에 보내는 지원병을 모집합니다. 지원서는 1개월이나 3주 내에 승인될 것입니다. 만일 내가 비행사로 선발되지 않으면 지원서를 내겠습니다. 나는 최소한 사브랑(마르그 사브랑은 앙트완느의 친구이며 옛 급우임)은 만날 것입니다.

나는 시간이 거의 없으므로 26일 개강되는 다음 강의 준비를 계속하겠습니다. 〔……〕

출발하기 전에 아직 10분 이상 있습니다. 지각하지 않아야만 합니다……. 늦으면 영창입니다.

성신 강림 때 48시간 파리 외출 허가를 받으려고 합니다. 생 모리스를 가려면 왕복하는 데 최소한 30시간이 소요되나 파리에는 비행기로 갈 수 있을 것 같으므로 파리로 신청했습니다.

그때에 어머니께서는 남불 비슈에 계시겠습니까?

그때에 파리로 가세요?

이만 줄이면서, 어머니를 사랑하는 것만큼 다정한 인사를 드립니다.

존경심을 표하는 아들, 앙트완느

추신 : 디디 누나는 소포를 보내겠다고 약속했습니까?(소포 속에 갈레트 빵과자를 넣어서……) 오늘 아침 막사로 우편환(엽서 모양으로

된) 보내는 것을 잊지 마세요.

[스트라스부르그, 1921년 5월]

사랑하는 어머니,
나는 방금 비이 중대장을 만났는데 그는 호의적으로 대했습니다. 그리고 그는 비상시에 이곳에서 할 준비가 너무 많았기 때문에 어머니께 회답하는 것을 나에게 위임했습니다.
그는 나의 민간인 면허증 생각을 좋게 여기고 있습니다. 그러나 그는 사전에 다음 사항을 원하고 있었습니다.
1, 내일 의무실을 방문하여 신체 재검사를 받을 것.
2, 민간인 회사에 관하여 정보를 수집하기 위해 사령관에게 말할 것 등등.
모든 것이 잘 될 것이라고 나는 낙관하고 있습니다. 그래서 나는 어머니께 미리 알려 드리는 것입니다.
나는 안전하게 귀환한 스파드 에르브몽 기에서 내렸습니다.
저 상공에서 나의 공간 관념, 거리 관념, 방향 감각은 완전히 지리멸렬하게 되고 말았습니다. 내가 육지를 찾았을 때, 때로는 머리 위를 쳐다보고 때로는 발 밑을 쳐다보고 좌우로도 보았습니다. 내가 너무 높이 떴다는 생각이 들자, 갑자기 수직으로 선회 강하하여 지면으로 떨어졌습니다. 나는 너무 낮게 떴다고 생각했었습니다. 그리고 500마력 엔진의 힘으로 2분마다 1천 미터씩 하강했습니다. 비행기는 춤을 추고 앞뒤로 흔들리면서 날아갔습니다. 아! 아이 참!
내일은 구름 낀 해상에서 해발 5천 미터 고도로 같은 비행을 합니다. 다른 친구가 조종하는 비행기와 공중전을 개시합니다. 그래서 선회 강하, 공중 회전, 선회들은 일년 내내 먹은 모든 식사를 내 위장에서 송두리째 뽑아 낼 것입니다.

나는 아직 기관총은 쏘지 못합니다. 내가 비행기를 타고 올라갈 수 있는 것은 바로 내가 알고 있는 지식의 덕택입니다. 어제는 태풍이 불었습니다. 그리고 시속 280 내지 300킬로미터 속도로 얼굴을 스쳐 가는 예리한 비가 내렸습니다.

민간인 면허증과는 별도로 9일부터 나는 기관총 사격 훈련을 시작하겠습니다.

어제 전투기 검열이 있었습니다.

1인석의 스파드 기, 윤이 나는 소형 스파드 기들이 산등성이 밑에 기관총을 장비하여 격납고를 따라 나란히 세워 겼습니다—3일 전부터 기관총을 장비시켰기 때문입니다—.또한 앙리오 기들과 기체가 뚱뚱한 볼리드 기들과 스파드 엘브몽 기들은 실제로 공중의 제왕들이며 그 옆에는 아무런 비행기도 없습니다. 이 비행기들 날개의 옆 모습은 찌푸린 눈썹처럼 보이며 험한 모습을 보여 주고 있습니다.

스파드 엘브몽 기가 고약하고 잔인한 것처럼 보인다는 데 대하여 어머니께서는 아무런 생각이 없습니까. 이것은 무서운 비행기입니다. 내가 정열적으로 타고 싶은 것은 바로 이것입니다. 이것은 상어가 물 속을 다니는 것처럼 공중을 다닙니다. 이것은 바로 상어와 흡사합니다! 이상하게 반들반들한 몸체가 상어와 같습니다. 부드럽고 재빠른 선회가 상어와 같습니다. 이것도 역시 날개를 세우고 수직으로 공중을 달립니다.

요컨대 나는 열광적으로 생활하였습니다. 그런데 내일 신체검사에서 낙제되면 그것은 나에게는 너무나 쓰라린 실망을 안겨 주게 될 것입니다.

(여기에 무척 간략한 크로키를 붙여 둡니다.)

간단한 이 도표는 내일 가질 공중전을 나타내고 있습니다.

정렬해 둔 항공기를 보고, 발동 거는 엔진들의 붕붕거리는 소리를 듣고, 휘발유의 친근한 냄새를 맡게 되면, 일군이 희생을 치루게 될 거야.' 하고 생각하게 될 것입니다.

　사랑하는 어머니, 또 편지하겠습니다. 진심으로 다정한 인사를 보냅니다.

　　　　　　　　　　존경을 표하는 어머니의 아들, 앙트완느

〔스트라스부르그, 1921년〕

　사랑하는 어머니,
　어제 어머니의 전보를 받았습니다. 중대장이 어떻게 모든 것을 공식적으로 결말지었는지에 대하여 말씀드리겠습니다.
　나는 방금 두 의사의 왕진을 받았습니다. 비행사로 근무해도 좋다는 판정을 받았습니다.
　계속하여 나에게 내려질 군대식의 허락을 기다리고 있습니다. 은행에 예치할 1천 프랑을 포함하여 1천5백 프랑을 지참하시고 목요일 대신 내일 저녁에 오실 수 있겠습니까?
　어머니, 나의 비행사가 되겠다는 억제할 수 없는 욕망을 아신다면. 만일 내가 그 목적을 달성하지 못한다면, 나는 무척 불행할 것입니다. 그러나 나는 목적을 달성할 것입니다.
　세 가지 해결책.
　1, 1년이나 그 이상의 병역 지원에 서명하는 것.
　2, 모로코로 가는 것.
　3, 민간인 면허증을 받는 것.
　나는 이 세 가지 해결책 중에 한 가지를 택할 것입니다. 지금 나는 면허증을 가지고 있기 때문에 비행사가 될 수 있습니다.
　단지 처음 두 가지 해결책은 불편합니다. 그래서 세번째 방법이 묘책이라고 중대장과 나는 생각했습니다. 민간인 면허증을 가지게 되면 입대 지원서에 서명하지 않고 정당한 권리를 가지고서 군대 면허증으로 통과가 됩니다.
 어머니의 전보는 나를 당황케 했습니다—이것은 분명히 개인 비용을 써야 하기 때문에 최후의 수단으로서, 어머니에게 달려 있습니다—차용하지 않는 한 나는 어떻게 할 수 없습니다. 어머니께서는 묵살할 작정이세요! 어머니, 그렇게 해 주시지 않겠어요? 모든 것이 잘 진전되었습니다. 비행 중대장이 그 일을 장악하고 있습니다. 어머니의 편지를 보게 되면 중대장이 어처구니없는 일이라고 생각하겠지요? 어머니, 말씀해 보세요?
 만일 이 일이 이루어지지 않으면 병역 지원서에 서명하겠습니다. 따분한 이런 생활을 2년 하는 것보다 3년 하는 편이 더 좋겠어요.
 그러나 이 해결책은 시간이 촉박하기 때문에 합리적이지는 않을 겁니다. 어머니, 오늘 어음을 보내시든가 아니면 금요일 대신 내일 저녁 출발하여 주시기 바랍니다.
 그 후에 어머니를 만나게 되면 대단히 기쁠 것입니다. 그렇지요, 어머니. 단지 나를 그 같은 후회 속에 빠뜨리기 위해서 오시지는 마세요. 이 모든 것은 무척 긴박합니다. 아시겠지요? 그런데 벌써 나는 많은 시간을 소비했습니다.
 어머니의 전보에도 불구하고 내가 믿어도 좋겠지요?
 진심으로 정다운 인사를 보냅니다.
경의를 표하는 어머니의 아들, 앙트완느

〔스트라스부르그, 1921년 5월〕

 사랑하는 어머니,
 어제 나는 병영 초소에서 어머니의 전보를 받고 회답할 수가 없었습니다.
 일반 규칙으로는 중대한 이유가 아니면 거의 전보를 칠 수가 없습니다(그래서 나는 우편물 취급 하사관에게 호소하였음). 그리고 막사는 스트라스부르그 시내에 있지 않아 우리는 가끔 너무 늦게서야 외출할 수 있기 때문입니다.

나는 어머니의 편지를 받았습니다. 그러나 우편환은 막사에서 분실하였습니다. 그 우편환의 도착을 통지하면서 나의 이름을 틀리게 쓴 것으로 보아 분실한 것 같습니다. 나는 아직 디디 누나의 소포도 받지 못했습니다(나의 이름을 정정하는 것은 가능했습니다).

나는 곰곰이 생각해 보고 문의해 보았으며 상의해 보았습니다. 만일 내가 2년 동안 무엇인가 하지 못한다면 내게는 이 해결책밖에는 다른 수가 없습니다. 결국 나에게는 저녁에 반 시간 동안의 자유 시간이 있습니다. 훈련으로 기진맥진하게 된 내가 어떻게 일을 할 수 있다고 생각하십니까? 어떻게 내가 나의 생활을 구체적으로 체계화 할 수 있겠습니까? 나는 동부항공운수회사(민간회사임)와 모든 타협을 했습니다. 모든 것이 규정대로 입니다. 나는 수요일에 견습 근무를 시작할 것입니다. 그 기간은 3주일이나 1개월 계속될 것입니다. 그때에 파리에서 어머니를 만나게 될 것입니다. 〔……〕

백 번 비행 훈련한 경험에 의거하기 때문에 견습 근무는 훨씬 나았습니다(비행 횟수가 몇번이든 간에 2천 프랑임).

수요일에 시작합니다. 나는 단호히 여기로 결정했습니다. 어떤 다른 비행사와 기관총을 겨누는 것은 어딘가 위험성이 있기 때문입니다. 그리고 다른 한편으로 내가 무엇인가 할 수 있기 때문입니다.

내일 병사로 1천 5백 프랑을 송금할 수 있겠습니까? 그 중에 1천 프랑은 보증금으로 면허증을 받은 후에 내가 찾거나 어머니께서 직접 찾을 수 있으며 5백 프랑은 1/4분기 수업료입니다.

나는 몹시 느린 '파르망' 기에 대하여 배우고 있습니다. 이것은 이중의 조종 장치로 되어 있습니다. 전혀 불안해할 필요가 없다고 분명히 말씀드리는 바입니다. 나는 지금부터 3주간 조종석을 떠나지 못합니다. 전에 내가 매일 군용기를 조종하듯이—예컨대 오늘도—

전혀 변함이 없습니다.
 어머니께서는 서면으로, 심사숙고한 후에 결심하라고 말하셨습니다. 그렇게 결심하였다는 점을 단언합니다. 나는 낭비할 시간이 없습니다. 그래서 내가 서둔 것입니다.
 하여튼 나는 수요일에 시작합니다. 그러나 나는 회사에 대하여 곤란하고 난처한 입장에 빠지지 않기 위하여 토요일까지 돈을 가져와야 한다는 점을 말씀드리고 싶습니다.
 어머니, 이 문제에 대하여 아무에게도 말씀하지 마시고 송금하여 주시기 바랍니다. 어머니께서 원하신다면 그 금액을 회수하게 될 나의 봉급으로 조금씩 갚아 드리겠습니다. 나는 공군 비행사인만큼 사관 후보생과의 경쟁에서 더욱더 용이할 것입니다. 그래서 오늘 송금해 주시면 나는 대단히 감사하겠습니다. 어머니, 말씀해 주세요.
 나는 저녁엔 때때로 우울해집니다. 한 번 스트라스부르그를 경유하셔야 합니다. 이러한 환경에서 나는 숨이 막힙니다. 장래의 전망이 없습니다. 나는 싸구려 술집으로 전전할까봐 두려워서 내 마음에 흡족한 직업을 원하고 있습니다.
 그러므로 이곳으로 한 번 와 주세요. 여비는 80프랑밖에 들지 않고 잠자리는 저의 방에서 주무시면 됩니다.
 편지해 주세요. 편지는 무척 많이 하였습니다. 〔……〕 시간이 촉박하여 난필로 편지를 쓴 데 대하여 용서해 주세요!
 유행성 감기에 대해서는 염려하지 마세요. 스트라스부르그에서는 유행되지 않고 있습니다. 제가 어머니를 사랑하는 것만큼 다정한 인사를 드립니다.

　　　　　　　　　존경을 표하는 어머니의 아들, 앙트완느

 추신:오늘 아침 나에게 1천5백 프랑을 지급으로 송금한 마르샹 씨에게 편지해 주세요. 나는 모든 계약을 체결했습니다.

〔스트라스부르그, 1921년 6월〕

어머니,

그러니까 약 10페이지에 이르는 편지를 썼었습니다! 그런데 어머니는 편지를 받지 못하셨나요? 나는 그 편지를 하룻밤을 새워 썼었습니다. 밝은 달빛 아래 작은 시냇물 곁에서 썼었습니다(나는 밤에 보초를 서면서 그 편지를 썼었습니다……).

그리고 나는 역시 아무것도 모릅니다. 나는 모노 누나가 파리에 있다는 것조차 모르고 있었습니다. 누나가 거기서 무엇을 했는지도 전혀 모릅니다. 나는 여기서 이처럼 고독하다는 생각을 하고 있습니다.

그리고 그뿐만 아니라 디디 누나가 아프다구요. 나는 소식을 무척 고대하고 있습니다. 과연 모든 것이 침울하기만 합니다.

그렇지만 어머니, 나는 모노 누나가 파리에서 무엇을 하며, 어디에서 기거하고 있는지 전혀 모르고 있습니다…….

어머니, 나는 어머니의 편지를 다시 읽었습니다. 어머니도 무척 침울하고 피곤하신 것 같군요. 그런데 어머니도 내가 침묵을 지켰다고 나무라시겠지요, 어머니! 그러나 나는 편지를 썼습니다. 어머니는 울적하게 보입니다. 그래서 이 사실이 나를 우울하게 만듭니다.

나는 잘 지내고 있습니다. 별일 없습니다. 연대 아니 차라리 회사에서는 어리석게도 거의 반란 상태입니다. 다른 일들 중에서 휴가는 중지되었습니다. 휴가를 얻을 수 있게 되는 즉시 어머니께 가겠습니다. 그러나 언제나 가게 되는지요?

내 주위에 짙은 안개가 낀 것처럼 만든 어머니의 편지 때문에 나는 침울합니다. 그 편지만 받지 않았다면 만사가 거의 잘 진행되고 있을 것입니다. 나는 방금 회전계(回轉計)를 발명했습니다. 유명한 시계 제조인인 하사관 한 사람이 그것을 나에게 만들어 줄 것입니다. 그것은 곧 사용하게 될 것입니다. 나는 마지막 계산을 마쳤습니다.

어머니, 또 연락드리겠습니다. 어머니, 내가 어머니를 사랑하는 만큼 어머니에게 정다운 인사를 드립니다. 나에게 덜 슬픈 편지를 써 주세요.

존경을 표시하는 어머니의 아들, 앙트완느

추신:오늘 나의 식사비를 보내 주시겠습니까? 내가 지난 편지에 말씀드렸지요. 그래서 나는 일주일 전부터 한푼 없는 빈털터리가 되었습니다.

그리고 나는 또한 다음 책을 리용에서 보내 달라고 말씀드렸지요.

1. 엔지니어용 항공역학에 대한 상세한 강좌(한 권이나 혹은 여러 권임).

2. 엔진 발동에 대한 상세한 강좌.

가능한 한 속히 보내 주시기 바랍니다. 나는 그 책들을 미리 입수하지 못하였기 때문에 곤란을 당하고 있습니다.

사랑하는 어머니, 이런 일을 성가시게 생각하시지는 않지요?

앙트완느

(하긴 샤리테 가에 큰 서점이 있습니다. 그러나 나는 과학 서적을 원하고 있습니다.)

〔스트라스부르그, 1921년〕

사랑하는 어머니(앙트완느는 1921년 6월 17일에 모로코 라바트에 주둔한 공군 제37연대에 배속되었음. 1922년 1월까지 그는 거기서 체류하였는데 비행사 후보생으로 임명되었음),
어머니의 편지 대단히 감사합니다. 그 편지를 받았다는 통지를 파리에서 해 왔습니다—그 통지는, "바로 그날 '호텔 드 리용'으로 보냈음."—거기에 어머니의 주소를 남겨 두셨습니까?

어머니께서 모든 사람들을 만나 보신 것은 결과적으로 잘하셨습니다……. 깊은 마음 측량할 길 없는 어머니!
　나는 민간인 항공 강의와 병행하여 앙리오 비행기 상에서 기관총 쏘는 군대식 강의도 듣습니다. 내가 기관총 사수·정찰자 면허를 획득하게 되면 나는 공군 하사로 승진할 것입니다.
　나는 자칫하면 콘스탄티노플로 떠날 뻔했습니다. 내일 출발할 지원병을 받았습니다. 그러나 나는 엔지니어처럼 이것은 꿈이 아니라 생각하며, 2중의 면허증을 기다리겠습니다…… 콘스탄티노플을 무료로! 이것이 유일한 기회입니다. 나를 방해하는 것은 아마도 우리 연대가 리용으로 이전된다는 사실입니다. 그러면 나는 어머니가 계시는 생 모리스에서 비행기로 10분 거리에 있게 됩니다.

　주임 신부님이 구두를 닦네, 비행기를 타기 위하여(이 구절은 민요의 후렴을 암시한 것임. 앙트완느는 어릴 적에 그의 누나들가 함께 생 모리스에서 이 노래를 부르면서 그 마을 성당 주임 신부를 영접했다).

　"본당 주임 신부님이 구두를 닦네.
　우리의 결혼식에 오기 위하여.
　우리 집에서는 사랑이 깃들고 있기 때문이네.
　마치 다락방에 쥐들이 깃들듯이."

　물론이지요. 주임 신부님은 춤출 준비가 되어 있습니다. 잘 될 것입니다. 그렇지 않으면 나는 관비(官費)로 일종의 시(詩)가 될 여행을 하도록 노력하겠습니다.
　나는 최근에 지하 감옥 축축한 짚방석에서 자고 있습니다. 경찰서의 감옥은 지하실에 있습니다. 어슴푸레한 달빛과 창백한 전령이 지하실의 채광 환기창으로 비추고 있습니다. 수주일 전부터 구금된 이상한 녀석들이 교외나 공장에서 부르는 이상한 노래를 부르고 있습니다. 이 노래들이 너무도 처량하기 때문에 마치 선박의 기적 소리를 듣는 것 같았습니다. 조금만 불어도 꺼지는 촛불을 켜서 방을 밝히고 있습니다.

그러나 나는 거기서 밤과 휴식 시간만 보내고 있습니다. 이것은 조금도 지겨운 일은 아닙니다. 그러니까 감자 껍질 벗기는 사역에 불참했다고 가볍게 처벌을 받는 것입니다.

훈련을 끝마칠 때마다 하사로, 중사로, 특무상사로 승진했습니다. 오늘날 사람들은 나에게 구역질 나는 시간을 보내게 하고 쾌락을 위해 끊임없이 떠들어대는, 더할 나위 없이 짐승 같은 사람들입니다.

2주일 후에 나는 고국에 돌아가서 스트라스부르그와 프랑스와 내가 살던 방과 가게들의 진열장을 다시 보게 될 것입니다. 가끔 편지 해 주세요!

미마(앙트완느의 누나, 마리아 막달라의 별명) 누나는 어떻게 되었습니까? 생 모리스에 있는지요? 다른 곳에 있지요? 어머니께서 쉬두르(보쉬에 중학교 교장이며 앙트완느의 절친한 친구임) 신부를 만나 보셨다니 무척 만족하게 생각합니다. 어머니께서 저의 신원 증명서를 만드셔서 데상브르 가 12번지로 그에게 보내 주시기 바랍니다. 어머니 진심으로 감사드립니다.

피에르 다게 씨가 내가 만날 사람의 주소를 보내 왔습니다. 내가 복역을 끝낸 영창이나 위병소에 가 보겠습니다.

어머니의 전보에 답전을 보내는 것은 불가능합니다. 더구나 너무 늦은 시간이어서 모든 사무실의 문이 닫힌 줄 알면서 외출하는 것도 불가능합니다.

어머니, 또 서신 올리겠습니다. 오늘은 이만 각필하겠습니다. 내가 어머니를 사랑하는 만큼 진심으로 다정한 인사를 보냅니다.

존경을 표시하는 어머니의 아들, 앙트완느

〔스트라스부르그, 1921년 6월〕

어머니,

어머니께서 월요일에 오시기 바랍니다. 왜냐하면 스트라스부르그에서 마르세이유로 출발해야 하는 만큼, 면허증을 받은 후에는 시간이 거의 없지 않을까 걱정되기 때문입니다.

만일 하루나 이틀간의 시간적 여유가 있으면, 우리가 할 수 있는 일은 비행기로 파리에 가서 모노 누나를 만나는 것입니다(앙트완느는 비행기를 타기 전에 7월 5일부터 8일까지 휴가를 얻어 파리를 지나갔다). 그 동안 나는 시간적 여유가 많기 때문에 알자스 지방이나 구경할 예정입니다.

나는 내일이나 모레 혼자서 첫 비행을 하고 싶습니다. 그러고 나면 면허증이 바로 교부될 것입니다.

돈과 책들을 받았습니다. 어머니 감사합니다. 나는 사복 차림을 했습니다. 적발되지 않기를 바랄 뿐입니다. 더구나 나는 담배를 피우고 차를 끓여 먹는 나의 방안에 감금되어 살았습니다. 그래서 저는 어머니를 많이 생각했습니다. 내 소년 시절의 어머니에 대한 많은 일들을 회상했습니다. 그런데 내가 그토록 자주 어머니에게 걱정을 끼쳐드렸던 일이 나의 마음을 몹시 아프게 합니다.

어머니, 제가 알고 있는 어머니들 중에 가장 섬세하시다는 점을 고려할 때 어머니는 무척 품위가 있었다고 생각합니다. 그리고 어머니는 당연히 행복을 누릴 자격이 있으시며 하루 종일 불평하며 떠들어대는 고약한 아들 녀석을 갖지 않아야 마땅했습니다. 그렇지요, 어머니?

나는 오늘 저녁은 어머니께 바치고 싶으며 어머니께 오래오래 편지를 쓰고 싶습니다. 그리고 너무나 날씨가 덥기 때문에 나는 꼼짝하지 않았습니다. 그런데 저녁이 늦었는데도 불구하고 창문에는 들이쉴 만한 바람이 없습니다. 이것이 고통스럽습니다. 모로코에 가면 내가 어떻게 될까요?

우리 내무반에 빌라 레 동브에서 온 순박하고 키가 크며 마른 녀석이 하나 있다는 것을 상상해 보세요. 그는 향수병이 생길 때에는 〈파우스트〉나 〈나비 부인〉 노래를 부른답니다. 빌라 레 동브에도 오페라가 있습니까?

"부인, 바람이 몹시 부는군요. 나는 여섯 마리의 늑대를 잡았소"라고 어떤 왕이 말한 어머니의 상투적인 어구를 나는 무척 좋아합니다. 오늘 아침에도 역시 바람이 몹시 불었습니다. 그런데 나는 바람을 좋아합니다. 그리고—비행기를 타고서—폭풍우와 투쟁하고 결판을 내는 대결을 좋아합니다. 그러나 내가 대단한 대결 상대자라는 것은 아닙니다. 나는 상쾌하고 온화한 아침에 비행하여 이슬 속에 착륙합니다. 순정을 가진 나의 조수는 '그녀'를 위해 데이지 꽃을 꺾더군요. 그러고는 바퀴의 굴대 위에 앉아서 이 세상의 조용한 환영을 맛보더군요.

나는 여기서 거만한 태도를 가진 동료 한 사람을 사귀었답니다. 그는 분명히 프랑스와 1세(그는 르네상스 시기의 프랑스 국왕으로서, 용감하고 영민·고매하며 내외적으로 많은 업적을 쌓은 분임)나 아니면 돈키호테 타입입니다. 나는 감히 그의 익명(匿名)을 강요할 수는 없었습니다. 그러나 나는 그를 몹시 존경하고 있습니다. 나는 내 자신이 작은 것같이 생각됩니다.

그는 우리 집에 와서 차를 들어 줌으로써 나를 영광스럽게 했습니다. 그는 부르봉 스타일의 매부리 코를 하고서 무게 있게 철학 이야기를 했습니다. 그는 음악과 시에 대하여 무척 훌륭한 진리를 피력하였습니다. 그는 3일간에 세 번 왔습니다. 그는 나의 차가 맛이 있고 담배 맛이 좋다고 관대하게 보아 주었습니다. 그래서 나는 '이 분이 유명한 귀족이(그의 동작은 느리고 분명했음) 아닌가? 아니면 유명한 기사(그의 시선이 무척 고상하고 뚜렷하였음)인가? 말하자면 프랑스와 1세 아니면 돈키호테 같단 말이야'라고 생각했습니다.

그는 나의 마음을 착잡하게 만들었습니다. 나는 알고 싶었습니다. 그러나 그는 나를 속였답니다. 그는 의자에 걸터앉아서 태깔을 부리고 있었습니다.

그 후 어느 날 돈키호테가 와서 번지레하나 비용이 많이 드는 자기 계획을 나에게 장황하게 늘어놓았습니다—프랑스와 1세가 와서 나에게 백 수(프랑스의 옛날 화폐 단위로서 1수가 5상팀에 해당함. 그러므로 백 수면 지금의 5프랑에 해당함)을 빌려 갔답니다…….

그는 결코 다시 오지 않았습니다.

아나톨 프랑스(19세기 말부터 20세기 초의 프랑스 자연주의 소설가. 그는 프랑스 한림원의 회원이었으며 1921년에 노벨 문학상을 받았음)가 "신(神)들의 황혼기"라고 말했었지요!

어머니, 거의 자정이 되었습니다. 나는 더위를 느끼고 있습니다…….

내가 사랑하는 만큼 어머니께 다정한 인사를 보냅니다.

존경을 표하는 어머니의 아들, 앙트완느

추신 : 나는 두 장의 우편환을 받았습니다. 감사합니다. 그리고 책들도 받았구요.

〔스트라스부르그, 1921년 6월〕

사랑하는 어머니,

국방성에서 다음과 같은 통첩을 내렸습니다.

"생 텍쥐페리가 면허증을 교부받을 수 있도록 그의 출항을 2주일간 연기할 목적으로 제반 조치를 취했음."

만일 나에게 시간적 여유가 있다면 나는 생 모리스(드 트리코 여사가 생 텍쥐페리 모친에게 유산으로 남긴 생 모리스 드 레망에 있는 저택을 말함. 바로 이 곳에서 앙트완느가 유년 시절의 하기 휴가를 대부분 보냈)로 일정을 정하여 가겠습니다. 그러나 그것을 약속할 수는 없습니다. 프로펠러를 2천 회 회전시키기 전에는 어느 정도의 경험이 필요합니다. 지붕 위에 착륙하는 것은 항상 불쾌합니다.

몽탕동(생 텍쥐페리의 사돈뻘 되는 집안) 가족은 호감이 갔었습니다. 몽탕동 씨는 무척 나의 마음에 들었습니다. 나는 그러한 인간형을 퍽 좋아합니다. 그는 소신을 가지고 낚시질을 합니다. 나는 자칫하면 그를 따라 짧은 여행을 갈 뻔했습니다. 그가 아니면 나는 아직 어머니의 수표를 현금으로 바꾸지 못했을 것입니다. 〔……〕

보렐(앙트완느의 누나인 가브리엘 생 텍쥐 페리의 남편인 피에르 다게의 친구) 가족도 무척 소박하고 애정을 갖고 나를 맞이했기 때문에—그들은 나와 우리 가족을 직접 알지 못함에도 불구하고(기껏해야 마드 아주머니를 통해서 알게 됨)—나는 그들에게 뜨거운 감사의 뜻을 표했습니다.

섭섭하게도 그들은 떠났습니다. 부인과 그의 '아가씨들'도 떠났습니다. 그들은 남불 툴루즈에서 더운 햇볕을 쪼일 것입니다. 별일 없습니다.

케레르망 가 강둑을 따라 산보를 합니다. 파란 그 강물이 점점 더 납덩이같이 생각됩니다. 그 정도로 날씨가 덥습니다. 불가피한 바다의 재난이 따르는 에르브몽 기상(機上)에서의 선회 강하와 공중 회전을 합니다(나는 힘든 공중 묘기를 몸에 익히기 시작했음).—종이쪽 하나 움직이지 않고 엔진이 돌아갈 때 '안전 비행'도 합니다. 조심성 있고 장엄하게 회전을 합니다. 선회 강하와 공중 회전은 하지 않고 부드럽고 자연스럽게 착륙합니다—그러나 일평생 여객에 머무는 대신에 내가 에르브몽 항공기를 조종하는 것을 기대해 주세요…… 아! 얼마나 멋진 비행인지!

파르망 기에 대해서 말하자면 이 비행기는 거의 전속력을 내서 달립니다. 나는 이 비행기를 장악하고 있습니다.

나는 잠시 장기를 두고 맥주를 몇 컵 마셨습니다. 나는 배가 불룩한 부르주아로 변했습니다. 나는 뚱뚱한 알자스 사람이 되어 어머니께 돌아갈 것입니다. 나는 벌써 말투가 바뀌었습니다. 어머니를 기쁘게 하기 위하여 그곳 말을 배우고 있습니다.

박물관에서 어떠한 예술적인 정서를 찾아본들 무슨 소용이 있겠습니까? 나는 가벼운 현기증을 일으키면서 끝끝내 사물들을 열성이라는 관점에서 판단하려고 했습니다. '살찐 열여덟번째의 장미'는 나를 소름끼치게 했습니다. 나는 '모두 더운 것 같다'고 생각했습니다. 빙해(氷海)의 풍경을 담고 있는 석판화만이 다소 나를 감동시켰습니다—그리고 러시아의 시골들도 나를 약간 감동시켰답니다.

오! 모로코는……

(미적으로 간략히 그린 종려나무와 태양을 나타낸 크로키가 다음에 그려져 있음.)

그뿐 아니라 나는 무척 권태롭습니다. 나의 장기 상대자는 더운 날씨 탓으로 바보가 되어서 내가 만든 함정에 빠지고 말았습니다. 그래서 나도 기분이 언짢습니다.

시원한 목욕을 하러 가기 위하여 이만 줄이겠습니다.

방금 어머니가 보내신 우편환을 받았습니다. 나는 아직 이곳에서 18일간은 보내야 하며—출발하건 남아 있건 간에—이 달은 이 방에서 살아야 합니다. 나는 역시 약간의 빨래도 합니다.

나는 파일럿으로서 라바트^(모로코의 수도. 레그렉 강 하구의 항구 도시. 회교 사원 외에 유적이 많으며 섬유 공업이 성하고 과실·야채 등을 수출함)로 출발하게 되어 무척 만족하고 있습니다. 비행기에서 본 사막은 희한한 광경임에 틀림없습니다.

이만 각필하겠습니다. 로르 숙모님과 사촌 누나 그리고 누나들과 함께 다정한 인사를 보냅니다.

존경을 표하는 어머니의 아들, 앙트완느

〔카사블랑카, 1921년〕

어머니,

나는 모든 종류의 보물—편지와 우유—을 다 받았습니다. 이 모든 것은 나의 마음을 밝게 했습니다.

지난 일요일에 나는 친구의 사진기로 몇 장의 사진을 찍었습니다. 나는 이 부근에서 찍은 바다와 나무 사진들만 보내 드리겠습니다. 빛깔이 칙칙하고 커다란 선인장도 보내 드리겠습니다. 바위 위에 앉은 나의 영상도 보내 드리겠습니다. 어머니는 그 사진들을 좋아하실는지요? 디디 누나도 이곳에서 만족할 것입니다. 지저분하고 누르스름한 작은 닻줄이 많이 있습니다. 그 닻줄은 빈촌에서 우둔하고 초라하게 일렬로 맞붙어서 흔들리고 있습니다.

'움막촌' 부근에서 나는 그 닻줄이 아니었다면 모험할 뻔했습니다. 무너진 벽에서 튀긴 진흙과 지푸라기가 그 움막집에 얹혀 있습니다. 저녁이면 거기에는 화려한 노인들과 발육이 나쁜 젊은 아낙네들이 보입니다. 그들은 빨간 하늘에서 까맣게 부각되며 그들의 벽처럼 천천히 태우고 있습니다. 누르스름한 개들이 짖고 있습니다. 의기양양한 낙타들이 조각돌을 굴리고 있습니다. 그리고 몹시 작은 당나귀가 몽상에 잠겼습니다. 여기에는 예쁜 사진을 찍을 것이 많습니다. 그렇지만 여기는 건초와 파란 풀을 실을 짐수레와 친근한 암소들로 가득 찬 남불〈엥〉 지방의 작은 촌락보다 못합니다.

첫비가 왔습니다. 어머니가 여기서 낮잠을 주무신다면 어머니 코 밑으로 작은 개울이 흘러갈 것입니다. 밖의 하늘에는 구름의 큰 얼음덩이가 흘러갑니다. 바람에 노출된 막사는 배가 삐걱거리는 소리를 냅니다. 비가 오면 막사 주위에 큰 호수를 이루기 때문에 노아의 방주를 방불케 한답니다.

그 안에서 모두들 묵묵히 하얀 모기장 밑에 몸을 파묻고 있었으므로, 여학교 기숙사에 있다고 생각할 정도입니다. 분명히 나무라는 욕설이 어머니한테서 들려 왔을 때, 우리는 마침내 이러한 생각에 익숙하게 되며, 우리 자신이 수줍어하고 호감이 간다고 생각됩니다. 우리는 그들에게 잘 울려 퍼지는 다른 욕설로써 대꾸하며 작고 하얀 모기장은 겁에 질려 전율할 것입니다.

나는 〈에콜 유니베르셀〉에 편지를 보냈습니다. 입학 허가를 받게 되어 고마웠습니다. 나에게 첫째 달 식비 송금을 고려해 주시겠습니까? 나는 휴가를 얻어 페즈(종교와 경제의 중심지로서 많은 유적이 있음)로 갈 작정입니다. 이렇게 하면 내 기분이 전환될 것입니다.

사랑하는 어머니, 또 연락드리겠습니다. 내가 어머니를 사랑하는 만큼 다정한 인사를 드립니다.

존경을 표하는 어머니의 아들, 앙트완느

〔카사블랑카, 1921년〕

어머니,

나는 방금 구두와 벨벳 재킷이 들어 있는 소포를 받았습니다. 이 재킷은 아침 바람에도 따뜻하고 2천 미터 고도에서도 포근하게 만듭니다. 그것은 흡사 어머니 사랑의 발산물처럼 몸을 따뜻하게 해 줍니다.

나는 무엇에 사로잡혔는지 모르겠습니다. 나는 하루 종일 그림을 그렸습니다. 그래서 시간이 빠른 것 같았습니다.

내가 그렇게 한 이유를 발견했습니다. '콩테' 연필은 석탄에서 파냈습니다. 나는 스케치북을 샀습니다. 나는 가능하면 그 속에 하루 종일 있었던 사건들과 행위를, 동료들의 미소나 내가 그리고 있는 것을 보기 위하여 앉은 채로 몸을 꼿꼿이 세우고 있는 애견 '블락'의 경솔한 자세를 그렸습니다.

애견 블락아, 가만히 있어라.

이 첫번째 스케치북을 다 채우면 어머니에게 보내 드리지요. 그러나 어머니, 그것을 나에게 다시 보내 준다는 조건으로 말이에요······.

비가 왔습니다. 아! 본격적으로 비가 내렸습니다! 비오는 소리는 시냇물 흐르는 소리를 낸답니다. 그뿐 아니라 빗물은 금방 기와 갈라진 틈 속으로 새어들어, 경리부에서 지성껏 보살피던 판자를 통해 교묘하게 흘러내렸습니다. 빗물이 마치 보물 나라의 포도주처럼 우리 입 속으로 흘러내렸기 때문에, 우리들의 잠자리는 멋진 꿈으로 가득 찼습니다.

분명 어머니가 보내신 재킷은 신기하게 따뜻합니다. 나는 그 재킷 덕분으로 편안하고 명랑한 외모를 가졌고 기뻐서 약간 겉멋 부리는 표정을 지녔습니다.

어제 나는 카사블랑카에 도착했습니다. 나는 우선 아라비아 거리를 산책하며 고독을 달랬습니다. 그 거리에는 한 사람밖에 지나가지 않았지만 덜 외로운 것 같았습니다.

나는 하얀 수염이 난 유태인들에게 보물을 사려고 값을 흥정했습니다. 그들은 여러 종류의 고객들로부터 터키식 인사를 받으면서 다리를 포개고 앉아서 황금색 터키 슬리퍼와 흰 허리띠 가운데서 늙어가고 있습니다. 이보다 더 기막힌 운명이 어디 있겠습니까!

나는 골목길에서 암살자가 지나가는 것을 보았습니다. 심각한 유태인 상인과 베일을 두른 젊은 부인에게 저지른 그의 범죄를 큰소리로 알리기 위하여, 사람들은 그를 사정없이 때렸습니다. 그는 어깨가 탈구되고 머리가 깨졌습니다. 그것은 사람을 무척 감화시켰고 교훈적이었습니다. 그는 피로 빨갛게 되었습니다. 그의 주위의 사형 집행인들이 큰소리를 질렀습니다. 그들이 걸친 옷자락들이 나부꼈으며 각자 자기 의견을 큰소리로 주장했습니다. 그것은 야만스러웠으며 굉장한 장면이었습니다. 노란 터키 슬리퍼를 신은 사람들은 그에 대하여 별로 감동하지 않았으며 흰 허리띠를 두른 사람들도 역시 감동되지 않았습니다. 〔……〕

그러나 나는 두려웠습니다. 어여쁜 처녀들이 비루한 숙부들의 잘못으로 자칫하면 야수 같고 추하며 무서운 어떤 남자와 결혼할 뻔했습니다.

애견 '블락'아, 잠자코 있어라. 너에게는 이런 일들이 잘 이해되지 않겠지.

어머니, 꽃이 만발한 사과나무 밑에 앉아 계시겠지요. 프랑스에는 사과꽃이 피었다고 하더군요. 그리고 나를 위하여 내 주위를 잘 둘러보세요. 그것은 파랗고 귀엽겠지요. 그리고 거기에 잡초도 있고요…… 나는 녹음이 그립습니다. 녹음은 정신의 양식입니다. 녹음은 행동을 부드럽게 하고 마음의 평화를 갖게 합니다. 인생의 색채를 지우게 되면 금방 무미건조하고 거칠게 될 것입니다. 야수들의 심술궂은 성격은 그 짐승들이 개자리 풀 속에 배를 깔고 살지 않는 환경과 전적인 관계가 있다고 합니다. 나는 소관목(小灌木)을 보았을 때 잎사귀를 몇 개 따서 주머니 속에 넣었습니다. 그 후에 내무반에 와서 그 잎사귀를 유심히 보았습니다. 그리고 그 잎사귀들을 뒤집어 보았습니다. 온통 파랗게 물든, 어머니가 살고 계시는 나라를 다시 보고 싶습니다.

어머니, 하찮은 풀밭이 얼마나 사람을 감동시키는지 어머니는 모르실 겁니다. 전축이 폐부를 찌르듯이 사람을 감동시키는 것도 모르실 겁니다.

네, 요즈음 전축을 틀고 있습니다. 그런데 이 모든 낡은 곡들이 나의 마음을 아프게 하고 있다는 것도 분명히 말씀드립니다. 그 곡들은 너무나 안온하고 부드럽습니다. 내가 거기 있을 때 이 곡들을 너무나 많이 들었습니다. 이것은 일종의 집념처럼 떠오릅니다. 명랑한 곡들은 가차없는 아이러니를 내포하고 있습니다. 이러한 음악의 곡들은 감동적입니다. 나는 본의 아니게 눈을 감고 대중적인 춤을 추었습니다. 브레스(프랑스의 지방)식 상자와 밀랍 바른 마룻바닥이 보였습니다. 아니면 모노 누나가…… 이상한데. 우리는 저 곡을 들을 때, 부자들이 지나가는 것을 바라보는 부랑자처럼 증오심을 가지고 있었습니다. 이 모든 음악은 일종의 행복을 환기시킵니다.

그리고 위안을 주는 곡들도 있습니다……

오! 나의 애견, 블락아, 그만 짖어라. 아무 소리도 안 들린다.
어머니, 무슨 뜻인지 모르시겠지요.
어머니, 정성을 다하여 다정한 인사를 드립니다. 어머니, 빨리 편지해 주세요. 그리고 가끔 편지해 주세요.

존경을 표하는 어머니의 아들, 앙트완느

〔카사블랑카, 1921년〕

어머니,
아무런 소식도 없이 어떻게 그토록 오랫동안 격조할 수 있으십니까? 이것이 얼마나 나에게 고통을 주는지 잘 아시면서 말입니다.
어머니, 2주 이래 편지 한 통 받지 못했습니다.
나는 불길한 일들만 상상하면서 시간을 보내고 있습니다. 나는 불행합니다. 어머니 편지는 끝장났습니다! 디디 누나도 편지하지 않고, 이제는 아무도 나에게 편지하지 않습니다. 어머니 생각을 더욱 많이 할 시간이 있는 이곳에서, 나는 고독 때문에 더욱더 몸부림치고 있습니다.
나는 돈 한푼 없습니다. 나는 일주일간 라바트에서 항공 이론 과정 시험을 치루어야만 했습니다. 꼭 합격하고 싶지는 않습니다. 비행 중대 생활은 나를 황홀하게 하는 생활입니다. 군대 이론을 배우는 따분한 학교에서 일 년 동안 멍청하게 지내고 싶지는 않습니다. 나는 특무상사가 되고 싶은 뜻은 없습니다. 기계적이고 따분한 일은 희망하지 않습니다.
카사블랑카가 나를 비탄에 잠기게만 한다는 것을 안 이상 모로코에 있을 필요가 없을 것입니다. 만일 내가 합격하게 되면 사직할 것도 생각해 보았습니다. 나는 건축 등을 다시 공부할 수 있습니다…… 학교에서 과정을 마칠 수도 있구요.

그러나 나는 한 달 동안 휴가를 얻도록 노력하겠습니다. 나는 몹시 어머니를 만나고 싶습니다. 그런데 얼마나 라바트에서 일주일간 이 황홀하였는지. 나는 거기서 사브랑 씨와 생 루이 중학교 적의 친구도 만났습니다. 마침내 나는 역시 항공 이론 과정 시험을 보러 온 멋진 두 젊은이를 사귀었습니다. 한 사람은 의사의 아들인데 문학에도 정통하고 무척 교양이 있었으며, 다른 사람은 어떤 대위의 아들인데 옛날에는 리용에서 살았고 5일마다 우리를 저녁에 초대한답니다. 만찬에는 사브랑 씨, 생 루이 중학교 친구, 두 젊은이 그리고 내가 참석했습니다. 보기 드문 사람들입니다. 진정한 동료들과 음악가와 예술가…… 그는 라바트의 하얀 집들 가운데 조그마한 집을 한 채 소유하고 있습니다. 사람들은 눈 속에 싸인 북극을 산책한다고 착각할 정도입니다. 그러므로 아라비아 도시 중의 일부분은 밝은 달빛에 솜덩이같이 보입니다. 얼마나 멋진 저녁인지!

최근의 라바트는 이 세상에서 가장 멋진 도시입니다. 나는 거기서 모로코를 이해하기 시작했습니다. 햇볕이 쨍쨍 내리쬐는 평범한 거리를 나는 한없이 산책했습니다. 오! 내가 만일 수채화를 그릴 줄 안다면 좋으련만. 만일 색채를 볼 줄 안다면 저렇게 많은 색채는 선경(仙境)과 같습니다. 호화로운 거리도 한없이 걸었습니다. 좁은 통로로 향한 거리들만이 침울하고 신비로운 문을 통과하고 있습니다. 창문이 없습니다…… 이따금 샘과 물을 마시고 있는 작은 당나귀가 보입니다.

내가 돌아온 후로부터는 권태롭지 않습니다. 나는 첫 항공 여행을 했습니다. 오늘 오전에 베르—르시드—라바트—카사블랑카간을 모두 3백 킬로미터 비행했습니다. 그러므로 나는 내가 사랑하는 도시를 상공에서 보았습니다. 그 도시들은 놀라울 만큼 하얗고 평온했습니다. 베르—르시드는 약간 남쪽에 있는 지긋지긋하게 더운 촌락입니다.

내일 오전에도 역시 3백 킬로미터를 비행합니다. 피곤하기 때문에 오후에는 낮잠을 자면서 시간을 보냈습니다.

모레는 남쪽으로 굉장한 여행을 합니다. 카스바 타들라(모로코에 있는 타들라 병원에 있는 인구 1만 2천 명의 도시. 18세기에 세운 아름다운 성채가 명함.)로 갑니다. 거기를 가기 위하여 거의 세 시간 동안을 비행해야 합니다. 돌아오는 데도 분명히 그만큼 시간이 걸립니다. 이것은 얼마나 고독하겠습니까…… 나는 초조하게 기다리고 있습니다.

오늘 저녁 나는 아늑한 전등 불빛을 보고 정남쪽의 나침반 바늘을 따라 달리고 있다는 것을 알았습니다. 식탁에서 지도를 펼쳐 보고 있던 보왈르 중사는 다음과 같이 설명했습니다.

"여기 도착하면 (우리는 근엄한 얼굴을 복잡한 항공로 위에 숙이고 있었음) 자네는 45도 서쪽으로 가야 하네…… 거기에 마을이 하나 있고, 그 마을 오른쪽으로 가게. 나침반 위에 방향타를 바꾸는 것을 잊지 말게……."

나는 생각했습니다. 그는 나를 환상에서 깨어나게 했습니다.

"그러니 좀더 조심하게…… 자네가 이리 통과하기를 좋아하지 않는다면 지금 여기서 180도 서쪽으로 돌아서 가게…… 그러나 거기에는 표시점이 적네. 자, 이 길이 잘 보이지……."

보왈르 중사는 나에게 차를 권했습니다. 나는 조금씩 차를 마셨습니다. 만일 내가 길을 잃게 되면 적군 속으로 착륙하겠다고 생각했습니다. 얼마나 여러 번 다음과 같이 말하는 것을 들었는지 모른답니다.

"만일 자네가 비행기에서 뛰어내림으로써 가슴에 포옹하게 될 어떤 여성 앞에 서게 되면 그때 자네는 신성한 존재가 되네. 그녀는 자네 어머니처럼 생각될 것이네. 그녀는 자네에게 계란과 낙타를 줄 것이고 자네와 결혼할 것이네. 이것이 생명을 구하는 유일한 방법일세."

나의 여행은 역시 너무 단조로웠기 때문에 이러한 예상 외의 사고를 기대할 수 없었습니다. 방해하지 마세요. 나는 오늘 저녁 공상에 잠기렵니다. 나는 사막 속에서의 긴 여정에 참여하고 싶습니다…….
 내가 어머니를 비행기로 얼마나 모셔 가고 싶은지요.
 어머니, 이만 줄이겠습니다. 제발 편지해 주세요. 이전하기 위하여 이달에 사용될 돈 5백 프랑을 가능한 한 속히 전신환으로 송금하여 주시겠습니까. 나의 마지막 돈은 우표 사는 데 사용됐습니다. 만일 빌릴 수만 있다면 내일과 모레 사용할 몇 푼을 차용하겠습니다.
 어머니! 내가 파란 의자를 끌고 다니던 아주 어린 철부지 적일 때처럼 다정하게 정다운 인사를 보냅니다…….
 마지막 시간입니다. 나는 방금 카스바 타들라에서 돌아왔습니다. 엔진 고장이나 그 외 뜻밖의 고장도 없이 돌아왔습니다. 저는 무척 기쁩니다. 이에 대하여 다시 자세히 편지 올리겠습니다.

앙트완느

〔라바트, 1921년〕

어머니,
 나는 얼굴 앞에 찻잔을 들고 입술에는 담배를 물고 큼직한 방석에 파묻혀서, 어떤 무어 인의 조그맣고 마음에 드는 응접실에서 이 편지를 쓰고 있습니다. 사브랑 씨는 피아노를 치고—드뷔시(근대 프랑스의 대작곡가이며 인상파의 시조. 낭만주의 후기 음악의 감정에서 헤어나 새로운 근대 음악의 새 국면을 개척함)와 라벨(근대 프랑스의 작곡가. 피아노곡과 무용곡을 작곡하고 근대 악파의 지도적인 지위를 지니고 있음)의 곡을 연주했습니다—그리고 다른 친구들은 브리지 놀이를 했습니다.
 그래서 우리는 사람들 중에 가장 품위 있는 사람을 사귀었습니다 그는 라바트에서 온 프리우 대위입니다. 거의 대부분 옛날 재복무 하사관인 그의 동료들에게 진저리가 나서 그는 멋진 친구들을 한 패 자기 주위에 끌어모을 줄 알았습니다. 그들은 사브랑 씨, 생 루이 중학교에서 나와 함께 해군사관학교 입시 준비를 하던 친구 그리고 다른 두 젊은이들입니다. 여섯 명 중에 세 명은 음악의 명수입니다. 그들은 미친 듯이 음악을 합니다. 나는 연주하지는 못하지만 듣기는 합니다. 그래서 나는 방석에 좀더 파묻혀 있습니다.

그의 집은 너무나 호의적으로 개방되었기 때문에 우리는 그것을 남용합니다. 사브랑 씨와 나는 48시간을 보내기 위하여 카사블랑카에서 도착한답니다. 저녁 만찬은 즐겁다고 분명히 말씀드릴 수 있습니다. 왜냐하면 우리는 모두 재치가 있기 때문입니다(물론 그렇습니다). 우리는 너무 늦게 새벽 세시나 네시에 잡니다. 그러므로 매일 저녁의 포카나 음악은 정열적입니다. 우리는 어처구니없는 노름을 합니다. 하루 밤에 16수까지 잃습니다. 다행히 우리들의 성격이 잘 형성된 만큼, 우리는 그 노름에서 루이 금화를 가지고 하는 것과 같은 기쁨을 맛볼 수 있습니다. 20수 이상 거액을 따고 노름에서 물러나는 사람은 겉멋 부리는 태도를 취합니다. 그가 그런 태도를 취하는 것이 어울린답니다.

사브랑 씨는 카사블랑카에 있고 우리는 월요일 저녁에 돌아올 수 있는 라바트로 토요일마다 출발하기 때문에, 화려한 이 지방에서의 생활은 안이하고 즐겁게 영위되고 있습니다. 지독히도 아프리카의 내지 깊숙이에 있는 모로코는 신록과 다채로운 초원으로 단장되고 있습니다. 지금 이 나라는 빨간 꽃과 노란 꽃들로 단장되어 있습니다. 평원들은 차례차례 밝은 모습을 하고 있습니다.

마음의 평화를 조성하고 있는 한결같은 더위입니다. 내가 무척 좋아하는 도시 라바트가 오늘은 조용합니다.

어수선하고 하얀 아라비아 집들 속에 파묻혀 있는 중대장의 집은 회교 사원과 등을 맞대고 있습니다. 회교 사원의 첨탑은 안뜰에서 확 트인 하늘로 찌를 듯이 솟아 있습니다. 사람들이 응접실에서 식당으로 가고 별을 향해 고개를 쳐드는 저녁 때에, 사원 첨탑에서 기도 시간을 알리는 승려의 노래 소리가 들리며, 사람들은 그를 마치 우물 밑에서처럼 쳐다봅니다.

사랑하는 어머니, 또 편지하겠습니다. 여기서 한 달만 있으면 나는 분명히 어머니를 만나 포옹할 수 있을 것입니다. 그 동안 제가 어머니를 사랑했던 것만큼 역시 다정한 인사를 보냅니다.

지난 주에 보낸 긴 편지를 받으셨습니까?

미안하지만 오늘 제 식비를 보내 주십시오.

어머니의 아들, 앙트완느

파게 항공회사, 〔1922년 1월〕

사랑하는 어머니(앙트완느는 프랑스로 가는 뱃전에서 이 편지를 썼음),

탕헤르(아프리카 서부 지브랄타 해협에 면한 모로코의 항구 도시로서 무역이 성함. 영국과 프랑스가 공동으로 관리함)는 어제 멀리 사라졌습니다. 잘 있거라, 모로코야! 우리는 에스파냐 해협을 따라 올라갔습니다. 태양 아래서 하얗고 조그마한 도시가 눈에 띨 때, 긴 의자에 앉았던 내 옆사람이 뛰어난 재치로 우리를 감탄케 했습니다.

바다는 무척 평온합니다. 구름 한 점 없고 파도는 일지 않습니다. 메뉴는 꽤 좋았고 오락은 보기 드문 것이었습니다. 아무도 장기는 두지 않았습니다. 그리고 나는 모든 책을 다 읽었습니다. 그리고 식당으로 가서 자리를 잡았습니다. 식기를 놓고 있는 보이들을 느긋한 시선으로 쳐다보았습니다. 저것이 바로 고결한 직업입니다. 불행히도 저녁은 해지는 시간에 끝났습니다. 그래서 이것이 나의 디저트를 잡치게 했습니다.

디디 누나는 함께 생 모리스에 가자고 편지를 보내 왔습니다. 여행은 즐거울 것입니다. 내가 누나에게 "누나, 어떻게 지내시우?" 하고 물으면 누나는 다른 여객 앞에서 뽐낼 것입니다.

나는 지금 어머니에게 편지를 쓰고 있습니다. 왜냐하면 아마도 마르세이유에서의 나의 일과는 마치 어딘지 모르고 가는 의사의 왕진처럼, 다른 어떤 곳의 관료적인 형식처럼 어리석은 잡일로 보내게 되기 때문입니다. 그 일은 나에게 잠시의 시간적 여유도 주지 않을 것입니다. 만일 디디 누나가 경건한 희망을 표시하듯이 나의 사무실에 찾아와서 나를 기다린다면 누나가 나를 재빨리 포옹만하고 말지 않을까 걱정됩니다. 내가 이스트르(남불에있으며 공군학교가 있는 소도시)를 떠날 수 있을 때까지, 누나는 떠나서 생 라파엘(남불 지중해에 면한 소 항구 도시)로 돌아와 춤을 추게 될 것입니다.

어머니, 요즈음 모로코는 너무 덥기 때문에 생 모리스에서는 걷잡을 수 없는 기관지염에 걸릴까봐 몹시 두려워하고 있습니다. 내 방에 불을 피워 주세요. 이것은 환자에게 대단히 어리석은 일이겠지요! 어머니, 나를 거기로 데려갈 수 있도록 여행을 좀더 하셔서 파리에 오시지 않겠습니까? 내가 얼마나 파리의 회색 보물들과 조화로운 정원들과 미술품 전시회에 대하여 향수를 갖는지 어머니께서 아신다면!

나는 모로코에 대하여 불평할 수 없습니다. 나에게는 즐거웠습니다. 습기 찬 막사 속에서 끔찍하게 울적한 며칠을 보냈습니다. 그러나 지금은 시(詩)로 가득 찬 인생처럼 회상됩니다. 그리고 좋은 순간도 있었습니다. 보기 드물고 멋진 라바트에서의 우리들 모임은 추억에 뚜렷이 남을 것입니다.

어떤 친구들을 데려갈까요? 그렇지만 어머니께서는 모로코에서 같이 간 친구들을 일주일간이나 우리 집에서 보내게 하는 것을 원치 않으시지요? 그런데 어머니께서는 프랑스의 친구들에 대하여 말씀하셨습니다. 그러나 살레스와 본느비는 공부 잘 한다구요!

배는 불안하게 요동을 했습니다.

아침 식사에 나온 튀긴 대구가 내 뱃속에서 잠을 깨어 가만히 팔딱팔딱 뛰는 것같이 느껴집니다. 그렇지만 하늘은 맑습니다. 하느님, 이 잔잔한 파도까지 없애 주소서.

어머니, 다시 만나겠습니다. 우리 집 대문을 여시고 살찐 송아지를 잡으세요. 내 대신에 주임 신부님께 장기 도전을 해 주세요. 미마 누나와 모아시(앙트완느의 옛 정 교사인 노파)에게 둘다 내가 얼마나 포옹할 것인지 전해 주세요. 내가 그의 바에 갑자기 방문함으로써 루이 드 본느비 여사를 깜짝 놀라게 하기 위하여, 나의 도착을 레진(친구이며 어머니인 루이 드 본느비의 여동생이며 레진느 드 본느비임)에게 말하지 말도록 모노 누나에게 부탁하여 주시기 바랍니다.

앙트완느

〔아보르 야영 부대, 1922년〕

어머니(1922년에 앙트완느는 아보르 야영 부대로 베르사이유로 계속 전출되었음. 아보르는 중부 프랑스에 있는 소도시로서 야영 부대 주둔지로 유명함. 그는 10월에 공군 소위로 임명되었음),
일전에 보내 주신 그토록 애정에 가득 찬 어머니의 편지를 나는 방금 다시 읽었습니다. 어머니, 내가 얼마나 어머니 곁에 가고 싶어 했는지! 내가 매일 조금씩 어머니를 더 사랑할 줄 안다는 것을 알고 계신다면! 최근에는 편지 쓰지 않았습니다. 그러나 우리는 요즈음 일이 너무나 많습니다!

오늘 저녁은 날씨가 좋고 온화합니다. 그러나 나는 침울합니다. 그 까닭을 모르겠습니다. 결국 아보르의 실습 기간은 너무나 피곤합니다. 옆에 어머니가 계시는 생 모리스에서의 요양이 몹시 필요합니다.

어머니, 무엇을 하고 계십니까? 그림은 그리고 계십니까? 어머니는 전시회에 대하여 전혀 말씀하시지 않았고, 레펀느(북불에 있는 소도시이며 순례지로서 15세기에 세운 노트르담 드 레펀느 성당은 아름답기로 유명함) 성당을 감상한 소감에 대해서도 역시 언급하지 않았습니다.

편지해 주세요. 어머니의 편지는 나의 건강에 좋습니다. 그것은 나에게 도달하는 청량제입니다. 어머니, 어머니께서 말씀하신 그토록 즐거운 것을 발견하기 위하여 어떻게 하십니까? 우리는 하루 종일 감격할 것입니다.

내가 아주 어렸을 때만큼 나는 어머니가 필요합니다. 특무상사들, 군기, 전술 강의들은 얼마나 무미건조하고 무뚝뚝한 일인지요. 어머니께서 응접실에 꽃을 정돈하고 계시는 광경을 저는 상상하고 있습니다. 나는 특무상사들을 싫어하고 있습니다.

　어떻게 내가 가끔 어머니를 울릴 수 있겠습니까? 그것을 생각할 적에 나는 무척 가련합니다. 나는 어머니에게 나의 사랑에 대하여 의심을 품게 했습니다. 그렇지만 어머니, 만일 나의 애정을 아신다면.

　어머니는 나의 생애에서 가장 좋으신 분입니다. 나는 오늘 저녁 소년처럼 향수를 느낍니다! 거기서 잘 계시다고, 그리고 우리가 함께 살 수 있다고 말씀해 주세요. 내가 어머니의 애정을 이용하지 않고 어머니를 도울 수 있는 사람이 못 된다는 것을 말씀해 주세요.

　오늘 저녁 내가 울 만큼 침울한 것도 사실입니다. 내가 슬픔에 잠길 때 어머니가 유일한 위안자라는 것도 사실입니다. 어렸을 적에 벌을 받았다고 흐느껴 울면서 등에 큼직한 손가방을 메고서 돌아왔었지요. 어머니는 르망 초등학교 적의 일이 생각나십니까―그런데 어머니는 단지 포옹함으로써 모든 것을 잊게 하였습니다. 어머니는 학생감과 학생 감독 신부님에게 강력한 후원자였습니다. 학생들은 우리 집을 극히 안전하게 생각했었습니다. 사실 우리 집에서는 안전이 보장되었습니다. 오직 어머니가 계시는 것으로 족했습니다.

　그런데 지금도 마찬가지입니다. 어머니는 의지되는 분이고, 어머니는 모든 것을 알고 계시며, 모든 것을 잊어버리게 합니다. 좋든 싫든 간에 누구나 어린 소년처럼 느껴집니다.

　어머니, 이만 각필하겠습니다. 머리 속에서 일거리가 떠나지 않습니다. 나는 마지막 미풍을 호흡하러 창문으로 가겠습니다. 거기에는 작달막하고 못생긴 친구들이 생 모리스에서처럼 노래를 부르고 있습니다. 그들은 얼마나 노래를 못부르는지!

　무척 다정하게 인사를 드립니다.

어머니의 아들, 앙트완느

　추신:내가 거기 간다고 가정하기 위하여 내일 우리 집 방향으로

최소한 50킬로미터 비행할 것입니다.

〔파리〕 비비엔느 가 22번지 〔1923년 10월〕

어머니,
　나는 너무나 일이 많습니다. 일치고는 너무나 어처구니없는 일이기 때문에 나는 편지로 쓸 수가 없습니다. 나는 후회하고 있습니다. 나는 지금 어머니가 보내신 작은 전등 앞에 있습니다. 나는 그 전등을 사랑하고 있으며 그 전등은 부드러운 불빛을 나에게 비쳐 주고 있습니다. 어머니께서 고통을 당하고 계신다니 나는 무척 슬픕니다.
　좀 괜찮으십니까? 가련한 어머니, 나는 생 모리스에서 어머니를 만나게 된 것을 그토록 자랑스럽게 생각하고 있었습니다. 어머니는 모든 것을 무척 멋지게 준비해 놓으셨지요. 어머니는 두 자식의 행복을 그토록 잘 마련해 놓으셨습니다. 나는 어머니를 말할 수 없을 만큼 많이 사랑하였습니다. 가련한 나의 근심은 마지막 시간에도 나를 둘러싸고 있습니다. 나는 어머니를 전적으로 신뢰해야만 하는 것으로 알고 있습니다. 내가 어렸을 때처럼 어머니의 위로를 받기 위하여 나의 고통을 말씀드려야만 하는 것으로 알고 있습니다. 나의 모든 불행을 어머니께 알려 드려야 하는 것으로 알고 있습니다. 어머니는 불효막심한 아들을 그토록 사랑하고 계시다는 것을 알고 있습니다. 어머니의 기분을 거슬렸다고 너무 나를 원망하실 필요는 없습니다. 나는 언짢은 나날을 보내고 있습니다. 지금 나는 용기를 되찾았습니다. 나는 용감한 녀석입니다.
　어머니가 만일 파리에 오시면, 가능한 한 가장 다정한 아들이 되도록 노력하겠습니다. 제 방에 거처를 정해 주세요. 여기가 호텔보다 나을 것입니다. 그리고 저녁에 나는 어머니를 찾아갈 것입니다. 우리는 머리를 맞대고 저녁을 먹을 것입니다. 내가 어머니를 위해 들어

둔 재미있는 이야기들을 해 드리겠습니다. 그러면 어머니께서도 다소 만족하실 것입니다.

그러고 나서 나를 행복하게 해 줄 분은 바로 어머니입니다. 나는 왜 외로운 듯 처신하는 데 집착하고 있는지 모르겠습니다. 어머니만이 이 모든 것을 조종하고 계십니다. 나는 어머니의 수중(手中)에 양보했습니다. 바로 어머니께서 상부 당국에 말씀하셨고 모든 것이 잘 될 것입니다. 지금 나는 철부지 어린아이와 같습니다. 나는 어머니의 가호를 구하고 있습니다. 언젠가 어머니가 학생 감독 신부님을 만나러 오셨을 때 어머니는 우선 나의 어려운 문제를 해결하시고 학생 감독 신부님을 만나러 가신 것이 떠오릅니다……. 어머니, 어머니는 많은 것을. 〔……〕

어머니, 생 모리스에서의 나에 대해 만족하고 계십니까? 남동생으로서의 임무를 나는 잘 수행하였습니까? ……나는 약간 감격했습니다. 그리고 나는 어머니에게도 역시 무척 감격했습니다. 이것이 어머니가 이루어 놓은 업적의 끝마무리였습니다. 어머니는 많은 사람을 행복하게 하였습니다(1923년 10월 11일, 앙트완느의 누나인 가브리엘 드 생 텍쥐페리가 피에르 타게와 결혼하는 것을 암시함).

근사한 어머니, 내가 끼쳐 드린 모든 근심을 용서해 주세요.

굉장히 좋은 '연극'을 어머니에게 구경시켜 드리겠습니다. 이본느 아주머니의 초대로 나는 오늘 저녁 그 연극을 보고 왔습니다. 피에르 앙프의 〈무엇보다 가정〉이란 제목입니다.

안녕히 계세요, 어머니. 나를 위해 하느님의 은총을 빌어 주세요. 나를 사랑해 주세요.

앙트완느

파리 퍼티가 12번지 〔1924년〕

어머니,

어머니와 우편환, 무한히 감사합니다. 이사를 해야만 했기 때문에 나의 형편은 몹시 곤란합니다. 가정부에게 주어야 할 그간 밀렸던 새해 선물, 집 관리 비용…… 책 운임, 트렁크 대, 화물 수송용 철함 대, 뿐만 아니라 치과의사가 나에게 외상을 사절하기 때문에 이 치료비 3백 프랑을 지불했습니다. 나의 곤경은 암담합니다. 이러한 처지에서 디슈 누나를 만나러 가기는 무척 난처합니다.

나에게는 일자리를 얻을 길이 열려 있습니다. 그것은 신문기자직입니다. 그러나 불행히도 나는 탐방할 시간적 여유가 없습니다……. 내가 아는 사람이 〈아침의 정보〉란에 나의 기사들을 게재하겠다는 것입니다.

아마도 나는 봄이나 이번 겨울에 중국으로 출발할 것입니다. 그곳에는 비행사들이 필요하며 내가 거기서 항공 학교를 맡아 지도할 수 있기 때문입니다. 이것은 굉장한 비용이 소요되는 형편입니다. 요즈음 내가 할 수 있는 모든 것을 다 했습니다.

나의 사무실은 점점 더 우울해집니다. 나의 우울증은 음험하고 끈질기게 쫓아다닙니다. 이 점이 또한 내가 여행을 좋아하는 이유입니다.

아나이 고모님은 생 모리스에 계시겠지요. 그것도 일종의 사랑이지요. 거기에 언제 돌아가실 생각입니까? 나는 그곳에서 어머니를 만나고 그곳에서 즐거운 휴가를 보내고 싶습니다. 만일 내가 중국으로 출발하게 되면 아마도 1개월간 자유 시간이 있겠지요?

날씨가 음산합니다. 그렇지만 나는 일요일에 오를리(파리 근교 남부에 있는 국제 공항) 공항까지 비행할 수 있었습니다. 나는 멋진 비행을 했습니다. 어머니, 나는 이 직업을 대단히 좋아합니다. 엔진과 마주앉아 4천 킬로미터를 달리는 동안의 정적과 고독을 어머니는 상상할 수 없을 것입니다. 그리고 저 아래 지상에 있는 동료들의 동지애를 상상할 수 없을 것입니다. 그들은 자기 차례를 기다리면서 풀밭에 누워 잠을 잡니다. 그들은 동료의 비행기를 기다리면서 동료의 비행을 지켜봅니다. 그리고 이야기를 합니다. 그 이야기들은 희한한 것들이었습니다.

그것은 어떤 낯선 소도시 부근 들판에서 있었던 비행기 고장에 대한 이야기였습니다. 감격적이고 애국심이 강한 그 도시 시장은 비행사들을 저녁 식사에 초대했다는 것입니다…… 동화 속 이야기들이지요. 그 이야기들은 거의 대부분 즉석에서 꾸며 낸 것들이었습니다. 그러나 사람들이 모두 감탄합니다. 그런데 이번에 자기가 비행기로 떠나게 될 차례가 되면 황당무계한 희망에 벅차답니다. 그러나 그는 결코 도착하지 않습니다……. 그리고 그들은 착륙시 포르토(포르투갈 산 포도주) 포도주를 가지고 내리면서 서로 위로합니다. 혹은 "여보게, 엔진이 파열됐어. 그래서 나는 겁이 났어……" 하면서 위로한답니다. 볼품없는 이 엔진은 거의 과열되지 않습니다…… 어머니, 나의 소설은 절반쯤 되었습니다. 이 소설은 실로 새롭고 간결한 문장이라고 생각됩니다. 이 소설은 사브랑에게 현기증을 일으킵니다. 나는 사브랑에게 굉장한 발전을 하게 했습니다.

프리우는 비길 데 없이 좋은 성격을 가졌기 때문에 그와 함께 생활하는 것은 근사합니다. 불행히도 우리는 10월 15일에 아파트를 비워 주어야 합니다. 그래서 다른 아파트를 구하려고 합니다. 우리는 두 아파트를 고려중입니다. 세가 너무 비싸지 않기를 바라고 있습니다.—세는 다행히도 꽤 싼 편임—어머니께서 가구 몇 개와 시트 몇 장을 주시겠습니까?

생 모리스에는 누가 있습니까? 할머니는 어디 계십니까?

어머니, 진심으로 정다운 인사를 드립니다. 어머니의 마음의 평화를 기원합니다. 미마 누나에게 내가 편지한다고 전해 주세요……

존경을 표하는 어머니의 아들, 앙트완느

〔파리, 1924년 3월〕

어머니,
 어느 일요일 생 모리스를 왕복하는 데 충분할 만큼의 돈을 내월 초에 받을 수 있을 것 같습니다. 이것은 확실히 피로하게 하지 않을 것입니다. 나는 어머니와 비슈 누나를 만나게 되고 우리 집을 다시 보게 되면 무척 기쁠 것입니다. 어머니, 무척 다정한 편지를 한 통 써 주세요. 내가 오랫동안 편지를 받지 못한 것이 사실입니다. 나는 최근 8개월 동안 거의 안정을 취하지 못하고 몹시 불안한 생활을 해 왔습니다. 너무 후회할 필요는 없겠지요.
 지금은 아주 잘 지내고 있습니다. 나의 일은 권태롭지 않습니다. 그리고 몇 가지 계획을 세우고 있습니다. 어머니의 친구 루이 드 본느비 여사를 감탄에 사로잡히게 할 소설을 조금씩 단편적으로 쓰고 있습니다.
 디디 누나가 나에게 편지했을 것입니다. 나는 사실 답장을 쓰지 못합니다만 이것은 별로 중요하지 않습니다. 왜냐하면 아직은 이야기거리가 별로 없지만 곧 많이 생기게 되기 때문입니다……. 누나는 어떻게 되었습니까?
 프리우 집에 옛 친구들이 많이 모여 황홀하게 우정을 나누고 있습니다. 반대로 이본느 여사는 1개월 전부터 남불에 있습니다. 곧 돌아오리라 생각합니다.
 어머니, 거기는 권태롭지 않습니까? 디디 누나 댁에서 그림을 그리고 다시 기운을 차리기 위해 오시지 않습니까? 다행히도 요즘엔 햇빛이 약간 있으며 아마 그렇게 춥지는 않을 것입니다.
 어머니께서 나의 외투 문제를 해결해 주신다고 말씀하셨지요? 어음은 이달 말에 찾을 것입니다. 그것을 어머니에게 보내 드릴까요? 여하간 내가 기대하고 있는 일이 4월 초순에 성공하게 되면 거기 도착하여 그 돈을 갚아 드리겠습니다. 어머니에게 더 이상 결코 경제적인 부담을 안기고 싶지 않기 때문입니다. 그러나 사실 요즈음 나는 곤궁에 빠졌습니다. 그래서 어떻게 갚아 드릴지 모르겠습니다.
　어머니, 내가 어머니를 사랑하는 것처럼 어머니에게 다정한 인사를 드리면서 이만 줄이겠습니다.
　　　　　　　　　　　경의를 표하는 어머니의 아들, 앙트완느

〔파리, 1924년 6월〕

　어머니,
　나는 선거하러 올 작정이었습니다. 그리고 그 일요일 사진 케이스를 비행기 편으로 가져올 수 있는 유일한 기회였습니다. 그래서 나는 그렇게 하였습니다. 나는 내가 협회장이 될 항공사진협회를 하나 창설하고 싶습니다. 그래서 나는 약삭빠른 준비 작업을 하고 있습니다. 나는 이 계획을 좌절시킬 수는 없습니다.
　요즘은 파리 박람회에 내가 주관하고 있는 조그마한 간이 건물 속에서 세월을 보내고 있습니다. 친구들이 거기로 나를 찾아옵니다. 나는 신중하고 위엄 있는 표정으로 수백 명의 손님들과 토론합니다. 그곳에서 나를 보면 어머니는 웃으실 것입니다. 〔……〕
　자크 가족은 입대하기 위해 출발했습니다(외삼촌 이나크 드 퐁스콜룸브의 아들 프랑스와 드 퐁스콜룸브와 앙트완느의 사촌동생이 군복무를 하기 위하여 입대하였음). 그는 별로 큰 열의 없이 떠났습니다. 이것이 그의 건강에 좋을 것입니다. 나는 2년차의 군대 생활과 기관사와 기계 수리병과의 감동적인 우정밖에는 별로 좋아하지 않습니다. 나는 우울한 샹송을 부르고 있던 그 감옥을 좋아하기까지 하였습니다.
　나의 소설은 한 페이지씩 완성되어 가고 있습니다(이 소설의 원고는 분실하였음). 나는 내월 초순경에 가서 어머니께 이 소설을 보여 드릴 생각입니다. 나는 이 소설을 완전히 새롭다고 생각합니다. 나는 가장 좋은 대목이라 생각하는 몇 페이지를 방금 썼습니다.

어머니, 어머니께서 무척 기분좋게 나의 친구들을 맞아 주셨기 때문에 나도 무척 감격했습니다. 그에 대하여 좀더 잘 사의를 표시하지 못한 데 대하여 저를 용서해 주세요. 〔……〕

정다운 벗들이여, 나의 건강은 좋다네. 이와 같은 건강을 가진 데 대하여 나는 정말로 하늘의 축복을 받았습니다. 나는 친구들을 집으로 불러 대접하고 정다운 분위기를 만들기 위하여 아파트를 하나 몹시 원하고 있습니다. 어머니, 우리 집이 아닌 습기 찬 방에서 나는 살 수 없습니다.

역시 날씨가 너무 더우니까, 이것도 또 하나의 불행입니다. 태양을 어떻게 좋아할 수 있겠습니까? 어머니, 모든 사람이 땀을 흘리고 있습니다. 이것도 지긋지긋한 일입니다.

포동포동 살이 찌고 낙천주의자인 아나이 고모님은 수요일마다 저를 불러서 같이 점심을 먹습니다. 우리는 파리의 식당들을 한바퀴 돕니다. 나는 고모님을 조그마한 방으로 모셔 갔으며 고모님은 거기에 만족하셨습니다. 우리는 정치, 문학, 사교 생활에 대하여 말합니다. 우리는 두 연인과 같습니다. 〔……〕

어머니, 나의 생활은 이상과 같습니다. 나는 일전에 생 모리스가 아담하다고 생각했으며 재빨리 거기를 떠나고 싶었다는 것도 역시 어머니께 말씀드리고 싶습니다. 나는 휴가를 어머니의 딸 디디와 맞추어 얻도록 노력하겠습니다. 또한 버찌를 큰 상자로 보내 주시기 바랍니다. 가능하겠지요? 그것은 나를 무척 기쁘게 할 것입니다. 어머니, 나의 친구들은 일전에 받은 환대에 대하여 무척 감동하고 있습니다.

무척 다정하게 인사를 드립니다.

어머니, 나는 어머니를 무척 사랑하고 있습니다.

앙트완느

파리 오르나노 가 70번지의 을호, 〔1924년〕

어머니,

  〔……〕나는 오르나노 가(그는 당시 부르봉 기와 공장의 작업 감독자였음) 70번지의 을호에 자리잡은 침침하고 조그마한 호텔에서 침울하게 생활하고 있습니다. 별 재미가 없습니다. 더구나 음산한 날씨입니다. 이 모든 것이 정말로 우울하게 만듭니다……
  나는 오래 전부터 편지하지 못했습니다. 어머니께 알려 드릴 좋은 소식을 기다리고 있었기 때문입니다. 아직 아무런 결정이 나지 않았기 때문에 헛된 희망을 품고 편지하고 싶지는 않습니다. 그러나 지금 이것은 거의 확실한 것 같습니다. 어머니는 굉장히 기뻐하실 것으로 생각합니다.
  나는 새로운 직업을 고려중입니다. 그것은 자동차 회사입니다. 나는 1, 고정 봉급으로 연봉 1만 2천 프랑, 2, 수수료로 1년에 약 2만 5천 프랑, 합계 3만 내지 4만 프랑을 매년 받게 될 것입니다. 더구나 조그마한 자동차도 내 앞으로 한 대 주는데, 그 차로 어머니와 모노 누나도 데리고 돌아다닐 것입니다. 다음 주에 가서야 완전히 결정될 것입니다. 이렇게 되면 약 일주일 후 금요일경에 어머니한테 도착할 것입니다. 이것은 독립된 외무 사원 생활입니다. 이것이 1년 이래 첫 기쁨이 될 것입니다. 나는 무한히 기쁩니다. 어머니도 역시 기쁠 것입니다.
  반대로 나의 호텔은 나를 싫증나게 합니다. 어떻게 숙박할지 모르겠습니다.
  이 직업의 유일한 걱정거리는 모든 것에 완전히 정통하기 위하여 모든 부서의 직공들과 함께 보내면서 공장에서 2개월간 실습을 받아야 되는 것입니다. 이 2개월간에도 봉급을 주는지는 아직 잘 모르겠습니다. 그러나 그 후에는 부자가 될 것입니다.
  프랑스 대사 헨너 씨 부인 마이유 여사 댁에서 어제 저녁 프리우와 함께 식사를 했습니다. 그녀는 나에게 '위대한 재능을 가진 문인!'이란 제목으로 많은 것을 소개했습니다.

시몬느 여사는 언제 도착합니까? 나는 시몬느 여사가 무척 그립습니다. 내가 금년 겨울에 조그맣고 멋진 자동차로 그녀를 모시고 돌아다니겠다고 전해 주세요…… 그리고 내가 아파트를 하나 얻게 되면 그녀를 저녁 식사에 초대할 것입니다(프리우의 아파트밖에 없어서 유감임).

어머니, 형체를 이루고 있는 것 같은 거대한 희망의 결과는 수요일에 편지하겠습니다. 그리고 가능하면 그때에 어머니를 만나러 가겠습니다. 그렇지 않으면 어머니께서 잠깐 파리를 다녀가시겠습니까?

내가 사랑하는 것처럼 진심으로 어머니께 정다운 인사를 드립니다.

앙트완느

추신:약간 희망을 가지고 기뻐해도 괜찮을 것 같다고 단언하는 바입니다.

파리 오르나노 가 70번지의 을호, 〔1924년〕

어머니,

지금 나는 대단히 만족하고 있습니다. 나는 대단히 훌륭한 직업을 계획중입니다. 내가 배치된 세 과(課)의 서류를 나는 검토했습니다. 모두 훌륭했습니다. 소레 회사는 거기에서도 평가를 받았습니다. 이것이 나의 업무가 될 것입니다(소레 트럭 회사의 외무 사원으로 앙트완느에게 제의하였음).

나의 실습은 권태롭지는 않았으나 피곤하고 열중시키기는 일이었습니다. 마침내 실습 기간이 끝나갑니다. 내일 마지막 과(課)—수선

및 영업과—에서 떠날 생각을 하고 있습니다.

나는 모든 과원들에게 호감이 갔고 서글서글한 외무 사원 동료들과 거짓 없이 친해졌습니다. 마침내 나는 생계를 위한 곤경에서 벗어나게 되었습니다.

나는 결혼할 의향을 약간 가지고 있으나 누구와 할지 모르겠습니다. 그런데 나는 항상 일시적인 생활에 대하여 혐오감을 가졌었습니다. 그리고 나는 예비되어 있는 부정(父情)이 많습니다. 나는 어린애들을 많이 갖고 싶습니다…….

여하튼 내가 만일 참한 처녀를 하나 발견하게 된다면, 지금 나는 그녀에게 서슴치 않고 부탁할 입장입니다. 〔……〕

나는 대단히 건강하게 지내고 있습니다. 이러한 관점에서 보면 실습은 좋은 치료입니다. 나는 2제곱 미터의 사무실을 위하여 태어나지 않았습니다.

어머니, 나는 역시 생활에 희열을 느끼고 있습니다. 나는 너무나 멋진 친구들을 가졌기 때문에 어머니는 그것을 상상할 수 없을 것입니다. 그들은 모두 요즈음 유행되는 동정심을 가지고 있습니다. 본느비 여사는 나에게 언제나 손짓합니다. 살레스는 나에게 너무나 깊은 우정이 담긴 편지를 보냈기 때문에 나는 그 편지에 감동되었습니다. 세고뉴는 천사 같은 사람입니다. 소신느 가족들은 수호 천사들입니다. 이본느 여사와 마피 여사에 대해서는 말하지 않겠습니다……

어머니, 마피 여사에게 끔찍한 일이 생겼습니다. 어머니께서 그 분에게 몇 마디 편지하셔야겠습니다. 그 분은 7개월짜리 어린 딸을 방금 잃었습니다. 그분의 남편은 3개월 전 미국으로 떠났지요. 그분은 남편을 만나러 미국으로 가는 도중이었답니다. 어머니께서 아시다시피 친절하고 간단한 몇 마디 말씀을 해야 할 만큼 이 일은 그분에게 충격을 주었습니다. 〔……〕 그분은 정말로 어려울 때에 무척 요령 있게 나를 도왔습니다. 나를 위해서 그렇게 해 주세요.

나는 중학교 동창생인 해군 장교 한 사람을 만났습니다. 그는 굉장한 교양을 쌓은 친구가 되었으며 많은 견문을 가지고 일가견을 피력하였습니다. 그는 내가 의지할 수 있는 훌륭한 사람입니다. 우리는 예술 분야에서 작품들과 전시품을 함께 보러 가서 토론할 것입니다. 그는 건전하고 활기를 띠게 할 만큼 명석한 사상을 가졌습니다. 나는 만족하고 있습니다.

시몬느는 주님의 길에서 성장하며 발전하고 있습니다. 그 애는 자기 반 작문 대회에서 1등하였습니다(시몬느 드 생 텍쥐페리는 샤르트 국민학교에 다녔음). 그 애 혼자서 작문을 한 것은 아닙니다만 그 애는 항상 정오에야만 일어났습니다.

미마 누나의 건강이 좀 좋아졌다니 무척 기쁩니다. 나의 단편 소설(비행사)과 그의 단편 소설(암사슴의 친구들)은 타이프라이터로 치기 위하여 나의 실습이 끝나기를 기다리고 있습니다. 내가 매일 13시간 일하면 충분할 것이기 때문입니다. 그러나 누나에게 곧 된다고 말씀해 주세요.

어머니, 이만 줄이겠습니다. 지금은 자정입니다. 아침 6시에 일어나야 합니다. 다정스럽게 정다운 인사를 보냅니다.

앙트완느

〔파리 오르나노 가 70번지의 을호, 1924년〕

어머니,

진심으로 감사합니다. 어머니는 나의 사랑의 대상입니다. 설탕에 절인 과일은 햇볕에 바싹 말랐습니다. 어머니의 구두는 아직도 모르겠습니다. 그러나 어머니께서 그 구두를 굉장히 좋아하시기 때문에 나는 걱정하고 있습니다.

나는 몹시 지쳐 있습니다만 굉장히 열심히 일을 하고 있습니다. 대단히 막연했던 트럭에 대한 나의 전반적인 생각은 더 명확해졌고 분명해졌습니다. 나 혼자서 트럭에 대한 관념을 바꿀 수 있다고 생각합니다.

　어머니, 제가 유력한 사람이 될 때 파리에서 나와 같이 살지 않겠습니까? 나의 방은 무척 쓸쓸합니다. 나는 칼라와 구두를 갈라놓을 용기가 없습니다……

　나의 소설은 약간 중단되고 있습니다. 그러나 시간이 나는 대로 관찰을 함으로써 내적인 발전을 상당히 했습니다(앙트완느의 첫 작품은 《비행사》로서 1926년 앙드리엔느 모니에 씨의 〈나비르 다르장〉 출판사에서 출판했음). 나는 소재를 쌓고 있습니다.

　마침내 한 달 후에 아니면 그 이전에 나는 시간적 여유가 생길 것이며 생활이 활발해질 것입니다(더구나 현재의 나의 생활도 전혀 권태롭지는 않습니다).

　나의 자동차를 손질해야만 하겠습니다. 어머니께서 나에게 제의하신 대로 지금부터 〈크레디 리오네〉 은행에 나의 구좌를 개설해 주시겠습니까? 그러나 어머니, 생 모리스에서 우리는 1만 프랑에 대하여 말했습니다. 이 금액은 바로 정확합니다. 왜냐하면 나의 자동차를 보험에 넣어야 하고 옷을 몇 벌 맞추어 입어야만 하기 때문입니다. 야회복과 외투를 제외하고 나의 옷들은 제대할 때 맞추어 입은 것들입니다. 결국 첫 달의 나의 여행은 막판에 가서야만 비용을 치루게 되었습니다. 그런데 나도 아마 숙박을 해야 될까요?

　그러나 어머니가 나에게 빚진 것은 없습니다. 그러나 원하는 금액을 나에게 송금해 주세요. 빠르면 빠를수록 경제적일 것입니다. 왜냐하면 내가 아침에 늦게 일어나 쉬레슨(앙트완느가 일하고 있는 공장은 쉬레슨에 소재하고 있음)까지 택시를 타고 가면 나는 파산될 겁니다.

　어머니, 나로서도 언젠가 어머니를 도와 드릴 수 있기를 희망합니다. 그리고 이 모든 것을 다소나마 갚아 드릴 수 있기를 희망합니다. 저를 다소 신뢰해 주세요. 나는 억척스럽게 일하고 있습니다.

　내가 어머니를 사랑하고 있는 것같이 무척 다정하게 정다운 인사를 드립니다.

존경을 표하는 어머니의 아들, 앙트완느

추신:나의 주소 번지를 주의해 주세요(나의 번지는 70번지의 을호임). 〔……〕

〔파리, 1924년〕

어머니,

〔……〕 이본느 여사는 자동차로 나를 퐁텐느블뢰(파리에서 약간 남쪽에 있는 궁전으로서 프랑스와 1세 때 지어졌다. 나폴레옹 1세가 1314년에 폐위 서약서에 서명한 곳으로 유명함)에 데려갔습니다. 이것은 멋진 소풍이었습니다. 나는 앙리 드 세고뉴 댁에서 점심을 먹었습니다.

……X는 모로코로 다시 출발했습니다.―이것이 내 교육의 결실입니다.

그는 나에게 다음과 같이 편지했습니다.

"……자네가 나에게 가르쳐 준 모든 것을 나는 잘 이해했다네. 또한 자네가 나에게 가르쳐 준 것을 나는 막연하게 느끼고 있으며, 자네는 내 마음속을 밝혀 주었다네. 왜냐하면 자네는 생각할 줄 알고 자네의 사상을 명료하고 간략하게 표현할 줄 알고 있네. 등등……"

"……자네가 나에게 만들어 준 재산과 자네 덕택에 가져온 발전을 생각하면서 나는…… 등등……"

"……자네에게 말하였지만, 앞으로 지위가 높아지고 자네 계획대로 출세하려면 내가 할일이 얼마나 많은지를 나는 여러 번 느꼈다네…… 등등……"

"……자네가 시킨 실습이나 그 성과에 대하여 내가 얼마나 자네를 탄복하는지 만일 자네가 안다면…… 등등……"

나는 인간을 외계와 연결시키기 위하여 한 인간에게 극히 미약한 일을 하였습니다. 사상 교육에 대한 나의 뜻이 성공한 데 대하여 나는 상당히 자부심을 가지고 있습니다. 사람들은 이것을 제외하고는 모든 것을 교육시킵니다. 사람들은 글을 쓰고, 노래 부르고, 말을 잘

하고, 감동되고, 생각하는 것을 배웁니다. 그리고 사람들은 남의 말에 의해 인도되고 있으며 말로 사람의 감정까지 기만하고 있습니다. 그러나 나는 책에서 얻어지는 것이 아니라 인간적인 것을 원합니다. 〔……〕

　사람들이 말하거나 글을 쓸 때 인위적인 연역(演繹)을 위하여 즉시 모든 사고를 포기한다는 점에 나는 주목하였습니다. 그들은 마치 진실이 나오는 계산기를 사용하듯이 단어들을 사용합니다. 이것은 얼빠진 짓이지요. 추론할 것이 아니라 추론하지 않는 것을 배워야 합니다. 사람들은 무엇을 이해하기 위하여 일련의 단어를 나열하는 것이 필요하지 않습니다. 아니면 그 단어들은 모든 것을 왜곡시킵니다. 사람들은 단어들을 신임하고 있습니다.

　나의 모든 교육법은 분명해졌습니다. 나는 이것으로 책을 만들었습니다. 그것은 주목을 끄는 녀석의 내적 갈등입니다. 첫 부분을 적나라하게 파헤침으로써 잔인할 필요가 있습니다. 마치 X처럼 그가 별 존재가 아니라는 것을 증명하기 위하여 우선 자기 학생을 벌거숭이로 만들 필요가 있습니다.

　재미로 글을 쓰는 사람이나 재산을 모으려고 하는 사람들을 나는 증오합니다. 무엇인가 말할 것이 있어야 합니다.

　그러므로 나는 우선 X에게 나열하고 있는 단어들이 어떤 점에서 인위적이고 무익하다는 것을 가르쳤습니다. 그리고 거의 고치지 못하는 작업의 부족이 잘못이 아니라 모든 것의 기초가 되는 사물을 보는 방법 속에 큰 과오가 있다는 것을 가르쳤습니다. 또한 그의 문체를 재교육시킬 것이 아니라 글을 쓰기 전에 그의 내부―지능과 비전―를 재교육시켜야 한다는 것을 가르쳤습니다.

　이것은 스스로를 혐오하는 것부터 시작되었습니다. 이것은 내가 체험한 건전한 건강법입니다. 그러고 나서 그는 사람들이 다르게 보고 이해할 수 있다는 것을 마침내 이해하게 되었습니다. 그래서 그는 지금 무엇인가 될 수 있습니다. 그는 나에게 아첨하는 사의를 표했습니다…….

이만 각필할 시간이 되었습니다.

어머니를 사랑하는 것처럼 진심으로 어머니에게 정다운 인사를 드립니다.

존경을 표하는 어머니의 아들, 앙트완느

〔파리, 1924년 여름〕

가련한 어머니,

디디 누나가 내게 보낸 편지 내용에 대하여 나는 굉장히 불안합니다. 그다지 위중한 것을 나는 전혀 생각하지 못했습니다. 내가 갈까요? 나의 직장을 다닐 생각이 있고 어떤 일을 주선하기 위하여 리용에 가서 며칠 보내야만 할 것 같으므로, 나는 토요일에 떠날 수 있습니다.

어떻게 그 병이 그토록 갑자기 발생하였습니까?(앙트완느의 누나인 마리아 막달레나 드 생 텍쥐페리는 2년 후에 사망했다. 그녀는 〈암사슴의 벗들〉이라는 표제로 리용에 있는 라르 당제 출판사에서 1927년에 출판한 꽃과 동물에 대해 쓴 우화집의 저자임)

만일 어머니께서 내가 가기를 원하신다면 간단히 서면으로 알려주시기만 하면 됩니다. 〈암사슴의 벗들〉의 원고는 내가 직접 지참하지 않으면, 여하튼 토요일에 그에게 발송하겠습니다.

어머니, 미마 누나와 디디 누나와 시몬느와 함께 힘껏 포옹의 뜻을 표하면서 이만 각필합니다. 〔……〕

〔파리, 1924년 여름〕

어머니,

약간 안심할 수 있는 어머니의 편지 잘 받았습니다. 시몬느가 전화로 내게 나쁜 소식을 알렸던 그날 저녁에 나는 어머니에게 전보를 치러 갔었습니다. 그러나 다행히도 나는 약간 덜 불안합니다.

가련한 어머니, 잠시 휴양하러 언제 갈 생각입니까? 아게로 가든가 여기 오셔서 며칠 보낼 생각은 없습니까? 날씨는 좋지 않습니다만, 그래도?

사무실에서 어머니께 편지를 쓰고 있습니다. 나는 앞으로 고객될 사람들의 서류를 면밀히 조사하고 있습니다. 나는 이 달에 몽뤼송과 나머지 지역으로 여행을 떠날 것입니다. 사업의 성공을 기대합니다. 나의 공장은 마음에 듭니다. 어머니께서 좀더 안정되시고 미마 누나가 좀 차도가 있다면 나는 완전히 행복할 것입니다. 그러나 그토록 불안한 어머니를 생각하면 너무나 슬픕니다. 〔……〕

지난 일요일에 나는 오를리 비행장으로 비행하였습니다(그리고 그 때부터 나는 한쪽 귀가 거의 들리지 않습니다. 그러나 그것은 괜찮아질 것입니다). 내가 부자가 되면 전용 비행기를 하나 살 것입니다. 그리고 생 라파엘(지중해상에 있는 항구 도시로서 해수욕장이 있으며 요양지임. 제2차 세계대전시 미·불 연합군이 1944년 8월 15일 이 항구로 상륙한 것이 유명함)로 어머니를 방문하러 갈 것입니다.

어제 저녁 자크 외삼촌 댁에서 저녁 식사를 했습니다. 〔……〕 이것은 비길 데 없이 좋은 인정입니다. 어떤 소련인이 나에게 트럼프 점을 보아 주었습니다. 내가 일주일 전에 사귀게 된 어떤 젊은 과부와 장차 결혼을 하게 될 것이라고 예언하였습니다. 이처럼 나는 몹시 착잡하답니다!

어머니, 또 편지하겠습니다. 미마 누나와 함께 내가 사랑하는 것처럼 진심으로 정다운 인사를 드립니다.

존경을 표하는 어머니의 아들, 앙트완느

〔파리, 1925년〕

어머니,
좀더 행복한 신년이 되기를 기원합니다. 하늘에 간절히 기원하겠습니다.
어머니를 뵐 생각을 하니 미칠 듯이 기쁩니다. 남불에 가서 디디 누나와 미마 누나와 특히 어머니를 뵐 것입니다. 다른 한편으로는 새해 첫날을 앞서 가게 되니 그토록 미칠 듯이 기쁩니다. 방세로 2백5십 프랑을 지불하였더니 5십 프랑을 돌려받았습니다. 이리하여 용돈으로 5십 프랑이 남았습니다. 어머니, 나도 한번은 철이 들어 큰 희생을 하고 싶다는 것을 단언하는 바입니다. 그러나 이처럼 어머니에게 부담을 드려 양심의 가책을 받습니다. 그래서 최소한 이 여행 비용은 어머니에게 부담시킬 수 없습니다.
단지 나는 무척 울적합니다. 특히 내가 남아 있기로 결심하였을 적에, 나는 아직도 그렇게 할 용기가 없었습니다. 그러나 어머니, 내가 만일 거기에 가게 되면, 내가 돌아오는 바로 그날 어머니께 돈을 다시 요구해야만 될 것입니다. 어머니께서 송금한 것으로 최소한 방세는 지불되겠지만 사실 나도 생활을 해야만 되니까요! 그래서 어머니께 돈을 다시 요구하는 것이 나를 역겹게 합니다.
어머니, 이처럼 풍족치 못해 나는 몹시 지긋지긋합니다. 그래도 나만의 기쁨을 위하여 돈을 사용하고, 어머니 곁에 이틀간 있기 위해 3백5십 프랑을 사용하는 것은 약간 멋진 일로 생각합니다.
다정하게 정다운 인사를 드립니다.

존경을 표하는 어머니의 아들, 앙트완느

〔파리, 1925년〕

사랑하는 디디 누나에게,
시몬느가 오늘 아침 나에게 전해 준 사진 감사히 받았어요. 그 애는 나의 호텔 방을 명랑하게 했다오. 나도 앞으로 누나에게 같은 선물을 할 수 있기를 바라겠어요. 나도 결혼하여 누나 아이만큼 귀여운 아이들을 갖고 싶군요. 그런데 두 아이는 필요하겠지요? 나는 지금까지 내 마음에 드는 여성을 단 한 사람도 만나지 못했다오.
나는 나의 공장 종업원들에 대해 무척 만족하고 있어요. 종업원들도 나를 만족해 하고 있구요. 내가 만일 몇 대의 트럭을 판매하게 되면 아게에서 며칠을 보내기 위하여 금년 여름에 자동차로 가겠어요. 나는 누나를 데리고 남불을 약간 돌아다니겠어요. 나는 우선 시트로엥(시트로엥 자동차 회사에서 생산하는 자동차의 상호이며 프랑스 자동차 중에 가장 고급의 승용차를 생산하고 있음) 승용차부터 시작하겠어요. 그러나 그 자동차와 빠른 승용차와 교환하여 첫번 이익금을 사용하게 될 거예요. 이것은 아마도 나를 비행기로 위로하겠지요.
나는 조그마한 아파트를 얻게 될 새로운 희망을 가지고 있어요. 이 경우에 누나가 자형과 조카와 함께 파리에 와서 며칠을 보내지 않으면 용서할 수 없을 거예요. 〔……〕
좀더 자주 누나께 편지하지 못한 데 대해 용서해 주세요. 그런데 누나는 아주 멀리 있어요. 나는 누나의 집도 누나의 생활도 누나의 아들도 모르고 있지요.―지난 2년간 누나를 일주일쯤 보았을 뿐이에요. 〔……〕
그런데 분명히 이것은 긴밀한 관계는 아니에요. 그럴지라도 나는 누나를 진심으로 사랑하고 있어요.
사랑스러운 조카 시몬느가 다시 왔군요. 그 애는 아직 무척 젊습니다. 더구나 숙질간에 어울리지 않는 일이라고 나는 그에게 반박했지요. 〔……〕
시몬느 그 애는 중세의 사료(史料)에 정열적으로 관심을 가지고 있어요. 그 애는 억척스럽게 공부하고 있어요. 그 애는 언제나 한결 같더군요.

나로 말하자면 동료의 구역 내에서 외무 사원직의 경과를 그때그때 더 잘 파악하기 위하여 금주에 2주일간 예정으로 북쪽을 향해 출발하게 되었어요. 우리는 매일 자동차로 150킬로미터 달릴 거예요. 이것은 귀찮지는 않군요.

나는 철학적인 생활을 하고 있어요. 가능한 한 친구들을 만날 거예요. 〔……〕 거기에 좋은 친구들이 있지요. 이것이 나에게 위안을 주는군요.

나는 무척 예쁘고 총명하고 매력 있고 명랑하고 안온하며 충실한 젊은 처녀를 만날 때까지 기다리고 있다오. 그런데 구하지 못하겠군요.

그리고 나는 콜레트 가족과 폴레트 가족과 쉬지 가족과 대지 가족과 가비 가족과 단조롭게 선을 보았어요. 모두 계속하여 보았는데 두 시간 후에는 권태로웠어요. 대합실에서 보았어요.

자, 그러면……

디슈 누나, 또 편지하겠어요. 정다운 인사를 보내면서,

누나의 동생, 앙트완느

몽뤼송 우체국 유치〔1925년〕

어머니,

나는 아득한 도시 몽뤼송에 와 있습니다. 저녁 9시면 잠드는 도시랍니다. 나는 내일 나의 일을 시작합니다. 사업이 약간 중단되었다 하더라도 나의 일은 잘 진행되기를 바라고 있습니다.

디디 누나에게 보낸 나의 편지에 대하여 나를 원망할 필요는 없습니다. 그 편지는 몹시 실망한 감정하에 쓴 것이었습니다. 어머니께서

말씀하신 그 부인들은 마치 친구처럼 생각됩니다. 어떤 집에서 찾는 것을 발견하지 못했다고 내가 괴로워할 수는 없습니다.

내가 흥미 있게 생각하던 정신 상태가 쉽게 간파될 수 있는 기계론에 불과하다는 것을 알고 난 후부터 나는 항상 실망하고 있습니다. 나는 혐오감을 느낍니다. 그래서 나는 이런 사람을 원망하고 있습니다. 나는 많은 사물과 많은 사람들을 멀리하고 있습니다. 이것은 생각하는 것 이상으로 견실합니다.

조그마한 시골 호텔 응접실, 내 맞은편에 뽐을 내며 장광설을 늘어놓는 멋있게 겉멋 부린 사람이 하나 있습니다―내 생각에 이 지방의 작은 별장 주인인것 같습니다. 그는 어리석고 무익한 말을 큰 소리로 떠듭니다. 나는 역시 이러한 사람은 용서할 수 없습니다. 이러한 사람을 좋아한다는 사실을 후에 알게 된 어떤 여성과 내가 결혼한다면, 나는 사람들 중에서 가장 불행한 사람이 될 것입니다. 여성은 총명한 사람들만 좋아해야 합니다. Y씨 댁을 나오면서 손님 한 사람은 나를 완전히 참을 수 없게 만들었습니다. 나는 거기에서 입을 열 수가 없었습니다. 사람들이 나에게 무엇인가 알려 주어야만 했습니다.

X씨에 대하여 말함으로써 어머니를 언짢게 할 수는 없습니다. 나는 이러한 거짓 교양, 가장 잘 속이는 감정적인 모든 구실을 찾는 괴벽, 마음의 양식이 되고 실질적인 호기심을 전혀 일으키지 않는 감정적인 모든 진부한 이야기들을 나는 전혀 염두에 넣지 않습니다. 감동시키거나 미적으로 꾸민 어떤 책이나 이해하는 방법을 연상하지 마세요. 그들이 총사(銃士)의 가면을 쓰고 무도복을 입었을 때, 기사다운 감정을 느끼는 사람을 나는 좋아하지 않습니다. 〔……〕

어머니, 그들보다 나를 더 잘 알고 있는 친구들을 나는 가졌습니다. 그들은 나를 몹시 좋아하고 나도 그들을 좋아합니다. 이것은 내가 상당한 가치가 있다는 증거입니다.

나는 가족에게는 천박하고 수다스러우며 향락을 추구하는 존재입니다. 나는 향락 속에서 무엇인가 배울 점을 찾았으며 나이트클럽의 도용자(盜用者)들은 묵인할 수 없습니다. 무용한 대화는 나를 권태롭게 만들기 때문에 나는 여간해서 별로 입을 열지 않습니다. 그들의 성격을 누구러뜨리지 말도록 내버려두시지요. 그것은 필요없는 일입니다.

그것은 나의 본의와는 차이가 있었습니다. 어머니께서 이 점을 알아주시고 나를 다소 평가하여 주는 것으로 나는 만족합니다. 틀린 각도로 내가 디디 누나에게 쓴 편지를 어머니께서 읽어 보셨지요. 그것은 파렴치한 것이 아니라 혐오였습니다. 사람은 지쳐 떨어지게 되면 저녁 때 이처럼 됩니다. 나는 매일 저녁 그날의 대차대조표를 작성합니다. 만일 그날의 성과가 부진하게 되면, 나에게 손해를 보였으나 신임할 수 있는 사람들에게 불쾌하게 대합니다.

또한 내가 거의 편지하지 않는다고 나를 탓할 필요는 없습니다. 일상 생활은 별 대수로운 것이 없으며 언제나 거의 변함이 없습니다. 내적 생활은 말하기 어려우나 일종의 수치로운 점이 있습니다. 그에 대하여 말한다는 것은 너무나 거드름피우는 일입니다. 이것이 나에게 어떤 점에서 중요한지 어머니는 상상할 수 없을 것입니다. 이것은 모든 가치를 바꿉니다. 타인에 대한 판단까지도 말입니다. 어떤 '마음 좋은' 녀석이 쉽사리 감동하든 말든 그것은 나에게 상관없습니다. 내가 생각하고 본 것에 대한 세심하고 심사숙고한 결과인 내가 글로 쓴 작품 속에서 내가 어떠한 존재인지 추구해야만 합니다. 나의 방이나 싸구려 식당의 조용한 분위기 속에서 나는 내 자신과 대면할 수 있으며, 표현 형식과 문학적인 속임수를 피할 수 있으며, 노력하여 표현할 수 있습니다. 그래서 내 자신이 정진하고 양심적이라고 생각됩니다. 감동시키는 것이 목적인 상상력에 의해 행동하기 위한 시각(視覺)을 그르치는 것을 나는 용납할 수 없습니다. 어머니를 신경질나게 하는 통속 음악을 들려주는 다방의 멜로디처럼 그들은 나에게 정신적인 기쁨을 쉽사리 공급하기 때문에 내가 사랑하였던 많은 작가들을 나는 정말로 경멸합니다. 어머니는 새해 초두나 일 년 중 평일에 편지 쓰도록 나에게 역시 요청할 수는 없습니다.

　어머니, 나는 내 자신에 대하여 차라리 가혹합니다. 내 마음속으로 부정하거나 수정한 것을 다른 사람에게도 부정할 권리를 나는 가지고 있습니다. 본 것과 글로 쓴 것 사이에 개입하게 한 사상적인 겉멋을 나는 전혀 가지고 있지 않습니다. 내가 목욕을 했거나 자크 집에서 저녁 식사한 것을 내가 편지하기를 어머니는 어떻게 바라십니까? 나는 이러한 관점에는 정말로 무관심합니다.

　나는 정말로 어머니를 진심으로 사랑합니다. 표면에 쉽사리 나타내지 않고 모든 것을 마음속으로 감춘 데 대하여 나를 용서해야만 되겠습니다. 사람은 각자 능력이 있습니다. 그래서 가끔 힘에 겹기까지 합니다. 나에 대하여 정말로 비밀 이야기를 가졌으나 나를 극히 잘 모른다고 말할 수 있는 사람은 거의 없습니다. 어머니께서는 진실로 이전의 내 비밀 이야기를 가장 많이 아는 분이며, 내가 Y씨에게 보여 준 것처럼 수다스럽고 표면적인 이 자식의 이면을 약간 아는 분입니다. 왜냐하면 이것은 모든 사람에게 보여 주는 품위가 거의 부족하기 때문입니다.

　어머니, 진심으로 정다운 인사를 드립니다.

앙트완느

〔파리, 1925년〕

어머니,
　나는 파리 오르나노 가 70번지의 을호로 돌아왔습니다. 나는 몽뤼송을 다시 경유하면서 나를 기다리고 있는 어머니의 편지 두 통을 받았습니다. 어머니, 어머니께서는 멋진 분입니다. 나도 어머니 같은 아들이 되고 싶습니다.

어머니, 침묵 속에서 여행하는 동안—15일간 혼자서—유치 우편물을 받아 보면서 돌아다닐 때 어머니 편지보다 나를 더 기쁘게 한 것은 아무것도 없다고 생각합니다. 다음 기차를 기다리는 동안 나는 시골 조그마한 식당에서 그 편지들을 읽었습니다. 어머니, 표현은 거의 잘 못한다 할지라도 내가 어머니를 얼마나 감탄하고 사랑하는지 말하지 않을 수 없습니다. 이것은 그러한 신뢰이며 어머니의 사랑과 같은 사랑입니다. 그런데 이것을 이해하기 위하여는 오랜 시간이 필요하다고 생각합니다. 어머니, 내게는 그것이 매일 더 잘 이해가 됩니다. 우리를 위하여 어머니는 생활을 많이 희생시켜야만 했습니다. 나는 어머니를 너무 많이 고독 속에 방치하여 왔습니다. 내가 어머니의 매우 친한 친구가 되어야겠습니다.

나는 조그마한 열차와 트럼프 놀이를 하는 카페와 함께 많은 지방의 소도시들을 보았습니다. 살레스가 지난 일요일에 몽뤼송으로 나를 만나러 왔습니다. 얼마나 충실한 녀석인지! 우리는 매주 한번씩 열리는 댄스홀에 같이 갔습니다. 가정의 어머니들이 장미색 옷이나 파란색 옷을 입고서 가게 주인들의 아들들과 춤을 추고 있는 그들의 '처녀들' 주위에 4각형으로 둘러 서 있는 군청 소재지의 무도장입니다. 나는 옛날에 '골론' 음악회에서 연주하던 훌륭한 바이올린 연주자를 한 사람 사귀었는데, 그는 말없이 몽뤼송에서 일하고 있습니다. 그는 살레스와 나를 매혹시켰습니다.

나는 이러한 종류의 사람을 역시 사귀었는데, 그는 친상(親喪)을 당했기 때문에 시골로 내려왔으며 아무것도 하지 않고 이젠 독서도 하지 않습니다. 쥬니에(_{그의 충고로서 생 텍쥐페리의
문체에 큰 영향을 끼친 분}) 박사는 그들을 자살자들이라고 불렀습니다. 우리는 장기를 두었으며 그는 몹시 무질서한 가운데 나를 자기 집으로 데려갔습니다. 그것은 유감스러운 일이었습니다. 그는 훌륭한 그림을 그렸습니다. 그런데 어머니의 그림은?

어머니, 다정한 인사를 보냅니다. 나를 만나러 오시겠습니까?

앙트완느

〔파리, 1925~1926년 겨울〕

어머니,
 나는 자동차를 운전하다가 손가락에 동상이 걸렸습니다. 지금은 밤 열두시입니다. 나는 방금 모자를 침대 위에 던졌습니다. 나는 몹시 고독을 느끼고 있습니다.
 나는 집에 돌아와 방금 어머니의 편지를 발견했습니다. 그 편지는 내 상대가 되었습니다. 설혹 내가 편지를 안 하고, 설혹 내가 나쁜 녀석이라 할지라도, 어머니의 애정보다 더 가치 있는 것은 아무것도 없다고 생각할 수 있겠지요. 그러나 그것은 무어라고 형언할 수 없는 것들이며 내가 결코 말할 수 없는 것입니다. 그러나 그것은 이처럼 마음속에 있는 것이며 이토록 확실하고 계속되는 것입니다. 나는 아무도 결코 사랑하지 않는 만큼 어머니를 사랑하고 있습니다.
 나는 에스코와 함께 영화관에 갔습니다. 그것은 감정을 기만하고 은밀한 연속도 없는 나쁜 영화였습니다. 저녁에 군중이 올라가는 것을 보는 것만으로도 나는 싫증났습니다. 그 이유는 내가 고독하기 때문입니다.
 나는 자동차에 권태를 느꼈기 때문에 간단한 야영을 하며 파리에 있습니다. 나는 아메리카에서 출발한 탐험가처럼 여기에 잠깐 도착했습니다. 나는 몇 군데 전화를 걸면서 우정을 조사했답니다. 어떤 친구는 바쁘고 어떤 친구는 없었습니다. 그들의 생활은 계속되고 나는 갑자기 도착한 셈입니다. 그래서 나는 외로운 생활을 하고 있는 에스코를 불러 함께 영화관에 갔습니다. 그것뿐입니다.
 어머니, 내가 어떤 여성에게 요구한 것은 바로 불안감을 가라앉히자는 것이었습니다. 사람들이 그토록 필요로 하는 것은 바로 그것입니다. 사람들이 얼마나 짓눌리고 얼마나 자기의 젊음이 불필요하다고 느끼고 있는지 어머니는 알 수가 없을 것입니다. 어떤 여성이 무엇을 줄 수 있고 무엇을 주게 되는지 어머니는 알 수 없을 것입니다.

　나는 이 방에서 너무나 고독합니다.
　어머니, 내가 극복할 수 없는 우울증에 걸렸다고 생각하지 마세요. 내가 문을 열고 모자를 벗고서 손가락 사이로 도망간 하루가 끝났다고 느낄 적에는 언제나 이 같은 우울증이 생깁니다.
　만일 내가 매일같이 편지를 쓴다면 무엇인가 남아 있기 때문에 나는 행복할 것입니다.
　나는 이토록 젊을 필요가 있기 때문에, "자네는 얼마나 젊은가"라고 하는 말을 들을 때보다 나를 더 감탄케 하는 것은 없습니다.
　단지 나는 S씨처럼 행복에 만족하여 더 이상 발전하지 않는 사람들을 좋아하지 않습니다. 자기 주위에서 추측하기 위하여 다소 불안할 필요가 있습니다. 그래서 나는 결혼을 두려워하고 있습니다. 그것은 여성에게 달려 있습니다.
　그렇지만 올라가고 있던 군중들은 희망으로 가득 차 있었습니다. 그러나 군중들은 도망갔고, 필요로 하는 군중은 20명의 여성으로 구성되었습니다. 나는 너무 많은 여성을 요구했기 때문에 금방 숨이 막힐 지경입니다.
　밖은 몹시 쌀쌀한 날씨입니다. 창문의 햇살은 강합니다. 이러한 거리의 인상으로 무척 훌륭한 영화를 만들 수 있을 것이라고 나는 생각했습니다. 영화를 만드는 사람들은 바보들입니다. 그들은 볼 줄을 모릅니다. 그들은 그들의 도구조차 이해하지 못합니다. 열 사람의 얼굴만 유의해야 된다고 내가 생각할 때 감상을 짙게 하기 위하여 열 가지 동작을 만듭니다. 그러나 그들은 종합을 할 수 없으며 사진을 찍습니다.
　어머니, 나는 일할 용기를 가지고 싶습니다. 나는 할 말이 많습니다. 단지 저녁에 나는 그날의 피곤을 풀면서 잠을 잡니다.
　언제 갈지는 모르지만 나는 곧 다시 출발하게 될 것입니다. 아마 나는 자동차를 바꾸게 될 것입니다.

나의 모든 애정을 표시하며 정다운 인사를 드립니다. 나는 '어느 쪽도' 아닙니다. 그러나 어머니는 역시 나를 축복할 수 있을 것입니다.

앙트완느

툴루즈, 〔1926~1927년 겨울〕

어머니 (앙트완느는 라테코에르 항공 회사에 막 들어갔으며 그 회사의 소재지는 당시 툴루즈에 있었음. 그는 툴루즈―다카르 노선의 비행사가 되었음),

나는 일간 모로코로 날아갈 것입니다. 그러므로 오지 마세요. 나는 내일 언제든지 예고 없이 떠날 수 있습니다.

나는 1천 프랑을 빌렸으나 막대한 비용이 듭니다. 주택비를 선불해야 하고 비행 장비 등을 구입해야 합니다. 어머니가 만일 1천 프랑을 전신환으로 송금해 주신다면 내월 말에 그 금액을 갚아 드리겠습니다(나는 겨울에 매월 4천 프랑 받습니다). 만약에 그렇게 할 수 없다면 가능한 대로 해 주세요. 나는 내일부터 출항할 수 있습니다. 이것은 5일이나 6일 걸리기 때문에 나는 준비하여야만 한다고 예고 하였습니다. 나에게 남아 있는 백 프랑을 가지고 모로코에 가면 무척 난처할 것입니다……

나는 시험 비행을 훌륭하게 하였습니다. 그리고 당장 툴루즈에서 비행기를 접수했습니다. 동료들은 좋은 인상을 주었고 지성적이었습니다.

지금 무척 잠이 오기 때문에 내일 자세히 편지하겠습니다. 나는 비행을 많이 했습니다. 나는 돈 한푼 없이 출발할 생각을 하니 약간 공포심이 들었기 때문에 어머니께 이 편지를 쓰기 위하여 여기에 5분간 멈추었습니다. 한 달 동안 여기에 있었던 것 같은 생각이 들었습니다.

무척 다정하게 정다운 인사를 표하면서 내일 또 연락드리겠습니다.

앙트완느

툴루즈, 〔1926~1927년 겨울〕

어머니,
돈 한푼 없이 막 출발하려고 하니 정말로 난처합니다. 돈을 보내 주시기 바랍니다.
서로 만나지 못하는 것은 어리석은 일이란 것을 알고 있습니다만 지금은 오지 마십시오.
그러나 어머니는 22일 내에 다음 일을 해 주세요. 어머니는 파스텔화와 성모마리아 그림을 마련해 주세요. 나를 만나러 툴루즈에 오세요. 머플러와 군모(軍帽)의 차양도 마련해 두세요. 에스파냐의 먼 고향인 알리칸테로 어머니를 모시고 가겠습니다(육로로 거기에 가자면 1주일 걸림). 나는 거기에 비행사의 하숙집이나 이와 흡사한 숙소를 제공해 드리겠습니다. 어머니는 거기서 태양 아래 2주일간 쉴 수 있으며 거기 바다 위의 일몰을 그릴 수 있습니다. 3주일마다 오후를 어머니와 함께 보낼 수 있으며, 거기서 싫증이 날 때면 어느 날이든 어머니를 프랑스로 모셔 오겠습니다. 지금부터 에스파냐에 갈 여권을 만드세요(시청에 문의하시기 바람).
별일은 없으나 약간 권태롭습니다. 어머니를 사랑하는 것같이 정답게 인사를 드립니다.

앙트완느

〔툴루즈, 1927년〕

어머니,

나는 새벽에 다카르로 출발합니다. 무척 기쁩니다. 나는 아그라디르(남부 모로코에 있는 인구 3만명의 항구)까지 비행기를 조종하고 거기에서는 여객으로 갑니다. 나는 회신을 받지 않고 두 통의 편지를 어머니께 보냈습니다. 그러나 어머니도 거기서 나에게 편지를 보냈을 것으로 생각합니다. 어머니의 편지는 나를 반기게 될 것입니다.

이것은 5천 킬로미터의 짧은 여행입니다…….

어머니, 어머니를 작별하니 무척 슬픕니다. 그러나 나는 확고한 위치를 마련하고 있는 중이라는 것을 이해해 주세요. 내가 결혼할 수 있는 몸으로 어머니께 돌아가게 되기를 바랍니다. 여하간 나는 몇 개월 내에 휴가를 얻어 돌아가게 될 것입니다. 그러면 마침내 어머니를 점심 식사에 초대할 수 있습니다.

어머니, 이만 줄이겠습니다. 나는 머리가 몹시 아픕니다. 준비해야 할 이삿짐 상자와 트렁크는 나의 공상을 어지럽히고 있습니다. 재미 있게 읽은 책이 있으면 몇 권 보내 주세요. 나는 글을 쓰기 시작했으며 신프랑스 잡지사(1909년에 창간한 문학 평론의 권위 있는 월간 잡지로서 앙드레 지드가 주간했다. 지성인들의 문학 평론지로서 명성이 높았으며 1943년에 폐간됨)에 보내겠습니다.

어머니, 제가 어머니를 사랑하는 것처럼 다정스럽게 정다운 인사를 보냅니다.

존경을 표하는 어머니의 아들, 앙트완느

〔다카르, 1927년〕

어머니,
너무나 기쁜 여행을 마치고 나는 지금 다카르에 와 있습니다. 나는 눈앞에서 무서운 무어 민족을 보았습니다. 그들은 파란 복장을 하고 있었으며 머리카락을 동그랗게 말아서 머리채를 길게 늘어뜨리고 있었습니다. 실성한 태도를 하고 있답니다! 그들은 쥐비 곶, 아그라디르, 빌라 지스네로스(사하라 사막 서부 태평양 연안에 있는 조그마한 항구)에 와서 비행기들을 가까이서 구경하고 있습니다. 그들은 묵묵히 거기에 몇 시간 동안 남아 있습니다.

고장이 나서 비행기가 사막에서 으스러진 것을 제외하고는 여행은 잘 끝났습니다. 동료 한 사람이 우리를 데리러 왔습니다. 그래서 우리는 전 세계와 완전히 격리된 조그마한 프랑스 보루에서 잤습니다. 이 보루는 중사가 지휘하고 있었는데 수개월 이래로 백인은 한 사람도 보지 못했다고 합니다!

간단히 몇 자 적어 보냅니다. 우편기는 곧 출발합니다. 이번 우편기 편이 아니면 1주일간 이 편지를 가지고 있어야 합니다. 다카르는 보기 흉한 도시지만 항공노선은 훌륭합니다.

애정과 함께 다정한 인사를 드립니다. 우편기가 지나갈 때마다 편지하겠습니다. 나는 24시간만 노선을 운항하기 시작했으며 그 후에는 정찰하려고 노력하고 있습니다.

존경을 표하는 어머니의 아들, 앙트완느

〔다카르, 1927년〕

어머니,

나는 24일만에 우편기를 운항합니다. 지금부터 그때까지 나는 다카르에서 가능한 생활을 영위하고 있습니다. 나는 사방에서 약간 초대를 받고 있습니다. 그리고…… 나를 춤까지 추게 합니다! 외출하기 위해서는 나는 세네갈로 가야 합니다.

날씨는 견딜 만한 더위입니다만, 이곳의 이상한 기후보다는 프랑스의 추운 날씨가 더 좋습니다. 이곳 기후는 너무 덥지는 않으면서도 땀을 흘리게 하고 옷을 입어야 할지 벗어야 할지도 모른답니다. 더구나 나는 잘 지내고 있습니다만 다른 사람은 어렵습니다.

저는 한 달 전부터 어머니에게 아무런 소식을 듣지 못했습니다. 나는 가끔 편지를 쓰기는 하지만 이것이 나를 걱정시킵니다. 이곳에서 어머니로부터 간단히 몇 자 받으면 나는 무척 반가울 것입니다. 어머니, 나는 진심으로 어머니를 사랑하기 때문입니다. 내가 멀리 떨어져 있을 때 어떤 애정이 마음의 의지가 되는지를 잘 알게 됩니다. 어머니의 편지와 어머니에 대한 추억이 나의 우울증을 치료하게 됩니다. 나의 테이블 위에는 칙칙한 어머니의 파스텔화, 아직도 가지가 덜 자랐고 그 색깔이 나를 황홀하게 하는 개암나무 가지, 내가 잘 알고 있는 표정을 지으면서 몸을 약간 구부리고 겸손한 태도를 취한 어머니의 사진을 올려 놓았습니다. 그리고 내 서랍에는 3년간 받은 어머니의 편지가 모두 들어 있습니다.

나는 언제나 편지를 쓰는데, 어머니의 주소를 모르기 때문에 생 모리스에서 추송하게 하고 있습니다. 이 편지가 너무 늦지 않기를 바라고 있습니다. 그러나 어머니가 나에게 회신을 주신다면?

배 편으로 보내면 시간이 엄청나게 걸립니다. 〈툴루즈, 라테코에르 항공 회사, 추송……〉으로 편지해 주세요. 나에게 보낼 소포는 제외하고 말입니다. 소포를 보내시려면 우체국에서 요금을 알아보신 후에 항공 편으로 다카르로 보내 주세요. 왜냐하면 툴루즈에서 무료로 소포를 추송시키는지 잘 모르기 때문입니다.

가족의 소식, 나에 대한 소식, 누나의 소식을 보내 주세요. 〔……〕
내가 어머니를 사랑하는 만큼 정답게 다정한 인사를 보냅니다.

앙트완느

〔다카르, 1927년〕

어머니,
다정한 디디 누나,
사랑하는 피에르

가족만큼 나에게 즐거운 것은 아무것도 없기 때문에 단체적인 편지를 보냅니다. 나는 가족의 품안으로 편지를 보냅니다.

나는 세네갈에서 비행기 고장으로 흑인 집에서 잤습니다. 내가 그들에게 잼을 주었더니, 그것을 보고 그들은 감탄했답니다. 그들은 유럽 사람도 잼도 결코 보지 못했습니다. 내가 돗자리에 길게 누웠을 때 온 마을 사람들이 나를 구경하러 왔습니다. 나는 오두막집에서 한꺼번에 30명의 손님을 받았습니다…… 그들은 나를 바라보더군요.

나는 새벽 세시 밝은 달빛 속을 두 명의 안내자를 데리고 말을 타고 떠났습니다. 이것은 '늙은 탐험가'와 흡사했습니다.

디디 누나 그리고 피에르, 인공 부화기를 하나 준비해요. 이곳에서 2주일 후에 타조알을 항공 편으로 보낼 작정이거든요. 그것은 타조처럼 예쁘다오. 그리고 사육이 용이하대요. 시계, 은그릇, 사료를 빠는 컵, 진주모 스위치가 필요하다더군요. 빛나는 것은 모두 삼켜 버린다고 하더군요.

어머니, 이것이 유심론(唯心論) 이야기입니까? 어머니는 내가 사하라 사막에 오토바이를 타고 달리기를 원하십니까?(트럼프로 점치는 여자가 말한 것을 암시함) 어머니께서는 이것이 무엇인지 별로 의심하지 않습니다. 이것은 흡사 불로뉴 숲(파리 서쪽에 있는 넓은 숲. 산책길. 운동장, 인공 호수 등으로 정돈되어 있음)을 닮았습니다. 유심론은 가장 어리석은 이론입니다. 이렇게 어리석은 이론이 어머니를 감동시킨다는 것은 바라지 않습니다.

보내 주신 책 대단히 감사합니다.

제가 어머니를 사랑하는 만큼 어머니에게 다정한 인사를 드립니다.

앙트완느

〔다카르, 1927년〕

어머니,
 자세히는 모르지만 생 모리스에 계실 것으로 추측됩니다. 나는 어머니를 다시 보고 싶습니다. 약간 향수병에 걸려 있습니다. 그런데 언제 다시 만날 수 있을까요?
 다카르는 언제나 견딜 만한 기후입니다. 그래서 나는 잘 지내고 있습니다. 여행은 정기적으로 떠납니다. 그러나 나의 생에서 유일하게 변화무쌍한 시점입니다. 다카르는 지방 중에서 가장 중산 계급의 사람들이 많습니다.
 어떻게 지내십니까? 귀여운 가족과 조카와 어머니를 갖는 것은 즐거운 일입니다. 이곳 사람들은 정말로 질식할 것 같습니다. 그들은 아무것도 생각하지 않습니다. 슬퍼하지도 만족하지도 않습니다. 세네갈 당국에서도 그들을 기진맥진하게 만듭니다. 그래서 나는 무엇인가 생각하는 사람, 기쁨과 슬픔과 우정을 가진 사람을 갈망하고 있습니다.
 이곳의 정신 상태는 무척 암담합니다. 이 나라는 무척 기대에 어긋나며 모로코처럼 소규모의 국가입니다. 예의도 없고 역사도 없는 어리석은 나라입니다. 세네갈은 생각하지 마세요.
 유쾌한 시간은 하루에 단 한 시간도 없습니다. 여명도 황혼도 없이…… 하루가 침울하고 울적합니다. 그리고 나서 밤이 되면 대번에 습합니다.
 그리고 험담은 리옹보다 더 심하며 세계에서 가장 심하답니다.
 이만 줄이겠습니다. 이 편지를 우편기에 넣겠습니다.
 내가 어머니를 사랑하는 것처럼 정다운 인사를 드립니다.

존경을 표하는 어머니의 아들, 앙트완느

다카르, 〔1927년〕

어머니,

어머니로부터 편지를 받았습니다만, 주소가 없습니다. 내가 젊은 놈팡이처럼 춤을 추었고 내일 이 편지를 싣고 갈 사람이 바로 나라는 것을 제외하고는 말씀드릴 대수로운 일이 없습니다.

다카르는 별로 바뀌지 않았습니다. 아프리카 한복판에서 널따란 리용 교외를 찾아가는 것은 소용없는 일이지요……

그렇지만 쥐비 곶으로 돌아가는 길에 나는 어떤 동료와 함께 내륙지방으로 약간의 탐험 여행을 할 수 있고 악어 사냥을 할 수 있기를 희망합니다. 이것은 참 재미있을 거예요.

그러나 나의 가장 큰 위안은 나의 직업입니다.

나는 신프랑스 잡지사에 〈남방우편기〉를 보내기로 했습니다. 그러나 나는 나의 소설에 약간 얽매여 있습니다. 이 소설이 끝나게 되면 어머니의 고견을 구하기 위하여 어머니께 보내 드리겠습니다.

나는 완전히 상상력이 부족하기 때문에 간단히 써 보내겠습니다. 이 나라에 대해서 특별히 말씀드릴 것은 거의 없습니다. 〔……〕 내가 멀리 떨어져 있다는 인상조차 별로 가지고 있지 않습니다. 그러나 나는 규칙적으로 어머니의 소식을 듣고 싶습니다.

내가 어머니를 사랑하는 것처럼 다정한 인사를 드립니다.

앙트완느

다카르, 〔1927년〕

어머니,

어머니를 안심시켜 드리기 위하여 매주 한 번씩 간단히 적어 보냅니다. 나는 잘 지내고 있으며 기쁜 생활을 하고 있습니다. 그리고 나의 애정도 말씀드려야겠습니다. 어머니, 어머니는 비길 데 없이 다정스러운 분입니다. 나는 어머니께서 이번 주에 나에게 편지하지 않았을까 불안해하고 있습니다.

가련한 어머니, 어머니는 너무 멀리 계십니다. 그리고 나는 어머니의 고독을 생각해 봅니다. 아게에 계시는 것이 좋을 것입니다. 내가 돌아가게 되면, 내가 꿈꾸고 있는 것과 같은 아들이 되겠습니다. 그리고 저녁 식사에도 초대하겠으며 어머니에게 기쁜 일을 많이 해 드리겠습니다. 어머니께서 툴루즈에 오시게 되면, 내가 침울하고 슬퍼지게 되고 상냥하게 될 수 없는 것은 어머니를 위해서 아무것도 해 드릴 수 없어 느끼는 답답함과 슬픔 때문입니다.

그러나 어머니, 마침 아무도 그렇게 할 수 없을 때 어머니는 나의 인생을 상냥한 애정으로 가득 채워 주셨다고 말해 주세요. 그리고 어머니는 나의 추억들 중에서 가장 '상쾌하게' 합니다. 이것이 나의 마음속을 가장 명랑하게 합니다. 그래서 어머니에 대한 사소한 계획이라도 내 마음을 따스하게 합니다. 어머니가 사 주신 재킷과 장갑은 바로 내 마음을 보호하고 있습니다.

나는 멋진 인생을 산다고도 말씀해 주세요.

나는 정답게 어머니께 인사를 드립니다.

앙트완느

다카르, 1927년

어머니,

어머니께서는 지금 남불에 계시겠지요. 거기 계시는 어머니를 생각하니 대단히 기쁩니다.

저도 그 지방을 대단히 좋아했습니다. 그리고 조용하고 수줍고 호감이 가는 조그맣게 찍은 나의 사진을 한 장 보냅니다. 나는 젊은 처녀와 흡사합니다.

다카르는 은거한 도시입니다. 모두들 오늘 저녁 내가 약혼한 사람으로 알고 있습니다…….

내가 그것을 모르는 유일한 사람입니다. 그런데 애인이 아니면 어떤 사람과도 외출할 수 없습니다. 또한 약혼자가 아니면 처녀와 외출할 수 없습니다. 이것은 다소 성가신 일입니다.

어머니한테 소포가 왔다는 통지가 왔으므로 내일 찾으러 가겠습니다. 어머니는 나의 사랑의 대상입니다. 우편기가 내일 출발하기 때문에 그 소포를 풀어 보지 못하고 이 편지를 쓰고 있습니다. 내가 어머니를 사랑하는 것처럼 무척 다정하게 인사를 드립니다.

앙트완느

추신:아무도 나에게 편지하지 않습니다.

포르테티엔, 〔1927년〕

어머니,

내가 착륙하고 있는 포르테티엔(서부 아프리카 모리타니 공화국에 있는 소 항구 도시)에서 어머니께 편지를 쓰고 있습니다. 이곳은 사막 한복판입니다. 집이라고는 세 채밖에 없습니다. 우리는 15분 후에 다시 출발합니다. 나는 지난 주에 사자 사냥을 했습니다. 나는 사자를 죽이지는 않았으나 총으로 쏘아 부상을 입혔습니다. 반대로 다른 야수들—멧돼지, 재칼 등등—은 대살육을 했습니다. 사하라 사막 경계 지방인 모리타니에서 자동차로 4일간 사냥을 했습니다. 우리는 탱크처럼 삼림 지대를 뚫고 돌아다녔습니다.

나는 부티리미(모리타니 회교 공화국의 소 도시. 코란 연구의 중심지임)에서 무어 족 추장의 초대를 받았습니다. 이것은 항공노선을 위해 유익할 것입니다. 아마 그는 나를

불귀순 지대로 데려갈 것입니다. 얼마나 신기한 탐험입니까! 〔……〕

나는 잘 지내고 있습니다. 모노 누나는 어떻게 지냅니까? 위베르(생 텍쥐페리 어머니의 남동생, 위베르 드 퐁스콩롱브) 외삼촌의 편지가 왔습니다. 나는 외삼촌에게 우표나 보내야겠습니다.

조용한 사하라 사막을 상쾌하게 하는 더운 날씨입니다. 반대로 밤에는 모두 구슬땀을 흘립니다. 이곳은 이상한 나라입니다. 그러나 매력적인……

어머니, 내가 어머니를 사랑하는 것처럼 다정한 인사를 보냅니다.

앙트완느

〔착륙지 쥐비 곶에서, 1927년〕

친애하는 자형(이 편지는 앙트완느의 자형 피에르 다게에게 보낸 것임),

나는 해수욕을 했다오. 나는 항상 애국자이기 때문에 이것은 자형과 디디 누나와 아게와 프랑스를 연상케 했습니다. 그런데 오늘 저녁은 몹시 지루하기 때문에—자형은 상상할 수 있지요—이 편지를 씁니다.

바다에 물결과 파도가 일기 때문에 이것이 마음의 물결을 일게 하는군요(아니, 나는 조금 전부터 피곤하지 않군요. 나는 이처럼 파도를 많이 일으킬 수 있다오). 〔……〕

나는 본의 아니게 해수욕을 했지요. 나는 원래 보트 놀이를 하고 사주(砂州)를 넘고 싶었어요—고상한 야심이지요—.

그러나 나는 보트 밑으로 떨어지고 말았다오.

이곳에서 재미있게 지내고 있어요. 우리는 해변에 세워진 에스파냐 성채에서 묵고 있어요. 우리는 아무런 위험 없이 바다까지 갈 수 있어요. 최소한 20미터는 될 거예요. 나는 이 산책을 하루에 여러 번 하지요. 그러나 20미터 이상 가게 되면 총알을 맞는다고 하더군요.

그리고 50미터 이상 가게 되면, 저승에 가서 조상을 만나게 되거나 노예로 끌려간다고 하더군요. 이것은 계절과 관계가 있다나요. 봄에, 만일 그가 귀여운 사람이라면, 그는 회교국 군주가 될 행운을 가지게 된다나요. 이것은 항상 죽는 것보다는 낫지요. 그리고 거세되는 수도 있다나요. 이것은 가장 지겨운 일이지요.

내가 2주일 전에 쥐비 곶에 있었다면 집안의 영광이에요. 현재의 나의 동료들은 여행자들을 구했어요. 불행히 나의 승무원은 다카르에 있어서 우리는 여기서 차례차례 하품을 했지요. 그리고 우리가 도착했을 때 끝났어요.

나에게는 어제 저녁이 약간 감격적이었어요. 지척이 분간 안 되는 캄캄한 밤이었어요. 성서에 나오는 노아의 대홍수 때와 같은 밤이었지요. 사막에 폭풍우가 휘몰아쳤는데, 퐁송 뒤 테리아유(19세기의 프랑스 소설가)는 바로 그 폭풍우를 "폭풍우의 노호가 바다의 통곡에 응답하였다"라고 말할 정도였어요. 그런데 전날 나의 휴식은 폭풍우의 통과로 끝났지요. 그리고 폭풍우의 해방을 요구했어요. 쥐비 곶에는 변소로 사용할 곳이 성채의 구내 뜰과 사하라 사막밖에 없기 때문에, 나는 사하라 사막으로 정하고 용변을 보러 나갔어요(왜냐하면 우리는 조그마한 독립 건물을 가졌기 때문이지요).

다른 곳에서의 용변은 금지되었어요. 그러므로 내가 발걸음 소리를 들었을 때 나의 보잘것없는 음성은 태풍의 우렁찬 소리에 섞였어요. 2미터 지점에서도 보이지 않았어요. 퐁송 뒤 테라이유가 후작부인의 비올(15~18세기 유럽에서의 바이올린의 전신으로서 일종의 현악기) 장(章)에서 역시 너무 크게 말했기 때문에 나의 피가 전신을 한바퀴 돌고서 금방 혈관 속에서 응결되었어요.

나는 벌써 밖으로 나가게 되었으나 항상 두 보초와 함께 나갔어요. 그러나 이번에는 나의 권총조차 가지지 않았어요. 나는 작은 목소리를 죽이고 가만히 뒷걸음질 쳐서 물러섰지요.

그런데 벽 위에서 보초 서던 바보 녀석 하나가 송아지처럼 외치기 시작했다오. 에스파냐 말로 외쳤어요. 그 녀석은 습관적인 독촉을 했

었어요(지휘관은 어둠을 향해 사방으로 총질을 했다오). 에스
파냐 말로 나는 "오!"밖에 말할 줄 몰랐어요. 그러므로 나는 "친
구…… 여보게 친구…… 죽마고우"라고 말할 수 있는 대로 대답했어
요. 그래서 나는 가장 안전한 곳을 찾아서 벽을 향하여 네 발로 기
면서 숨었지요. 나는 이처럼 돌아왔다오. 내가 문을 밀 때 그 녀석은
총을 쏘았어요. 나는 "아이쿠" 하고 소리쳤지요!

　디디 누나는 내가 무엇을 하느냐고 물었어요……—실은 나는 불귀
순 사하라 사막에 항공노선을 개척하고 있다오. 다카르에서 쥐비 곶까
지 말예요. 세네갈을 건너자마자 사하라 사막은 시작된다오. 이것은
프랑스령 모리타니요. 에스파냐령 리오 데 오로(서부 사하라 사막에서 대서양에 이르는 옛 에스파냐 보호령)
가 시작되는 포르테티엔부터 불귀순 지대지요. 카사블랑카—쥐비 노
선 동료들은 그들대로 쥐비에서 아가디르까지 불귀순 지대가 있어요.

　이것은 무척 모험적이죠. 작년에 (4명 중에) 두 비행사를 죽였지요.
1천 킬로미터를 비행하는 동안 나는 자고 새끼를 쏘듯 사격을 당하
는 영광을 갖는다오. 나머지 수천 킬로미터는 더욱 평온하지요(왜냐
하면 우리는 우편기가 뜰 때마다 갈 때 2천 킬로미터, 돌아올 때 2천 킬
로미터 비행하기 때문이지요!).

　나는 벌써 사하라 사막에서 고장이 났었지만, 나와 같은 비행기의
비행사(우리는 두 비행기에서 조종함)는 나를 궁지에서 구할 수 있었
어요. 나는 단단한 사막, 좋은 땅에 착륙했었어요. 만일 그가 궁지에
서 구할 수 없었다면 재미없는 일이었지요. 우루과이 사람들은 우리
에게 말하기를 만약 그들이 프랑스 사람들이었다면 분명히 죽었을
것이라고 하더군요. 사람들은 그들을 여러 번 총으로 겨누었어요.

　마침내 내가 붙들리게 되면, 나는 무척 공손하게 사과하게 되지요.
마치 내가 일전에 사자를 쏘아 부상만 내고 나의 윈체스터식 연발총
이 고장났을 때 사자 앞에서 한 것처럼 말이에요. 나는 더 이상 사
냥하지 못했어요. 사자들은 사람이 상처를 입히는 것을 싫어하는 모
양이지요. 이 짐승들은 무척 민감하다오. 그러나 나는 자동차를 타고

서 클랙슨을 눌러야 겠다는 천재적인 생각이 떠올랐다오. 큰 효과를 보았어요. 왜냐하면 내가 사하라 사막 경계가 있는 모리타니아에서 사자를 쫓았기 때문이지요. 사막에서 4일간을 자동차로 다녔지요. 낙타들이 지나간 발자취조차 없어서 우리는 사막 속에서 여행을 하고 모래 언덕을 일주했다오……. 우리는 두 자동차가 공포감과 찬탄을 자아내던 야영지에서 숙박을 했지요. 우리가 짐승 떼를 만났을 때는 양들을 징발했지요. 이것은 당당한 귀족의 생활이었어요.

나는 이 탐험 여행에 대해 디디 누나에게 상세히 편지로 썼었지요. 그 후 나는 그 편지를 나의 책 속에서 다시 발견했었다오. 아마 누나는 그 편지를 못 받았겠지요?

자형, 지금은 자정이에요. 이토록 늦은 시간에 더 이상 오랫동안 자형을 방해하고 싶지 않군요. 자형이 잠이 올 것이라고 나는 확신하고 있지요.

다정한 인사를 보내면서,

앙트완느

추신: 나의 임무는 무어 족과 관계를 맺고, 가능한 불귀순 지역에 여행을 시도하는 데 있어요. 나는 비행사와 대사와 탐험가를 직업으로 삼고 있다오. 나는 곰의 굴로 내려가는 것을 궁리하고 있는 중이지요. 만일 이 일이 잘 해결되고 내가 여기에서 돌아가게 되면 얼마나 멋진 추억이 될까!

나는 어머니로부터 편지를 받지 못했어요. 디디 누나가 어머니에게 어떻게 편지가 왔는지 설명해 드리면 감사하겠군요! 나는 두 번 시도했었어요……—어머니께서 유행성 감기에 걸렸다는 것을 알고 있기 때문에 나는 무척 궁금하군요. 빨리 편지해 주세요.

추신:〔다카르에서〕
나는 속임수를 발견했어요. 어머니는 유치 우편으로 보내 왔어요.

됐어요. 어머니께는 아무 말 마세요.
 한잔 하는 데 자형을 초대하지요. 이곳을 경유하는 기회가 있으면 내가 약속을 이행하도록 해 주면 기쁘겠어요. 나는 외로워서 지긋하답니다. 아니면 내가 아게에 들르도록 노력하겠어요(불행히도 ……?).
 다카르에서 사람들이 잠잘 때 밤은 참 아름다워요. 이것은 자형 같아요.
 아름다운 여성을 한 사람 구해 주세요. 내가 인종을 개량하는 데 공헌하게 되면 나를 기쁘게 할 것이에요. 만일 그녀가 부유하다면 지참금 1퍼센트를 드리지요. 만일 그녀가 예쁘다면…… 또 1퍼센트 드리지요. 아니, 그것은 안 되겠는데요. 자형은 너무 호색한이지요.
 나는 잠이 안 오는군요. 외롭군요. 얼마나 시간을 소모하는지!
 그런데 자형도 같은 시간에…… 호색한!(어떤 소녀가 자형에게 "그건 사실이에요. 호색한으로 당신이 인정된 것은!" 하고 말했다지요?)
 그렇지만 안녕히 계세요.
 최소한 죽기 전에 한 번은 편지해 주세요. 하느님이 그 공을 갚아 드릴 거예요(그가 자형에게 편지할 것이라고는 말하고 싶지 않아요. 〔……〕 어떤 보상인지!).

앙트완느

〔쥐비에서, 1927년 연말〕

 어머니,
 지금 이 시간 바로 몇 시간 전에 출발을 통지받고 짐꾸리는 데 서두느라 편지 쓸 시간도 없다는 것을 상상해 보세요.
 현재 나는 수도자의 생활을 하고 있는 쥐비 곶 비행장 책임자로 있습니다(쥐비 곶의 착륙지는 일종의 군대 형무소인 '카사 드 마르'로서 에스파냐 성채의 보호하에 있음). 나는 잘 지내고 있습니다. 나는 시험해 보아야 할 비행기가 몇 대 있고 기재해야 할 서류가 많습니다. 이것은 나의 회복기에 완전히 적합합니다(생 텍쥐페리는, 류마티즘으로 몇 시간 동안 몸을 놀릴 수 없는 뎅기열의 심한 공격을 받고 있었음).

나는 어제 지형도의 일람표를 만들었습니다. 나는 친한 무어 추장들의 의장병(儀仗兵)의 사열을 받았습니다.

내가 무어 족을 사귀러 갈 때 약간 돌아다닐 수 있기를 희망하는 바입니다.

지금으로서 나는 보트 놀이를 약간 하고, 신선한 바다 공기를 마시며, 아주 멋진 나의 권고를 받아들이는 에스파냐 사람들과 장기를 둡니다.

어머니는 어떻게 지내십니까? 콜롱브(북불에 있는 소도시로서 1914~1918년 전쟁 동안 파괴됨. 생 텍쥐페리 어머니는 이 도시에서 이재민을 위한 사회사업을 운영하였음)에 계십니까?

내가 어머니를 사랑하는 것처럼 몹시 정답게 인사를 드립니다.

앙트완느

쥐비, 1927년

어머니,

얼마나 수도자 같은 생활을 하고 있는지! 에스파냐 보호령 사하라 사막 한가운데, 아프리카 전역에서 가장 외진 구석에서 말입니다. 해변에 성채가 하나 있고 성채와 등지고 우리 막사가 서 있습니다. 그리고 수백 킬로미터 내에는 아무것도 없습니다! 만조 시간에 바다는 우리 막사를 완전히 잠그고 맙니다. 그리고 밤에 만약 내가 감옥의 창살로 막힌 천창에 팔꿈치를 괴면—우리는 적과 대치 상태에 있음—막사 속에서도 마찬가지로 바로 발 밑에 바다가 있습니다. 그래서 바다는 밤새도록 우리 벽에 부딪쳐 출렁거립니다.

다른 정면은 사막으로 향해 있습니다.

사막은 완전히 벌거숭이입니다. 침대는 판자와 얇은 짚으로 만들었고, 세면기는 물항아리로 만들었습니다. 나는 타자기와 항공 일지와 같은 하찮은 물건들을 잊고 왔습니다. 방은 수도원의 방과 같습니다.

비행기는 일주일마다 지나갑니다. 일주일 사이에 3일간은 침묵의 날입니다. 그래서 우리 비행기들이 출발할 때는 우리는 아이들 같습니다. 그러므로 이곳에서 1천 킬로미터 지점에 있는 다음 착륙지에서 무선 전신이 비행기의 통과를 알려 올 때까지는 나는 불안하답니다. 그리고 나는 실종된 비행기를 찾으러 나갈 준비를 하고 있습니다.

나는 장난꾸러기이고 귀여운 아랍 어린이들에게 초콜릿을 매일 주었습니다. 나는 사막의 어린이들에게는 인기가 좋았습니다. 인도의 왕비 같은 모습을 하고 작은 어머니의 태도를 취하는 키가 작은 노파들이 있었습니다. 나는 늙은 친구들을 가졌습니다.

회교의 사제는 나에게 아랍어를 가르치기 위하여 매일같이 옵니다. 나는 쓰는 법을 배웁니다. 그래서 나는 어려운 고비를 약간 넘겼습니다. 나는 무어 족 추장들에게 세속적인 차를 권했습니다. 그래서 그들은 그 대가로 2킬로미터 거리에 있는 불귀순 지대에 있는 그들의 천막 속으로 나를 대접하려고 초대했답니다. 그곳은 에스파냐 사람들 중 아무도 아직 가 보지 못한 곳이었습니다. 그리고 나는 더 멀리 가게 될 것입니다. 그들은 나를 알기 시작했기 때문에 조그도 모험은 아닙니다.

그들의 양탄자 위에 누워서 나는 뚫린 천막 사이로 가운데가 불룩 솟은 조용한 사막, 궁륭형의 대지, 태양 아래서 맨발로 놀고 있는 족장의 아들, 천막에 바싹 매어놓은 낙타를 보았습니다. 그래서 나는 신기한 인상을 받았습니다. 멀지 않고 외롭지 않고 일시적인 장난 같은 인상을 받았습니다.

나의 류마티즘은 더욱 악하되지 않았습니다. 이 병은 내가 출발할 때보다는 오히려 더 나아졌습니다만, 꽤 시간이 걸립니다.

그런데, 어머니, 양자 아이들과 함께 잘 지내십니까?(콜롱브에서 생 텍쥐페리의 어머니의 사회 복지

^(사업의 노력을 암시함)) 우리 모자는 전생애에서 멀리 떨어져 있습니다.

가정 생활을 가까이서 체험하며 노인 친구들을 사귀면서 내가 프랑스에 대해 생각할 수 있는 한, 생 라파엘에서가 절정으로 생각됩니다. '카나리' 범선이 우리에게 양식을 보급하던 매월 28일, 내가 창문을 열 때 오늘 아침, 수평선이 몹시 하얗고 아주 예쁜 범선 한 척으로 장식되어 있었어요. 그것은 산뜻한 아마포 제품처럼 깨끗했고, 전 사막을 어울리게 합니다. 그것은 나에게 가장 친밀한 의복, 가정의 '아마포 제품'을 생각나게 합니다. 그리고 나는 가정부 노파를 연상했는데, 그녀는 벽장 속에 가득 채워 둔 하얀 식탁보를 일생 동안 다림질했었지요. 그리고 그것을 향기롭게 했습니다. 또한 범선은 잘 손질한 브르타뉴 모자처럼 가만히 흔들렸습니다. 그것은 잠깐 동안 즐거움을 주었습니다.

나는 카멜레온을 한 마리 길들였습니다. 이곳에서 길들이는 것이 나의 임무입니다. 그 말이 내 마음에 드는군요. 그 말은 아름다운 말이구요. 그런데 나의 카멜레온은 시대에 뒤떨어진 동물 같았습니다. 그것은 공룡과도 닮았습니다. 그 동작은 몹시 느리며 거의 사람과 같은 주의력을 가지고 있습니다. 그리고 끝없는 명상 속에 잠깁니다. 몇 시간 동안 꼼작하지 않고 있습니다. 그것은 밤에도 오는 것 같습니다. 우리는 둘이서 저녁에 명상에 잠깁니다.

어머니, 내가 어머니를 사랑하는 것처럼 다정한 인사를 보냅니다. 몇 자 편지 보내 주세요.

앙트완느

〔쥐비, 1927년 12월 24일〕

어머니,
나는 잘 지내고 있습니다. 나의 생활이 별로 복잡하지 않아서 소설에서도 화제가 풍부하지 못합니다. 그렇지만 그것은 약간 활기를 띨 것입니다. 그 이유는 이곳의 무어 족은 다른 무어 족의 공격을 두려워하여 전쟁을 준비하고 있기 때문입니다. 성채에서는 온순한 사자가 나타났을 때 외에는 거의 당황하지 않습니다. 그러나 밤에 오페라 조명으로 사막을 아름답게 비추는 로케트를 5분마다 발사합니다. 그것은 네 마리의 낙타와 세 여성을 노략질하면서 무어 족의 대대적인 시위 운동으로 끝났습니다.

우리는 무어 족을 인부로서 사용하고 노예로 부리고 있습니다. 이 불행한 사람은 자기 처와 자식들을 데리고 살던 마라케쉬(모로코의 옛 수도로 서 인구 24만의 도시)에서 4년 전에 도적질한 흑인입니다. 이곳에서 용서받은 그 노예는 무어 인을 위하여 일하고 있습니다. 무어 인이 그를 매수하여 매주 급료를 지급합니다. 그가 너무 피곤하여 일을 못 하게 될 때에는 그를 죽도록 내버려둡니다. 이것이 풍습입니다. 이곳이 불귀순 지대이기 때문에 에스파냐는 군인들도 거기서 아무것도 할 수 없습니다. 우리는 그를 몰래 비행기에 태워 아그라디르로 데려올 수 있겠지만, 우리는 모두 학살당할 것입니다. 그는 2천 프랑에 팔립니다. 이러한 사정에 격분하여 그 돈을 나에게 보낼 사람을 어머니께서 알고 계시면, 나는 그를 사서 자기 부인과 자식에게로 보내겠습니다. 그는 무척 불행하나 정직한 사람입니다(이 노예는 바르라는 이름으로 《인간의 대지》에 나옴).

나는 크리스마스 날 어머니를 모시고 아게로 다니러 가겠습니다. 아게는 나에게 행복의 상징입니다. 나는 거기에서 가끔 약간의 권태를 느꼈으나 그것은 마치 너무 지속되는 행복 속에서와 같습니다. 만일 제가 다음 주에 카사블랑카에 가게 되면—이것은 가능할 것입니다—가장 아름다운 품질의 '자이암' 양탄자를 몇 개 그 아이들을 위해 선물하겠습니다. 그 애들은 양탄자가 필요할 것 같습니다.

오늘은 침울한 날씨입니다. 바다와 하늘과 사막이 혼돈됩니다. 이것은 원시 시대의 사막 풍경입니다. 가끔 바닷새가 귀에 거슬리는 소리를 지르고 있습니다. 그래서 사람들은 이 생명의 흔적에 놀라게

어머니께 드리는 글 313

됩니다. 어제 나는 목욕을 했습니다. 또한 하역 인부의 일도 하였습니다. 우리는 배 편으로 2천 킬로의 소하물을 인수했습니다. 그것은 소화물을 항구의 둑 이쪽으로 가져와서 해변 위에 짐을 내려놓는 간단한 업무 처리가 아니었습니다. 나는 해군사관학교 옛 지원생의 확신을 가지고 세척선으로 날씬한 큰 범선을 운전했습니다. 나는 배멀미를 약간 합니다. 우리는 거의 회전을 하였습니다.

내게 별로 필요한 것은 없습니다. 나는 분명 수도자의 소질을 가진 것 같습니다. 나는 무어 족들에게 차(茶)를 주었고 그들 집에 갔습니다. 나는 글을 쓰고 있습니다. 소설(<남방우>편기)을 쓰기 시작했습니다.
(……)

오늘 저녁은 크리스마스입니다. 이 날은 정말로 이 사막에서는 아무런 표시도 나지 않았습니다. 이곳의 시간은 표시 없이 지나갑니다. 이 세상에서 인생을 보내는 방법이 이상합니다.

정다운 인사를 드립니다.

존경을 표하는 어머니의 아들, 앙트완느

〔쥐비, 1927년 연말〕

나는 꽤 잘 지내고 있습니다. 나는 단지 내년에 엑스(대서양에 있는 섬으로 넓고 아름다운 정박장과 해수욕장이 있음)에서 요양할 필요가 있을 것으로 생각합니다. 이곳을 제외하고는 항상 파도가 높은 바다 위에 단조로운 태양이 비칩니다. 이곳의 바다는 한 번도 조용하게 있지를 않습니다.

나는 독서를 약간 하고 있으며 책(항상 <남방우>편기를 말함)을 쓰기로 결심했습니다. 벌써 백 페이지 가량 썼으나 소설 구성에 상당히 곤란을 느끼고 있습니다. 나는 이 소설에 다른 관점의 사건들을 너무 많이 삽입시키고 싶습니다. 나는 이 소설에 대하여 어머니가 어떻게 생각할지를 생각해 봅니다.

이전에 내가 프랑스에서 수개월 보낼 수 있었다면, 이 소설을 앙드레 지드나 라몽 페르낭데(20세기 초에 활약하던 프랑스 작가. 그는 멕시코 외교관인 아버지와 프랑스인 어머니 사이에서 자랐음. 공산당원으로서 정계에도 가담했음)에게 이 소설을 보여 줄 것인데.

나는 무어 인으로 변장하여 불귀순 지대의 에스파냐 병사들과 함께 지형을 살피기 시작했습니다. 나는 무어 인들을 언짢게 하지 않기 위하여 사냥 놀이밖에 말하지 않았습니다. 그 후에 그 원칙을 확대하려고 합니다. 무척 서서히 외교를 하여야 합니다. 한편으로 보면 이곳에서 전에는 호의적이었던 혈통에 대한 현재의 여론이 이러한 관점에서 무엇인지 나도 아직 모르고 있습니다.

결국 근방에서 전쟁이 있기 때문에 최소한 한 달은 기다려야 합니다. 내가 바다에는 싫증을 내기 시작하지만 아게와 생 모리스를 우울하게 곰곰이 생각하고 있습니다! 그리고 언제나 온화한 프랑스도 생각하고 있습니다.

내가 어머니를 사랑하는 것처럼 정다운 인사를 보냅니다.

존경을 표하는 어머니의 아들, 앙트완느

추신:내가 카사블랑카에 도착하는 즉시 어머니에게 신년 선물로 무엇인가 보내 드리겠습니다.

〔쥐비, 1928년〕

어머니,

이곳에서는 사하라 사막 속 어딘지 모를 곳에 추락하여 실종된 두 대의 우편기를 수색하기 위하여 모두들 몹시 동요하고 있습니다. 한 동료는 포로가 되었습니다. 나는 5일간은 비행기에서 내리지 못했습니다. 그러나 우리는 매우 훌륭한한 일을 하였습니다. 서둘러서 다정한 인사를 보냅니다. 나는 일 개월 반 동안 프랑스에 있게 될 것입니다. 이처럼 짧게 몇 마디 쓴 것을 용서해 주세요. 그러나 우리는 기진맥진해 있습니다.

앙트완느

〔쥐비, 1928년〕

디디 누나,

우리는 사막에서 실종된 두 대의 비행기를 찾아 방금 꽤 훌륭한 일을 하였어요. 나로서도 사하라 사막 상공에서 5일간 약 8천 킬로미터를 비행했지요. 나는 한 마리의 토끼처럼 3백 명의 사막의 비적들로부터 사격을 받았어요. 나는 무시무시한 시간을 몇 번 보냈지요. 나는 네 번이나 불귀순 지대에 착륙했으며 거기서 고장이 나서 밤을 새웠어요.

지금으로서는 포로가 된 첫번째 우편기의 승무원을 우리는 알고 있어요. 그러나 무어 족들은 그를 돌려주는데 다수의 총과 백만 페세타(에스파냐의 은화)와 무수한 낙타를 요구하고 있어요(아무것도 없는데!). 그런데 그 종족들은 이런 것들을 갖기 위하여 서로 싸우기 시작했기 때문에 사태는 잘 진전되지 않고 있지요.

두번째의 우편기 승무원에 관해서 말하자면, 우리가 아무런 소식을 듣지 못한 것으로 보아 필경 남쪽 어딘가로 죽이려고 데려갔을 거예요.

나는 9월에 프랑스에 귀국할 것으로 생각해요. 나는 프랑스에 꼭 갈 필요가 있어요. 나는 휴가를 위하여 약간의 돈이 필요하나 지금은 여유가 없으므로 좀더 빨리 귀국하고 싶지는 않아요.

나는 '페넥' 여우를 한 마리 기르고 있다오. 이것은 큼직한 귀가 달린 것으로 고양이보다 약간 크다오. 참 귀여워요.

(여기에는 페넥의 약식 데생이 있음.)

　불행히도, 이놈은 야수 같은 들짐승이에요. 그래서 이놈은 사자처럼 울지요.
　나는 170페이지의 소설을 끝냈어요. 그것에 대하여 어떻게 생각할지 모르겠군요. 누나는 이 소설을 9월에 보게 될 거예요.
　나는 몹시 개화되고 인간다운 생활을 다시 하고 싶군요. 누나는 나의 생활을 전혀 이해할 수 없을 거예요. 그리고 누나의 생활이 까마득하게 먼 것같이 생각되는군요. 행복하게 된다는 것은 나에게 무척 사치스럽게 생각되는군요······.

누나의 동생, 앙트완느

　추신:누나가 원한다면 나는 결혼할 거예요.

〔쥐비, 1928년〕

　어머니,
　우리는 최근에 훌륭한 일을 하였습니다. 실종된 동료들을 수색하고 추락된 항공기 구조를 하는 등등의 일이지요······ 나는 결코 이토록 사하라 사막에 착륙한 적도, 잠을 못잔 적도, 총알 날아가는 소리를 들은 적도 없습니다.
　나는 9월에 귀국하기를 항상 기대하고 있으나 포로가 된 동료가 한 사람 있습니다. 그래서 그가 위험 속에 있는 한 남아 있는 것은 나의 의무입니다. 나는 아직도 무엇인가 사용할 수도 있지요(실은 두 비행사가 무어 족에 포로가 되었음. 그들은 렌느와 세르였음. 1928년 9월 17일, 앙트완느는 그들을 구출하기 위하여 어떤 시도를 할 것임).
　그렇지만 나는 가끔 이러한 생활을 꿈꾸고 있답니다. 식탁과 과일이 있고 보리수 나무 밑에 산책할 수 있는 생활, 사람을 만났을 때 서로 총질하는 대신에 상냥하게 인사하는 생활, 안개 속을 시속 2백 킬로로 달려도 실종되지 않는 생활, 가도가도 사막 대신 하얀 조약돌 위를 걷는 생활을 말이에요.
　이 모든 것은 너무나 까마득한 일입니다!
　정다운 인사를 보내면서.

　　　　　　　　　　　　　　　　　　　　　　　　앙트완느

〔쥐비, 1928년〕

　어머니,
　약 2개월 전부터 포로가 된 동료들이 우리에게 돌아오자마자 내가 프랑스로 귀국하는 것은 당연한 일입니다. 당장으로서는 그들에 대하여 전연 모릅니다. 그들의 생사조차도 알 수 없습니다. 더구나 지금 사하라 사막은 몹시 소란합니다. 이곳의 모든 유랑 민족간에 치열한 전쟁이 벌어졌습니다(1928년 10월 19일, 앙트완느는 에스파냐 비행사가 부상당한 그 비행기를 불귀순 지대에서 구조하는 데 참여하였음).
　분명히 이것은 생 모리스에서와 흡사합니다.
　나는 그다지 건강이 나쁘지는 않습니다. 그러나 건강을 회복하기 위하여 엑스 레 뱅(프랑스 서남부에 있는 소도시로서 온천장으로 유명함)이나 닥스(역시 온천장으로 유명한 소도시. 류마티즘 치료에 유효한 뜨거운 유황수가 나옴)로 급히 서둘러서 가고 싶습니다. 그리고 무엇보다 어머니와 모든 가족들을 만나기 위해서 가고 싶습니다. 나는 이처럼 고독하게 9개월간을 보냈습니다. 나는 완전히 미개인이 되어 가고 있습니다.
　진심으로 정다운 인사를 보내면서 이만 각필합니다. 아마도 9월 초순이 좋겠지요?

　　　　　　　　　　　　　　　　　　　　　　　　앙트안느

　추신 : 시몬느와 디디 누나는 나에게 편지해야만 합니다.

쥐비, 1928년

어머니,
나는 건강이 좋지 않습니다. 어머니의 편지는 나를 감동시켰습니다.

불행히도 나의 동료들은 여전히 포로로 있습니다. 그래서 교섭하는데 최소한 2주일이 걸리지 않을까 생각됩니다. 그래서 9월 말에나 귀국할 것으로 생각됩니다.

그렇지만 어머니와 가족들 곁으로 갈 수 있도록 몹시 서두르겠습니다.

내가 어머니를 사랑하는 것같이 다정한 인사를 보냅니다.

존경을 표하는 어머니의 아들, 앙트완느

〔쥐비, 1928년〕

어머니,
나의 대리 복무자는 나와 교대하러 오다가 무어 족 지대에서 고장으로 추락했습니다. 내가 운수가 없군요.

다른 대리 복무자는 최소한 3주일 후에나 올 것입니다.

그리고 나는 무척 어머니가 보고 싶고, 어머니를 포옹하고 싶으며 어머니를 기쁘게 하고 싶습니다. 그리고 역시 끝없는 사막을 떠나고 싶습니다!

출발 날짜를 기다리면서 살지 못하겠군요.

어머니를 사랑하는 것처럼 정다운 인사를 보냅니다.

앙트완느

추신 : 내가 돌아갈 때 이곳에서 가진 것은 거의 없으나 나에게 책

은 기대하여 주세요(이 책은 1926년에 사망한 마리아 막달레나 누나의 책을 말함. 리용에 있는 라르당셰 출판사에서 구독 신청을 받고 출판했음).

카사블랑카, [1928년 10월]

어머니,

부랴부랴 몇 자 씁니다. 나는 10일 내에 귀국할 것입니다.

어머니께서는 12월 말에 분명히 5천 프랑을 받게 될 것입니다. 나는 어머니를 무한히 사랑합니다.

나는 손가락의 상처가 악화되어 작은 상처가 생겼습니다. 그리고 그것이 연달아 림프관염으로 진전되어 아직도 팔을 쓸 수 없기 때문에 더 이상 편지하지 않겠습니다. 바로 그 때문에 편지하지 못했습니다.

이틀 후에는 편지할 수 있습니다.

정다운 인사를 무한히 보내면서,

앙트완느

[브레스트, 1929년]

어머니(앙트완느는 해상 항공 고등 강습을 받기 위하여 파리 서부 군사 도시인 브레스트에서 체류하였음),

어머니의 전보는 나를 감동시켰습니다. 그러나 내가 더 이상 편지를 쓸 수 없는 데 대하여 나는 그토록 원망하지 않습니다.

그런데 나의 소책자(〈남방우편기〉)에 대한 어머니의 편지는 정말로 나를 감동시켰습니다. 그래서 나는 어머니를 이토록 보고 싶어합니다. 일 개월 후에 나의 책이 팔리기 시작하면 우리 모자 둘이서 닥스로 가시지요. 나는 거기에 꼭 갈 필요가 있습니다. 나는 무척 침울하고 피로합니다. 그리고 내가 다시 쓰기 시작한 작은 책자도 보여 드리겠습니다.

브레스트는 별로 즐거운 곳은 아니지요.

만일 내 수중에 4, 5천 프랑만 있다면 브레스트로 나를 만나러 오시라고 하겠는데 말입니다. 그러나 나는 현재로는 빚밖에 진 게 없습니다. 나의 책을 팔면 돈을 번다는 것은 확실하기 때문에 돈을 차용하고 싶습니다만 누구에게 빌리겠습니까?

마침내 한 달 내에 나는 출발하겠습니다.

나는 또한 생 모리스에 가서 옛날 우리 집도 보고 싶습니다. 그리고 나의 금고(金庫)도 보고 싶습니다. 나의 소설 속에서 그곳을 무척 생각했던 것은 사실입니다.

어머니, 어머니의 편지가 나를 귀찮게 한다고 어떻게 생각할 수 있겠습니까! 이 말은 정말로 나의 가슴을 두근거리게 할 따름입니다.

나의 소설에 대하여 사람들이 평하고 있는 것을 나에게 편지해 주시고 말씀해 주세요.

그러나 제발 그 책을 X씨나 Y씨, 그리고 다른 바보들에게는 보여 주지 마세요. 그 책을 이해하기 위해서는 최소한 지로두(프랑스 극작가이며 소설가. 2차대전중 정보상과 외교관 생활을 하면서 음악과 회화에서 영향을 받은 인상주의를 문학에 옮기고자 시도하였음)를 이해하여야만 합니다.

정다운 인사를 보내면서,
앙트완느

추신 : 어머니께서 알려 주신 비평은 얼빠진 평입니다. 그러나 더 좋은 평이 있었습니다. 더구나 대대적인 서평을 받기 위해서는 3개월은 기다려야 합니다.

〔브레스트, 1929년〕

어머니,

어머니는 너무 겸손하십니다. 《아르귀스 드 프레스》지에서는 어머니에 대하여 보도하고 있는 모든 신문을 나에게 보내 왔습니다.

유명한 우리 어머니, 리용 시청에서 어머니한테 그림을 사셨다니 대단히 기쁩니다(리용 시청에서 생 텍쥐페리 어머니로부터 그림 세 폭을 샀음. 앙트완느가 말하고 있는 그림은 〈생 모리스 드레망의 공원〉을 가리킴).

우리는 얼마나 훌륭한 집안을 만듭니까!

사랑하는 어머니, 어머니께서 어머니 아들과 어머니 자신에 대하여 약간 만족하고 계실 것으로 나는 생각합니다! 3주일 후에 어머니를 만나게 될 것입니다. 뵙게 되면 나는 무척 기쁠 것입니다.

가장 저명한 평론가 에드몽 잘루의 기사를 읽어 보셨습니까?

만일 어머니가 다른 의견을 가지고 계시면 나에게 말해 주세요.

내가 어머니를 사랑하는 것처럼 진심으로 다정한 인사를 보냅니다.

존경을 표하는 어머니의 아들, 앙트완느

〔샤르괴르 호 선상에서, 1929년〕

어머니,

나는 배를 탔습니다(앙트완느는 부에노스아이레스로 가는 배를 탔음. 그 배는 1929년 10월 12일 도착 예정임. 그는 항공우편회사의 지부인 '아르헨티나 항공우편기' 기장으로 임명되었음). 근사한 여행이 될 것입니다. 나는 출발하고 나서부터 눈깜짝할 시간도 없으며 몹시 지쳐서 쉬고 싶은 생각밖에 없습니다. 마침내 바로 생각하던 대로입니다.

갈리마르 출판사에서는 나의 소설을 무척 만족하게 생각하고 있으며, 그 책의 교정쇄를 항공 편으로 보내왔으며 즉시 봐 주기를 원하고 있습니다.

이곳으로 나에게 작별 인사를 하러 온 이본느는 문단에서 모두 내 소설에 대하여 말하고 있다고 말하더군요.

에스파냐의 빌바오에서 착륙하여 보낸 장황한 편지를 어머니는(2, 3일 내에) 받게 될 것입니다. 〔……〕

무척 다정하게 정다운 인사를 드립니다. 이것은 작별 편지가 아닙니다. 이 편지는 빌바오에 가기 전에 나의 모든 애정을, 어머니가 잘 알고 계시는 무척 깊은 애정을 전하기 위하여 간단히 적은 편지입니다.

마드 아주머님과 할머니에게 다정한 인사를 전해 주세요.
디디 누나에게도 정다운 인사를 전해 주세요.

앙트완느

〔샤르괴르 호 선상에서, 1929년〕

어머니,

무척 평온한 여행을 했습니다. 사람들은 소녀들과 문자 수수께끼도 하고, 변장하기도 하고, 작은 종이로 장난감을 생각해 내기도 했습니다. 어제 사람들은 술래잡기 놀이와 고양이 타기 놀이를 했습니다. 나는 다시 15세 소년으로 돌아갔습니다.

바다 위에 있다고 생각하기에는 많은 상상력이 필요합니다. 잔잔한 바다에 아무 소리도 나지 않았습니다. 우리 머리 위에서 한없이 돌아가는 큰 통풍기의 바람 소리도 거의 들리지 않습니다.

날씨가 덥기 시작합니다. 우리는 다카르에 5시간 동안 기항합니다. 옛 추억이 회상됩니다. 이리하여 나의 편지는 항공 편으로 4, 5일 후에 도착할 것입니다.

어머니, 세상이 얼마나 좋습니까. 다카르에서는 아직도 프랑스에 있는 듯합니다. 아마도 그것은 내가 바위마다, 나무마다, 모래 언덕마다, 툴루즈에서 세네갈까지 가는 거리를 모두 알고 있기 때문일겁니다. 내가 모르는 것이라고는 길 위의 돌도 없습니다.

우리 일행은 방금 다카르 항구에 도착했는데 어머니의 편지를 받았습니다. 그 편지는 나를 감동시켰습니다. 그러고 나서 어머니께서 어떻게 그렇게 좋은 착상을 했는지 생각했습니다. 어머니는 창의력이 풍부한 분입니다.

 나는 아직 침울하지도, 멀리 있지도, 떨어져 있지도 않다고 느껴집니다. 여행한다고 말할 수도 없습니다. 아무런 움직임도 소리도 없습니다. 그리고 둥그렇게 둘러앉은 가정의 어머니들은 휴게실에서 단어 수수께끼를 합니다! 이 모든 것은 전혀 이국적이지 않으며 식민지에서 있는 일 같지도 않습니다. 다카르의 덥고 답답한 바람을 제외하고는 말입니다. 그러나 사람들은 바람 없는 생 모리스의 어느 날로 착각하게 될 것입니다.

 도중에 날치와 상어의 전시가 있었습니다. 소녀들은 가만히 소리를 질렀습니다. 그 후 사람들은 생선이란 단어로 수수께끼를 하거나 상어를 그리기도 했습니다.

 나는 배에서 내려 이 편지를 붙이러 우체국으로 가려고 합니다. 어머니께 무척 다정한 인사를 보냅니다. 〔……〕

 이제 어머니는 얼마 후에 남미로부터 편지를 받게 될 것입니다. 어머니, 대륙이 무척 작군요. 우리는 결코 그다지 멀리 있지 않습니다.

 내가 어머니를 사랑하는 것처럼 정다운 인사를 드립니다.

앙트완느

부에노스아이레스 황제 호텔, 1929년 10월 25일

어머니,

 마침내 내가 무엇을 하였는지 방금 알았습니다.

 나는 항공우편회사의 지사인 '아르헨티나 우편' 노선 개척 책임자로 임명되었습니다(봉급은 구화로 약 22만 5천 프랑입니다). 어머니께서는 만족하실 것으로 생각합니다. 나는 약간 마음이 괴롭습니다. 나는 과거의 내 생활을 더 좋아합니다.

 이 일은 나를 늙게 할 것 같습니다. 나는 아직 다른 곳으로 비행할 것입니다. 그러나 신노선의 시찰과 정찰을 위해서입니다.

나는 오늘 저녁에 비로소 나의 운명에 대하여 알게 되었습니다. 그래서 그 전에는 어머니에게 별로 편지 쓰고 싶지 않습니다. 반 시간 내에 항공 우편기를 비치해야 함으로 나는 시간이 꽉 짜여 있습니다.

나의 편지 주소(황제 호텔)로 편지하시고 회사로는 하지 마세요. 내가 아파트를 얻게 되면 거기로 편지해 주세요.

부에노스아이레스는 매력도 없고, 재력도 없고, 아무것도 없는 보기 싫은 도시입니다.

나는 월요일에 며칠간 칠레의 산티아고로 갈 것이며, 토요일에는 파타고니아(아르헨티나 남부에 있는 수목이 없는 건조 지방으로서 남부에는 협만이 발달하고 한랭건조지임) 지방의 코모도로 리바다비아(인구 2만 5천명의 소도시로서 석유가 유명함)에 갈 것입니다.

내일 배 편으로 장황한 편지를 보낼 것입니다.

내가 어머니를 사랑하는 것처럼 다정한 인사를 드리면서,

앙트완느

〔부에노스아이레스〕 1929년 11월 20일

어머니,

인생은 샹송처럼 단조롭고 조용하게 흘러갑니다. 나는 금주에 파타고니아의 코모도로 리바다비아와 파라과이의 아선시옹에를 갔습니다. 이것을 제외하고는 조용한 생활을 하고 있으며 아르헨티나 우편기를 현명하게 관리하고 있습니다.

나의 지위가 어머니를 위하여 얼마나 나를 기쁘게 하는지 말할 수 없습니다. 이것은 어머니의 교육에 대한 훌륭한 보답이지요? 사람들은 어머니에게 그런 교육에 대해 무척 비난하였습니다.

29세에 큰 사업의 책임자가 된다는 것은 괜찮습니다. 그렇지요?

나는 가구를 갖추고 있는 조그마하고 훌륭한 아파트를 하나 얻었

습니다. 나의 주소는 다음과 같습니다. 항상 이리로 편지해 주세요.
　부에노스아이레스, 아파트 605, 플로리다 동, 갈러리아 고엠스, 생텍쥐페리.
　나는 좋은 인상을 주는 빌모렝 형제(더구나 두 형제는 남미에 살고 있음)를 사귀고 있습니다. 분명히 나는 음악과 독서를 좋아하는 다른 친구들도 만나게 될 것입니다. 그들은 나의 사하라 사막에서의 고독을 위로할 것입니다. 그리고 부에노스아이레스에는 역시 다른 종류의 사막이 있습니다.
　어머니, 어머니는 나에게 너무나 다정스러운 편지를 해 주셨기 때문에 나는 아직도 감동하고 있습니다. 나는 이곳에서 어머니를 몹시 모시고 싶습니다. 몇 달 후에는 아마 가능하겠지요? 그러나 무척 답답한 이 도시 부에노스아이레스가 어머니에게는 염려됩니다. 아르헨티나에 들판이 없다는 것을 생각해 보세요. 아무것도 없습니다. 도시에서 결코 빠져 나갈 곳이 없습니다. 밖에는 중앙에 막사 한 채와 쇠로 만든 물레방아 하나와 함께, 나무도 없이 4각형의 들판밖에 없습니다. 비행기를 타고 수백 킬로미터를 비행하는 동안 이것밖에 보이지 않습니다. 그림을 그릴 수도 없으며 산책을 할 수도 없습니다.
　나는 또한 무척 결혼하고 싶습니다.
　그리고 모노 누나는 어떻게 지냅니까? 모든 사람들의 소식을 알려 주세요. 그리고 나의 직장을 사람들은 어떻게 생각합니까? 그리고 나의 소설에 대해서는 어떻게 생각합니까?
　어머니를 사랑하는 것처럼 정다운 인사를 보냅니다.

앙트완느

〔부에노스아이레스〕 1930년

　어머니, 어머니는 지난 주에 전보로 7천 프랑을 받으셨을 것입니다. 그 금액 중 5천 프랑은 마르샹 씨에게 갚아 주는 돈이고 2천 프랑은 어머니께 드리는 돈입니다. 그리고 11월 말부터는 전에 말씀드린 2천 프랑 대신에 매월 3천 프랑을 송금하겠습니다.

나는 무척 곰곰이 생각했습니다. 저는 어머니께서 그림을 그리기 위해 겨울에 라바트에 가시기를 바랍니다. 이 나라는 홀딱 반할 만한 나라이고 어머니가 그곳에서 무척 기뻐하실 것이며 흥미 있는 많은 작품들을 읽으실 수 있기 때문입니다.

나는 여비와 생활비로 3천 프랑을 보내 드리겠습니다. 어머니께서 무척 즐거워할 것이라 생각합니다. 단지 그곳에서 필요한 무엇을 내가 보살펴 드리기에는 어머니는 너무 멀리 떨어져 있습니다. 오브네 가족이나 라바트에 있는 친구, 다른 누구에게 편지할 수 있습니까? 거기서 어머니는 그다지 외롭지는 않을 것입니다. 거기서 완전한 행복을 맛볼 수 있을 것으라 생각합니다. 그리고 그것은 무척 재미있을 것입니다. 두 달 후에는 꽃이 만발할 것입니다.

더구나 그림을 그리기 위하여 말라케쉬를 약간 돌아다닐 수 있습니다. 내 생각에 라바트가 어머니에게 좋을 것입니다.

여하튼 카사블랑카를 권하고 싶지는 않습니다. 그곳은 무척 험상궂은 나라입니다. 그러나 나는 산보를 했습니다. 나는 일전에 남쪽 파타고니아(코모도로 리바다비아 유전의 채유 구멍)를 보기 위해 갔습니다. 그런데 거기서 우리는 수천 마리의 바다표범의 떼를 구경했습니다. 그래서 우리는 그 새끼를 한 마리 잡아서 비행기로 싣고 왔습니다. 이곳 남쪽은 추운 지방이기 때문입니다. 남쪽으로 가면 갈수록 더욱더 춥습니다. 지금 여름이 시작되어 덥습니다.

어머니, 다정한 인사를 보내면서
앙트완느

〔부에노스아이레스〕 1930년 1월

어머니,

나는 로사몬드 레란(영국의 소설가로서 24세인 1927년에 〈무미건조한 응답〉을 발표하였음. 이 소설에서 그는 섬세한 감정으로 영국 젊은이들의 정열적인 생활을 묘사함)의 〈무미건조한 응답〉을 읽고 있는 중입니다. 마가레트 케네디(영국 소설가로서 1926년에 〈충실한 님프〉를 발표했음)의 〈충실한 님프〉처럼 우리는 모두 이 책을 좋아할 것으로 생각합니다.

우리는 동감하기 때문입니다. 역시 한 동아리를 이루고 있습니다. 〔……〕

내가 왜 오늘 저녁 생 모리스의 싸늘한 현관을 생각하고 있는지 잘 모르겠습니다. 저녁 식사 후 잠자러 갈 시간을 기다리면서 큰 궤위나 가죽 소파에 앉아 있었지요. 그리고 복도에는 외삼촌들이 이리저리 걸어다녔지요. 불빛은 밝지 않았고, 말하는 소리가 토막토막 들렸어요. 그것은 신비로웠습니다. 그것은 아프리카 대륙 한복판처럼 신비로웠습니다. 응접실에서는 브리지 판이 벌어졌는데 브리지 놀이도 신비로웠습니다. 그리고 우리는 잠자러 갔었습니다.

르망에서 우리가 잠자리에 들었을 때 어머니는 몇 번 저 아래에서 노래를 부르셨지요. 그 노래 소리는 축제 때 음악 소리의 메아리처럼 우리에게 들려 왔습니다. 어머니의 노래 소리가 나에게는 이처럼 들렸습니다. 지금까지 내가 알고 있는 것 중에서 가장 좋고 가장 평온하고 가장 정다운 것은 생 모리스 2층 방에 있던 작은 난로였습니다. 생존에 대하여 이처럼 안정감을 주는 것은 결코 없었습니다. 밤에 내가 잠을 깼을 때 그 난로는 팽이처럼 붕붕 소리를 냈으며 벽에 보기 좋은 그림자를 비추었습니다. 내가 왜 복슬강아지를 생각했었는지 모르겠습니다. 어머니는 가끔 올라오셔서 문을 여시고 우리 주위에 훈기가 있나를 보셨습니다. 어머니는 난로가 재빨리 붕붕 소리를 내는 것을 들으시고 다시 내려갔습니다.

나는 이와 같은 친구를 한 번도 가진 적이 없습니다.

나에게 넓다는 관념을 준 것은 은하수도, 비행도, 바다도 아니고 어머니 방의 둘째 침대입니다. 병이 나게 되면 굉장히 운이 좋은 것입니다. 각자는 자기가 그 방에 있겠다고 탐냅니다. 그 방은 유행성 감기나 걸려야 권리가 부여되는 끝없는 망망대해와 같았습니다. 거기에는 역시 살아 있는 듯한 벽난로가 있습니다.

나에게 영원에 대하여 가르쳐주신 분은 바로 말그리트 양(앙트완느의 여자 가정교사)입니다.

나는 유년 시대부터 살아 있다는 확신을 갖지 못했습니다.

나는 지금 〈야간 비행〉(〈야간 비행〉은 1931년에 발표되었으며 〈페미나〉상을 수상한 작품임)을 쓰고 있습니다. 그러나 책의 참뜻은 밤에 관한 책자입니다(나는 오후 6시 이후밖에는 결코 생활하지 않았음).

다음과 같이 서두가 바로 밤의 첫 추억들입니다.

"밤이 되었을 때 우리는 현관에서 공상에 잠긴다. 전등이 지나가는 것을 우리는 지켜보고 있다. 사람들은 마치 꽃송이를 가지고 다니듯이 전등을 가지고 다닌다. 누구나 종려 가지처럼 벽에 아름다운 그림자를 움직인다. 그러고 나서 신기루는 돌아간다. 그 후 사람들은 이 빛의 다발과 침침한 종려 가지를 응접실에 넣어 둔다."

"그래서 우리에게 낮이 끝났다. 그래서 사람들은 우리를 이튿날을 위해 아기 침대 속에 태운다."

"어머니, 어머니는 우리 위에, 천사들의 출발 위에 몸을 기울이고, 여행이 평온하기 위하여 아무것도 우리의 꿈자리를 어지럽히지 않게 하기 위하여 시트의 주름을, 그 그늘을, 그 파도를 없애 준다……"

"왜냐하면 사람들은 신성한 손길로 바다를 평온하게 하듯이 침대를 평온하게 하기 때문이다."

그 다음은 비행기가 덜 보호받는 밤을 통과하는 것입니다.

내가 어머니에 대해 가지고 있는 무한한 감사의 뜻을 어머니는 잘 알 수 없으며, 어떠한 추억을 나에게 심어 주었는지 잘 모를 것입니다. 나는 이처럼 전혀 아무것도 느끼지 않는 것같이 보입니다. 단지 나는 몹시 자제했다고 생각합니다.

나는 거의 글을 쓰지 못하지만 이것은 나의 잘못이 아닙니다. 나는 시간의 절반은 꿀먹은 벙어리 노릇을 합니다. 이것이 항상 나에게는 더욱 지독한 것입니다. 나는 주간(晝間)에 2천5백 킬로미터를 비행하며 아주 훌륭한 장거리 지속력 시험을 방금 끝마쳤습니다. 그것은 마젤란 해협(남미 대륙 최남단에 있는 해협) 부근 태양이 밤 10시에 지는 최남단으로부터 돌아오는 일이었습니다. 그곳은 온통 초록색이었습니다. 도시는 잔디밭 위에 있었습니다. 신기한 도시의 지붕은 골함석으로 되어 있습니다. 추워서 난롯불 가에 많이 모여 있는 덕택으로 사람들은 무척 동정적이었습니다.

태양은 바다 속에서 빛깔이 퇴색되었습니다. 이것은 매우 보기가 좋습니다.

이번 달에는 3천 프랑 송금해 드립니다. 내 생각에 이 돈으로 될 것 같습니다. 어머니는 그 돈을 10일이나 15일 경에 받게 될 것입니다. 〔……〕 나는 모두 1만 프랑 송금했습니다(그래서 1만 3천 프랑이 될 것입니다).

그러나 어머니께서 수취하였는지 전혀 모르겠습니다. 그리고 이것이 어머니를 기쁘게 하는지도 모르겠구요. 나는 무척 알고 싶습니다.

무척 다정한 인사를 보내면서,
앙트완느

부에노스아이레스, 1930년 7월 25일

어머니,

〔……〕 나는 탈없이 지내고 있습니다. 나는 언젠가 상영할 수 있기를 바라고 있는 대형 영화의 시나리오를 쓰기 시작했습니다(그는 영화의 시나리오를 쓰기 시작했으며 영화 제목은 〈안느 마리〉임). 남미의 기념품으로 어머니께 갖다 드리기 위해 나는 조그마한 영화를 하나 샀습니다.

나는 최근에 칠레의 산티아고에 갔었는데, 거기서 프랑스 친구들을 만났습니다. 얼마나 아름다운 나라이며 안데스 산맥은 얼마나 장엄한지! 눈보라가 섞인 태풍이 일기 시작할 때는 나는 고도 6천5백 미터까지 올라갑니다. 모든 산봉우리는 화산처럼 구름 위에 솟아 있습니다. 그리고 내가 보기에는 모든 산이 끓기 시작하는 것 같습니다. 7천 2백 미터의 산꼭대기와 2백 킬로미터의 폭을 가진 산은 얼마나 아름다운가(초라한 몽블랑 산이여!). 물론 성채만큼 접근할 수 없으며, 최소한 겨울(우리는 불행히도 언제나 겨울에 갔음)에는 비행기 상공에서 보면 굉장한 고독감을 느끼게 됩니다.

나는 이곳에서 좋은 친구들을 몇 사람씩 알게 되었습니다. 그러나 나는 너무나 멀리 떨어져 있다는 생각에 가끔 우울하게 됩니다. 그렇지만 나는 프랑스에서는 잘 못 살 것입니다.

어머니, 항공 편으로 편지해 주세요. 나는 모든 사람의 소식을 전혀 모릅니다.

다정한 인사를 드리면서,
앙트완느

카이로, 1936년 1월 3일

어머니(앙트완느는 기사 프레보와 둘이서 코드롱 시문 비행기로 파리—사이공간 장거리 지속력 시험을 시도했음. 1936년 12월 29일 벤가지 공항을 출발한 4시간 후에 그는 리비아 사막에 추락함. 그는 1936년 1월 2일 저녁에서야 발견됨),

그토록 의미심장한 어머니의 짧은 편지를 읽으면서 나는 울었습니다. 사막에서 나는 어머니를 목메어 불렀기 때문입니다. 나는 모든 사람의 출발과 침묵에 몹시 분노가 치밀어서 어머니를 불렀습니다. 콘수엘로처럼 어머니가 필요한 사람을 자기 등뒤에 버려 두는 것은 끔찍한 일입니다. 보호를 받고 안식처를 구하기 위하여 어머니의 품안으로 돌아가야 할 필요성을 나는 무한히 느낍니다. 그리고 어머니가 어머니의 의무를 하지 못하게 막는 사막을 손톱으로 긁었습니다. 그런데 사람이 산을 옮겨 놓을 수 있을까요. 그러나 내가 필요했던 것은 바로 어머니입니다. 내가 보호를 받고 의지할 분은 바로 어머니입니다. 그러나 나는 몹시 이기적으로 어머니를 어린 양(羊)이라고 불렀습니다.

내가 돌아간 곳은 바로 콘수엘로였습니다. 그러나 어머니, 내가 돌아갈 곳은 바로 어머니한테입니다. 몹시 허약하신 어머니는 밤중에 홀로 어머니를 위해 기도하는 현명하고 유능하며 그토록 은총으로 가득 찬 수호 천사를 이 점에서 알고 계십니까……?

앙트완느

〔오르콩트, 1939년〕

어머니(앙트완느는 2-33 정찰 부대에 배속되어 파리 동남부 소도시 오르콩트에서 야영하고 있었음),

〔……〕 나는 무척 호감이 가는 어느 농가에서 살고 있습니다. 거기에는 세 아이들, 두 조부, 숙모들, 숙부들이 있었습니다. 그들은 큰 장작불을 피우고 있었는데, 내가 비행하고 내려오니 저린 몸이 풀렸습니다. 왜냐하면 50도 추위 속을 1만 미터나 비행했기 때문입니다. 그러나 너무나 옷을 많이 입었기(30킬로그램의 옷을 입다니!)때문에 우리는 그다지 고통을 당하지 않았습니다.

이상하게도 오래 끄는 전쟁. 우리는 아직도 약간의 일을 하고 있습니다만 보병으로 일합니다. 피에르 다게는 전적으로 포도를 가꾸고 암소들을 돌보아야 합니다. 이것은 건널목지기가 되거나 후방 수비대대 하사가 되는 것보다 훨씬 더 중요합니다. 산업이 다시 부흥할 수 있도록 군에서는 훨씬 많이 제대시키는 것 같습니다. 질식으로 사망하는 것은 아무런 흥미가 없습니다.

디디 누나에게 가끔 한마디 편지해 달라고 전해 주세요. 2주일 내 어머니를 만나게 되기를 기대합니다. 나는 무척 기쁩니다!

어머니의 아들, 앙트완느

〔오르콩트, 1940년〕

어머니,

그런데 나는 어머니에게 편지는 했으나 나의 편지를 분실하여 대단히 슬픕니다. 나는 꽤 심하게 병을 앓았습니다(확실한 이유도 없이 열이 무척 높았음). 그러나 이제 다 나았으며 귀대하여 동료들과 다시 만났습니다.

나는 어머니에게 편지를 했기 때문에, 그리고 내가 병을 앓아 무척 불행하였기 때문에, 정말로 침묵이 아닌 침묵을 섭섭히 생각해서는 안 됩니다. 그리고 내가 얼마나 다정하게 어머니를 사랑하며, 내가 얼마나 마음속으로 어머니를 생각하고 있으며, 어머니, 내가 얼마나 어머니를 위하여 염려하고 있는지 만일 어머니께서 아신다면 좋으련만. 우선 무엇보다도 나의 가족이 편안하기를 바라고 있습니다.

어머니, 전쟁과 위험과 위협이 심하면 심할수록 나는 내게 책임있는 가족들에 대한 걱정이 마음속에 큽니다. 완전히 내버려둔 가련한 콘수엘로(앙트완느는 부에노스아이레스에서 알게 된 콘수엘로 성생과 아게에서 결혼하였음)에 대한 무한한 동정심이 생깁니다…… 어머니, 만일 나의 처가 언젠가 남불로 피난을 가게 되면, 나의 사랑을 생각하시어 친딸처럼 그녀를 맞이해 주세요.

어머니, 어머니의 편지가 책망으로 가득 차서 나는 어머니로부터 무한히 부드러운 편지밖에는 바라지 않았기 때문에, 어머니의 편지는 나를 무척 괴롭혔습니다.

거기서 무엇이 필요합니까? 나의 능력으로 할 수 있는 모든 것을 어머니를 위해 하고 싶습니다.

어머니, 내가 어머니를 무한히 사랑하는 것처럼 어머니에게 다정한 인사를 드립니다.

어머니의 아들, 앙트완느

추신 : 주소는 2-33 항공대대, 우편번호 897입니다.

〔오르콩트, 1940년〕

사랑하는 어머니,

아직 내려지지 않은 폭격 명령을 기다리면서 무릎 위에 올려놓고 편지를 썼습니다. 나는 어머니를 생각하고 있습니다. 〔……〕 그런데 내가 항상 걱정하고 있는 것은 어머니를 위해서입니다.

나는 편지를 한 통도 받지 못했습니다. 그 편지들이 도대체 어디로 간단 말입니까? 그래서 나는 약간 괴롭습니다. 끊임없는 이탈리아의 위협이 어머니를 위태롭게 하기 때문에 나에게 고통을 주고 있습니다. 나는 몹시 괴롭습니다. 사랑하는 어머니, 나는 어머니의 애정이 무한히 필요합니다. 내가 이 세상에서 사랑하는 모든 것이 무엇 때문에 위협을 받아야만 합니까? 전쟁보다도 더 나를 무섭게 하는 것은 바로 내일의 세계입니다. 파괴된 모든 마을, 분산된 모든 가족들입니다. 죽느냐 사느냐가 문제가 되는 것은 아닙니다. 다만 정신적인 공통성을 침범당하는 것을 원하지 않을 뿐입니다. 우리 모두가 하얀 식탁 주위에 모이는 것을 나는 원하고 있습니다.

나는 어머니에게 나의 생애에서 중대한 것을 말하지 않았습니다. 말씀드릴 중대한 것도 없었습니다. 위험한 임무, 식사, 수면 등이었지요.

나는 별로 '만족'하지 않습니다. 다른 정신의 단련이 필요합니다. 나는 우리 시대의 관심사에 대하여 별로 만족하지 않고 있습니다. 우리가 당하고 있는 위험은 나의 마음속에 일종의 무거운 양심을 진정시키는 것으로 충분하지 못합니다. 상쾌한 샘만이 나에게 유년 시대의 추억들을 일깨워 줍니다. 성탄절 전야의 촛불 냄새를 말입니다. 오늘날의 영혼은 무척 황량합니다. 사람들은 몹시 갈증을 느낍니다.

나는 편지할 수 있습니다. 시간적 여유가 있습니다. 그러나 나는 아직은 편지할 수 없습니다. 나의 소설은 마음속에서 성숙하지 않았습니다. 그 책은 '갈증을 해소시키는' 책입니다. 어머니, 또 편지드리겠습니다. 진심으로 다정한 인사를 보냅니다.

어머니의 앙트완느

보르도, 1940년 6월

사랑하는 어머니(1940년 6월 20일. 미완성의 4발 전투기 〈파르망〉을 타고 지상 근무자와 물자를 싣고 보르도에서 북미로 비행했음),
우리는 아메리카를 향해 이륙했습니다. 어머니를 사랑하는 것처럼 정다운 인사를 드립니다. 편지는 기다리지 마세요. 편지를 할 수 없기 때문입니다. 나의 애정을 생각해 주세요.

앙트완느

〔라 마르사, 1943년〕

어머니(앙트완느는 미 제7군 항공 부대 중대장으로 배속되었으며 그 부대의 기지가 튀니스 가까이에 있는 라 마르사에 있었음. 이 편지는 비밀리에 생 텍쥐페리 어머니에게 전달됐음),
나는 방금 비행기 한 대가 프랑스로 출발한다는 사실을 알았습니다. 처음으로 단 한 대가 간답니다. 나는 디디 누나와 피에르 자형과 함께 어머니를 전심전력을 다하여 포옹하게 되기를 기대합니다. 틀림없이 어머니를 불원간 만나게 될 것입니다.

어머니의 앙트완느

1943년(이 편지는 알자스 지방의 레지스탕스 운동의 지도자들 중의 한 사람인 딩글레 씨의 주선으로 생 텍쥐페리 어머니에게 전달되었)

사랑하는 어머니, 디디 누나, 피에르 자형, 내가 진심으로 그토록 사랑하던 모든 분들은 어떻게 되었으며, 어떻게 지내고 있으며, 어떻게 생활하며, 어떻게 생각하고 있습니까? 금년 겨울은 너무나 침울합니다.

그렇지만 어머니, 늙으신 어머니, 정다운 어머니, 어머니의 품안으로 돌아가게 되기를 몹시도 갈망합니다. 벽난로 불 옆에서 내가 생각하는 모든 것을 어머니께 말하고, 가능한 한 덜 반박하면서 어머니와 토론하고, 인생 만사에 옳은 견해를 가진 어머니께서 나에게 말하는 것을 몹시도 듣고 싶습니다.

    어머니, 나는 어머니를 사랑합니다.

앙트완느

보르고, 1944년 7월

    어머니(앙트완느는 2-33 비행 중대에 자기 요청으로 다시 배속된 후에, 코르시카 섬 바스티아 부근 보르고에서 야영하고 있었음. 그는 1943년 6월 25일에 비행 중대장으로 진급되었음. 자기 어머니에게 보낸 이 마지막 편지는 그가 실종된 지 1년 후에서야 자기 어머니에게 전달되었음. 즉 1945년 7월에 전달됨),

    나에 대하여 어머니를 몹시 안심시키고 싶으며 나의 편지가 어머니에게 꼭 전달되기를 바라고 있습니다. 나는 잘 지내고 있습니다. 완전히 잘 지내고 있답니다. 그러나 그토록 오래 전부터 어머니를 만나지 못한 것만이 몹시 슬픕니다. 연로하신 사랑하는 어머니, 나는 어머니가 걱정스럽습니다. 이 시대가 얼마나 불행한지.

    디디 누나가 집을 잃었다니 나의 가슴을 아프게 합니다. 오, 어머니, 내가 누나를 어떻게 도울 수 있겠습니까! 그러나 누나가 앞으로 나에게 몹시 기대하고 있다지요. 사랑하는 사람에게 사랑한다고 말하는 것이 언제 가능하게 되겠습니까?

    어머니, 내가 어머니를 사랑하는 것처럼 나에게 정다운 인사를 표시해 주세요.

앙트완느

어느 인질에게 보내는 글
Lettre a un Otage

1

 1940년 12월, 내가 미국으로 건너가기 위해 포르투갈을 경유할 때, 리스본을 맑고 쓸쓸한 일종의 낙원처럼 생각했다. 그때 거기에서는 많은 사람들이 곧 침략해 올 것이라는 소문이 화제였다. 그러나 포르투갈은 자기 행복의 환상에 매달렸다.

 이 세상에서 가장 훌륭한 전시장을 꾸며 놓은 리스본이지만 약간 침울한 미소를 띠고 있었다. 마치 전쟁에 나간 아들의 소식이 끊어지긴 했지만, "내가 이렇게 웃고 있기 때문에 내 아들은 살아 있을 거야……"라고 말하며 신념을 가지고 아들을 구하려고 애쓰는 어머니들의 미소처럼 침울했다.

 "내가 얼마나 행복하고 평화스러우며 명랑한지 보시오……"라고 리스본은 말하고 있었다. 유럽 전체가 노략질하는 야만족이 득실거리는 미개한 산악 지대처럼 포르투갈을 억압했다. 그러나 화려한 리스본은 유럽에 도전하고 있었다. "나는 내 자신을 속이지 않으려고 이렇게까지 노력하고 있는데, 누가 나를 공격할 수 있을까! 내가 이처럼 방어 준비가 잘 안 되어 있는데도……."

 밤이 되면 우리 나라에서는 도시가 잿빛이 되고 만다. 나는 우리 나라에서의 모든 불빛에 익숙하지 않았다. 그래서 나는 빛나는 이 수도를 보고 막연한 불안감을 느꼈다. 주위 근교가 어두어지면 너무 밝은 진열장의 금강석을 보고 어슬렁거리는 도둑들이 모여들었다. 그들이 돌아다니는 것을 느끼게 된다. 마치 그들이 멀리서 보물 냄새를 맡기나 한 것처럼, 떼를 지어 방황하는 폭격기들이 돌아다니는 유럽의 밤이 리스본을 억압하고 있다고 나는 생각했다.

 그러나 포르투갈은 괴물의 탐욕을 모르고 있었다. 포르투갈은 나쁜 징조를 믿으려고 하지 않았다. 포르투갈은 절망적인 확신을 가지고 예술에 대해 이야기하고 있었다. 예술을 숭상하는 포르투갈을 사람들이 감히 짓밟겠는가? 포르투갈은 놀랄 만한 모든 예술품을 내놓았다. 이러한 예술품 속에 있는 것을 사람들은 감히 짓밟을 수 있겠는가? 포르투갈은 위대한 사람들을 내놓았다. 군대가 없고 대포가 없으므로 포르투갈은 시인, 탐험가, 정복자 등 모든 보초들을 침략자의 쇳덩어리 무기 앞에 내세웠다. 군대와 대포가 없기 때문에 포르투갈의 과거 전체를 통하여 사람들은 길을 가로막았다. 위대한 과거의 유산을 가진 포르투갈을 사람들이 감히 짓밟을 수 있겠는가?

이리하여 나는 매일 저녁 취미가 극도로 고상한 전시장의 성공 작품들 사이를 우울하게 돌아다니는 것이었다. 그 전시장에는 그토록 솜씨 있게 선택된 작품들이 진열되었고, 소박한 샘물의 노래 소리처럼 정원 위를 은은하게 흘러가는 조용한 음악에 이르기까지 모든 것이 완전에 가까운 것들이었다. 사람들은 세상에서 기묘한 운치(韻致)에 대한 취미를 말살할 것인가?

그런데 나는 활짝 웃고 있는 리스본이 우리 나라의 침울한 도시들보다도 더 처량하게 생각되었다.

아마 그대들도 알고 있겠지만, 그들의 식탁에 죽은 사람의 자리를 그대로 남겨 놓은 좀 이상한 집안을 나는 알고 있다. 그 집안에서는 회복할 수 없는 일은 부정한다. 그러나 이 도전이 위안을 주는 것 같지는 않았다. 죽은 사람은 죽은 사람으로 생각해야 할 것이다. 그러므로 사자(死者)들은 그들의 역할에서 다른 존재 형태를 발견한다. 그런데 이 가족들은 사자들의 귀환을 중단시키고 있었다. 이 가족들은 사자들을 영원한 부재자로 만들고 늦어서 영원히 오지 못하는 식사 손님으로 만들었다. 가족들은 상복(喪服)을 알맹이 없는 기다림과 바꾸는 것이었다. 그래서 이 집들이 슬픔과 다름없이 가슴을 막히게 하는 가차없는 불안 속에 빠지는 것 같았다. 내가 마지막으로 잃은 친구이며 항공 우편기에 복무하다가 순직한 기요메의 상복을 입을 것을 나는 수락했다. 기요메는 다시 오지 않을 것이다. 그는 영원히 존재하는 것은 아니겠지만 영원히 부재하는 것도 아닐 것이다. 나는 쓸데없는 함정인 그의 식기를 나의 식탁에서 치워 버렸다. 그래서 나는 그를 정말로 죽은 친구로 만들었다. 그러나 포르투갈은 그의 식기와 그의 램프등과 그의 음악을 남겨 둠으로써 행복을 믿으려고 하였다. 리스본에서는 신이 행복을 믿도록 하기 위해서 사람들은 행복으로 장난을 하고 있었다.

리스본에 약간의 피난민이 와 있기 때문에 역시 슬픈 분위기를 만들었다. 나는 안식처를 찾아온 추방자들에 대해서 말하는 것은 아니다. 나는 자기들의 노동으로 기름지게 가꿀 땅을 구하러 온 이민들에 대해서 말하는 것도 아니다. 나는 자기들의 돈을 안전한 곳에 예치시키기 위해서 동족들의 비참을 모르는 체하고 고국을 떠나온 자들에 대하여 말하는 것이 아니다.

나는 시내에서 투숙할 방을 얻지 못해서 카지노 근처 에스토릴에 자리를 잡았다. 나는 치열한 전쟁으로부터 빠져 나왔다.

9개월 동안 부단히 독일 상공을 비행하여 온 우리 비행단은 단 한 번의 독일군 공격에 승무원 4분의 3을 잃었다. 나는 우리 집에 돌아가서 노예 상태하에 있는 우울한 분위기와 기아의 위협을 체험했다. 나는 우리 나라 도시의 짙은 밤을 체험했다. 그런데 내 숙소 바로 옆에 있는 에스토릴의 카지노에는 매일 유령들로 들끓고 있었다. 어딘지 가는 것 같은 조용한 캐딜락 고급 승용차가 현관 입구 모래 위에 유령들을 내려놓았다. 그들은 종전처럼 만찬회 복장을 하고 있었다. 그들은 가슴에 장식과 진주 목걸이를 드러내고 있었다. 그들은 서로 대화할 화제가 아무것도 없는 겉치레 식사를 하려고 서로 초대한 것이었다.

그 후 그들은 재산 정도에 따라 룰렛 노름(원반에 구슬을 굴리는 도박의 일종)이나 바카라(트럼프의 일종) 노름을 하였다. 나는 가끔 도박 구경을 하러 갔었다. 나는 분개하지도 않았고 빈정대고 싶은 생각도 들지 않았으나 막연한 불안감을 느꼈다. 동물원에서 멸종되어 가는 동물 중에 살아 남은 놈들 앞에서 여러분의 감정을 동요시키는 그런 불안감이었다. 그들은 테이블 주위에 둘러앉았다. 그들은 엄숙한 도박장 종업원 곁에 바싹 다가앉아, 희망과 실망과 공포와 선망과 환희를 맛보기 위해 전력을 기울여 노력하고 있었다. 생존한 사람들로서 그들은 바로 그 순간에 어쩌면 의미를 상실하게 될지도 모를 재산을 걸고 노름을 하고 있는 것이다. 그들은 아마 무효가 되었는지도 모를 화폐를 사용하고 있었다. 그들 금고의 화폐 가치는 이미 몰수했거나 아니면 벌써 파괴 도중에 있는 공중 어뢰의 위협을 받고 있는 공장들로부터 보증을 받았다. 그들은 천랑성(天狼星) 위에서 어음을 끊었다. 그들은 마치 몇 달 전부터 지상에서 붕괴하기 시작하는 것이 아무것도 없는 것처럼 과거로 되돌아가면서 그들의 열성의 정당성과 그들 수표의 예치금과 그들의 변치 않을 약속을 믿으려고 노력했다. 그것은 환상의 세계와 같았다. 그것은 인형 무도극과 같았다. 그러나 그것은 슬픈 광경이었다.

필경 그들은 아무것도 두렵지가 않을 것이다. 나는 그들을 떠나 바닷가에 바람을 쐬러 갔다. 그러나 저 에스토릴의 바다, 물 도시(水都)의 바다, 길들인 바다가 나에게는 노름 속으로 들어가는 것 같았다. 바닷물은 달빛을 담뿍 받으며 부드럽고 단조로운 물결을 늘어진 옷자락처럼 만(灣) 안으로 밀어 넣고 있었다.

나는 피난민들이 여객선을 타고 있는 것을 보았다. 이 여객선 역시 가벼운 불안을 자아내고 있었다. 이 여객선은 뿌리 없는 나무들을 이 대륙에서 저 대륙으로 날라 주고 있었다. 나는 이렇게 생각했다. '나는 여행자는 되고 싶지만 이민이 되고 싶지는 않다. 나는 내 조국에서 수많은 것을 배웠지만 다른 곳에서는 소용이 없었다.' 그런데 저 이민들은 호주머니에서 그들의 주소록과 신분증들을 꺼내고 있었다. 그들은 아직도 어떤 사람 노릇을 하고 있었다. 그들은 전력을 다하여 어떤 의의에 매달렸다. "아시다시피 나는 그런 사람입니다. 나는 이러한 도시에서…… 입니다. 이러한 사람을 아십니까?" 하고 그들은 말했다.
 그리고 그들은 어떤 친구 이야기나 어떤 책임 이야기나 어떤 과오 이야기, 혹은 아무것이나 관련된 이야기는 무엇이든지 이야기해 주는 것이었다. 그들이 조국을 떠나는 마당이기 때문에 과거지사는 아무런 소용이 없었다. 마치 사랑의 추억이 그렇듯이 그것은 아직도 아주 따뜻하고 아주 신선하고 아직 살아 있었다. 사람들은 연애 편지를 모아 뭉쳐 놓는다. 거기에 어떤 추억이 담긴 것이다. 이것을 모두 아주 정성 들여 묶어 놓는다. 그러면 이 기념물은 처음에는 우울한 매력을 풍긴다. 그 후 파란 눈매를 한 금발 아가씨라도 지나가면 그 기념물은 사라지고 만다. 왜냐하면 친구도 책임도 고향 도시도 집의 추억들도 만일 그것들이 사용되지 않으면 퇴색하기 때문이다.
 그들은 그것을 느꼈다. 리스본이 행복한 체하는 것과 같이 그들도 불원간 귀국하게 될 것을 믿고 있는 것 같았다. 탕자(蕩者)가 집을 나간 것은 얼마나 조용한 일인가! 자기 등뒤에 자기 집이 남아 있기 때문에 그것은 거짓 부재(不在)다. 누가 옆방에 있든지 혹은 지구반 대편에 있든지 그 차이는 본질적인 것이 못 된다. 보기에는 떨어져 있는 친구의 존재가 실제적인 존재보다도 더 절실하게 생각될 수 있다. 그것이 '호른' 곶을 우회하며 역풍의 장벽에 막혀 갈 때 16세기의 부르타뉴 선원보다 더 가까운 약혼자는 결코 없었다. 떠날 때부터 그들은 벌써 돌아오기 시작했다. 그들은 바로 돛을 올리며 무거운 그들의 손으로 귀향을 준비하고 있었다. 부르타뉴 항구에서 약혼녀 집으로 가는 가장 가까운 길은 호른 곶을 경유하는 길이었다. 그런데 저 이민들을 나는 자기들의 약혼녀를 뺏긴 부르타뉴 수부들 처럼 생각했다. 그들을 위해서 창가에 초라한 램프등을 밝히는 부르타뉴의 약혼녀는 하나도 없었다. 그들은 전혀 탕자들이 아니었다. 그들은 돌아갈 집이 없는 탕자들이었다. 그래서 자기 자신 밖에서 하고 있는 참다운 여행은 시작된다.
 어떻게 자기 자신을 재생시킬 것인가? 자기 마음속의 육중한 추억의 실타래를 어떻게 다시 감을 수 있겠는가? 이 유령선은 고성소(구약 시대에 성인의 영혼이 그리스도의 강림까지 머물어 있던 곳)에서처럼 태어날 영혼을 싣고 있었다. 선박에 편입되어 진정한 직무로 자기를 향상시키면서 쟁반을 나르고 놋그릇을 닦고 구두에 약칠을 하며, 또한 은연중에 경멸하면서 사자(死者)들을 섬기는 사람들이 현실적으로 보였으며, 너무 현실적이기 때문에 손가락으로 그들을 만져 볼 정도였다. 이민자들이 개인적인 가벼운 멸시를 받게 된 것은 가난 때문이 아니었다. 그들에게 부족한 것은 돈이 아니었다. 그들은 어떤 집과 어떤 친구와 어떤 책임을 가진 사람이 아니었다. 그들은 어떤 역할을 하는 체하였지만 그것은 이제 그 진실성이 없었다. 아무도 그들을 필요로 하지 않았고 아무도 그들에게 호소하려 들지 않았다. 밤중에 그대들을 흔들어 깨워 일으켜서 그대들을 역으로 밀고 가게 한 전문, "빨리 올것! 그대들이 필요함"은 얼마나 신기했던가. 우리는 우리를 도와 주는 친구들을 금방 발견했다. 그리고 우리에게 도움받기를 원하는 자들을 천천히 구할 것이다. 분명히 내 유령들을 아무도 증오하지 않고 아무도 시기하지 않고, 아무도 괴롭히지 않았다. 그러나 아무도 대가를 치룬 유일한 사랑으로 그들을 사랑하지는 않는다. 나는 속으로 생각했다. 그들은 도착하자마자 환영 칵테일 파티나 위로 만찬회 석상에 한몫 낀다. 그러나 누가 그들의 문을 흔들며 "문 좀 여시오! 나요!" 하며 들어가기를 요구하지 않겠는가. 어린애가 요구하게 되면 오랫동안 어린아이에게 젖을 먹여야 한다. 어떤 친구가 우정의 권리를 요구하기 전에 그 친구와 오랫동안 교제해야만 한다. 오래 묵은 저택을 사랑할 줄 알도록 하기 위해서는 무너져 가는 저택을 수리하는 데 여러 세대 동안 가산을 탕진해야만 한다.

2

그러므로 나는 이렇게 생각했다. '살아왔다는 것을 어디엔가 남기는 것은 중요한 일이다. 풍습이 그렇고, 집안의 잔치가 그렇고, 추억을 간직한 집안도 그렇다. 돌아오기 위해서 사는 것이 중요한 일이다……' 내가 지향하고 있는 먼 목표가 덧없는 것이기 때문에 바로 내 본질이 위협을 느끼게 된다. 나는 정말 사막을 체험한 위험을 당했고, 나를 오랫동안 곤경에 빠지게 한 신비를 이해하기 시작했다.

나는 3년 동안 사하라 사막에서 살았다. 역시 다른 많은 사람들의 뒤를 따라 그 사막의 마력을 곰곰이 생각했다. 모든 것이 겉으로 보기에는 고독하고 헐벗었을 뿐이지만 사하라 사막의 생활을 체험한 사람은 누구나 그때의 세월을 자기가 살아온 중에 가장 아름다운 시기로 그리워하게 될 것이다. "사막의 향수, 고독의 향수, 공간의 향수"라는 말들은 문학적인 말투에 지나지 않아서 아무것도 설명하지 못한다. 그런데 지금 선객들이 서로 빽빽이 서서 우글거리는 여객선 뱃전에서 처음으로 나는 사막을 이해하게 되는 것 같았다.

분명히 사하라 사막에는 까마득히 단조로운 사막만 전개되고, 거기에 모래 언덕이 적기 때문에 좀더 정확히 말해서 자갈밭 모래사장뿐이었다. 사람들은 그곳에서 언제든지 권태감에 젖어든다. 그러나 보이지 않는 신성(神性)이 방향 감각과 경사감과 보이지 않는 살아 있는 조직인 표지망(標識網)을 그 사막에 만들어 놓는다. 그래서 단조로움은 없어지고 모든 것이 자기의 위치를 알게 된다. 이곳에는 침묵까지도 다른 곳의 침묵과 같지 않다.

부족들이 화해하고 저녁때의 서늘한 바람이 다시 불고 조용한 항구에서 돛을 내리고 쉬게 되면 평화의 침묵이 감돈다. 그것은 태양이 사고와 움직임을 중단시킬 때의 정오의 침묵이다. 북풍이 수그러지고 꽃가루를 잡아떼듯이 사막 내부의 오아시스에서 쫓겨온 곤충들이 나타나 모래가 불어오는 동쪽의 폭풍을 예고해 주면, 그것은 거짓 침묵이다. 멀리서 어떤 부족들이 동요하고 있을 때면 그것은 음모의 침묵인 것이다. 아랍인들끼리 알지 못할 비밀 회의가 시작되면 그것은 신비의 침묵인 것이다. 전언자(傳言者)가 제시간에 오지 않으면 긴장된 침묵인 것이다. 밤에 무슨 소리를 들으려고 숨을 죽이면 예민한 침묵이다. 사람들이 자기가 사랑하는 사람을 회상할 때에는 우울한 침묵인 것이다.

모든 것이 제자리를 찾게 되면 별마다 진정한 방향을 정해 준다. 별들은 저마다 동방 박사 삼왕의 별들이다. 별들은 모두 자기의 신을 섬긴다. 이 별은 먼 곳에 있어 도달하기 힘든 우물의 방향을 가리킨다. 그리고 그대와 그 우물 사이에 떨어져 있는 거리는 성벽과 같은 무게를 가지고 있다. 저 별은 물이 마른 우물의 방향을 가리킨다. 그래서 그 별까지도 메말라 보인다. 그리고 그대와 마른 우물 사이에 떨어져 있는 공간에는 경사가 전연 없다. 다른 어떤 별은 미지의 오아시스를 가리킨다. 그곳에서는 유목민들이 그대를 찬양하나, 불귀순 지대가 가로막혀 그대가 거기 가는 것을 막고 있다. 그리고 그대와 오아시스 사이에 전개되고 있는 사막은 동화에 나오는 선녀 나라의 잔디밭과 같다. 또 다른 별들은 바다로 가는 방향을 가리킨다.

마침내 거의 비현실적인 목표물이 저 멀리서 사막에 자기(磁氣)를 띠게 한다. 추억 속에 생생하게 살아 있는 어린 시절에 살던 집이 그렇고, 그가 어딘지 살고 있다는 것 외에는 아무것도 모르는 친구가 그렇다. 이처럼 그대 앞으로 끌어당기거나 그대를 떠미는 자계(磁界)의 힘에 의하여 그대에게 간청하거나 아니면 그대에게 반항하는 자계의 힘에 의하여 그대는 긴장되고 활기가 나는 느낌을 가지게 된다. 그대는 이제 동서남북 한가운데서 튼튼히 기초를 잡고 확실히 방향을 정해 잘 자리잡고 있는 것이다.

그리고 사막에서는 손으로 만질 수 있는 아무런 재산도 없고 사막에서는 볼 것과 들을 것이 아무것도 없으므로 거기서 내적 생활이 잠자기는커녕 오히려 강화되기 때문에 사람들이 우선 눈에 보이지 않는 충동으로 움직이게 된다는 것을 인정할 수밖에 없다. 사람은 '정신'의 지배를 받는다. 사막에서 내가 숭배하는 것은 그만큼 가치가 있는 것이다.

이리하여 내가 구슬픈 여객선 위에서 많은 목표를 가지고 있다면, 내가 아직도 산 유성 위에 살고 있다면, 이것은 내 뒤에서 프랑스의 밤 속에 사라진 친구의 덕분이다. 그런데 그 친구들이 나에게 가장 중요한 존재가 되었다.

확실히 프랑스는 나에게 막연한 여신도 아니고, 역사가의 개념이 아니라 차라리 내가 속해 있는 육체요, 나를 속박하는 인연의 망(網)이요, 내 마음속에 경사를 만드는 총체적인 목표이다. 내 방향을 정해 주는 데 필요한 사람들이 나 자신보다 더 튼튼하고 영속적이라는 것을 나는 느꼈다. 어디로 돌아올지 알기 위하여, 존재하기 위하여 나는 그럴 필요를 느꼈었다.

내 조국 전체가 그들 속에 존재하고 있었고, 그들을 통해서 내 마음속에 살아 있었다. 항해하는 사람들에게는 이처럼 어떤 대륙이 어느 등대들의 단순한 광채 속에 요약된다. 등대는 원근을 측량하지는 않는다. 등대불은 단순히 눈 속에 비칠 따름이다. 그래서 대륙의 모든 신비성이 별 속에 들어 있다.

그런데 오늘날 프랑스는 전 영토를 점령당한 후라, 마치 등불이 모두 꺼져서 바다의 위험 속에 있는지 아닌지를 알 수 없는 배처럼, 그 화물과 함께 침묵 속으로 송두리째 빠져 있는 것이다. 내가 사랑하는 사람들의 각자 운명은 내 속에서 나를 괴롭히는 병보다 더 심하게 나를 괴롭히고 있다. 나는 그들의 걷잡을 수 없는 운명 때문에 내가 위협을 당한다고 생각했다.

오늘 밤 내 기억에서 좀처럼 떠나지 않는 사람은 쉰 살 먹은 사람이다. 그는 병이 났다. 그리고 유태인이다. 그가 독일인의 성화 밑에 서 어떻게 살아 남을 것인가? 그가 아직 생존하고 있다는 것을 상상 하기 위하여, 나는 그의 마을 농부의 아름다운 침묵의 성채에 몰래 숨어서 그가 침략자에게 알려지지 않았다는 것을 믿을 필요가 있다. 그럼으로써만 나는 그가 아직 살아 있다고 생각된다. 그때만이 국경 이 없는 그의 우정의 나라를 멀리서 산책하며 내가 이민이 아니라 여행자라는 것을 느끼게 된다. 그 이유는 사막은 사람이 생각하는 곳에 있지 않기 때문이다. 사하라 사막은 어떤 수도보다도 더 활기 를 띠게 된다. 그러나 사람들이 가장 많이 붐비는 도시도 생명의 가 장 중요한 목표가 자력(磁力)을 상실하면 텅빈 것이 되리라.

3

그런데 생명은 우리가 살아가는 힘을 이룰 수 있겠는가? 이 친구 의 집으로 나를 끌어당기는 무게는 어디에서 오는 것인가? 도대체 내가 필요한 목표의 하나를 이 존재로써 만드는 중요한 순간은 어떤 것인가? 도대체 어떠한 남 모르는 사건으로 개인의 애정이 생기며, 그 애정을 통하여 애국심이 생기는 것일까?

진정한 기적은 얼마나 중요한 것인가! 가장 중요한 사건은 가장 간단한 것인가! 내가 말하고 싶은 이 순간에 너무나 이야기할 화제 가 없기 때문에 나는 몽상에 잠겼다가 이 친구에게 이야기할 수밖에 없었다.

그것은 전쟁이 있기 전의 어느 날 손느 강변에 있는 투르뉘 도시 쪽에서였다. 우리는 나무 판자로 만든 발코니가 강 위에 솟아 있는 어떤 식당을 택하여 점심을 먹었다. 우리는 손님들이 칼로 긁어 놓 은 식탁에 팔을 괴고 앉아서 페르노 술 두 잔을 주문했다. 자네의 주치의는 자네에게 술을 금했지만, 자네는 특별한 경우에는 한 잔씩 마시지 않았는가. 바로 지금이 그러한 경우일세. 나도 그 이유는 모르지만 지금은 특별한 경우일세. 우리를 즐겁게 하는 것은 불빛의 품질보다도 더 느끼기 어려운 것이었다. 그러므로 자네는 특별한 경우에 이 페르노 주를 마시기로 결정했던 것이네. 그런데 우리 바로 곁에서 나뭇배의 사공들이 짐을 내리고 있었으므로 우리는 그 사공들을 초청했지. 우리는 발코니 위에서 그들을 소리쳐 불렀다. 그들이 왔다. 그들은 빈손으로 왔다. 우리는 어쩌면 마음속에 보이지 않는 축제 기분을 느꼈기 때문에 술친구를 부르는 것은 극히 자연스러웠다. 그들이 부르는 손짓에 응하리라는 것도 확실했다. 그래서 우리는 술잔을 맞대고 축배를 들었다.

햇빛은 좋았다. 따뜻한 태양 광선은 맞은편 강둑 포플러와 지평선까지 뻗힌 평야를 비추고 있었다. 우리는 항상 이유는 몰랐지만 더욱더 유쾌했다. 햇빛이 쨍쨍 비쳐서 마음이 흡족했고, 강물이 흐르니 마음이 기뻤고, 식사가 준비되었으니 기뻤고, 사공들이 부르는 소리가 나서 기뻤고, 하녀가 마치 그칠 줄 모르는 잔치를 벌이고 있는 듯이 상냥하고 친절하게 우리를 접대해서 기뻤다. 우리는 마음껏 마음의 평화를 누렸고, 소란을 피해서 최후의 문명 속에 젖어들었다. 우리는 일종의 완전한 행복감을 맛보았다. 그 행복감 속에서 모든 소원이 이루어졌기 때문에 우리는 할 말이 없을 정도였다. 우리는 우리들 자신이 순결하고 정직하고 총명하며 관대하다는 것을 느꼈다. 어떤 진리가 확실성 있게 우리에게 나타났는지 우리는 말할 수 없었다. 그러나 우리를 지배하고 있는 감정은 바로 확실성 그것이었다. 거의 자만스럽다고 할 수 있는 확실성이었다.

이리하여 우주는 우리를 통하여 우주의 선의를 증명했다. 성운(星雲)의 응결, 유성이 굳어지는 현상, 첫 아메바들의 형성, 아메바를 인간으로까지 만들게 한 거창한 생명의 작업, 이 모든 것이 우리를 쾌락까지 이끌고 가기 위해 즐겁게 한 곳으로 모였다! 성공치고는 그리 나쁘지 않았다.

이처럼 우리는 조용한 회합과 거의 종교적인 의식을 맛보았다. 사제(司祭) 같은 하녀가 왕래하면서 몸을 구부리고, 사공과 우리는 비록 어떤 교회라고는 말할 수 없었지만 같은 교회의 신자들처럼 건배했다. 두 사공 중 하나는 네덜란드 사람이고 다른 한 사람은 독일인이었다. 이 독일 사람은 자기 고국에서 공산당인가, 혹은 트로츠키파(레닌에 동조한 소련 혁명주의자들)의 사람인가, 혹은 가톨릭인가, 아니면 유태인인가, 무엇으로든지 몰렸기 때문에 언젠가 나치즘을 피했던 것이다(그 사람이 어떤 명목으로 추방당했는지 나는 지금 생각나지 않는다). 그러나 그 순간에 죄의 명목 이외에 무엇이 있었다. 중요한 것은 그 내용이었다. 인간적인 됨됨이였다. 그는 단순히 친구였다. 그리고 우리는 친구들끼리 서로 마음이 맞았다. 자네도 같은 의견이었고 나도 같은 의견이었다. 사공들과 하녀도 같은 의견이었다. 무엇에 대해 같은 의견을 가졌단 말인가? 페르노 술에 대해서? 인생의 의미에 대해서? 따뜻한 그날의 일기에 대해서? 우리도 역시 이에 대하여 말할 수 없었을 것이리라. 그런데 이 의견의 일치는 너무나 총괄적인 것이고, 너무나 깊게 뿌리를 튼튼히 박은 것이고, 비록 말로는 표현할 수 없을지라도, 본질적으로는 너무나 분명한 성서 위에 기입된 것이기 때문에 우리는 그 실체를 구하기 위해서 이 정자(亭子)에 방어진을 치고 공격을 저지하며, 기관총 뒤에서 전사까지 하기로 기꺼이 수락했었다.

어떤 실체란 말인가?…… 여기에 대하여 설명하기란 힘들지 않은가! 나는 본질적인 것이 아니라 그 반영(反影)에 불과한 것을 포착할 위험성이 있다. 불충분한 설명은 진실을 놓치게 할 수도 있다. 뱃사공들의 미소의 어떤 성질을, 그대의 미소와 내 미소의 어떤 성질을, 하녀의 미소의 어떤 성질을 구하기 위하여 수천만 년 전부터 그토록 애를 쓴 태양의 어떤 기적을 구하기 위하여, 우리를 통해서 꽤 성공했던 어떤 미소의 특성에까지 이르기 위하여, 우리가 쉽사리 투쟁할 것을 내가 주장한다면, 내 말은 애매한 점이 있으리라.

본질적인 것은 대개 무게가 없다. 여기에서 본질적인 것은 외관상으로 일종의 미소에 지나지 않는다. 미소가 흔히 본질적인 것이다. 사람들은 미소로 대가를 치루는 일이 있다. 미소로 어떤 보상을 대신 받는 일도 있다. 미소로 생기가 나는 일도 있다. 그리고 어떤 특수한 미소는 사람을 죽이게 하는 수도 있다. 그렇지만 그 특수한 미소가 현대의 고민에서 우리를 그렇게도 잘 구출해 주었고 우리에게 확신과 희망과 평화를 허락해 주었으나, 나는 오늘날 내 사상을 더 잘 표현하기 위하여 또 다른 미소의 이야기를 할 필요를 느낀다.

4

 그것은 에스파냐의 내란에 대한 탐방기사를 수집하는 동안의 이야기였다. 나는 새벽 세시경에 어떤 화물 취급 역에서 비밀 물자를 싣고 있는 광경을 무모하게도 몰래 구경했었다. 작업 인부들의 소란과 어두움이 경솔한 내 행동을 용이하게 해 주는 것 같았다. 그러나 무정부주의자인 어떤 민병에게 내가 혐의를 받았다.
 그것은 무척 간단한 일이었다. 내가 아직 그들이 가벼운 발걸음으로 말없이 다가오는 것을 전혀 눈치채지 못하고 있을 때, 그들은 벌써 손가락을 조이듯이 나를 조용히 포위하여 조여들고 있었다. 그들의 카빈 총이 내 배를 가볍게 압박했고, 나는 그 침묵을 무척 엄숙하게 생각했다. 나는 마침내 두 손을 들었다.
 그들이 내 얼굴을 응시하는 것이 아니라 내 넥타이(무정부주의자들 마을의 유행은 이 예술품을 금지했다)를 응시하고 있다는 것을 나는 깨달았다. 나는 몸을 움추렸다. 나는 발사를 기다렸다. 그때는 즉결 재판의 시대였다. 그러나 아무도 발사하지는 않았다. 작업반들이 딴 세상에서 일종의 환상적인 무도곡을 추고 있는 것 같던 절대적인 침묵의 몇 초가 지난 뒤에 무정부주의자들은 가벼운 머리짓으로 나에게 그들 앞에 서라는 몸짓을 했다. 그래서 우리는 측선(側線)을 건너서 천천히 걷기 시작했다. 체포는 완전한 침묵 속에서 이루어졌고 최소한의 동작 속에서 이루어졌다. 바다 속의 동물이 노는 것처럼 말이다.

나는 이윽고 감시 초소로 개조된 어떤 지하실로 들어갔다. 나쁜 석유 램프에 희미한 불이 비치고 다른 민병들은 카빈 총을 다리 사이에 끼우고 졸고 있었다. 그들은 나를 잡은 순찰병과 개성 없는 음성으로 몇 마디 교환했다. 그 중 한 명이 내 몸을 수색했다.

나는 에스파냐 말은 할 수 있지만, 카탈루냐 말은 몰랐다. 그러나 나는 그들이 내 신분증을 요구한다는 것을 알 수 있었다. 나는 신분증을 호텔에서 깜박 잊고 나왔다. 나는 내 말이 무슨 뜻을 전달하는지도 모르면서 "호텔…… 신문기자"라고 대답했다. 민병들은 내 카메라를 어떤 증거품인 것처럼 이 사람 저 사람 돌려 가며 보았다. 시원찮은 의자에 주저앉아 하품만 하던 사람 중의 몇 명이 권태롭게 일어서서 벽에 기댄다.

지배적인 인상은 권태로운 표정이었다. 권태롭고 졸음이 오는 인상이었다. 이 사람들의 주의력은 몹시 피곤에 지쳤다. 나는 인간적인 접촉으로써 적의(敵意)의 표시까지 하고 싶을 지경이었다. 그러나 그들은 아무런 분노의 표시도, 심지어 비난의 표시도 내게 보여 주지 않았다. 나는 여러 번 에스파냐 말로 항의를 해 보았다. 내 항의는 허공 속에 떨어졌다. 그들은 어항 속에 있는 중국 물고기라도 보는 듯이 나를 아무 반응 없이 바라보고 있었다.

그들은 무엇을 기다리고 있었다. 무엇을 기다리고 있을까? 그들 중에 누가 돌아오기를? 새벽이 되기를? 나는 이렇게 생각했다. '아마도 내가 배고프기를 기다리는가 보다……'

나는 또한 이렇게도 생각했다. '그들이 어리석은 수작을 하려고 그러는 건가! 이것은 정말 어처구니없는 일이지!……' 내가 느낀 감정—불안감보다는 훨씬 더 절실한—은 부조리에 대한 불쾌감이었다. 나는 이렇게 생각했다. '저들이 몸이 풀리면, 행동하기 원한다면,

총을 쏘겠지!'
 내가 정말 위험한 처지에 있는가, 아니면 괜찮은가? 내가 태업하는 사람이나 간첩이 아니라 신문기자라는 것을 저들이 여전히 모르고 있는 것일까? 내 신분증이 호텔에 있다는 것을 여전히 모르는 것일까? 무슨 결정을 했는가? 어떤 결정을 했을까?
 그들이 별다른 양심의 가책을 받지 않고 총질을 한다는 것 외에는 나는 그들에 대하여 별로 모르고 있었다. 혁명 전위대들은 그들이 어떤 당에 속해 있든 간에 사람을 추방하는 것이 아니라(그들은 사람을 본질적으로 생각하지 않는다), 어떤 전조(前兆)를 추방하는 것이다. 그들은 자기들과 반대되는 사실을 전염병과 같이 생각한다. 의심스러운 증세만 보여도 그들은 전염병 환자를 격리 수용소로 보낸다. 공동묘지로 보낸다. 그렇기 때문에 이따금씩 모호한 말투로 한마디씩 내게 묻지만 나는 전혀 그에 대해 알아듣지 못했으므로 그런 질문이 내게는 불길하게 보였다. 부조리한 룰렛 노름이 내 생명을 걸고 진행되고 있다. 그러므로 나는 참다운 내 운명 속에서 나를 강요하는 그 무엇을 그들에게 소리치고 실제 사실로써 측정하기 위하여 야릇한 욕망을 느꼈다. 예컨대 내 연령은, 사람의 연령은 인상적이 아닌가! 연령은 그의 전 생애를 요약하는 법이다. 사람의 원숙(圓熟)은 천천히 이루어지는 것이다. 사람의 원숙은 수많은 장애물을 극복하고 나서, 많은 중병을 치루고 나서, 수많은 근심 걱정을 겪고 나서, 수없이 실망을 극복하고 나서, 대부분 의식하지 못하는 수많은 위험한 고비를 넘기고 나서 이루어지는 것이다. 그것은 그토록 많은 욕망과 희망과 후회와 망각과 사랑을 거쳐서 이루어지는 것이다. 어떤 사람의 연령은 경험과 추억의 훌륭한 축적을 나타내는 것이다. 함정과 혼란과 틀에 박힌 행위에도 불구하고 사람들은 무개 화차처럼 덜커덩거리며 그럭저럭 계속 전진해야만 했다. 그러나 지금은 줄기차게 집중된 호운(好運)의 덕분으로 거기에 이른 것이다. 그의 나이는 서른일곱 살이다. 그리고 그 좋은 무개 화차는 신이 원한다면 쌓여 있는 추억을 더 멀리까지 싣고 갈 것이다. 그러므로 나는 이렇게 생각했다. '나는 지금 이쯤 되었다. 나는 서른일곱 살이다……' 나는 이러한 속내 이야기를 하여 내 재판관들의 감정을 무디게 하고 싶었다. 그러나 그들은 더 이상 나를 심문하지 않았다.

 그때에 기적이 일어났다. 오! 무척 신중한 기적이었다. 나는 담배가 떨어졌다. 나를 감시하던 간수 한 사람이 담배를 피우고 있었기 때문에 나는 몸짓으로 담배를 한 개비 달라고 청하면서 야릇한 웃음을 지어 보였다. 그는 먼저 기지개를 켜고 나서, 천천히 이마에 손을 얹고, 눈을 들어 내가 있는 쪽을 바라보았다. 지금은 내 넥타이를 보는 것이 아니라 내 얼굴을 보았다. 그리고 무척 놀랍게도 그도 역시 미소를 지었다. 그것은 마치 해가 뜨는 것과 같았다.

 이 기적은 비극의 끝장을 내는 것이 아니라, 단지 빛이 어둠을 지워 버리는 것처럼 그 비극을 살짝 지워 버렸다. 이제는 어떠한 비극도 그 이상 없었다. 이 기적이 눈에 띄게 변화시킨 것은 아무것도 없었다. 좋지 못한 석유 램프, 서류가 흩어져 있는 테이블, 벽에 등을 기대고 있는 사람들, 물건들의 빛깔, 냄새, 모든 것이 그대로였다. 그러나 모든 것이 실제적으로는 변화한 것이었다. 이 미소가 나를 구출해 준 셈이다. 그것은 해가 뜨는 것만큼이나 번복할 수 없는 표시였고, 다음에 일어날 결과를 결정적으로 명백하게 만든 표시였다. 새로운 기원(紀元)이 시작되었다. 아무것도 변화되지 않았으나 모든 것이 변화했다. 서류가 흩어진 테이블이 살아났다. 석유 램프가 살아났다. 벽이 살아 있다. 이 지하실의 죽은 물건으로부터 스며 나온 권태감도 요술을 부린 것처럼 훨씬 가벼워졌다. 그것은 마치 보이지 않는 피가 다시 순환하기 시작하여 같은 육체 속에 있는 모든 사물들을 다시 연결시켜 주면서, 그 사물들에 새로운 의의를 회복시켜 준 것과 같았다.

 사람들은 역시 움직이지 않았다. 조금 전에 노아의 홍수 이전의 어떤 종족처럼 나와 거리감이 있었으나, 지금은 그들이 나와 가까운 생명체를 가지고 새로 태어난 것이다. 나는 이상하게도 존재에 대한 감각이 예민했다. 바로 그렇다. 존재 감각이다. 그리고 나는 동류의식을 가졌다.

내게 미소를 보여 준 청년, 조금 전에는 한 직분만 가졌고 일종의 도구에 지나지 않았으며 일종의 징그러운 곤충에 불과했던 그 청년이 지금은 좀 어색해하고 신기할 정도로 수줍어하고 있지 않는가. 그 테러리스트가 다른 사람보다 덜 난폭해져서가 아니다! 그의 마음속에 인간적인 면이 생겨서 그의 약점이 있는 부분을 그토록 잘 비쳐 주지 않는가! 우리 인간은 잘난 체하기 쉽다. 그러나 보이지 않는 마음속으로는 주저와 회의와 슬픔을 체험하는 것이다…….

아직 아무 말도 하지 않았다. 그렇지만 모든 것이 해결되었다. 그 민병이 나에게 담배를 내밀 때, 나는 고맙다고 하면서 그의 어깨 위에 손을 얹었다. 그래서 그 얼음이 일단 녹게 되자 다른 민병들도 역시 인간적인 면을 가졌기 때문에 나는 자유롭고 새로운 나라에 들어가는 것처럼 모든 사람의 미소 속으로 들어갔었다.

나는 전에 사하라 사막에서 우리를 구해 준 사람들의 웃음 속으로 들어간 것처럼 그들의 웃음 속으로 들어갔다. 동료들은 가능한 멀지 않은 곳에 착륙하여 여러 날 동안 수색 끝에 우리들을 발견한지라, 그들은 우리에게 성큼성큼 걸어오면서 팔을 높이 쳐들고 가죽 물주머니를 흔들었다. 내가 조난을 당했다면 구조대원의 웃음을, 내가 구조대원이었다면 조난당한 사람의 웃음을 나는 기억하리라. 마치 내가 그토록 행복했던 고향을 기억하듯이. 진정한 기쁨은 같은 음식을 나누는 식탁에 앉은 낙이다. 인명 구조도 이러한 낙을 체험하는 기회에 지나지 않는다. 물(水)이 인간의 선의에서 오는 선물이 아니고서는 결코 사람을 즐겁게 하는 힘을 가지지 못한다.

환자를 돌봐 주는 간호와 추방된 사람을 받아들이는 영접과 용서하는 것까지도 잔치를 밝게 해 주는 우아한 웃음 속에서만 가치가 있는 것이다. 우리는 언어와 사회 계급과 당파를 초월하여 웃음 속에서 결합하게 된다. 어떤 사람과 그의 습관, 나와 나의 습관, 우리는 이렇게 모인 같은 교회의 신자들이다.

5

　이 기쁨의 특질이 우리 문명의 가장 귀중한 결실이 아닌가? 전체주의 독재도 물질적인 욕구에 대해서는 우리에게 만족을 줄 수 있을 것이다. 그러나 우리는 목장 속에 있는 가축은 아니다. 번창함과 안락함도 우리를 만족시키는 데 충분하지는 못하다. 인간의 존엄성을 존중하는 분위기에서 성장한 우리에게는 가끔 신기한 축제로 변하는 단순한 상봉(相逢)이 무겁게 생각되는 것이다……
　인간의 존엄성! 인간의 존엄성…… 거기에 시금석이 있는 것이다! 나치주의자가 자기와 흡사한 사람들만 존중한다면, 그는 자기 외에 아무도 존중하지 않는 셈이다. 그는 창조적인 반대를 거부하고, 부풀어오르는 희망을 꺾으며 인간 대신에 개미집의 수도꼭지를 천 년을 가라고 만들어 주는 셈이다. 질서를 위한 질서는 세계와 자기 자신을 변화시킬 수 있는 근본적인 힘을 인간으로부터 빼앗아 가는 셈이다. 인생은 질서를 창조한다. 그러나 질서는 인생을 창조하지 못한다.
　반대로 우리의 상승(上昇)은 이룩되지 않았고, 내일의 진리를 얻기 위해 어제의 오류에서 마음의 양식을 삼고, 이겨내야 할 반대 세력을 우리 성장의 부식토(腐植土)로 생각해야만 할 것이다. 우리는 우리들과 다른 사람들까지도 동족으로 생각해야 한다. 그런데 얼마나 이상한 친척 관계인가! 친척 관계는 미래에 근거를 두지 않고 과거에 근거를 두는 것이다. 그것은 시초에 근거를 두지 않고 목적지에 근거를 둔다. 우리는 서로 다른 길을 따라서 같은 약속 장소로 가는 순례자들이다.

그런데 오늘날 우리의 성장 조건인 인간의 존엄성이 바로 위기에 처해 있다. 근대 세계의 모순이 우리를 암흑 속으로 몰아넣는다. 문제는 조리에 맞지 않고 해결책은 모순투성이다. 어제의 진리는 사라지고 내일의 진리는 아직 건설해야 할 단계다. 귀중하고 가치 있는 종합적인 면은 조금도 내다보지 못하고, 우리들은 저마다 진리의 일부만 지니고 있다. 국민들을 위압할 자신이 없으므로 정치적 교의는 폭력에 호소한다. 그리고 우리는 서로 다른 방법을 택함으로써 우리가 같은 목적지로 달리고 있다는 사실을 망각할 위험성이 있는 것이다.

어떤 별의 방향을 보고 산을 넘는 나그네가 산을 넘는 데만 너무 정신이 팔리면, 어떤 별을 따라가야 할지 모르게 될 수도 있는 것이다. 만일 그가 행동을 위해서만 행동한다면 아무 데도 가지 못할 것이다. 대성당의 의자 빌려 주는 여인이 의자 빌려 주는 데만 너무 악착같이 정신이 팔리면 자기가 신을 섬기고 있다는 사실을 망각할 위험이 있다. 이처럼 내가 어떤 편파적인 정열에 빠진다면, 정치가 어떤 정신적인 확신을 위해서만 의의가 있다는 사실을 망각할 위험이 있다. 우리는 기적이 일어나던 순간에 인간 관계의 특질을 맛보았다. 우리가 보기에는 거기에 진리가 있는 것이다.

아무리 다급하게 행동을 해야 한다 하더라도, 그 행동을 조종해야 한다는 사명감을 망각해서는 안 된다. 그렇지 않으면 그 행동은 보람없는 일이다. 우리는 인간의 존엄성을 앞세우고 싶다. 왜 우리는 같은 진영 안에서 서로 미워하고 있겠는가? 우리 중에 아무도 순수한 지향의 특권을 가진 사람은 없다. 나는 내가 선택한 길을 위하여 다른 사람이 선택한 어떤 길을 공격할 수는 있다. 나는 그의 이성의 걸음걸이를 비평할 수 있다. 이성의 발걸음은 확실치 않다. 그러나 만일 그가 같은 별을 향하여 애써 걸어가고 있다면, 나는 정신적인 면에서 그 사람을 존중해야 한다.

인간의 존엄성! 인간의 존엄성!…… 만일 인간의 존엄성이 인간의 마음속에 새겨져 있다면, 사람들은 그 대신 이 존엄성을 바탕으로 사회적 정치적 경제적 제도를 만들어야 할 것이다. 어떤 문명은 그 실체(實體) 속에서 세워진다. 그것은 우선 어떤 정열에 대한 맹목적인 갈망으로 나타난다. 그 후 인간은 시행 착오를 거듭하면서 등불로 인도하는 길을 발견하게 된다.

6

 벗이여, 그러기에 나는 아마 그대의 우정이 이토록 필요한가 보다. 나는 이성의 논쟁을 초월하여 그 등불을 찾아가는 순례자들을 마음속으로 존중해 줄 길동무를 갈망한다. 나는 가끔 약속받은 정열을 미리 맛볼 필요성을 느끼고, 나 자신을 좀 초월하여 우리들의 약속 장소에서 쉴 필요를 느낀다.
 나는 논쟁과 배타적인 행동과 광신에 진저리가 난다. 나는 제복을 입지 않고, 코란 구절을 암송할 구속을 받지 않고, 내 마음의 고향의 그 아무것도 단념하지 않고 그대 집에 들어가리라. 그대 곁에 있으며 나는 나 자신을 변호할 필요도 없고 자신을 옹호할 필요도, 증명할 필요도 없다. 나는 투르뉘에서처럼 평화를 누리게 되리라. 서투른 내 말에도 불구하고, 착각을 일으킬 수 있는 내 추리력에도 불구하고 그대는 내 마음속에서 '인간'만을 발견할 것이다. 그대는 내 마음속에서 신앙과 습관과 개인적인 사랑의 사자(使者)를 존중할 것이다. 만일 내가 그대와 다른 점이 있다면, 그대를 해치기는커녕 그대를 향상시키게 할 것이다. 그대는 사람들이 나그네에 물어 보듯이 내게 물어 본다.
 누구나 그렇듯이 인정받을 필요를 느끼는 나는 그대 속에서 순결함을 느끼고 그대를 향해 간다. 나를 순결하게 만들어 줄 그곳으로 갈 필요를 느낀다. 그것은 내가 누구라는 것을 그대에게 알려 주는 상투적인 내 말투와 행동이 아니다. 내게 있는 그대로를, 내가 한 그대로를 받아들였기 때문에 필요한 경우에는 그대는 내 말투와 태도에 대하여 관대하게 대했다. 내가 있는 그대로를 그대가 받아 주어서 나는 고맙게 생각한다. 나를 비판하는 친구들과 나는 무엇을 해야 하는가. 내가 어떤 친구를 식탁에 청했을 때, 만일 그가 다리를 절룩거린다면 그를 자리에 앉으라고 권하지 춤을 추자고 하지는 않는다.

나의 벗이여, 사람들이 가슴을 펴고 호흡하는 산꼭대기에서처럼 나는 그대를 필요로 하고 있다. 나는 다시 한 번 손느 강가에서 갈라진 송판으로 만든 작은 여인숙 식탁에 그대 옆에 팔꿈치를 괴고 앉아, 두 뱃사공을 청하여 태양과 흡사한 미소의 평화 속에서 그들과 함께 술잔을 나눌 필요를 느낀다.

만일 내가 아직도 투쟁을 한다면, 그대를 위해서도 약간 투쟁하리라. 나는 이 미소가 나타내는 의미를 더 잘 이해하기 위해서 그대가 필요하다. 나는 그대가 살아가도록 도와 줄 필요를 느낀다. 그토록 나약하고 위협을 받던 그가 하루를 더 견디기 위해, 어떤 초라한 잡화상 앞 보도에서, 헤어진 외투를 입었으나 별로 추위를 막지 못해 벌벌 떨면서, 몇 시간 동안 쉴 살 된 그대의 몸을 끌면서 다니는 것이 눈에 선하다. 그대가 만일 프랑스 국민이라면, 그대는 이중으로 죽을 위험을 당할 것으로 생각한다. 왜냐하면 프랑스 국민이기 때문에 아니면 유태인이기 때문이다. 나는 다시는 논쟁을 허락하지 않던 어떤 공동체의 진가를 알게 되었다. 우리는 모두 어떤 나무에서 생겼듯이 프랑스에서 태어났다. 그래서 그대가 내 진리를 위해서 봉사한 것처럼 나도 그대의 진리를 위해서 봉사하겠다. 외국에 있는 우리 프랑스 국민은 이번 전쟁에서 독일군의 점령 때문에 눈[雲]으로 얼어붙은 씨앗 뭉치를 녹여야 한다. 조국에 남아 있는 그대들을 구출해야 한다. 그대들이 뿌리를 깊게 박을 기본적인 권리를 가지고 있는 그 영토에서 그대들을 자유롭게 해 주어야만 한다. 그대들은 4

천만 명의 인질들이다. 항상 새로운 진리가 준비되는 곳은 바로 압박을 받고 있는 지하실 속이다. 고국에서는 4천만 명의 인질들이 그들의 새로운 진리를 명상하고 있다. 우리는 미리부터 새로운 진리에 순종하겠다.

그 이유는 그대들이 바로 우리를 가르치기 때문이다. 밀초처럼 자기 자신의 존재를 희생시켜 정신적인 불꽃을 피우고 있는 그대들에게 우리가 그 정신적인 불꽃을 갖다 준다는 것은 말도 안 된다. 우리가 쓴 책들을 아마 그대들은 읽지 않을지도 모른다. 우리들의 연설에 그대들은 귀를 기울이지 않을지도 모른다. 그대들은 아마 우리의 사상을 배척할지도 모른다. 우리가 프랑스를 건설한 것은 아니다. 우리는 프랑스를 위해 봉사하는 일밖에 할 수 없다. 우리는 어떤 일을 했든지 조금도 감사받을 권리가 없다. 자유롭게 투쟁하는 것과 암흑 속에서 압박을 받는 것을 동시에 측량할 수 있는 공동적인 측도는 없다. 군인 신분과 인질의 처지를 동시에 측량할 수 있는 공통된 측도는 없다. 그대들은 성인들이다. *

■ 옮긴이 소개

한국외국어대학 불어과 同대학원 졸업.
파리대학교 벵센스대학 졸업(문학박사).
한국외국어대학교 총장서리·교육대학원장, 불문학회장 역임.
현재 한국외국어대학교 교수.
저서로는 《19세기 佛詩選》《불어언어와 문화》
《프랑스 시 연구》 등.
역서로는 《생 텍쥐페리 선집》《세기의 야망》《좁은문》
《전원교향곡》 등.

인생의 의미(외)   값 7,000원

1976년 12월 1일   초판 1쇄 발행
1996년 12월 30일 2판 1쇄 발행

지은이   생 텍 쥐 페 리
옮긴이   조   규   철
펴낸이   윤   형   두
펴낸데   **범 우 사**

등 록 1966. 8. 3. 제 10-39호
121-130 서울시 마포구 구수동 21-1
대표 717-2121·2122 / FAX 717-0429
대체 계좌 번호: 012245-31-0510354

✻ 파본은 교환해 드립니다   편집·교정/유병수

ISBN 89-08-07094-X 04860
      89-08-07000-1 (세트)

"주머니 속에 친구를"

범 우 문 고

1 수필 피천득
2 무소유 법정
3 바다의 침묵(외) 베르코르/조규철·이정림
4 살며 생각하며 미우라 아야코/진웅기
5 오, 고독이여 F. 니체/최혁순
6 어린 왕자 A. 생 텍쥐페리/이정림
7 톨스토이 인생론 L. 톨스토이/박형규
8 이 조용한 시간에 김우종
9 시지프의 신화 A. 카뮈/이정림
10 목마른 계절 전혜린
11 젊은이여 인생을… A. 모르아/방곤
12 채근담 홍자성/최현
13 무진기행 김승옥
14 공자의 생애 최현 엮음
15 고독한 당신을 위하여 L. 린저/곽복록
16 김소월 시집 김소월
17 장자 장자/허세욱
18 예언자 K. 지브란/유제하
19 윤동주 시집 윤동주
20 명정 40년 변영로
21 산사에 심은 뜻은 이청담
22 날개 이상
23 메밀꽃 필 무렵 이효석
24 애정은 기도처럼 이영도
25 이브의 천형 김남조
26 탈무드 M. 토케이어/정진태
27 노자도덕경 노자/황병국
28 갈매기의 꿈 R. 바크/김진욱
29 우정론 A. 보나르/이정림
30 명상록 M. 아우렐리우스/황문수
31 젊은 여성을 위한 인생론 P. 벅/김진욱
32 B사감과 러브레터 현진건
33 조병화 시집 조병화
34 느티의 일월 모윤숙
35 지금은 어디서 무엇을 김형석
36 박인환 시집 박인환
37 모래톱 이야기 김정한
38 창문 김태길
39 방랑 H. 헤세/홍경호

40 손자병법 손무/황병국
41 소설·알렉산드리아 이병주
42 전락 A. 카뮈/이정림
43 사노라면 잊을 날이 윤형두
44 김삿갓 시집 김병연/황병국
45 소크라테스의 변명(외) 플라톤/최현
46 서정주 시집 서정주
47 사람은 무엇으로 사는가 L. 톨스토이/김진욱
48 불가능은 없다 R. 슐러/박호순
49 바다의 선물 A. 린드버그/신상웅
50 잠 못 이루는 밤을 위하여 C. 힐티/홍경호
51 딸깍발이 이희승
52 몽테뉴 수상록 M. 몽테뉴/손석린
53 박재삼 시집 박재삼
54 노인과 바다 E. 헤밍웨이/김회진
55 향연·뤼시스 플라톤/최현
56 젊은 시인에게 보내는 편지 R. 릴케/홍경호
57 피천득 시집 피천득
58 아버지의 뒷모습(외) 주자청(외)/허세욱(외)
59 현대의 신 N. 쿠치키(편)/진철승
60 별·마지막 수업 A. 도데/정봉구
61 인생의 선용 J. 러보크/한영환
62 브람스를 좋아하세요… F. 사강/이정림
63 이동주 시집 이동주
64 고독한 산보자의 꿈 J. 루소/염기용
65 파이돈 플라톤/최현
66 백장미의 수기 I. 숄/홍경호
67 소년 시절 H. 헤세/홍경호
68 어떤 사람이기에 김동길
69 가난한 밤의 산책 C. 힐티/송영택
70 근원수필 김용준
71 이방인 A. 카뮈/이정림
72 롱펠로 시집 H. 롱펠로/윤삼하
73 명사십리 한용운
74 왼손잡이 여인 P. 한트케/홍경호
75 시민의 반항 H. 소로/황문수
76 민중조선사 전석담
77 동문서답 조지훈
78 프로타고라스 플라톤/최현

2000년대를 향하여 꾸준하게 양서를!

범우사 서울시 마포구 구수동 21-1
전화 717-2121 FAX 717-0429

- 79 표본실의 청개구리 염상섭
- 80 문주반생기 양주동
- 81 신조선혁명론 박열/서석연
- 82 조선과 예술 야나기 무네요시/박재삼
- 83 중국혁명론 모택동(외)/박광종 엮음
- 84 탈출기 최서해
- 85 바보네 가게 박연구
- 86 도왜실기 김구/엄항섭 엮음
- 87 슬픔이여 안녕 F. 사강/이정림·방곤
- 88 공산당 선언 K. 마르크스·F. 엥겔스/서석연
- 89 조선문학사 이명선
- 90 권태 이상
- 91 갈망의 노래 한승헌
- 92 노동자강령 F. 라살레/서석연
- 93 장씨 일가 유주현
- 94 백설부 김진섭
- 95 에코스파즘 A. 토플러/김진욱
- 96 가난한 농민에게 바란다 N. 레닌/이정일
- 97 고리키 단편선 M. 고리키/김영국
- 98 러시아의 조선침략사 송정환
- 99 기재기이 신광한/박헌순
- 100 홍경래전 이명선
- 101 인간만사 새옹지마 리영희
- 102 청춘을 불사르고 김일엽
- 103 모범경자생(외) 박영준
- 104 방망이 깎던 노인 윤오영
- 105 찰스 램 수필선 C. 램/양병석
- 106 구도자 고은
- 107 표해록 장한철/정병욱
- 108 월광곡 홍난파
- 109 무서록 이태준
- 110 나생문(외) 아쿠타가와 류노스케/진웅기
- 111 해변의 시 김동석
- 112 발자크와 스탕달의 예술논쟁 김진욱
- 113 파한집 이인로/이상보
- 114 역사소품 곽말약/김승일
- 115 체스·아내의 불안 S. 츠바이크/오영옥
- 116 복덕방 이태준
- 117 실천론(외) 모택동/김승일
- 118 순오지 홍만종/전규태
- 119 직업으로서의 학문·정치 M. 베버/김진욱(외)
- 120 요재지이 포송령/진기환
- 121 한설야 단편선 한설야
- 122 쇼펜하우어 수상록 쇼펜하우어/최혁순
- 123 유태인의 성공법 M. 토케이어/진웅기
- 124 레디메이드 인생 채만식
- 125 인물 삼국지 모리야 히로시/김승일
- 126 한글 명심보감 장기근 옮김
- 127 조선문화사서설 모리스 쿠랑/김수경
- 128 역옹패설 이제현/이상보
- 129 문장강화 이태준
- 130 중용·대학 차주환
- 131 조선미술사연구 윤희순
- 132 옥중기 오스카 와일드/임헌영
- 133 유태인식 돈벌이 후지다 덴/지방훈
- 134 가난한 날의 행복 김소운
- 135 세계의 기적 박광주
- 136 이퇴계의 활인심방 정숙
- 137 카네기 처세술 데일 카네기/전민식
- 138 요로원야화기 김승일
- 139 푸슈킨 산문 소설집 푸슈킨/김영국
- 140 삼국지의 지혜 황의백
- 141 슬견설 이규보/장덕순
- 142 보리 한흑구
- 143 에머슨 수상록 에머슨/윤삼하
- 144 이사도라 덩컨의 무용에세이 I. 덩컨/최혁순
- 145 북학의 박제가/김승일
- 146 두뇌혁명 T.R. 블랙슬리/최현
- 147 베이컨 수필선 베이컨/최혁순
- 148 동백꽃 김유정
- 149 하루 24시간 어떻게 살 것인가 A. 베넷/이은순
- 150 평민한문학사 허경진
- 151 정선아리랑 김병하·김연갑 공편
- 152 독서요법 황의백 엮음

계속 펴냅니다

범우 사르비아문고

선배들도 범우사르비아문고로
교양을 쌓고 지식을 살찌웠습니다.
범우사르비아문고는 하루아침에 기획되고
제작된 것이 아닙니다.
15년의 세월 동안 갈고 보완하면서
청소년의 필독도서로 확고히 자리잡은
'청소년도서의 대명사' 입니다.

1 효-에세이 31인집 피천득(외)
2 늪텃집 처녀 S. 라게를뢰프
3 황토기(외) 김동리
4 이집트 신화 최현
5 젊은 베르테르의 슬픔 J.W.괴테
6 만해 한용운 임중빈
7 러브 스토리 E.시갈
8 무던이 이미륵
9 금오신화 · 화왕계(외) 김시습 · 설총(외)
10 열하일기 박지원
11 압록강은 흐른다 이미륵
12 안네의 청춘노트 A.프랑크
13 슬픔이여 안녕 · 마음의 파수꾼 F.사강
14 호질 · 양반전(외) 박지원(외)
15 우리가 잃어버린 것들 한국수필가협회
16 좁은문 앙드레 지드
17 수레바퀴 아래서 헤르만 헤세
18 어떤 미소 F.사강
19 젊은 시인에게 보내는 편지 R.M.릴케
20 그래도 압록강은 흐른다 이미륵
21 인간의 대지 쌩 떽쥐뻬리
22 사씨남정기 · 서포만필 김만중
23 그리스 · 로마신화 토마스 불핀치
24 탈출기 · 홍염 최학송
25 삼대(상) 염상섭
26 삼대(하) 염상섭
27 빙점(상) 미우라 아야코
28 빙점(하) 미우라 아야코
29 속죄양(외) 루이제 린저
30 폭풍의 언덕 에밀리 브론테
31 엑소시스트 W. P. 블레티
32 젊은 여성을 위한 인생론 펄 벅
33 킬리만자로의 눈(외) E.M.헤밍웨이
34 데미안 헤르만 헤세
35 한국의 명시조 이상보
36 귀의 성 이인직
37 메밀꽃 필 무렵 이효석
38 사랑방 손님과 어머니(외) 주요섭
39 치악산 이인직
40 독일인의 사랑 막스 뮐러
41 아름다와라 청춘이여 헤르만 헤세
42 오멘 데이비드 셀처
43 벙어리 삼룡이 나도향
44 호반 · 황태자의 첫사랑 데오도르 슈토름(외)
45 빈처(외) 현진건
46 탈무드 마빈 토케이어
47 잠 못 이루는 밤을 위하여 칼 힐티
48 도산 안창호 이광수
49 나의 소녀시절 강신재 · 천경자(외)
50 토끼전 · 옹고집전(외) 작자 미상
51 페이터의 산문 페이터
52 낙엽을 태우면서 이효석
53 백수선화 루이제 린저
54 감자 · 배따라기(외) 김동인
55 날개(외) 이상
56 어린 왕자 쌩 떽쥐뻬리
57 로댕 R.M.릴케
58 노인과 바다(외) E.M.헤밍웨이
59 님의 침묵 한용운
60 아큐정전(외) 노신
61 이상한 나라의 앨리스 루이스 캐롤
62 상록수 심훈
63 잔잔한 가슴에 파문이 일 때 루이제 린저
64 안네, 너의 짧은 생애는 에른스트 슈나벨
65 국경의 밤 김동환
66 갈매기의 꿈 리처드 바크
67 동백꽃 · 소나기 김유정
68 어느 시인의 고백 R.M.릴케

69	싯다르타 헤르만 헤세	112	토마스 만 단편선 토마스 만
70	북경에서 온 편지 펄 벅	113	이상화 시집 이상화
71	귀여운 여인 체호프	114	기탄잘리 R.타고르
72	첫사랑(외) 투르게네프	115	김영랑 시집 김영랑
73	외투·코 고골리	116	채근담 홍자성
74	예술가의 명언 연기호	117	사랑의 기술 에리히 프롬
75	백치 아다다 계용묵	118	철학사상이야기(상) 현대사상연구회
76	수난 이대 하근찬	119	철학사상이야기(하) 현대사상연구회
77	고독이 그림자를 드리울 때 니체	120	잔 다르크 A.보슈아
78	혈의 누·은세계 이인직	121	이상재 평전 전택부
79	원유회 맨스필드	122	위대한 예술가의 생애 로망 롤랑
80	이방인·전락 A.까뮈	123	태평천하 채만식
81	백범일지 김구	124	제인 에어 C. 브론테
82	김소월 시집 김소월	125	맥베스·리어왕 셰익스피어
83	헤세의 명언 헤르만 헤세	126	로미오와 줄리엣 셰익스피어
84	명상록 아우렐리우스	127	흥부전·조웅전 작자 미상
85	추월색·자유종·설중매 최찬식(외)	128	여자의 일생 모파상
86	프랭클린 자서전 B.프랭클린	129	살며 생각하며 미우라 아야코
87	주홍글씨 N.호손	130	이육사의 시와 산문 이육사
88	홍길동전·전우치전·임진록 허균(외)	131	목민심서 정약용
89	난중일기 이순신	132	모파상 단편선 모파상
90	삼국지(상) 나관중	133	삼국유사(상) 일 연
91	삼국지(중) 나관중	134	삼국유사(하) 일 연
92	삼국지(하) 나관중	135	법구경 입문 마쓰바라 다이도
93	금수회의록·공진회 안국선	136	단재 신채호 일대기 임중빈
94	마하트마 간디 로망 롤랑	137	안네의 일기 안네 프랑크
95	이범선 작품집 이범선	138	윤봉길 의사 일대기 임중빈
96	대지 펄 벅	139	하이네 시집 H.하이네
97	구운몽 김만중	140	헤세 시집 헤르만 헤세
98	춘향전·심청전 작자 미상	141	예언자·영가 칼릴 지브란
99	윤동주 시집 윤동주	142	하르츠 기행 H.하이네
100	역사에 빛나는 한국의 여성 안춘근	143	독서의 지식 안춘근
101	인간의 역사 M.일리인(외)	144	컴퓨터 이야기 아리사와 마꼬또
102	한국의 명논설 편집부	145	수호전(상) 시내암
103	포 단편선 E.A.포	146	수호전(중) 시내암
104	진주·선물 존 스타인벡	147	수호전(하) 시내암
105	설국·천우학 가와바다 야스나리	148	계축일기·인현왕후전 작자 미상
106	마지막 잎새(외) O.헨리	149	위대한 개츠비 피츠제럴드
107	야간비행(외) 쌩 떽쥐뻬리	150	서머셋 모음 단편선 서머셋 모음
108	무영탑(상) 현진건		
109	무영탑(하) 현진건		
110	탁류(상) 채만식		
111	탁류(하) 채만식		

범우사
서울시 마포구 구수동 21-1
전화 717-2121 FAX 717-0429

시대를 초월해
인간성 구현의 모범으로
삼을 만한 책을 엄선

汎友古典選

1 유토피아 T. 모어/황문수
2 오이디푸스王(외) 소포클레스/황문수
3 명상록·행복론 M.아우렐리우스·L.세네카/황문수·최현
4 깡디드 볼떼르/염기용
5 군주론·전술론(외) N. B. 마키아벨리/이상두(외)
6 사회계약론(외) J. J. 루소/이태일(외)
7 죽음에 이르는 병 S. A. 키에르케고르/박환덕
8 천로역정 J. 버니언/이현주
9 소크라테스 회상 크세노폰/최혁순
10 길가메시 서사시 N. K. 샌다즈/이현주
11 독일 국민에게 고함 J. G. 피히테/황문수
12 히페리온 F. 횔딜린/홍경호
13 숫타니파아타 김운학 옮김
14 쇼펜하우어 인생론 A. 쇼펜하우어/최현
15 톨스토이 참회록 L. N. 톨스토이/박형규
16 존 스튜어트 밀 자서전 J. S. 밀/배영원
17 비극의 탄생 F. W. 니체/곽복록
18-1 에 밀 (상) J. J. 루소/정봉구
18-2 에 밀 (하) J. J. 루소/정봉구
19 팡 세 B. 파스칼/최현·이정림
20-1 헤로도토스 歷史 (상) 헤로도토스/박광순
20-2 헤로도토스 歷史 (하) 헤로도토스/박광순

21 성 아우구스티누스 참회록 A. 아우구스티누스/김평옥
22 예술이란 무엇인가 L. N. 톨스토이/이철
23-1 나의 투쟁 A. 히틀러/서석연
23-2 나의 투쟁 A. 히틀러/서석연
24 論語 황병국 옮김
25 그리스·로마 희곡선 아리스토파네스(외)/최현
26 갈리아 戰記 G. J. 카이사르/박광순
27 善의 연구 니시다 기타로/서석연
28 육도·삼략 하재철 옮김
29 국부론(상) A. 스미스/최호진·정해동
30 국부론(하) A. 스미스/최호진·정해동
31 펠로폰네소스 전쟁사 (상) 투키디데스/박광순
32 펠로폰네소스 전쟁사 (하) 투키디데스/박광순
33 孟子 차주환 옮김
34 아방강역고 정약용/이민수
35 서구의 몰락 ① 슈펭글러/박광순
36 서구의 몰락 ② 슈펭글러/박광순
37 서구의 몰락 ③ 슈펭글러/박광순
38 명심보감 장기근 옮김
39 월든 H. D. 소로/양병석
▶ 계속 펴냅니다

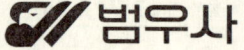 범우사 서울시 마포구 구수동 21-1
전화 717-2121 FAX 717-0429

화제의 책

중국 연변작가 허련순의 문제작

바람꽃

**옛날엔 일본놈!! 지금은 한국놈!!
중국 조선족의 증오의 대상!!**

한국은 중국 조선족의 고국인가. 사기꾼의 나라인가.
고국에 와서 목숨을 잃거나 한을 품고 돌아간 조선족의 실상을
낱낱이 파헤친 눈물겨운 소설.

-다시는 한국에 오지 않겠다고
인천항을 떠나는 원한 맺힌 절규가
행간마다 고여있다.

신국판/384쪽/값 6,000원

범우사 서울시 마포구 구수동 21-1
전화 717-2121 FAX 717-0429

21세기의 경영전략과 생활의 지혜를 제시하는

범우생활신서

1 적극적 사고방식 N. V. 피일
2 유태인의 성공법 M. 토케이어
3 카네기 처세술 D. 카네기
4 유태인의 상술 후지다 덴
5 코스트 다운의 법칙 C. N. 파킨슨
6 하버드식 교섭술 R. 피셔(외)
7 탈무드적 처세술 M. 토케이어
8 카네기 성공철학 D. 카네기
9 두뇌혁명 T. R. 블랙슬리
10 불황을 타개하는 경영전략 G. W. 림러(외)
11 일본인과 유태인 이사야 벤다산
12 유태인식 돈의 철학 후지다 덴
13 석유왕 폴 게티 P. 게티
14 무엇이든 하면 된다 R. H. 슐러
15 아랍인의 행동원리 S. 하마디
16 유태인의 생활철학 M. 패터슨
17 일본인을 말한다 M. 토케이어

• 종합 탈무드 M. 토케이어
• 아이아코카 자서전 L. 아이아코카(외)
• 아이아코카의 경영전략 M. M. 고든
• 한국이 도전해 오고 있다 하세가와 케이타로
• 한국의 비극 고무로 나오키
• 하버드 비지니스의 일본 진단 P. F. 드러커(외)
• 정신의 마력 N. V. 피일
• 달러가 휴지되는 날 우노 마사미
• 興하는 경영 亡하는 경영 오귀진
• 21세기에 남길 유산 시무라 가이찌로

2000년대를 향하여 꾸준하게 양서를!

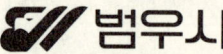 범우사
서울시 마포구 구수동 21-1
전화 717-2121 FAX 717-0429